Daniel Westland · Schwarze Schwäne

W0353227

DANIEL WESTLAND

SCHWARZE SCHWÄNE

THRILLER

script 5

FSC
www.fsc.org
MIX
Papier aus verantwortungsvollen Quellen
FSC® C083411

ISBN 978-3-8390-0140-0
1. Auflage 2012
© 2012 script5
script5 ist ein Imprint der Loewe Verlag GmbH, Bindlach
Umschlagfoto: iStockphoto © Onur Döngel und seraficus
Umschlaggestaltung: Christian Keller
Printed in Germany

www.script5.de

Dein Blick
wie die Sonne
erhellt den Raum
und lässt mich sein wollen
wie ich wäre

1

Jennifer trug ein rosa Top mit Spaghettiträgern, eng anliegende Jeans und regenbogenbunte Sneakers mit Glitzersteinen. Genau das richtige Outfit für russisches Roulette mit sechs Schuss im Revolver. Sie hatte beschlossen, sich nicht unterkriegen zu lassen, und ihr Outfit für den heutigen Tag ganz bewusst gewählt.

»Happy birthday to you!«, sagte Jonas leise, während sie beide zum Fenster der Schwebebahn hinausschauten.

Gerade war ihr Haus in Sichtweite gekommen, in dessen Garten sie zahllose Kindergeburtstage gefeiert hatten. Sie hatten sich immer abgewechselt: Einmal durfte Jennifer zuerst feiern, dann war ihr Bruder Jonas am folgenden Wochenende dran. Im nächsten Jahr umgekehrt. Jennifer verspürte einen Stich, als sie an diese unbeschwerten Kindheitstage zurückdachte.

»Ich wünsche dir die besten sechs Monate deines Lebens, Schwesterherz!«

Jennifer wischte sich eine Träne aus dem Augenwinkel und stieß ihrem Zwillingsbruder den rechten Zeigefinger in die Rippen. »Ich dir auch. Und außerdem viel Spaß beim Rest deines Lebens.«

»Ach, komm schon«, meinte Jonas, »du bist doch sonst nicht so missgünstig.«

Jennifer spürte, dass ihr Bruder sich um einen entspannten Ton bemühte, der ihm aber nicht richtig gelingen wollte. »*Sonst* hat mir ja auch nicht der zweite Arzt innerhalb einer Woche versichert, dass ich bald draufgehen werde.«

»Okay, okay, da hast du natürlich recht«, wehrte Jonas ab. »Aber trotzdem. Was bleibt uns denn anderes übrig, als das Beste daraus zu machen? Glaubst du etwa, ich finde das witzig?«

Ein herausforderndes Funkeln trat in Jennifers Augen. »Ich hätte gedacht, du freust dich – so mies, wie du mich mein Leben lang behandelt hast!«

»Mies?! Ich?!«, empörte sich Jonas, grinste dabei aber erleichtert. »Also wirklich! Seit zweiundzwanzig Jahren bin ich dein Bollwerk, dein älterer Bruder, dein Schutzengel!«

Unwillkürlich hob Jennifer bei diesem Wort die Hand zu dem kleinen Schutzengel, der an einer dünnen silbernen Kette um ihren Hals hing. Sie hielt einen Moment inne, während ihre Augen über die Häuser und Täler Wuppertals glitten, ohne wirklich etwas wahrzunehmen. Doch dann fand sie wieder in die Realität zurück.

»Quatsch!«, widersprach sie Jonas. »Nun mach dich mal nicht wichtiger, als du bist, nur weil du zuerst geboren wurdest. Jedes Jahr muss ich mir diesen Blödsinn anhören, dabei beweist das einfach nur, dass du unsäglich schlechte Manieren hattest – und im Übrigen immer noch hast!«

Sie bemühte sich um ein Grinsen, aber es fiel gequält aus. Dann wandte sie sich von ihm ab und schaute wieder zum Fenster hinaus. Die Schwebebahn war weit über hundert Jahre alt und stand unter Denkmalschutz. Irgendwie war es traurig, das ganze Leben in einer Stadt verbracht zu haben, die für nichts anderes bekannt war als für ihr berühmtes Transportmittel des öffentlichen Personennahverkehrs. Genau genommen war Wuppertal ein elendes Kaff. Als Teenager hatten sie sich beide geschworen abzuhauen, sobald es ging, aber dann war es doch ausgesprochen bequem gewesen, das Studium einfach in der Heimatstadt zu beginnen. Die Wohnung, die sie sich als WG mit Jonas teilte, gehörte einer Freundin ihrer Mutter und letztlich war es auch gut gewesen, vor Ort zu sein, als Clemens so krank wurde.

Sechs Monate, hörte sie die Stimme des Arztes in ihrem Kopf. Sie würde gerade noch die erste Hälfte des nächsten Semesters mitbekommen. Die letzten Tage hatte sie es bewusst vermieden, darüber nachzudenken, was sie mit dem Rest ihres Lebens anfangen sollte. Aber jetzt blieb ihr nichts anderes mehr übrig. Jeder Tag zählte, jede Stunde. 4.320 Stunden, knapp 260.000 Minuten. Wobei – zum Ende hin würden ihre Hormone verrücktspielen und ihr Körper »Ausfallerscheinungen« zeigen. Welche das konkret waren, hatte der Arzt auch nicht sagen können. Nur die spärliche Info, dass sich die Krankheit durch einen höchst individuellen Verlauf auszeichne, hatte er ihr noch mit auf den Weg gegeben.

Na toll, konnte sie nicht wenigstens an einer berechenbar verlaufenden Krankheit sterben? Ohne weitere Überraschungseffekte?

Wie ihr Vater litt Jennifer an einer seltenen, höchst aggressiven Autoimmunerkrankung der Schilddrüse. Ihr Blut fabrizierte Antikörper gegen ihre eigene Schilddrüse und fraß diese sozusagen auf. Von den sechs Monaten blieben ihr also in Wahrheit vielleicht noch drei oder vier, die sie tatsächlich aktiv nutzen konnte. 2.160 bis 2.880 Stunden, abzüglich Schlaf.

Was sollte sie mit dieser Zeit anfangen? Was *wollte* sie damit anfangen? Wenn sie nur noch einen Tag zu leben hätte … Nein, der Gedanke war Quatsch. Wenn einem nur noch vierundzwanzig Stunden blieben, würde man sich mit Freunden und der Familie treffen, gut essen, auf irgendeinen Berg klettern und in die Ferne schauen. Aber das konnte man nicht neunzig Tage hintereinander machen!

Ein halbes Jahr erschien Jennifer nicht lang genug, um wirklich etwas zu erleben. Andererseits war es zu lang, um die Gelegenheit zu verschwenden, vielleicht wenigstens den einen oder anderen ihrer Träume wahr werden zu lassen. Aber wovon genau träumte sie eigentlich? Wie stellte sie sich das Leben vor? Was wünschte sie sich, wonach sehnte sie sich, was fehlte ihr?

Clemens.

Ja, am meisten fehlte ihr der Vater.

Der Schmerz, die Trauer und die Einsamkeit trafen sie wie ein Faustschlag in den Magen. Jennifer war in einer religionslosen Familie aufgewachsen und glaubte nicht an ein Leben nach dem Tod. Die Feststellung, dass sie ihrem Vater bald folgen würde, hatte für sie nichts Tröstliches. Das Wissen darum, dass Clemens für immer aus ihrem Leben verschwunden war, schmerzte so sehr, dass sie sich mit aller Macht zwang, ihre Gedanken in eine andere Richtung zu lenken.

Drachenfliegen. Einen Roman schreiben. Die Welt umsegeln. Sich mit Haut und Haaren, Hals über Kopf verlieben – obwohl, das wäre dann auch blöd. Etwas erfinden. Eine Sprache lernen. Die acht Weltwunder sehen, oder wenigstens eins. Sich mit ihrer Mutter besser verstehen …

»Was denkst du?«, fragte Jonas.

»Nichts«, sagte Jennifer und starrte weiter zum Fenster hinaus. Heute Abend würde sie sich hinsetzen und eine Liste machen: *100 Dinge, die ich tun will, bevor ich sterbe.* Oder vielleicht sollte sie lieber nur fünfzig nehmen? Oder dreißig? Kam ja auch darauf an, wie lange es jeweils dauerte, bis sie einen Punkt abhaken konnte.

Schweigend fuhren sie weiter bis zur Ohligsmühle. Kurz bevor sie den Bahnhof erreichten, bemerkte Jennifer Jonas' Blick: Es lag ein freudiges Funkeln, aber auch eine stumme Frage darin. Unwillkürlich begann Jennifer zu grinsen und wollte sich den Bruchteil einer Sekunde später erheben, doch Jonas war schneller. Er sprang abrupt auf und drückte Jennifer zugleich mit einer Hand auf die Schulter, um sie in ihren Sitz zu pressen. Es war ihr altes Spiel aus Kindertagen, dessen sie nie müde wurden: Wer von ihnen schaffte es zuerst zur Tür hinaus auf den Bahnsteig? Wie oft war einer von ihnen dabei gestolpert, hingefallen oder gegen die Wand neben der Tür gerannt … Trotzdem war es immer ein Riesenspaß und der missbilligende Blick der Leute war es sowieso wert.

Da Jonas impulsiver als Jennifer war, gelang es ihm meist, sie einfach zur Seite zu drängen, doch heute stemmte sie sich kraftvoll gegen seinen Druck und schnellte ebenfalls hoch, sodass sie sich nebeneinanderher zwischen den Sitzen hindurch zur Tür drängelten, während der Zug zum Stehen kam. Jennifer hob den Arm und versuchte, Jonas zwischen zwei leere Sitzbänke zu schubsen, aber ihr Bruder konnte den Kurs halten. So erreichten sie zeitgleich den Bereich vor der Tür, die sich bereits öffnete, weil jemand einsteigen wollte.

Das verschaffte Jennifer einen winzigen Vorteil, weil sie sich auf der Seite des Bahnsteigs befand. Schwungvoll warf sie sich nach links und hechtete mit ein klein wenig Vorsprung zur Tür hinaus, streifte dabei jedoch einen Mann, der gerade die Bahn betrat. Sie wirbelte herum und strich sich die blonden Haare aus dem Gesicht. »Entschuldigung, das wollte ich nicht«, sagte sie mit einer Stimme, in der sowohl Freundlichkeit als auch eine entschlossene Strenge lagen und mit der sie meist bekam, was sie wollte. So auch diesmal.

»Schon gut, kein Problem«, sagte der Mann lächelnd. Seine Arme waren von den Schultern bis zu den Handgelenken mit brutalen Tätowierungen übersät.

Jonas trat nun ebenfalls aus dem Zug und schaute dem Muskelpaket mit halb offenem Mund hinterher.

»Genau dein Typ, was? Aber ich schwöre dir, wenn, dann nimmt er mich, nicht dich«, flüsterte Jennifer grinsend und knuffte ihren

Bruder in die Seite. »Und dann auch noch langsamer als ich, obwohl du vor mir losgelaufen bist.«

Für einen Moment verdrängte eine kindliche Freude den dunklen Schatten, der seit einer Woche über Jennifer hing. Der unerwartete Zusammenbruch, Notaufnahme und Krankenhaus, dann die Diagnose. Jonas war immer an ihrer Seite gewesen. Doch genau in diesem Augenblick waren sie für einen Moment, was sie immer gewesen waren: Zwillingsgeschwister, die in einem ständigen, allumfassenden Wettbewerb miteinander standen.

»Ich wollte dich eben auch mal gewinnen lassen. Wo du doch nicht mehr viele Gelegenheiten dazu hast!«, konterte Jonas.

Jennifer presste die Lippen aufeinander. Sie wusste, dass ihr Bruder mit seinen dummen Scherzen nur versuchte, seine eigene Angst um sie zu überspielen. Langsam atmete sie ein und wieder aus. »Ihr könnt euch bewusst machen, dass jedes Ausatmen ein Ende darstellt, jedes Einatmen einen neuen Anfang«, hatte der Therapeut ihnen nach dem Tod ihres Vaters im letzten Herbst gesagt. Jonas hatte damit nichts anfangen können, Jennifer aber griff seitdem in Krisenmomenten immer auf diese hilfreiche Technik zurück.

Sie atmete noch einmal tief durch und sagte dann leise: »Du hast ja recht. Aber ich glaube, ich brauche noch ein paar Tage, bis wir Witze darüber machen können, okay?«

Jonas nickte und berührte kurz liebevoll ihre Wange. »Klar. Tut mir leid.«

Jennifer schlang ihre Arme um ihren Körper und rieb mit den Händen die Oberarme, als wäre ihr urplötzlich eiskalt geworden. Dann wandte sie sich wortlos ab und ging los. Vorhin beim Arzt hatte Jonas gar nicht lockergelassen. »Chemotherapie, Transplantation, Blutwäsche – es muss doch irgendeine Möglichkeit geben, Jennifer zu helfen!«, hatte er geradezu ultimativ gefordert. Doch der Arzt hatte nur traurig den Kopf geschüttelt. Der hatte bestimmt auch keine Lust darauf, solche Diagnosen zu stellen. Im Moment bekam sie noch nicht mal Medikamente. Erst wenn Symptome auftraten, würde man sie behandeln können.

Jennifer hegte keinen Zweifel daran, dass Jonas sein Leben für ihres gegeben hätte, und normalerweise kam sie auch ganz gut mit seinen zynischen Witzen klar. Es war eben seine Art, mit Dingen umzugehen, die nicht so liefen, wie sie sollten. Während seines Coming-outs war es besonders schlimm gewesen, doch gerade hatte sein Spruch sie sehr getroffen. In ein paar Tagen gerne wieder, dachte Jennifer, aber heute war alles noch zu frisch. Sie fühlte sich wund und unsicher.

Jonas hatte schon fast zu ihr aufgeschlossen, als ein Mann über den Bahnsteig gerannt kam. Er hatte sehr kurz geschnittenes Haar und mochte etwa vierzig Jahre alt sein. Seine Schuhe waren staubig, seine Hose fleckig, das Hemd war zerknittert. Er hielt sich mit der rechten Hand den Bauch, als hätte er Schmerzen.

Die Bahn hinter ihnen begann zu piepsen, um das bevorstehende Schließen der Türen anzuzeigen. Der Mann wollte sich im letzten Moment zwischen Jennifer und Jonas hindurch in den Wagen werfen, geriet aber aus dem Gleichgewicht und prallte wie eine Kugel im Flipperautomat erst gegen Jonas, dann gegen Jennifer. Das Gesicht des Mannes war dem ihren für einen kurzen Moment ganz nah und sie nahm einen merkwürdigen, leicht fauligen Geruch wahr, ehe er schließlich direkt neben der noch offen stehenden Tür gegen die Seitenwand der Schwebebahn taumelte.

Ungläubig schaute Jennifer zu, wie sein ganzer Körper in sich zusammenzusacken schien und er nach hinten kippte wie eine halbschlaffe Gummipuppe. Seine Schulter traf zuerst auf den Beton, dann die Hüfte und schließlich, mit einem erschreckenden Geräusch, sein Kopf. Die Augen des Mannes waren geschlossen. Er rollte noch ein wenig nach vorn, dann blieb er – halb auf der Seite, halb auf dem Bauch – reglos liegen.

Die Türen der Schwebebahn schlossen sich nun vollständig und im nächsten Moment fuhr sie auch schon davon. Jennifer und Jonas sahen einander entgeistert an. Dann kamen die Erinnerungen an den Erste-Hilfe-Kurs zurück, den sie vor zwei Jahren wiederholen mussten, als sie sich einen Sommerjob als Rettungsschwimmer geteilt hatten. Jennifer riss ihre kleine Handtasche von der Schulter und warf sie beiseite, dann beugte sie sich hinunter und brachte den Mann in die stabile Seitenlage.

»Soll ich dir helfen?«, fragte Jonas, aber Jennifer schüttelte den Kopf, während sie versuchte, den Puls des Mannes zu fühlen. »Schnell und deutlich«, stellte sie nach wenigen Sekunden erleichtert fest.

Ein gutes Zeichen. Dann zog sie das Kinn des Mannes herunter und schaute ihm in Mund und Rachen, um festzustellen, ob die Luftröhre mit Erbrochenem verstopft war. Seine Zunge sackte aus dem Mund, dazu ergoss sich ein Blutschwall auf den Boden. Sie kniff die Augen zusammen und spähte in den Mund hinein. »Die Atemwege scheinen frei zu sein«, sagte sie ungerührt und warf ihrem Bruder einen Blick zu, der die Nase rümpfte.

»Und was jetzt?«, fragte er unsicher.

Jennifer schaute sich suchend um, dann entdeckte sie den Notrufknopf am Treppenaufgang. »Ruf einen Krankenwagen«, wies Jennifer ihren Bruder an und nickte in Richtung der Notrufsäule. Sie hatte die Hoffnung, dass auf diesem Weg schneller Hilfe käme als per Handy.

Als Jennifer sich wieder dem Mann zuwandte, schlug er die Augen auf und begann gleichzeitig, wie elektrisiert zu zucken. Seine Arme und seine Wange schabten über den rauen Beton, er schien Worte formen zu wollen, aber es gelang ihm nicht. Unter großer Mühe beugte er den rechten Arm und tastete nach einer kleinen schwarzen Tasche an seinem Gürtel, während er weiter von Krämpfen geschüttelt wurde. Er versuchte vergebens, den Druckknopf zu öffnen. Jennifer beugte sich vor, zog die Lasche des Täschchens hoch und holte eine beängstigend große Spritze daraus hervor.

»Hhrr«, stieß der Mann heiser hervor und schlug sich mit der Hand erst auf die Brust, dann auf den Bauch. »Hhrr!«

Jennifer starrte erst ihn, dann die Spritze an. Der Mann riss seine Augen noch weiter auf, während er von zunehmend intensiveren Krämpfen geschüttelt wurde. »Hhrr!«, machte er erneut in dem erkennbaren Bemühen, sich verständlich zu machen, und deutete wieder auf den Bauch.

Jennifer zögerte nur noch einen Moment, aber die Lippen des Mannes verfärbten sich bereits blau. Obwohl seine Atemwege frei waren, nahm er offensichtlich zu wenig Sauerstoff auf. Nachdem sie die Schutzkappe von der Nadel entfernt hatte, zog sie dem Mann das Hemd aus der Hose, packte mit der freien Hand die Haut seines Bauches, bildete eine Falte, stieß die Spritze hinein und drückte den Kolben nach unten.

Augenblicklich ebbten die Krämpfe ab, dann schloss der Mann seine Augen und sein Kopf fiel zurück auf den Boden. Plötzlich sog er deutlich hörbar durch den Mund Luft ein, zweimal, dreimal, und seine Lippen nahmen wieder Farbe an. Wenige Sekunden später jedoch schloss sich sein Mund und sein Körper erschlaffte vollständig.

Jennifer versuchte, Ruhe zu bewahren, und atmete tief durch. Entweder hatte sie dem Mann gerade das Leben gerettet – oder ihn umgebracht. Sie legte die leere Spritze beiseite und ließ sich zittrig auf ihre Fersen sinken. »Könntest du jetzt besser doch noch einen Krankenwagen rufen?«, bat sie Jonas.

»Klar.« Er nickte und lief los. Aber noch bevor er das Notrufgerät erreicht hatte, kamen zwei Sanitäter in voller Montur und samt Trage die Treppe hochgelaufen, wenige Schritte hinter ihnen folgte ein Notarzt.

Erleichtert richtete Jennifer sich auf und sah den Männern entgegen. Auf ihren Uniformen trugen sie ein Symbol, das sie noch nie gesehen hatte, ein weißes Kreuz auf rotem Grund in einem blauen Kreis. Bestimmt einer dieser privatisierten Krankentransporte. Der Arzt war, ungewöhnlich für ein Kaff wie Wuppertal, Asiate.

Jonas deutete sofort in Richtung des Ohnmächtigen auf dem Bahnsteig und die drei Männer liefen, ohne innezuhalten, an ihm vorbei. Sie stellten die Trage ab und der Arzt schob Jennifer beiseite, während er eine Spritze aus seiner Arzttasche zog.

Jennifer schoss die Frage durch den Kopf, wer den Krankenwagen gerufen hatte – vielleicht ein anderer Fahrgast oder der Schwebebahnfahrer, der den Vorfall während des Abfahrens auf dem Monitor beobachtet hatte.

»Er ist einfach umgefallen. Hatte Puls und Atmung, aber scheinbar Sauerstoffmangel«, berichtete Jennifer dem Arzt. »Er trug eine Spritze in dieser Tasche und ich hatte den Eindruck, er wollte mich darauf aufmerksam machen. Ich habe sie ihm in den Bauch verabreicht, wie eine Diabetesspritze. War das okay?«

»Oh«, machte der Arzt und packte seine eigene Spritze wieder ein. Er schaute Jennifer mit gerunzelter Stirn streng an, als hätte sie etwas falsch gemacht, sagte dann aber: »Das ist gut. Das war ganz richtig von Ihnen.«

Mit einer kurzen Handbewegung wies er seine Kollegen an, den Patienten auf die Trage zu befördern.

»Außerdem hat er aus dem Mund geblutet«, ergänzte Jennifer noch und deutete auf die Blutlache am Boden.

Der Arzt zuckte mit den Schultern und schien unbeeindruckt. »Das kommt vor«, entgegnete er kühl und erhob sich.

»Müssen Sie nicht noch …?«, begann Jennifer zu fragen, aber der Asiate starrte sie nun aggressiv an.

»Was? Muss ich was? Fragen von Laien auf Bahnsteigen beantworten und wertvolle Zeit verlieren?« Er schüttelte den Kopf. »Nein. Nein, das muss ich ganz sicher nicht.« Dann setzte er in einem Ton, als hätte er die Worte auswendig gelernt und würde sie nur widerwillig aufsagen, hinzu: »Aber vielen Dank für Ihre Hilfe. Unser Patient wird es Ihnen zu danken wissen.«

Die Sanitäter schnallten den ohnmächtigen Mann gerade mit zwei breiten Lederriemen auf der Trage fest, da öffnete er erneut die Augen. Sein Blick huschte von Jonas über Jennifer zu dem Notarzt und wieder zurück zu Jennifer. Sie hatte den Eindruck, als läge etwas Flehendes in seinem Blick.

»Warten Sie«, bat sie und legte einem der Sanitäter eine Hand auf den Unterarm. Sie griff nach ihrer Handtasche und zog eine Visitenkarte daraus hervor. »Hier«, sagte sie zu dem Mann auf der Trage und schob sie in die Brusttasche seines Hemdes. »Falls Sie eine Zeugin brauchen! Ich glaube, Sie sind ausgerutscht und haben sich dabei verletzt. Also, wenn Sie möchten, rufen Sie mich gern jederzeit an!« Sie drückte dem Mann die Hand.

»Wir müssen jetzt los. Es handelt sich um einen medizinischen Notfall, ist Ihnen das nicht klar?«, herrschte der Arzt Jennifer an.

»Ist ja schon gut«, entgegnete Jonas und zog seine Schwester ein Stück beiseite, wobei er ihr beruhigend die Hand drückte.

»Los!«, befahl der Asiate seinen Männern und die drei verließen den Bahnsteig ebenso zügig, wie sie erschienen waren.

Jennifer sah ihnen verwundert hinterher. Sie spürte, wie ein leichtes Zittern sie erfasste, doch dann fuhr die nächste Bahn ein und sie mussten zur Seite ausweichen, um den aussteigenden Passagieren Platz zu machen. Jennifer griff nach ihrer Tasche und nickte kurz ihrem Bruder zu. »Komm! Wir waren heute schon lange genug unterwegs und ich habe Mama versprochen, dass ich mich bei ihr melde, wenn ich weiß, was der Arzt gesagt hat.«

Auf dem Nachhauseweg liefen die Szenen in der Arztpraxis und auf dem Bahnsteig als Endlosschleife in Jennifers Kopf. Und obwohl Jonas neben ihr herging und sogar einen Arm um ihre Schultern gelegt hatte, ließen die letzten Stunden nur einen Gedanken zu: Was für ein blöder Geburtstag!

* * *

Einsatzleiter Young-Sun Bak setzte sich ans Steuer des »Rettungswagens«. Einsätze wie dieser, in denen er binnen Sekunden entscheiden und improvisieren musste, waren der Grund, weshalb er seinen Job liebte. Und das Mädchen war süß gewesen. Schlank, aber nicht zu schlank, hellblaue Augen, ein aufmerksamer, beinahe widerspenstiger Blick und lange blonde Haare. Schade, dass er sie nie wiedersehen würde.

Er ließ den Motor aufheulen, schaltete das Blaulicht ein und jagte vom Parkplatz, wobei er beinahe einen Volvo streifte, der gerade gemächlich einbog. So schnell wie möglich fuhr er vom Stadtzentrum weg und nach zehn Minuten entdeckte er, wonach er suchte: den riesigen Parkplatz eines Vorort-Einkaufszentrums. Er parkte in der hintersten Ecke – hier würde sie garantiert niemand stören – und wandte sich um.

Dr. Wagner, ein richtiger Mediziner, hatte jetzt die Betreuung des Patienten übernommen. Über einen Tropf verabreichte er Gregor Gehrmann eine entkrampfende Lösung. Gegen die Schmerzen hatte er dem Mann schnell lösliche Tabletten unter die Zunge geschoben, jetzt reinigte und bandagierte Wagner die Schürfwunden an Kopf und Arm.

Young-Sun griff zielgerichtet zur Seitennaht von Gehrmanns Oberhemd und zog ein schmales, etwa zehn Zentimeter langes Stäbchen aus einer speziellen Tasche, die dort angebracht war. Das Ding sah aus wie eines dieser Leuchtstäbchen, die Kinder so liebten. In Wahrheit handelte es sich jedoch um einen äußerst präzisen GPS-Sender samt Lagesensor, der augenblicklich Alarm gab und die aktuelle Position bis auf eineinhalb Meter genau sendete, sobald er zwischen sechs Uhr morgens und zehn Uhr abends länger als vier Sekunden mehr als sechzig Grad aus der Senkrechten gebracht wurde. Nachts im Schlaf traten die Anfälle praktisch nie auf. Im Grunde funktionierte das Gerät genau wie die automatischen Notrufsender für Rentner, nur viel schneller und präziser.

Young-Sun warf den Sender in einen bereitstehenden Mülleimer, weil nicht abzusehen war, ob das Gerät bei dem Sturz Schaden genommen hatte. Und die Dinger waren nicht teuer – knapp unter dreihundert pro Stück.

»So«, sagte er. »Vernehmung.«

Dr. Wagner nickte und hob eine Hand, in der er eine Spritze mit einer klaren Flüssigkeit hielt. Er tastete nach Gehrmanns Rippen, stieß die Nadel dann vorsichtig zwischen ihnen hindurch in die nächste Umgebung des Herzens und injizierte dem Patienten drei Milliliter reines Adrenalin. Nach wenigen Sekunden begann Gehrmann zu schwitzen, schließlich schlug er die Augen auf. Seine Lider flatterten und er stemmte sich gegen die Riemen, mit denen er auf der Liege festgeschnallt war.

»Fünf Minuten, höchstens«, warnte Wagner.

»Schon klar, Doc«, sagte Young-Sun. Sie arbeiteten nicht zum ersten Mal zusammen. »Was ist passiert?«, fragte er dann den Patienten.

Gehrmann begann zu reden wie ein Wasserfall. Bei dieser Studie hatten sie wirklich Glück. Alle Probanden wollten gern mitmachen, auch wenn das ganze Prozedere rundum illegal war. In Internetforen hatten sie gezielt Gerüchte über ein neues Medikament gegen multiple Sklerose gestreut. Die Interessenten, die sich daraufhin meldeten, waren zu einem Test eingeladen worden – der offiziell in einer Messbarkeitsstudie eines bereits erhältlichen Mittels bestand, in Wahrheit aber bekam die Hälfte der Teilnehmer statt des erprobten Heilmittels ein wirkungsloses Placebo und die als »Placebo« ausgelosten Teilnehmer erhielten die Neuentwicklung. So konnte man ohne die teuren offiziellen Prüfverfahren herausfinden, wie vielversprechend die Entwicklung war.

Gehrmann sprudelte hervor, dass er sich bereits seit gestern schlecht fühle, Krämpfe, Lähmungserscheinungen, sensorische Aussetzer, das volle Programm, und dass er daher unangemeldet ins Labor hatte kommen wollen, doch dann sei ihm schwarz vor Augen geworden. Eine junge Passantin habe ihm die lebensrettende Cortisonspritze verabreicht.

Young-Sun schaltete das digitale Aufnahmegerät ab, schloss es an den Laptop an und fertigte einen Print der Aussage, den er Gehrmann zum Unterschreiben hinhielt. Der schaffte es vor lauter Erregung kaum, seinen Namen leserlich auf das Blatt zu kritzeln.

Noch während Young-Sun das Dokument zum Abspeichern durch den tragbaren Scanner zog, verpasste Wagner dem Patienten eine K.-o.-Spritze und beobachtete dann auf dem Monitor das steile Abfallen der Herzfrequenz – nur um bei einem Puls von vierzig den Tropf aus der Braunüle auf dem Handrücken zu ziehen und intravenös eine bewährte Mischung aus Beruhigungs- und Aufputschmittel zu verabreichen, die zu einem Drittel mit einem noch nicht für die offizielle Nutzung zugelassenen vollsynthetischen Polymer angereichert war, das eine vollständige und augenblickliche Löschung aller chemischen Verbindungen im Kurzzeitgedächtnis verursachte. Schnell genug nach einem bestimmten Ereignis angewandt, war dies eine narrensichere Vergessensdroge.

Nachdem Gehrmann wenig später wieder aufgewacht war, befragte Young-Sun ihn erneut, um völlig sicherzugehen. Da der Proband sich an nichts erinnern konnte, legte der Einsatzleiter ihm ein mögliches Geschehen in den Mund, das keinerlei negative Rückschlüsse auf das getestete Medikament zuließ. Erst als all das erledigt war, setzte Young-Sun sich wieder ans Steuer und verließ den Vorstadtparkplatz.

Das Navigationsgerät wies ihm den Weg zur firmeneigenen Klinik im Ebbegebirge, die weder in einem Telefonverzeichnis noch im Internet zu finden war. Nur eine Handvoll Eingeweihter wusste, was sich hinter den Mauern des sonst so unscheinbaren Gebäudes tatsächlich verbarg.

* * *

Prof. Dr. Dr. Ekhardt Hirschberger liebte seine Spielzeuge. Von der Abfindung hatte er sich einen roten Jaguar E-Type geleistet, selbstverständlich makellos instand gesetzt. Cabrio. Weißes Leder. Er ließ den Wagen um die Kurven sausen. Derart abgeschieden zu wohnen wie er, wurde nur durch die kleinen Freuden des Alltags erträglich.

Er zischte durch das kleine Dörfchen, in dem er seine Lebensmittel erwarb, wechselte dann am Ende der Hauptstraße die Straßenseite und hielt schließlich vor dem Briefkasten auf der linken Seite. Man konnte meilenweit sehen. Das Fenster surrte leise herunter, der elektrische Fensterheber war tatsächlich die beste Nachrüstung überhaupt gewesen. Wie hatten die Menschen früher nur gelebt?

Er beugte sich nach rechts und öffnete das Handschuhfach. Darin lagen zwanzig Briefe, deren Adressdaten ihn deutlich mehr gekostet hatten als der Wagen. Aber wenn auch nur ein Viertel seiner Anfragen Erfolg hatte, würde sich diese Investition zweifellos innerhalb weniger Jahre auszahlen – von dem unvermeidlichen Weltruhm, den er im Kreise seiner Kollegen erzielen würde, einmal ganz abgesehen.

Hirschberger warf die Briefe in den Kasten, dann klappte er sein Handschuhfach wieder zu, sah sich um, warf sicherheitshalber noch einen Blick in den Rückspiegel und fuhr schließlich los. Immer geradeaus, bis zu einem kleinen Aussichtspunkt am Straßenrand, wo er eine Zigarette rauchen und den Sonnenuntergang genießen würde. Sein etwas zu langes weißes Haar wurde vom Wind zerzaust. Das Leben war großartig – seines jedenfalls.

* * *

Jennifer und ihre Mutter mailten einander regelmäßig alle zwei, drei Tage, seit Stephanie vor vier Monaten nach Hongkong gegangen war. Acht Jahre lang hatte sie als Geschäftsführerin den deutschen Standort eines international erfolgreichen Softwareunternehmens geleitet. Nun war sie seit Anfang des Jahres dafür verantwortlich, die Expansion im asiatischen Raum voranzutreiben. Das war ihre Art, nach Clemens' Tod der Leere im Haus zu entgehen. Nach der ersten Diagnose hatte ihre Mutter angeboten, sofort nach Hause zu kommen, aber Jennifer hatte abgelehnt – sie wollte erst die zweite Meinung abwarten.

Jetzt öffnete sie das Fenster des Videochats und wählte ihre Mutter aus der Kontaktliste. Es klingelte, dann erschien nach kurzer Verzögerung Stephanies Gesicht. »Hi!«, sagte Jennifer. Sie gab sich Mühe zu lächeln.

»Hallo! Wie geht es dir? Was hat der Arzt gesagt?«, fragte ihre Mutter. Sie hatte das Gespräch auf dem Handy angenommen. Es war später Abend in Hongkong und im Hintergrund konnte Jennifer durch ein Panoramafenster die Lichter Kowloons glitzern sehen.

»Schlechte Nachrichten«, sagte Jennifer leise. »Er sagt, man kann nichts machen. Mir bleibt noch ein halbes Jahr.«

Ihre Mutter schloss die Augen. Es tat Jennifer fast noch mehr weh, ihren Schmerz zu sehen, als den eigenen auszuhalten.

»Soll ich kommen?«

Jennifer schüttelte den Kopf. »Danke. Aber – nein. Ich muss erst mal meine Gedanken sortieren. In einem halben Jahr kann man eine Menge anstellen und es gibt so vieles, was ich unbedingt noch erleben will. Ich war zum Beispiel noch nie in Hongkong; vielleicht sollte also lieber ich dich besuchen kommen als umgekehrt.«

Ihre Mutter zuckte mit den Schultern und zog die Augenbrauen hoch. »Das stimmt natürlich. Okay. Ich bin innerhalb von vierundzwanzig Stunden bei dir, wenn du mich brauchst. Sag mir einfach Bescheid.«

Jetzt lächelte Jennifer wirklich. »Danke, Mama, das mach ich. Bis bald.«

Sie legten auf. Jennifer spürte einen dicken Kloß in ihrer Kehle und wischte sich mit dem Handrücken über die Augen.

Es war einfach nur beschissen, so früh im Leben sterben zu müssen.

2

Professor Koch kam mit hochrotem Kopf zur Tür herein. Er knallte Jennifer und Thorge die Rechercheunterlagen auf den Tisch. »Was soll ich denn damit anfangen? Halten Sie mich für einen Vollidioten? In dem ganzen Stapel steht nichts, was ich nicht noch aus meinem Grundstudium wüsste – und wie Sie sich denken können, ist das bei mir schon eine geraume Zeit her! Ihre Aufgabe bestand darin, den *aktuellen* Forschungsstand zu dokumentieren! Das hier ist ein Geschichtsbuch der Biomathematik.«

»Aber –«, begann Thorge.

Schwerer Fehler. Kochs Wut konzentrierte sich nun ganz auf seinen Laborleiter. »Wollen Sie etwa behaupten, Sie und … äh …« Er warf einen Blick in Jennifers Richtung.

»Jennifer«, half ihm Thorge auf die Sprünge.

»Ja. Selbstverständlich. Wollen Sie etwa behaupten, Sie und Jennifer hätten mehr als eine Viertelstunde aufgewandt, um das hier zusammenzustellen?«

An seiner Schläfe pulsierte eine Ader. Koch war ein fantastischer Chef, engagiert und einfallsreich, aber er hatte durchaus seine menschlichen Schwächen. Er war ein echter Choleriker, wenn ihm etwas nicht passte.

»Doch, wir –«, begann Jennifer jetzt.

Koch wandte sich in ihre Richtung und zog wortlos die Augenbrauen hoch. Jennifer war fünf Jahre jünger als Thorge und jobbte hier nur in den Semesterferien als wissenschaftliche Hilfskraft. Thorge hingegen war schon fast mit seiner Promotion fertig und hatte eine feste Stelle bei RISK, einem Spin-off der biomathematischen Fakultät der Universität Wuppertal. Mit Geldern der UNO und der Weltgesundheitsorganisation betrieb RISK internationale Risikoforschung und bestand aus einem Netzwerk aus sieben rechtlich selbstständigen Firmen, einer auf jedem Kontinent.

Koch atmete tief durch und bemühte sich erkennbar um einen gemäßigten, wenn auch strengen Tonfall. »Ich benötige die Unterlagen rechtzeitig vor der Konferenzschaltung mit den Kollegen in New York um siebzehn Uhr unserer Zeit. Wenn Sie«, er warf Thorge einen Blick zu, »ein brauchbares Abstract voranstellen, reicht also um vier.« Dann brach sich sein Zorn doch noch Bahn. »Ansonsten sitzen Sie auf der Straße, alle beide.«

Koch wandte sich ab und verließ das Büro. Wenn er nicht mehr wütete, sondern schmallippig wurde, wirkte er noch viel bedrohlicher, fand Jennifer. Erstaunlich, dass ein an sich richtig cooler Typ so eine strenge, unangenehme Seite hatte.

Koch hatte Jennifer schon im ersten Semester imponiert. Der Professor war mit zweiundfünfzig Jahren zum Leiter der Fakultät ernannt worden und damit einer der jüngsten Kollegen unter den Fakultätsleitern gewesen. Mittlerweile war Timotheus Koch einundsechzig, zweifacher Großvater und gehörte zu den ältesten Mitarbeitern der Universität. Dennoch zählte er nicht etwa die Monate bis zu seiner Pensionierung, denn er forschte mit großer Leidenschaft und genoss die Arbeit mit den Studenten. Sie hielten ihn jung, betonte er immer wieder. Koch kam meist in Stoffhosen, einem Polohemd mit wildem Aufdruck und lässigen Segeltuchschuhen ins Büro. Heute allerdings trug er Anzug und Krawatte.

Doch nicht nur Koch und seine überaus engagierte Lehrtätigkeit hatten Jennifer imponiert, auch die Ausgründung RISK, die er zusätzlich leitete, war in ihren Augen ein hoch spannendes Feld. RISK widmete sich der kommerziellen Auswertung einer von Kochs wissenschaftlichen Thesen, nämlich dass es möglich sein müsste, die Wahrscheinlichkeit zu berechnen, mit der zu jedem gegebenen Zeitpunkt an jedem beliebigen Ort eine Katastrophe eintreten wird, egal ob natürlichen oder anderen Ursprungs. Er wollte sozusagen die »Tödlichkeit« in einem dreidimensionalen Zeit-Ort-Gefahr-Graph abbilden. Beispielhaft wollte Koch dies an den experimentellen Ergebnissen einer ihm bekannten Forschergruppe zeigen. Die Kollegen arbeiteten daran, aus menschlicher DNA künstliche Haut zu »züchten«, um sie Brandopfern innerhalb weniger Stunden für Transplantationen zur Verfügung zu stellen, doch die Ergebnisse waren überraschend schwankend. Koch versuchte, die Erfolge und Misserfolge in Zeit-Raum-Koordinaten zu fassen und – unter Einbeziehung zahlreicher weiterer Faktoren – sogar Voraussagen zu treffen.

Kochs Forschung wurde mit Geldern von Regierungsorganisationen unterstützt – in ihrem Fall WHO und UNO. Die Weltgesundheitsorganisation saß in Genf und war der weit angenehmere Partner. Bei den Vereinten Nationen in New York wollte man möglichst schnell möglichst viele Erfolge feiern. Deshalb konnte Jennifer gut nachvollziehen, dass Koch auf die heutige Telefonkonferenz perfekt vorbereitet sein wollte.

Thorge kaute an seinen Fingernägeln herum. Er war ganz blass geworden. »Ich kann es mir nicht leisten, diesen Job zu verlieren! Meine Freundin ist schwanger!«, murmelte er.

»Was?«, fragte Jennifer verdutzt. »Das sind ja mal interessante Neuigkeiten! Gratuliere!« Als sie seinen Gesichtsausdruck bemerkte, schickte sie noch ein fragendes »Oder?« hinterher.

Thorge zuckte mit den Schultern. Er war knapp einen Meter

siebzig groß und wog deutlich über hundert Kilo, trug ausschließlich schwarze Klamotten – und sein Körper war mit Piercings und Tattoos förmlich übersät. Manchmal konnte Jennifer kaum glauben, dass sich hinter dieser Fassade ein unsicheres Sensibelchen verbarg.

»Doch … ja … schon«, sagte er. »Wir freuen uns. Aber es war nicht geplant und ich weiß auch nicht … also, ich weiß einfach nicht, ob wir gute Eltern sein werden. Verstehst du?«

Jennifer nickte. »Klar«, sagte sie. »Aber ich vermute, nur Leute, die am Ende *schlechte* Eltern werden, fragen sich nicht, ob sie *gute* Eltern sein werden.«

»Hm?«

»Dass du überhaupt darüber nachdenkst, zeigt meiner Meinung nach, dass du ein guter Vater werden wirst.«

»Danke. Das freut mich.« Er lächelte, dann wurde er schlagartig wieder ernst. »Aber deswegen ist es erst recht wichtig, dass ich diesen Job behalte!«

»Warum solltest du ihn denn verlieren?«

»Du hast Koch doch gehört.«

»Ach, das meint er bestimmt nicht so. Vielleicht hat er schlecht geschlafen, keine Ahnung. Ich habe doch geholfen, das Material zusammenzustellen – *so* schlecht ist es wirklich nicht. Aber meine Mutter ist auch manchmal so wie er. Vor lauter Stress und Aufregung voll streng. Deswegen nehme ich das nicht wirklich ernst. Das geht vorbei. Komm, wir suchen einfach die neuesten Infos raus, du schreibst eine Zusammenfassung und alles wird gut.«

Es kam ihr komisch vor, dass sie Thorge gegenüber so auftrat, schließlich arbeitete sie erst seit zwei Wochen hier und war mit Abstand die Jüngste. Aber andererseits war sie sich tatsächlich ganz sicher, dass Koch seine Drohung nicht ernst meinte. Und je schneller sie das neue Material zusammenhatten, desto schneller würde er sich auch wieder beruhigen. Außerdem war Jennifer ganz froh, dass sie etwas zu tun hatte, denn dann musste sie nicht dauernd daran denken, dass ihr nur noch wenige Monate blieben.

Entschlossen stürzte sie sich in die Arbeit.

Ganz ließ sie dieser Gedanke dann aber doch nicht los, wie Jennifer sich wenig später eingestehen musste. Das Thema Zellwachstum war ihr jetzt schlicht zu nah, als dass sie sich ausschließlich rein professionell damit hätte beschäftigen können.

Thorge hatte ihr die englischsprachigen Datenbanken überlassen. Sein Fachwissen war zwar ausgezeichnet, aber Englisch war nicht seine Stärke. Nachdem Jennifer und Jonas zwei Jahre lang in Miami zur Schule gegangen waren – ihre Mutter hatte damals in den USA gearbeitet –, war ihr Englisch fließend und auf Spanisch konnte sie sich zumindest grundlegend verständigen.

Gerade loggte Jennifer sich bei *Science Weekly*, *Natural Science*, dem *International Biochemical Newsletter* sowie in der Datenbank des Fachbereichs Biomathematik der Universität Seattle ein und begann, aktuelle Artikel zu sichten.

Sie hatte sich für das Studienfach Biomathematik entschieden, weil es eine Möglichkeit bot, der Natur in die Karten zu gucken und zugleich die größeren Zusammenhänge des Lebens zu verstehen, bei denen jede chemische Reaktion, jedes Lebewesen nur eine statistische Größe war. Wie immer überflog sie erst einmal die Themen und Überschriften der einzelnen Artikel: »*Polyglycerolsulfate zeigen starkes anti-inflammatorisches Potenzial +++ Ozonschwund über der Arktis führt zu erhöhter ultravioletter Strahlung in Skandinavien +++ Mögliche Ursache für Alzheimerkrankheit entdeckt: Ein körpereigenes Lipidmolekül hat fatale Auswirkungen, wenn es sich in Nervenzellen anhäuft +++ Konjugierte Linolsäuren, viel gepriesene Schlankheitsmittel, stimulieren in der Bauchspeicheldrüse die Ausschüttung von Insulin – eine denkbare Folge: Diabetes +++ Hirntumore verändern den Zellstoffwechsel auch in gesunden Hirnregionen*«

Sie druckte aus, was ihr für Koch und seine Videokonferenz relevant erschien, und blieb schließlich an einem populärwissenschaftlichen Artikel aus den USA hängen, in dem ein Experte der Universität Atlanta sich zu möglichen Risiken durch die künstliche Beschleunigung des Zellwachstums äußerte. Er gab zu bedenken, dass sich auf diese Weise auch Störungen und Fehlinformationen potenzieren könnten. Jennifer scrollte durch den Artikel und las konzentriert die Ausführungen des Autors.

»Die Bildung der DNA – die Zusammenstellung des Zellerbgutes – erfolgt ohnehin nicht fehlerfrei. Dies ist von der Natur auch so ›gewollt‹, sofern man natürlichen Prozessen einen ›Willen‹ unterstellen möchte, jedenfalls dient es evolutionär der Stärkung der Art beziehungsweise der möglichen Entwicklung neuer Arten und Lebewesen. Krebs und Autoimmunstörungen werden häufig als Zivilisationskrankheiten bezeichnet, doch in Wahrheit handelt es sich um simple Fehler bei der Zellreproduktion, die in unserer hochzivilisierten Welt vermehrt auftreten, weil die Menschen aufgrund der verbesserten Gesundheitsvorsorge weitaus älter werden als bisher. Dennoch ist der Verdacht zumindest nicht zu entkräften, dass weitere Elemente – Schadstoffe, Abgase, Lebensweise und Ernährung, möglicherweise sogar psychologische Faktoren – diese Entwicklung verstärken oder beeinflussen.«

Jennifer runzelte die Stirn. Sie hatte sich immer gegen diese »Selbst-schuld«-Weltsicht gesträubt, die unterstellte, Krebspatienten und andere Kranke hätten einfach die falschen Entscheidungen im Leben getroffen. Sicher war es möglich, sich zu Tode zu saufen oder aufgrund jahrelanger Arbeit mit Asbestfasern zu erkranken. Doch im Normalfall war die Sache weit einfacher – wenngleich auch brutaler: Jennifers Ansicht nach hatte man entweder Glück oder eben Pech. Einer starb, ein anderer nicht. Der Natur ging es nicht um den Erhalt der Art. Das ganze Leben war einfach nur ein Haufen zielloser biochemischer Reaktionen.

Ihre Freude an einem Sonnenuntergang oder ihr manchmal unglaublicher Ärger über ihren Bruder, die Trauer über den Tod des Vaters – nichts als chemische Reaktionen im Hirn, ein Feuerwerk der Synapsen. In Computersimulationen leicht nachzubilden und nur aufgrund der zahllosen Möglichkeiten nicht zuverlässig vorhersagbar. Selbst dass nun auch sie an Seibel-Thyreoditis erkrankt war, folgte einer Logik: Immerhin stammte die Hälfte ihrer Gene von ihrem Vater. Nur – wenn sie vererbbar war, weshalb trat die Krankheit dann nicht häufiger auf?

Jennifer löste frustriert ihren Blick vom Bildschirm. Am anderen Schreibtisch sah sie Thorge über einem Papierstapel brüten. Seufzend wandte sie sich wieder ihrem Artikel zu, doch sie konnte sich einfach nicht mehr konzentrieren. Stattdessen schossen ihr jede Menge Fragen durch den Kopf.

Warum überlebten manche Krebspatienten, andere nicht? Wieso war die Wissenschaft nach über dreißig Jahren Forschung einem Aids-Heilmittel noch immer keinen Schritt näher gekommen? Warum traten Deformationen und Erbkrankheiten in manchen Gebieten und Landstrichen gehäuft auf – aber nicht dort, wo Gefahrenquellen wie Atomendlager oder eine erhöhte UV-Strahlung es vermuten ließen?

Wieso war ausgerechnet sie zum Tode verdammt, obwohl sie noch so jung war und unendlich viel vorhatte? Wieso war das Leben nur so verdammt ungerecht? Und: Konnte man nicht doch irgendetwas gegen dieses Todesurteil unternehmen?

Als Thorge plötzlich ein frustriertes Stöhnen von sich gab und eine Pause vorschlug, zögerte Jennifer keine Sekunde.

Auf dem Weg zur Mensa redeten sie erst über belanglose Dinge, doch schnell kam das Gespräch wieder auf ihre Arbeit zurück. Thorge hatte genau wie sie festgestellt, dass es kaum aktuelle Meldungen zum Thema Zellwachstum gab. Das konnte ein gutes Zeichen sein – oder auch nicht. Manche Themen lagen einfach in der

Luft; mehrere Institute und Firmen arbeiteten dann zeitgleich daran, hielten sich aber bedeckt. Am Ende ging es nicht unbedingt darum, wer das beste Ergebnis vorzuweisen hatte. Mindestens genauso wichtig war, wer zuerst damit an die Öffentlichkeit ging.

»Ich glaube, Veränderungen auf dem mikrozellulären Level sind derzeit das heiße Topic«, sagte Jennifer, während sie ihren Teller von sich schob. Sie hatte kaum etwas gegessen. »Wir haben nichts zu befürchten. Es scheint, als wären alle mit etwas anderem beschäftigt. Ist dir das auch aufgefallen? In so vielen Veröffentlichungen wird über die Auswirkungen der Umweltprobleme auf Lebewesen diskutiert. Zu überlegen, wie man diese verhindern oder beheben kann, indem man das Zellwachstum manipuliert, ist dann der nächste Schritt. Wir sind ihnen weit voraus.«

Thorge schüttelte den Kopf. »Nein, die sind alle dran!«, widersprach er. »Alle arbeiten am selben Thema, da bin ich mir sicher. Nur schreibt keiner darüber, um sich nicht in die Karten gucken zu lassen.«

Jennifer zuckte mit den Schultern. »Wir haben keine Möglichkeit, es herauszufinden, also müssen wir abwarten«, sagte sie und kaum, dass die Worte ihren Mund verlassen hatten, zuckte sie zusammen. Ihr war klar, dass sie des Rätsels Lösung nicht mehr mitbekommen würde. »Sag mal«, wechselte sie schnell das Thema, »du wirst also wirklich Vater? Ich finde, das ist heute Morgen ziemlich untergegangen.«

Thorge grinste verlegen. »Ich wollte es auch noch eine Weile für mich behalten. Marie war erst letzte Woche beim Frauenarzt, sie will bis zum vierten Monat warten, bevor wir es irgendjemand sagen – sogar unseren Eltern.«

»Okay. Da bin ich aber geschmeichelt!« Jennifer grinste. »Du musst dir keine Sorgen machen, ich kann meinen Mund halten. Aber jedenfalls noch mal: herzlichen Glückwunsch! Ich finde Kinder ganz toll!«

Thorge lächelte jetzt auch und wirkte für den Augenblick etwas entspannter. »Ich glaube, ich auch. Ich meine, wir haben es nicht darauf angelegt, aber wir haben auch nichts dagegen unternommen. Trotzdem bin ich jetzt super unsicher. Aber das gehört vielleicht einfach dazu.« Nach einer kurzen Pause setzte er hinzu: »Und was mich auch total stresst, sind Maries Stimmungsschwankungen. Schon klar, alles nur Hormone, aber trotzdem – lachen, weinen, schreien, saure Gurken, kotzen, Schokolade, und das alles vor zehn Uhr morgens … das ist ganz schön anstrengend.«

»Für sie bestimmt auch«, sagte Jennifer, dachte dabei aber an sich. Beide Ärzte, die sie konsultiert hatte, hatten ihr erklärt, dass ihre Schilddrüse – das schmetterlingsförmige Organ vorn im Hals, das entscheidend für den Hormonhaushalt zuständig war – nicht einfach den Dienst quittieren würde. Oh nein, das wäre viel zu einfach und zudem recht gut behandelbar. In ihrem Fall konnte niemand abschätzen, was ihr bevorstand. Lebhaft standen ihr Clemens' körperliche Probleme vor Augen; insbesondere seine intensiven und scheinbar unerklärlichen emotionalen Umschwünge in den letzten Monaten waren schrecklich gewesen.

Für einen kurzen Moment überlegte Jennifer, ob sie Thorge von ihrer Diagnose erzählen sollte, entschied sich dann aber dagegen. Er hatte gerade wahrlich genug eigene Sorgen.

Um zwei saßen sie wieder an ihren Arbeitsplätzen und suchten weiter. Eine knappe Stunde später stieß Jennifer auf einen Artikel, in dem es um den Einsatz genmanipulierter Pflanzen in Brasilien ging. Namentlich nicht genannte Mitarbeiter einer ebenfalls ungenannten Firma behaupteten, ihr Arbeitgeber würde auf gerodeten Flächen eine spezielle Erdbeersorte anbauen, die besonders schnell wuchs und extragroße Früchte hervorbrachte. Die Erdbeeren waren zum Export in die USA bestimmt, ohne dabei über die entsprechenden Genehmigungen zu verfügen. Dies sei möglich, so ein Mitarbeiter, weil man die Zellmanipulation nicht nachweisen könne.

Jennifer hielt das für Unsinn. Wenn eine Veränderung des Erbgutes tatsächlich der Grund für das überraschend zügige Gedeihen der Pflanzen war, dann enthielten alle Zellen der Lebewesen diese DNA, sodass der Beweis biochemisch betrachtet sogar sehr einfach sein musste. Trotzdem fertigte sie einen Ausdruck für Koch an.

Thorge hatte in der Zwischenzeit mit dem Ordnen und der Zusammenfassung des Materials begonnen, während Jennifer nun einige Artikel las, über die sie im Laufe des Tages gestolpert war. Ein Bericht bezog sich auf eine Erhebung eines südamerikanischen Instituts, von dem Jennifer noch nie gehört hatte und zu dessen Datenbank sie auch keinerlei Anmeldeinformationen auf der RISK-Liste fand. Da es sich um eine Studie über Immunerkrankungen handelte, kopierte Jennifer den Link in eine E-Mail an ihre private Adresse, um Jonas später zu bitten, ihr Zugriff zu verschaffen. Wozu hatte man schließlich einen Computerspezialisten zum Bruder?

»Sag mal, kannst du auch Datenbanken knacken?«, fragte Jennifer, als sie am Abend endlich zu Hause war. Der Tag bei RISK war lange und intensiv gewesen und sie hatte sich auf dem Nachhauseweg darauf gefreut, einen gemütlichen Freitagabend auf der Couch zu verbringen.

Jonas schob seine Brille die Nase hoch und schaute sie fragend an. »Wie?«

»Ich habe einen Artikel gefunden, der vielleicht was mit meiner Erkrankung zu tun haben könnte, die Datenbank ist aber kennwortgeschützt.«

»Könnt ihr da nicht offiziell anfragen?«

»Wahrscheinlich schon. Aber Koch hatte heute keinen guten Tag und Thorge ist schwanger. Ich dachte, es geht vielleicht schneller, wenn ich dich frage, anstatt den offiziellen Weg zu gehen. Aber wenn es zu schwierig für dich ist –«

»Quatsch«, sagte Jonas beleidigt. »Gib mir den Link, das geht schon irgendwie.«

Jennifer grinste zufrieden. Es funktionierte erstaunlicherweise immer wieder, an Jonas' Kompetenz zu kratzen. »Ich hab ihn dir per Mail geschickt.«

Jennifer trat neben Jonas' Schreibtisch. Nachdem er auf den Link geklickt hatte, erschien ein Anmeldefenster, das einen Benutzernamen und ein Passwort abfragte.

»Hm«, machte Jonas. »Wenn die viele Nutzer haben, kann das durchaus ein paar Stunden dauern.« Er startete ein weiteres Programm und kopierte die Internetadresse in dessen Eingabefenster.

»Was ist das denn?«, fragte Jennifer neugierig.

»Eine Brute-Force-Attacke«, erklärte Jonas und Jennifer konnte sich ein Grinsen nicht verkneifen. Wie praktisch, dass ihr Bruder seine Position als Globalisierungsgegner auch dahingehend interpretierte, dass es okay war, Filme, Apps und Musik kostenlos herunterzuladen.

»Das Programm fängt sozusagen bei ›A‹ und ›1‹ an und probiert dann jede rechnerisch mögliche Kombination für Benutzername und Passwort aus. Es ist relativ einfach. Wenn man nur ausreichend Zeit mitbringt, kann man auf diese Weise jede Verschlüsselung knacken.«

»Super, sag einfach Bescheid, wenn es so weit ist«, sagte Jennifer und strich sich das Haar aus dem Gesicht. »Können wir in der Zwischenzeit vielleicht einen Film gucken? Oder geht das nicht gleichzeitig?«

Jonas lachte auf. »Doch, klar. Die Filme streamen sowieso von der externen Multimediafestplatte.«

»Na dann«, sagte Jennifer und ließ sich auf Jonas' Sofa fallen. Sie schob seine dreckigen Klamotten zur Seite, damit er es sich neben ihr bequem machen konnte. »Wie wär's mit was richtig schön Kitschigem?«

* * *

Auf der anderen Seite der Welt, ein wenig außerhalb Rio de Janeiros, wurde in einem Saal mit konstanter Temperatur und Luftfeuchtigkeit vierzig Meter unterhalb eines Gebäudekomplexes von einem Computer der Versuch registriert, Zugriff auf eine Datenbank im GlobalENJ-Serverpark zu erhalten. Das passierte ständig, wenn die Robots und Webspiders der Suchmaschinen das World Wide Web durchforsteten. Sie probierten automatisch die gängigsten Zugriffsmöglichkeiten aus und zogen dann unverrichteter Dinge weiter.

In diesem Fall handelte es sich jedoch erkennbar um einen Brute-Force-Angriff, denn die Eingaben wurden immer weiter fortgesetzt. Nach zehn Fehlversuchen sperrte der Server die anfragende IP-Adresse intern für alle weiteren Eingaben. Ungewöhnlich an der Sache war jedoch, dass der Zugriff nicht über eine kommerzielle T1-Internetleitung erfolgte, sondern über eine DSL-Telefonleitung, wie sie normalerweise nur von Privathaushalten genutzt wurde. Wie bei jeder Unregelmäßigkeit erfolgte daher automatisch ein Reverse Lookup des Eigners der IP-Adresse, der innerhalb weniger Sekunden von einem anderen Rechner erfolgreich beantwortet wurde. Der Name des Anschlussinhabers wurde augenblicklich abgespeichert und mit einer Vorgangsnummer gekoppelt.

Auch wenn bislang kein menschliches Auge diese Informationen erblickt hatte, lag bereits ein Verstoß gegen die strengen Datenschutzregeln der Europäischen Union vor. Denn obwohl es sich bei allen an dem Vorgang beteiligten Computern um Geräte im Besitz von Tochterfirmen von GlobalENJ handelte, war ein freizügiger Datenaustausch zwischen ihnen selbstverständlich untersagt. Doch das war für GlobalENJ nicht mehr als ein unwichtiges Detail.

* * *

Young-Sun Bak fuhr langsam durch die Friedbergstraße und musterte voller Verachtung die jungen Frauen am Straßenrand. Sie trugen hochhackige Schuhe, kurze Röcke, die fast nichts verbargen, und äußerst knappe Oberteile. Aus der Nähe betrachtet bildete die grelle Schminke auf ihrem Gesicht eine dicke Schicht.

Er bog rechts ab, dann noch einmal rechts und schließlich ein drittes Mal, sodass er erneut die Friedbergstraße entlangfuhr. Sein Wagen war ein silbernes Mittelklassemodell, bewusst unauffällig. Dennoch folgten die Augen der Prostituierten ihm gierig.

Eine von ihnen, die vor der Hausnummer 49, faszinierte ihn. Ihr langes blondes Haar, ihr schmal gebauter Körper und ihr elegant geschnittenes Gesicht mit den vollen roten Lippen hatten eine faszinierende Wirkung auf ihn. Entschlossen schüttelte er dann aber den Kopf, trat auf das Gaspedal und fuhr nach Hause.

Insgeheim wusste er, dass er irgendwann halten und sie in seinen Wagen bitten würde, aber heute noch nicht.

3

Da unter der Woche vieles liegen gebliebenen war, musste Jennifer noch einmal ins Büro. Sie packte gerade ihre Tasche, als es an der Tür klopfte und Jonas seinen Kopf in ihr Zimmer steckte.

»Guten Morgen, Schwesterherz«, begrüßte er sie gut gelaunt. »Ich hatte gestern ganz vergessen, es dir zu erzählen, aber ich spiele heute Abend im Schwulencafé in Markus' Gemeinde. Jemand hat kurzfristig abgesagt und er hat mich gebeten einzuspringen. Hast du vielleicht Lust zu kommen? Um acht geht's los.«

Jennifer überlegte kurz. »Klar, ich komme. Ist echt klasse, dass du wieder mal einen Auftritt hast. Schade, dass Mama nicht dabei sein kann. Die würde dich bestimmt auch gern sehen.«

Jonas schnitt eine Grimasse. »Nee, das glaube ich nicht«, sagte er.

»Aber sie war doch immer so stolz auf dein musikalisches Talent.«

»Schon …«, sagte er gedehnt. »Aber ich spiele ja jetzt nicht mehr *Es ist ein Ros entsprungen* oder *Für Elise*, sondern ziemlich linkes Zeug, wie du weißt.«

In Jonas' Songs ging es um Themen, die ihn seit seinem vierzehnten Lebensjahr beschäftigten. Warum war er so, wie er war?

Musste und wollte er so sein? Wenn ja, zu welchen Schwulen gehörte er – zu den unauffällig Normalen oder zu den schrillen Paradiesvögeln? Über das Schwulsein hinaus drehten sich seine Lieder aber auch um weitaus allgemeinere Themen wie die Ungerechtigkeiten der Welt. Die Texte hatten Jennifer immer gefallen, weil sie tief in seine Seele blicken ließen.

»Ach, ich weiß nicht. Schließlich hat sie dich zu einem selbstständigen Denker erzogen. Und sie hat doch immer betont, wie wichtig es ist, eine eigene Meinung zu entwickeln. Solange du deine Texte also auf Nachfrage mit den entsprechenden statistischen Daten belegen kannst, wäre das für sie bestimmt kein Problem.«

Jonas grinste. »Ha! Na gut, kann sein. Schick ihr doch ein Video vom Handy, wenn du willst. Wir haben WLAN im Kirchencafé, dann musst du keinen Traffic zahlen. Ach, da fällt mir ein – deine Datenbank hat sich schlafen gelegt. Der Server ist offline, im Moment geht da gar nichts. Vielleicht haben die vielen Anfragen ihn einfach gekillt.«

Jennifer zuckte mit den Schultern. »Kein Problem. Aber danke fürs Probieren!«

»Klar. Gerne. Also, wir sehen uns später!«

Jennifer hatte registriert, dass Markus ein Schild am Eingang aufgehängt hatte: JONAS MEYER, GITARRE stand darauf, als wäre ihr Bruder nicht nur ein schneller Ersatz, sondern der echte Gast. Erwartungsvoll nahm Jennifer in der ersten Reihe Platz. Das Konzert war gut besucht, aber Jonas hatte ihr einen Stuhl reserviert.

Mit fünf Minuten Verspätung begann Jonas zu spielen, erst zwei seiner Songs, einen über die Armut in der Dritten Welt, den er nach einer Reportage über Rodungen in Südamerika geschrieben hatte, den anderen über soziale Ungerechtigkeit am Beispiel einer alleinerziehenden jungen Mutter. Dann kamen zwei bekannte Stücke – *If I Could Turn Back Time* von Cher und *Born This Way* von

Lady GaGa – gefolgt von seinem dritten eigenen Stück, seinem besten und eingängigsten, wie Jennifer fand: *Ich bin nicht wie du.* In dem Song berichtete er von seinen persönlichen Sorgen und Gedanken. Das Publikum war Feuer und Flamme.

Jennifer kannte den Song. Jonas hatte ihn schon vor einigen Jahren geschrieben. Sie konnte sogar den Text auswendig. Es ging darum, dass Jonas aufgrund seines Schwulseins in gewisser Weise gezwungen war, sein Leben selbst zu definieren und in die Hand zu nehmen. Ihre Gedanken schweiften ab: Auch sie war seit einigen Tagen nicht mehr wie die anderen. Auch sie war gezwungen, konsequente Entscheidungen zu treffen und ihre Ziele zu verfolgen. Aber worin bestanden ihre Ziele? Sie war doch bloß eine ganz normale Zweiundzwanzigjährige. Vor zwei Wochen hätte sie hilflos vor sich hingemurmelt, wenn jemand nach ihren Zukunftsvisionen gefragt hätte. Erst mal das Studium fertig machen. Vielleicht – aber das hätte sie nie laut gesagt – wollte sie später Kinder haben. Aber nur mit dem richtigen Mann. Ihre Eltern waren so verschieden gewesen und hatten einander nicht immer gutgetan. Aber jetzt? Wie sollte sie ihre ganzen unausgesprochenen Lebenserwartungen in sechs Monate pressen?

Um sie herum brandete Beifall auf. Einige Zuschauer sprangen auf, klatschten, pfiffen, forderten eine Zugabe. Auch Jennifer applaudierte begeistert. Verlegen saß Jonas auf der kleinen Bühne und lief knallrot an. Ihr Bruder war bestimmt kein schüchterner Typ, aber sie war sicher, dass er dem Beifall mehr misstraute, als ihn zu genießen. In ihrer Familie musste man Leistung bringen, um geliebt zu werden, und Singer-Songwriter stand nicht auf der Liste anerkannter Berufswünsche.

Jonas begann dann aber doch zu lächeln und spielte zwei Zugaben. Danach sprachen die Zuschauer noch eine Stunde lang über Jonas' Songs, eine mögliche Karriere als Musiker und die Kraft der Veränderung durch einprägsame Lieder mit intelligenten Texten.

Jennifer fand es interessant, ihren Bruder von seinen Sorgen und Erfolgen, seinen Ängsten und Träumen berichten zu hören. Ja, sie kannte ihn wie keine andere, aber ihre gemeinsame Vergangenheit verstellte manchmal auch den Blick auf die Gegenwart. Es gefiel ihr, wie verwundbar er sich zwischendurch zeigte. Vielleicht sollte sie das auch mal probieren. Würde sie dann eher eine klare Vorstellung davon entwickeln, was sie mit den nächsten Wochen und Monaten anfangen sollte? Oder war es in ihrer Situation zwingend notwendig, sich mehr als bisher zusammenzunehmen, weil sonst gar nichts mehr ging?

* * *

Um ungestört Wirksamkeitsstudien durchführen zu können, hatte die Firma MedVida im Ebbegebirge ein kleines, aber exzellent ausgestattetes Klinikum errichtet. Dieses war mit der Übernahme an einen neuen Betreiber gefallen: das brasilianische Konglomerat GlobalENJ.

Gregor Gehrmann hatte hier eine Woche lang im Bett gelegen. Morgens kamen die Ärzte und standen murmelnd im Halbrund. Die Monitore zeigten unterschiedliche Kurven und piepsten manchmal leise. Sein Zustand war unerfreulich, aber nicht lebensbedrohlich. Gehrmann hatte in der Nacht nach seiner Einlieferung das Bewusstsein verloren und seitdem nicht wiedererlangt. Dies war rätselhaft, vor allem wenn man den mittlerweile insgesamt recht guten gesundheitlichen Zustand des Patienten in Betracht zog.

Plötzlich, am Mittwochabend, begannen die Kurven auf mehreren Messgeräten dramatisch auszuschlagen, sein Puls stieg an, zugleich sackte seine Atemfrequenz ab und damit auch der Sauerstoffgehalt des Blutes. Seine Augen blieben geschlossen, seine Finger krallten sich in das Laken.

Im Schwesternzimmer ertönte ein schriller Warnton, allerdings war die Nachtschwester gerade im Raum eines anderen Patienten. Es dauerte zehn, vielleicht fünfzehn Sekunden, bis sie durch den dämmrigen Flur zu Zimmer acht hastete. Als sie dort eintraf, war Gregor Gehrmann noch am Leben, doch aus seinem Mund war ein Schwall Blut ausgetreten und er rang nach Luft. Zugleich wurde er von heftigen Krämpfen geschüttelt, er biss die Zähne aufeinander, seine Glieder zuckten, ein Arm schlug urplötzlich durch die Luft und prallte schwungvoll gegen den kleinen Nachttisch, bevor er wie gelähmt nach unten fiel. Die Beine zappelten unter dem Laken, der ganze Körper stemmte sich gegen die Lederriemen, die ihn ans Bett fesselten, er bäumte sich auf und stieß einen entsetzlichen, klagenden Schrei aus, sackte in sich zusammen und blieb reglos liegen. Die gezackten Linien auf den Monitoren der Messgeräte verwandelten sich in flache Striche, während zeitgleich zahlreiche Alarmtöne erklangen.

Die Nachtschwester riss sofort die Paddel des Defibrillators aus der Halterung und lud sie, da kam auch schon der diensthabende Arzt zur Tür hereingestürmt, aber es war bereits zu spät. Gregor Gehrmann reagierte nicht mehr auf die Wiederbelebungsmaßnahmen.

In seine Akte wurde 20:12 Uhr als Todeszeitpunkt eingetragen, obwohl man darüber hätte streiten können, ob sein Todesurteil nicht schon in dem Moment vollstreckt worden war, in dem er sich bereit erklärt hatte, an einem Arzneimitteltest teilzunehmen. Dessen Hauptwirkstoff hatte zwar beim Test an Ratten eine großartige Erfolgsrate von siebzig Prozent aufgewiesen, zugleich aber auch schwerste Nebenwirkungen bei weit über der Hälfte der Tiere hervorgerufen, bis hin zum Tod durch innere Blutungen. Das hatte man den Probanden natürlich nicht mitgeteilt.

Routinemäßig wurden Gehrmanns persönliche Habseligkeiten durchgesehen und dokumentiert, darunter auch eine gefaltete Visitenkarte. Da niemand wusste, ob sie von Relevanz war oder nicht, wurde sie gescannt und mit allen anderen Infos in die zentrale Datenbank eingespeist.

* * *

Oberhalb eines temperaturgesteuerten Serverraums auf der anderen Seite der Welt erwachten daraufhin ein Monitor und ein Drucker zum Leben und einer von über siebenhundert IT-Technikern der Firma GlobalENJ wurde darüber informiert, dass es innerhalb von achtundvierzig Stunden zwei Hits zum Namen Jennifer Meyer mit derselben deutschen Adresse gegeben hatte. Das war noch nicht unbedingt alarmierend, aber durchaus auffällig.

* * *

Jennifer war mit ihrer Vespa zum Konzert gefahren. Sie hatte ihrer Mutter ein kurzes Video von Jonas' Auftritt gemailt, aber in Hongkong war es jetzt mitten in der Nacht. Sie fühlte sich schrecklich allein. Jonas war mit Markus und ein paar Freunden losgezogen. Es war ein warmer Sommerabend und an Schlaf war noch nicht zu denken. Entschlossen zog sie ihr Handy aus ihrer Umhängetasche.

Nach dem dritten Klingeln meldete sich Franzi. Die Musik im Hintergrund war so laut, dass Jennifer kaum etwas verstand. »Wo seid ihr denn?«, fragte sie.

Franzi nannte den Namen einer Szenebar, die vielleicht eine Viertelstunde entfernt war. So provinziell Wuppertal ihr manchmal erschien – die Wege waren angenehm kurz.

»Okay, cool. Ich bin in fünf Minuten da. Wartet auf mich, ja?«

Einige Mädchen aus ihrer Volleyballmannschaft zogen jeden Samstagabend los, um Party zu machen. Sie war ein paarmal mitgegangen, aber das ewige Gerede darüber, wer mit wem wann und warum was hatte, war ihr dann doch auf die Dauer ein bisschen flach erschienen. Aber sie mochte die meisten und vielleicht war ein wenig Ablenkung im Augenblick genau das Richtige.

Als sie mit ihrer Vespa durch die Straßen fuhr und der warme Abendwind über ihre Arme strich, beschloss sie, die Krankheit für ein paar Stunden zu vergessen und den Abend in vollen Zügen zu genießen.

Die Mädchen warteten vor der Bar auf sie. Alle trugen Miniröcke und enge Tops. Offensichtlich waren sie bereits leicht angetrunken, denn sie schauten lachend irgendwelchen jungen Männern hinterher. Ausgelassen begrüßten sie Jennifer. Da in den Semesterferien die Sporthalle geschlossen war, hatten sie sich ein paar Wochen nicht gesehen.

»Hey, wie geht's?!«, erkundigte sich Franzi fröhlich. »Das ist ja cool, dass du endlich mal wieder Zeit hast, mit uns um die Häuser zu ziehen! Morgen ist Mitzis Geburtstag und wir feiern rein.«

»Oh, das wusste ich nicht.«

»Macht nichts! Je mehr wir sind, desto besser!«, grinste Franzi und hakte sich bei ihr unter, während sie die Straße entlangliefen. »Wir wollen noch weiter in die Disco, ein bisschen im Training bleiben. Und vielleicht finden wir ja endlich mal einen hübschen Typen für dich.«

Jennifers Singlestatus war ein steter Quell des Erstaunens für ihre Mannschaftskolleginnen. »Du siehst süß aus und hast was in der Birne – was ist also dein Problem?«, hieß es immer.

Jennifer wusste es selbst nicht, empfand es aber auch nicht als Problem. Es hatte, seit David weggezogen war, fast immer Wichtigeres im Leben gegeben, als einen Freund zu haben. Und schließlich war sie auch keine Jungfrau mehr. Sie wusste, wenn sie offen an die Sache heranginge, würde sie nicht lang alleine bleiben. Die Vorfreude auf den Abend, die sie auf dem Weg hierher schon überfallen hatte, verstärkte sich noch, und kaum dass sie die Disco betreten hatten, stürmte sie an die Bar.

Die Musik wummerte so laut, dass es ihnen kaum gelang, ihre Drinks zu bestellen. Miteinander zu reden, war ausgeschlossen. Jennifer kippte den ersten Tequila direkt an der Bar und ließ sich gleich einen zweiten einschenken.

»Alles okay?«, brüllte Franzi ihr ins Ohr.

Einen Augenblick lang überlegte Jennifer, ob sie Franzi ihr Herz ausschütten sollte, aber dann zwang sie sich zu einem Grinsen und sagte: »Ja, alles klar. War einfach nur ein langer Tag.«

»Du musst mal Urlaub machen, statt den ganzen Sommer über zu jobben!«, rief Franzi.

Jennifer nickte, trank den zweiten Tequila, schnitt eine Grimasse und entgegnete: »Wenn ich so weitermache, habe ich auf alle Fälle morgen frei.« Sie lachte und winkte dem Barkeeper zu.

Franzi verpasste ihr gut gelaunt einen Klaps auf den Hintern. »Na dann. Ich dachte schon, ich muss mir Sorgen machen.«

Jennifer nahm ihr frisch aufgefülltes Glas und drängelte sich hinter Franzi her zu den anderen, die in einer Ecke standen und ein paar Typen musterten, die in hautengen, durchgeschwitzten T-Shirts das tänzerische Äquivalent zu einem Bewerbungsgespräch als One-Night-Stand absolvierten. Alle Beteiligten taten, als wären sie nicht im Geringsten interessiert. Jennifer kam das albern vor. Warum nicht offen zu den eigenen Gefühlen stehen? Aber egal, heute würde sie sich einfach fallen lassen und Spaß haben.

Sie wippte im Takt der Musik und als ein neuer Song begann, den alle mochten, packten die anderen sie an den Händen und gemeinsam stürmten sie auf die Tanzfläche.

Irgendwann, nach zwei oder drei Nummern, bemerkte Jennifer plötzlich einen Mann, der ihr immer wieder interessierte Blicke zuwarf. Er lächelte freundlich und wirkte nicht ganz so übertrieben gestylt wie die anderen Gäste. Als sie das nächste Mal an der

Bar stand, tauchte er wie von selbst neben ihr auf und schob einen Schein über den Tresen, um ihren Drink zu bezahlen. Als sie sich zu ihm beugte, um sich zu bedanken, nahm sie den Duft seiner Haut wahr – herb und männlich. Unwillkürlich lief ihr ein leichter Schauer über den Rücken.

Sie versuchten, sich zu unterhalten, aber das erwies sich als unmöglich. Also tanzten sie miteinander und bestellten noch ein paar Drinks. Er war nicht unbedingt ihr Typ, aber er sah nett aus, im doppelten Sinne: nett fürs Auge, aber auch sympathisch. Manchen der jungen Männer sah man sofort an, dass sie in dieser Nacht nur eines wollten. Er – Marc, Matz, Mario, irgend so ein Name, sie hatte ihn nicht genau verstanden – wirkte zwar sehr interessiert an einem Flirt, aber durchaus auf die freundliche, charmante Art. Jedes Mal, wenn er sie anlächelte, wurde ihr ein bisschen weich in den Knien.

Sie wusste nicht, wie es dazu gekommen war, aber auf einmal lagen ihre Lippen auf seinen. Der Duft seines Rasierwassers stieg ihr in die Nase, seine Bartstoppeln rieben über ihre Haut, ihre Hände lagen auf seinen Schultern und sie zog ihn dicht an sich heran. Mit geschlossenen Augen gab sie sich ganz diesem engen Tanz hin.

Ein paar Lieder später wechselte Jennifer von Tequila auf Rum-Cola, doch bevor es ihr gelang, ganz zu vergessen, wer sie war und wie es um sie stand, verließ sie die Disco – und zwar allein, und ohne sich auch nur zu verabschieden.

Ihre Lippen kribbelten noch von seinen Küssen.

4

Jennifer saß an ihrem Schreibtisch und malte Kringel auf den Briefbogen. Prof. Dr. Dr. Ekhardt Hirschberger – wer hieß denn so, bitte schön? Sie hatte ihn recherchiert, es gab ihn wirklich und er hatte jede Menge Veröffentlichungen vorzuweisen. Viel pharmazeutischer Kram über Zellwachstum, das Angriffsverhalten von Krankheitserregern und die Abwehr- beziehungsweise Immunreaktionen des menschlichen Körpers. Er hatte bereits an mehreren Unis gearbeitet und brachte mindestens vier Paper pro Jahr heraus, wenngleich er bei den letzten zehn oder zwölf allerdings nur noch Herausgeber gewesen war. Seine Forschungsthemen klangen durchaus interessant; zwei der Titel kopierte Jennifer und mailte sie sich in die Firma, um sie von dort aus in der Uni-Datenbank nachzuschlagen.

Vor acht Jahren war dann plötzlich Schluss gewesen mit den Publikationen, ein einziger Treffer hatte Hirschberger noch spekulativ in Zusammenhang mit der Entwicklungsabteilung einer Arzneimittelfirma gebracht, angeblich hatten die ihn »eingekauft«. Aktuellere Infos gab es nicht. Ungewöhnlich, wo doch auch in der Welt der Wissenschaft inzwischen die aktuelle Sichtbarkeit eine wichtige Währung darstellte.

Außerdem hatte sie seinen Telefonbucheintrag gefunden, die

Adresse stimmte mit der auf dem Brief überein. Die Durchwahl war zwar eine andere, aber die Vorwahl war dieselbe. Jennifer starrte nun schon minutenlang auf das Stück Papier, das auf ihrem Schreibtisch lag. Sie zog ordentliche Kästchen um Adresse und Telefonnummer, dann malte sie einen Hirschkopf samt Geweih neben den Namen des Mannes, dazu einen Berggipfel mit einer kleinen Blumenwiese. Irgendetwas in ihr sträubte sich dagegen, nach dem Hörer zu greifen. Aber was?

Ihre Augen schweiften erneut über den Brief, den sie inzwischen schon mehrfach gelesen hatte. »... genetische Disposition, sodass eine Untersuchung direkter Angehöriger – Kinder und Geschwister – zu mehr Klarheit in dieser Frage beitragen könnte«, schrieb er.

Vielleicht war es das. Wenn sie ehrlich mit sich war, musste sie zugeben, dass sie eine wahnsinnige Angst davor hatte, wie ihr Vater zu enden. So schnell und letztlich doch so überraschend. Lange hatte sie sich an den zwanghaften Optimismus ihrer Mutter geklammert, sodass ihr letztlich nur wenige Tage geblieben waren, um sich von ihrem Vater zu verabschieden. Wäre es wirklich besser gewesen, sie hätte mehr Zeit gehabt? Sie würde es nie erfahren.

So jedenfalls hatte sie die Erkenntnis wie ein Schlag getroffen, viel zu spät hatte sie begriffen, dass ihr Vater tatsächlich im Sterben lag, dass nicht aus irgendeinem magischen Grund bald alles wieder gut würde. Und sie war einfach im Krankenhaus geblieben, trotz Uni und Klausuren. Die Schwestern hatten sie nach Hause schicken wollen, aber Jennifer hatte einen Wutanfall bekommen und danach hatten alle einen weiten Bogen um sie gemacht. Sie hatte sich von ihrer besten Schulfreundin Sara ihren Schlafsack bringen lassen und einfach auf dem Boden der Palliativstation geschlafen, das Gesicht im Fell ihrer Afghanenhündin Flokati vergraben. Jonas hatte es damals kaum mehr ertragen, ins Krankenhaus zu kommen, und sich stattdessen tagelang mit der Gitarre in sein Zimmer zurückgezogen.

Clemens war nur noch einmal wirklich zu Bewusstsein gekommen. Er hatte die Augen aufgeschlagen und Jennifer angesehen, sein Blick war klar und aufmerksam gewesen. Wegen der körperlichen Einschränkungen und der starken Schmerzmittel fiel es ihm schwer, sich zu rühren, aber seine Lippen zeigten ein schwaches Lächeln. Jennifer hatte ganz sacht ihre Hand auf die Finger ihres Vaters gelegt, dessen Haut dünn und zart wirkte wie Pergament; wie bei einem Großvater, obwohl er noch gar nicht alt gewesen war, erst zweiundfünfzig. Sie achtete darauf, die Kanüle des Tropfes, die im Handrücken steckte, nicht zu berühren, aus Angst, ihm Schmerzen zu verursachen. Clemens hatte sie voller Liebe angesehen, dann war sein Lächeln langsam verklungen. Er hatte das Bewusstsein nicht mehr wiedererlangt und war noch in derselben Nacht gestorben. Jennifer war froh, dass sie an der Seite des Vaters gewesen war, auch wenn sie geschlafen hatte.

Wieder drängte sich ihr die Frage auf, ob es besser gewesen wäre, mehr Zeit zu haben, sich zu verabschieden. Aber konnte man überhaupt Frieden mit der Tatsache schließen, dass der eigene Vater starb, lange bevor er alt und grau war – egal, wie viel Zeit man dafür hatte? Wahrscheinlich nicht.

Im Gegensatz zu ihrer Mutter, die die Krankheit ihres Mannes verdrängt und ihren Kindern lange Zeit versichert hatte, dass alles wieder gut werden würde – sie selbst konnte das höchstens gehofft, aber nicht ernsthaft geglaubt haben –, hatte Jennifer sich geschworen, immer ehrlich mit sich zu sein und der Wahrheit ins Auge zu sehen, wie unerträglich sie auch scheinen mochte.

Gedankenverloren spielte sie mit dem Engelanhänger, den Clemens ihr zum einundzwanzigsten Geburtstag geschenkt hatte – dem letzten, den sie gemeinsam gefeiert hatten –, und überlegte, ob ihr dieser Vorsatz vielleicht doch noch ein wenig Interpretationsfreiheit ließ. Denn die Wahrheit wollte sie gerade ganz und gar nicht wahrhaben.

Ja, sie hatte zwei unabhängige Diagnosen eingeholt und es bestand kein Zweifel: Sie war an Seibel-Thyreoditis erkrankt. Ihr Blut bildete Antikörper gegen ihre eigene Schilddrüse und fraß sie sozusagen auf. Diese würde darauf zuerst mit hormoneller Überproduktion reagieren und dann in eine Art Schockstarre verfallen. Den Abschluss bildeten unvorhersehbare, dramatische Schwankungen. Eine Operation war ausgeschlossen, weil bei Seibel zeitgleich, anders als bei allen anderen Schilddrüsenerkrankungen, bestimmte Hirnregionen ausfielen, die für die Verwertung der Schilddrüsenhormone zuständig waren. Eine Entfernung des Organs und die Substitution durch künstliche Hormone würden den Krankheitsverlauf nur verschlimmern.

Sie wusste genau, dass die Diagnose stimmte. Und doch ging es ihr gut. Sie *fühlte* sich nicht krank.

Wieder fiel ihr Blick auf das Schreiben und erneut erfasste sie dieses Zögern, das sie einfach nicht loswurde, obwohl sie am Wochenende bereits den Entschluss gefasst hatte, Hirschberger anzurufen. Was, wenn ein Gentest nun ergab, dass ihr baldiger Tod schon immer in ihrem Erbgut festgelegt gewesen war? Dann könnte sie sich nicht mehr gegen das Schicksal sträuben. Denn dann wäre eindeutig bewiesen, dass dies der für sie vorgesehene Lebensweg war.

Ob man an Gott, das Schicksal, Zufall oder biochemische Reaktionen glaubte, war in dieser Hinsicht egal. Vielleicht würde man nie den *Grund* für Erbkrankheiten herausfinden und für die elende Ungerechtigkeit, dass ein Kind betroffen war und das andere nicht. Trotzdem war sicher, dass genetische Faktoren eine Art innere Zeitbombe darstellten, und es würde sicher noch Jahrhunderte dauern, bis man so weit war, das vorhandene Erbgut eines lebenden Menschen zu manipulieren.

Schon jetzt konnte man Embryonen auf zahlreiche Fehlbildungen testen und es würden sicher in naher Zukunft immer mehr werden. Aber ändern konnte man an ihnen nichts. Hätte ihr Vater gewusst, dass er ihr die Gene für die Krankheit vererbte – hätte er sich dann gegen sie entschieden?

Rückblickend stünde so ihr ganzes Leben infrage. Was brachte ein defekter Mensch aus evolutionsbiologischer Sicht schon? Nichts, deshalb starb sie ja auch jung. Doch die Vorstellung, keinen Wert zu haben, war ihr unerträglich. Obwohl sie sich einem streng wissenschaftlichen Denken verpflichtet fühlte, war sie doch der Überzeugung, dass jeder Mensch seine Aufgabe im Leben hatte. Einen Grund, geboren worden zu sein. Jeder einzelne beeinflusste die Welt in vielerlei Weise, von der kleinsten Interaktion mit Freunden, Nachbarn und Familienmitgliedern bis hin zu genialen Entdeckungen oder Erfindungen, die alles für immer veränderten.

Insgeheim hatte Jennifer stets gehofft, mehr zu hinterlassen als nur ein liebevolles Lächeln auf den Gesichtern von Freunden und Verwandten und so war sie immer bemüht gewesen, einen Beitrag zu leisten, um die Welt zu verbessern. Als kleines Mädchen war sie vor jedem Denkmal stehen geblieben und hatte sich vorgestellt, sie stünde auf dem Sockel. Weil sie etwas Großes vollbracht hatte. Sie war immer sicher gewesen, dass sie der Welt einmal etwas zu sagen hätte. Aber was?

Es kam ihr vor, als würde eine definitive Diagnose auf Zellebene ihr diese Chance endgültig nehmen. Aber vielleicht war es auch nur der Tritt in den Hintern, den sie in ihrer Situation brauchte – schließlich lief ihr die Zeit davon, um eine großartige Entdeckung zu machen, über die in aller Welt berichtet wurde.

Jennifer kaute auf dem Ende ihres Kugelschreibers herum, dann zog sie eine Reihe senkrechter Wellenlinien auf der linken Seite des Briefpapiers. Schließlich steckte sie den Stift zurück in den

Kaffeebecher mit der Aufschrift *Bester Papa der Welt*, den sie als Stiftebecher benutzte, griff nach ihrem Handy und wählte die Nummer auf ihrem Bildschirm.

Nach dem dritten Klingeln meldete er sich. »Hirschberger!«, hörte Jennifer eine heisere Stimme. Er wirkte gut gelaunt, soweit man das aus einem einzigen Wort schließen konnte.

Jennifer berichtete ihm, dass sein Brief sie erreicht hatte, erzählte von ihrem Vater und ihrer kürzlich erfolgten Diagnose. Es sprudelte alles aus ihr heraus, als hätte sie nur darauf gewartet, alles erzählen zu können. Das überraschte sie selbst, nachdem sie so lange gezögert hatte, überhaupt anzurufen.

»Hm«, machte Hirschberger schließlich nachdenklich. »Also, erst einmal vielen Dank, dass Sie sich bei mir gemeldet haben. Ich kann mir vorstellen, dass Sie dazu nicht unbedingt große Lust hatten. Wirklich, ganz herzlichen Dank!« Er zögerte einen Augenblick, dann sagte er: »Ohne aufdringlich sein zu wollen – und ohne die Lage dramatischer wirken zu lassen, als sie ist –, aber ich würde Sie gerne bald treffen. Meine Anfragen gingen ja an Patienten im gesamten Bundesgebiet, aber Sie sind ganz in der Nähe.«

Jennifer zuckte mit den Schultern. »Ich habe einen Halbtagsjob und sollte ansonsten für mein Studium lernen, aber – na ja …« Sie stieß ein Lachen aus, bei dem ihr selbst bewusst war, wie wenig Humor darin lag.

»Ich arbeite mit einem Kollegen in Wuppertal zusammen«, erklärte Hirschberger. »Er lässt mich Dienstagnachmittags seine Praxis nutzen, weil er da immer unterwegs ist, um Hausbesuche zu machen. Haben Sie die Möglichkeit, morgen um fünfzehn Uhr in die Lehnhartzstraße vierzehn zu kommen? Praxis Harder.«

»Wo ist das denn?«, fragte Jennifer.

»In der Nordstadt.«

»Ja, okay, das ist kein Problem. Ich habe eine Vespa«, entgegnete sie.

»Gut. Dann sehen wir uns morgen«, sagte Hirschberger. Er klang jetzt deutlich angespannter als zu Beginn des Gespräches und Jennifer fragte sich, warum.

»Alles klar. Bis dann«, verabschiedete sie sich und legte auf.

Sie notierte die Adresse der Arztpraxis auf dem Brief, dann ging sie hinüber auf ihr Bett, ließ sich in ihre Kissen sinken und starrte zum Fenster hinaus. Es kostete sie all ihre Kraft, nicht wieder anzufangen, auf ihren Fingernägeln zu kauen. Sie konnte es nicht genau benennen, aber irgendetwas an Hirschbergers Ton hatte sie eben beunruhigt.

* * *

Ekhardt Hirschberger war vor knapp zehn Jahren Leiter der Entwicklungsabteilung eines mittelständischen Kasseler Arzneimittelherstellers geworden. Die Erbengemeinschaft, in deren Besitz die Firma sich befand, hatte einen zügigen Ausbau der Produktpalette angestrebt.

Die Position war formal für einen Mann wie ihn vielleicht ein Abstieg, bot aber viel Gestaltungsfreiheit. Das war es, was Hirschberger daran gereizt hatte. Außerdem war gerade seine langjährige Beziehung zu einer Universitätskollegin in die Brüche gegangen, sodass ihm der Sinn durchaus nach einem möglichst umfassenden Neuanfang stand. Doch innerhalb kurzer Zeit – jedenfalls aus der Sicht eines Pharmaunternehmens, wo es schon mal fünf bis zehn Jahre dauern konnte, bevor ein Produkt marktreif wurde – änderte sich die Lage. Die Erben zerstritten sich, die Firma schlingerte führungslos vor sich hin, mehrere Geschäftsführer scheiterten mit unterschiedlichen Sanierungskonzepten. Nicht nur dass Hirschberger keinen Vorgesetzten mehr hatte, er wurde sogar von mehreren Anteilseignern hinter vorgehaltener Hand sehr deutlich angewiesen, keine ernsthafte Forschungsarbeit mehr durchzuführen, weil vollkommen unklar war, wem das geistige Eigentum an möglichen Durchbrüchen zufiele.

Investoren kamen und gingen, immer wieder wurden mögliche Übernahmeinteressenten durch die Labore geführt und an diesen Tagen hatten natürlich alle in frisch gestärkten Kitteln an den Mikroskopen zu stehen, als wäre es nur eine Frage von Wochen, bis sie Krebs, Aids und Rheuma mit einem kostengünstigen Saft heilen konnten, der wahlweise nach Pfirsich, Erdbeere oder Bier schmeckte.

An einem Donnerstagabend hatte Hirschberger den Sohn eines Inhabers dabei erwischt, wie er seinen Rucksack mit Aufputschmitteln füllte. Am Freitagvormittag lag ihm ein Auflösungsvertrag vor, den nur ein Narr abgelehnt hätte. Hirschberger packte seine Sachen, kopierte seine Forschungsergebnisse, für die sich sowieso niemand interessierte, auf eine Festplatte, und verließ das Gelände.

Ein Jahr später wurde die Firma MedVida von einem russischen Hedgefonds übernommen und zerschlagen. Die unterschiedlichen Geschäftsbereiche ließen sich einzeln gut versilbern, vor allem wegen der Namensrechte an in Europa gut eingeführten Medikamenten. Hirschberger verfolgte zu jenem Zeitpunkt die entsprechenden Meldungen in der Wirtschaftspresse nicht mehr sonderlich interessiert, und selbst wenn er es getan hätte, wäre ihm ohnehin egal gewesen, dass sein einstiger Entwicklungsbereich – einschließlich aller fertiggestellten und unvollendeten sowie der patentrechtlich geschützten oder ungeschützten Dokumentationen, Forschungsarbeiten und Erfindungen – an die weithin unbekannte Tochterfirma eines brasilianischen Mischkonzerns veräußert wurde. Nur wenige Branchenkenner machten sich überhaupt Gedanken über diese Transaktion und sie kamen schnell zu dem Schluss, dass es sich um ein spekulatives Investment handeln musste: Jemand hoffte ganz einfach, in den Resten der billig übernommenen Forschungsabteilung ein oder zwei brauchbare Ideen vorzufinden.

Hirschberger allerdings machte sich darüber keine Gedanken mehr. Er hatte mit dem Kapitel MedVida abgeschlossen.

* * *

Mit übernommen worden war auch das vollständige Verzeichnis aller gegenwärtigen und ehemaligen Mitarbeiter. Ihre Angaben wurden in die Datenbank der Mutterfirma, die für Abrechnungen und finanzielle Ansprüche aller Art zuständig war, eingespeist. Außerdem wurden die elektronischen Kontakte aller Personen oberhalb der Abteilungsleiterebene automatisch zur Überwachung nach der niedrigsten Sicherheitsstufe vorgesehen, wie es in der Branche seit einigen Jahren Standard war.

Zwar diskutierten informierte Kreise darüber, ob derartige Maßnahmen noch legal waren oder die vom Gesetzgeber vorgesehenen Grenzen überschritten. Aber selbst Datenschützer taten sich schwer damit zu begründen, warum eine rein formale Überwachung, der die Mitarbeiter zudem im Rahmen ihres Arbeitsvertrages zugestimmt hatten, ein schwerwiegendes Problem darstellen sollte. Registriert wurden schließlich keine Inhalte, sondern nur harte Daten, wie sie ohnehin schon über jedes Firmentelefon und jeden geschäftlichen Computer und Internetzugang erhoben wurden: Nutzungsdauer, angerufene Nummer, Datum, Uhrzeit.

Weil Jennifer Meyer nicht Hirschbergers neuen Büroanschluss gewählt hatte, sondern seine bekannte Privatnummer, wurde also auch ihr Anruf registriert. Die Handynummer, von der aus sie das Gespräch initiierte, befand sich bereits in der Datenbank – sie hatte auf der Visitenkarte in Gregor Gehrmanns Tasche gestanden – und Name und Anschrift der Inhaberin des Mobilfunkanschlusses waren identisch mit den Angaben der Anschlussinhaberin der

Brute-Force-Attacke auf eine geschützte Datenbank vor wenigen Tagen.

Vollautomatisch wurde ein Dossier über alle genannten Personen erstellt und an den zuständigen Sicherheitsbereich in Deutschland übermittelt.

* * *

Young-Sun betrachtete mit gerunzelter Stirn den Sicherheitsbericht. Was sollte das denn werden?

Er hatte die gesamte Akte über Hirschberger aufgerufen, inklusive seines alten Lebenslaufs samt Bewerbungsfoto. Wenig Anrufe, wenig Internet, meistens mittags oder nachmittags, und alle zwei oder drei Tage noch mal abends gegen zehn für etwa eine Viertelstunde. In einem solchen Fall musste man nicht wirklich die Webadressen sehen, um zu begreifen, dass die Packung mit den Taschentüchern nicht weit weg lag. Nicht besonders spannend.

Sie hatten ihn seit drei Jahren in der Datenbank und wenn er sich die letzten Jahre anschaute, wurde es nicht interessanter. Überhaupt war der Herr Professor Doppel-Doktor nur deshalb aufgefallen, weil ihn gestern eine gewisse Jennifer Meyer angerufen hatte – und die schien das weitaus spannendere Objekt zu sein. Niemand hatte je von ihr gehört und plötzlich tauchte ihr Name im Vierundzwanzig-Stunden-Takt auf. Erst als Möchtegernhackerin, dann in einem bislang ungeklärten Zusammenhang mit Gehrmann und jetzt wieder.

Genervt legte Young-Sun den Ausdruck beiseite. Er konnte sich einfach keinen Reim auf diese Aktivitäten machen. Was sollte er nun tun? Er schaute auf die Uhr, dann sah er zum Fenster hinaus. Die Sonne schien, selten genug! Er warf einen Blick auf die Adressen. Hirschberger wohnte im Naturpark Arnsberger Wald, Meyer über einem türkischen Lokal in der Luisenstraße in Wuppertal.

Entschlossen griff er nach dem Schlüsselbund des Vans. »Wenn ich heute nicht wieder reinkomme, rufe ich an«, verabschiedete er sich von den Kollegen.

Wenig später fuhr er mit offenen Fenstern über die Landstraße und kaute weiter auf den Ergebnissen der Auswertung herum. Hatte das alles überhaupt etwas zu bedeuten? Und wenn ja, müsste er sich nicht eher an Meyers Fersen heften statt an Hirschbergers? Im Moment war es ruhig genug, dass er sich einen Ausflug in den Wald gönnen konnte, zumal er ja per Funk und Handy erreichbar war. Abgesehen von dem unangenehmen Zwischenfall mit Gehrmann lief das Experiment gut, es gab keine weiteren Auffälligkeiten.

Young-Sun entspannte sich, schaltete nach einiger Zeit das Radio an und summte sogar bei einigen Liedern leise mit. Es war kurz nach Mittag und er hatte die Straße ganz für sich. Hohe Tannen warfen dunkle Schatten, aber dann und wann tauchte die Sonne nach einer Kurve einen ganzen Straßenabschnitt in ihr helles Licht.

Er war noch ein paar Kilometer von der Zieladresse entfernt, als ein kleiner roter Sportwagen mit offenem Verdeck in entgegengesetzter Richtung an ihm vorbeizischte. Young-Sun nahm ihn nur aus dem Augenwinkel wahr – aber plötzlich hatte er das Gefühl, dass ihm etwas Wichtiges entgangen war. Der Mann am Steuer hatte weißes, etwas zu langes Haar gehabt. Ein kleiner roter Sportwagen …

Er wendete bereits einhändig, während er die Seite mit den Angaben über Hirschberger aus dem Papierstapel auf dem Beifahrersitz zog. Da war es ja! Zugelassen auf den Professor waren ein weißer Toyota und ein roter Jaguar E-Type.

Young-Sun beschleunigte. Glücklicherweise gab es auf den nächsten Kilometern keine Abzweigungen, sodass er sicher sein konnte, dass Hirschberger ihm nicht entwischte. Als der Sportwagen in der Ferne sichtbar wurde, nahm er seinen Fuß vom Gaspedal.

Sie fuhren exakt den Weg zurück, den er gekommen war. Je näher sie der Stadt kamen, desto dichter musste Young-Sun auffahren, um nicht Gefahr zu laufen, die Zielperson zu verlieren. Schließlich bogen sie in die Lehnhartzstraße ein und als Young-Sun bemerkte, dass Hirschberger langsamer wurde, ließ er sich zurückfallen. Er beobachtete, wie Hirschberger den Wagen am Straßenrand abstellte, das Verdeck schloss – der alte Spießer – und dann ein vierstöckiges Mehrparteienhaus betrat.

Young-Sun hielt im Schatten einer alten Eiche. Was jetzt? Er warf einen Blick auf die Uhr. Viertel vor drei. Verdammt viel Fahrerei bisher, und ohne vorzeigbares oder auch nur halbwegs interessantes Ergebnis.

Er stieg aus und ging hinüber zu dem Haus, in dem Hirschberger verschwunden war. Kein Grund, sich zu verstecken. Der Mann kannte ihn nicht, hatte noch nie von ihm gehört und hatte auch keinen Grund, eine Beschattung zu befürchten. Die Klingelschilder sagten ihm nichts; auf keinem davon stand Hirschbergers Name. Eine junge Frau mit einem Kinderwagen wollte das Haus verlassen, Young-Sun hielt ihr die Tür auf, sie lächelte dankbar, dann schlüpfte er hinein. Im Flur roch es nach Spaghetti und Tomatensoße, aber auch ein bisschen nach Kohl. Der Boden war schwarz-weiß gefliest. An der Wand hing eine Reihe Briefkästen. Daneben ein Schild: Praxis Harder I. OG – Allgemeinarzt, alle Kassen.

War das vielleicht Hirschbergers Hausarzt? Mit dem Handy fertigte er ein Foto des Schildes an, er würde den Mann überprüfen lassen. Und herausfinden, ob Hirschberger sein Patient war. Natürlich wurden solche Informationen vertraulich behandelt, aber mit einem Anruf unter falschem Namen kam man meist schon ziemlich weit.

Vor der Haustür erschien ein Schatten, der dort einige Sekunden reglos verharrte. Offensichtlich betrachtete die Person die Klingelschilder. Young-Sun sah sich instinktiv um, fand aber kein geeignetes, leicht zugängliches Versteck. Aber es war auch egal. Er würde einfach ein freundliches Lächeln aufsetzen und wieder gehen.

Der Türsummer brummte, die Tür ging auf – und er erstarrte. Diese junge Frau hatte er schon einmal gesehen. Nur wann und wo? Abrupt wandte er sich ab und tat so, als zöge er seinen Schlüsselbund hervor, um den Briefkasten zu leeren. Sie murmelte »Entschuldigung« und schob sich an seinem Rücken vorbei durch den schmalen Flur. Dann ging sie die Treppe hoch.

Young-Sun lauschte. Zehn Stufen, Treppenabsatz, noch mal zehn Stufen, dann öffnete sich eine Tür. Er hörte Stimmen, die Tür schloss sich wieder, Stille.

Woher nur kannte er diese Frau?

Dann fiel es ihm ein: Es war die junge Frau, die Gregor Gehrmann ihre Visitenkarte in die Brusttasche geschoben hatte!

Und nun ein konspiratives Treffen zwischen ihr und dem sicherheitsrelevanten Exangestellten einer von ihnen übernommenen Firma? Sehr merkwürdig. War das noch Zufall? Konnte er es sich leisten anzunehmen, dass es *kein* Zufall war? Andererseits: Wenn sie Gehrmann gekannt hatte, warum hätte sie ihm dann ihre Karte geben müssen?

Er dachte einen Augenblick nach, dann traf er seine Entscheidung.

* * *

»Vielen Dank, dass Sie sich die Zeit genommen haben«, sagte Ekhardt Hirschberger und schüttelte Jennifer die Hand.

Sein Hemd stand einen Knopf zu weit offen, seine Stoffhose war einen Hauch zu eng, er war braun gebrannt, glatt rasiert und trug

Segelschuhe. Damit konnte er im Altersheim bestimmt richtig was bewegen, aber Jennifer fand ihn eher bemüht.

»Gern, ist ja auch in meinem Interesse«, entgegnete sie.

Hirschberger deutete auf einen Stuhl. »Bitte, nehmen Sie Platz.« Er selbst setzte sich hinter den Schreibtisch. »Sie wundern sich vermutlich, was ich mir von unserer Begegnung verspreche – und auch, was Sie davon haben könnten, oder?«

»Na ja, schon«, gab Jennifer zu.

Er lehnte sich ein wenig zurück und legte die Fingerspitzen seiner Hände aneinander. Koch machte das auch gern, wenn er zu dozieren anfing. Die Pose schien zur Professorenausbildung zu gehören.

»Darf ich offen sprechen? Ich hoffe, es stört Sie nicht, wenn ich etwas weiter aushole?«, fragte er dann doch zuerst noch.

»Nein, nein, das ist schon in Ordnung. Natürlich.«

»Sehr gut!« Hirschberger löste die Hände wieder voneinander und beugte sich vor. »Also, ich beschäftige mich seit langer Zeit mit der Beschleunigung von Zellwachstum. Häufig ist die Anlage für derartige Störungen erblich bedingt. Aber warum treten Krankheiten wie Krebs, Autoimmunerkrankungen oder eben in Ihrem Fall Seibel-Thyreoditis bei manchen Menschen auf, bei anderen jedoch nicht? Laienhaft gesprochen: Welcher ›Schalter‹ muss umgelegt werden, damit die Erbanlagen aus dem Winterschlaf erwachen? Das führt zu zwei weiteren Fragen. Erstens, wie kann man eine solche Entwicklung bei Patienten verhindern oder rückgängig machen? Wenn es möglich wäre, das herauszufinden, würde man zur zweiten Frage kommen. Wie kann man diese Entdeckung im kommerziellen Landbau oder in der Pharmaindustrie zum Einsatz bringen? Deswegen habe ich mich an Sie und einige weitere ausgewählte Ansprechpartner gewandt. Seibel-Blutsverwandte tragen mit hoher Wahrscheinlichkeit dieselbe Permutation in sich. Dennoch tritt die Krankheit äußerst selten auf. Und genau diese Kombination macht sie aus wissenschaftlicher Sicht so interessant.«

Er machte eine Pause und schaute sie voller Mitgefühl an, bevor er ihr ein verständnisvolles Lächeln schenkte. Jennifer konnte sich gut vorstellen, wie er abends durch Singlebars zog und die Frauen ihm reihenweise zu Füßen lagen.

»Bitte missverstehen Sie mich nicht. Sie sind für mich keine rein wissenschaftliche Größe. Mir ist sehr wohl bewusst, in welch dramatischer Lage Sie sich befinden. Es haben sich noch einige weitere Angehörige bei mir gemeldet, aber außer Ihnen ist bisher niemand erkrankt. Insofern haben Sie automatisch einen Sonderstatus.« Er zögerte, dann setzte er hinzu: »Ich will Ihnen keine falschen Hoffnungen machen. Seibel ist nach dem derzeitigen Stand der Wissenschaft unheilbar. Aber vielleicht kann es uns gelingen, den Verlauf der Krankheit zu beeinflussen.«

Zwar sträubte Jennifer sich gegen den kleinen Hoffnungsschimmer, den sie am Horizont aufblitzen sah. Dennoch neigte sie den Kopf und hörte aufmerksam zu, als Hirschberger weitersprach.

»Wenn Sie sich zu einer Zusammenarbeit bereit erklären, werde ich Ihnen gleich ein wenig Blut abnehmen und eine DNA-Analyse durchführen lassen. Ich finanziere diese Untersuchung derzeit aus meinen privaten Mitteln und nur Sie und ich erhalten Zugriff auf die Ergebnisse. Sobald diese vorliegen, melde ich mich wieder. Und mit etwas Glück kann ich Ihnen Vorschläge machen, die konkrete Auswirkungen auf Ihren Alltag haben. Einverstanden?«

Hirschberger schaute sie fragend an, aber Jennifer hatte bereits den Ärmel hochgekrempelt, den Arm mit der Ellenbogenbeuge nach oben ausgestreckt und die Hand zur Faust geballt.

Von der Nordstadt aus war Jennifer direkt nach Hause gefahren. Im Treppenhaus ihrer Wohnung begegnete sie einem jungen Mann, der eine Baseballmütze tief ins Gesicht gezogen hatte. Er war recht klein gewachsen, möglicherweise ein Asiate. Vielleicht von einem Lieferdienst? Er huschte schnell an ihr vorbei.

In Gedanken noch ganz bei ihrem Gespräch mit Hirschberger, stieg sie die Stufen zu ihrer Wohnung hoch. Als sie ihren Schlüssel hervorholte, bemerkte sie, dass die Tür halb offen stand. Jennifer hielt inne. Der Schließriegel war aus dem Rahmen gebrochen. Ihr Herz begann zu rasen. Eingetreten, dachte sie instinktiv, obwohl sie keine Ahnung von solchen Sachen hatte.

Was sollte sie jetzt tun? War sie in Gefahr?

Sie blieb stehen und lauschte. Kein Laut zu hören, außer einem leisen gleichmäßigen Rauschen, vermutlich dem Verkehr draußen auf der Straße. Erstaunt bemerkte sie, dass sie gar nicht so sehr Angst empfand, sondern vor allem eine starke Gereiztheit. Ein Prickeln und Kratzen schien sich auf ihrer Haut auszubreiten. Es war, als würde ihr Leben gerade komplett aus dem Ruder laufen. Bisher war wenigstens ihr Zuhause noch sicher gewesen. Hierher hatte sie sich zurückziehen können in der Hoffnung, dass es immer irgendwie weiterging. Und dann kamen einfach irgendwelche Arschlöcher und traten ihre Tür ein!

Sollte sie die Polizei rufen?

Sie riskierte einen Blick durch die halb offene Tür. Im Flur ihrer Wohnung sah es aus wie in einem Krimi. Alle Schubladen umgedreht, der Inhalt auf dem Boden verstreut. Bilder und Spiegel von den Wänden gerissen und achtlos zur Seite geworfen. Überall Splitter.

Sollte sie weiter hineingehen oder weglaufen?

Langsam betrat sie die Wohnung, Schritt für Schritt. Hielt inne. Lauschte. Ihr war, als würde sie die Stimme ihrer Mutter hören, die sie drängte, die Polizei zu verständigen. Jennifer konnte es nicht erklären, aber sie war davon überzeugt, dass es sich nicht um einen einfachen Einbruchdiebstahl handelte.

Aufmerksam sah sie sich um. Plötzlich fiel ihr der Mann wieder ein. Genau, das war es: Der Mann, der ihr eben im Treppenhaus entgegengekommen war. Er hatte sein Gesicht abgewandt und sich ungewöhnlich schnell an ihr vorbeigedrückt. Außerdem kam er ihr irgendwie bekannt vor – jetzt, im Nachhinein. Sie war sicher, dass er dahintersteckte. Aber warum?

Zögernd ging Jennifer weiter, ihre Augen huschten durch den Flur. Zwei Zimmer, Küche, Bad. Sie hielt den Atem an. Waren die Täter vielleicht doch noch hier? Warteten auf sie?

Etwas knackte und sie fuhr herum, aber niemand war zu sehen. Mit klopfendem Herzen öffnete sie die Tür zur Küche. Dasselbe Bild der Zerstörung: ausgekippte Schubladen, zerbrochene Teller auf dem Boden, rücksichtslos aus den Borden gefegt. Der Kühlschrank stand offen, der gesamte Inhalt lag davor. Alle Behälter waren geöffnet und auf den Kopf gestellt worden. Eine unvorstellbare Schweinerei, Saft und Marmelade, Käse und Obst, Kaffeepulver und Eis, Limonade und Milch und obenauf, wie ausgekotzt, Reste der Gemüsesuppe von vorgestern. Die Vorhänge vor dem Fenster fehlten, der Küchentisch und die Stühle lagen auf der Seite. Der Kalender und die kleinen Zettelchen mit irgendwelchen witzigen Sprüchen, die Jonas an die Schranktüren geklebt hatte, waren heruntergerissen worden.

Wonach nur hatten die Eindringlinge gesucht? Wertgegenstände waren in einer Studenten-WG schließlich nicht ernsthaft zu vermuten. Jennifer hatte eine Gänsehaut und zitterte, wenn auch fast mehr aus Wut denn aus Angst.

Im Bad sah es ähnlich aus. Sie hatten die Wäsche in die Badewanne geworfen und das Wasser angedreht und leise laufen lassen. Wäre erst in ein oder zwei Stunden jemand nach Hause gekommen, hätte das eine ordentliche Überschwemmung gegeben. Das war nun wirklich reine Gemeinheit!

Jennifer drehte das Wasser ab und zog den Stöpsel aus der Wanne. Dann ging sie weiter zu ihrem Zimmer. Wenn jemand auf sie wartete, dann hier. Mit dem Fuß tippte sie gegen die Tür, sodass diese mit einem leisen Quietschen langsam aufschwang und schließlich mit einem leisen Klacken gegen die Wand stieß. Gut, so konnte sie sicher sein, dass sich keiner dahinter versteckt hatte.

Jennifers Augen scannten das Zimmer. Alles kaputt, aber niemand zu sehen. Sie hatten sogar das Bettgestell auf den Kopf gestellt und den Schrank von der Wand abgerückt. Das konnte nicht einer allein gewesen sein. Ihr Computer fehlte, doch das war kein allzu großer Verlust. Er war schon ziemlich alt, nichts mehr wert, und alle Studiendateien sicherte Jonas automatisch in Echtzeit in die Cloud. Es war zwar lästig, dass der Rechner weg war, aber unproblematisch.

Sie verspürte eine gewisse Dankbarkeit dafür, unter Schock zu stehen, denn sonst wäre sie jetzt sicherlich weinend in sich zusammengesunken. Mit welchem Hass und welcher Aggressivität die Täter vorgegangen waren, nahm ihr den Atem. Stellenweise hatten sie sogar die Tapete von der Wand gerissen.

Bei genauerem Hinsehen fiel ihr auf, dass zwar all ihre Kleidungsstücke auf den Boden geworfen worden waren – Blusen, T-Shirts, Hosen, Röcke, Kleider, Socken –, aber ihre gesamte Unterwäsche fehlte. Keine Spur von den bunten Slips oder BHs. Jennifer war klar, dass es sich um eine rein symbolische Drohgebärde handelte. Trotzdem bildete sich in ihrem Inneren ein kalter Ball der Angst.

Das Einzige, was ihr in diesem Zimmer wirklich etwas bedeutete, war der Stiftebecher, den sie ihrem Vater zu seinem letzten Geburtstag geschenkt hatte. Er war vom Tisch gefallen und in zwei Teile zerbrochen. Jennifer spürte einen dicken Kloß im Hals.

Auch der kunstvoll gearbeitete Rahmen, in dem ein Familienfoto gesteckt hatte, war zersplittert. Am Rand des Schreibtischs war eine Kerbe zu sehen, die von einem heftigen Gefühlsausbruch zu zeugen schien. Beklommen hob sie den Rahmen vom Boden auf und bemerkte, dass das Foto selbst fehlte. Sie runzelte die Stirn und sah sich um. Dass jemand ihre Unterwäsche mitgehen ließ, konnte ein perverser Fetisch oder eine billige Angstmache sein. Aber was wollten sie mit dem Bild?

Sie entdeckte es in dem auf die Seite gekippten Papierkorb, der vor das Fenster gerollt war. Jemand hatte das Bild zweimal durchgerissen und dann achtlos weggeworfen. Tränen traten ihr in die Augen. Ausgerechnet zu diesem Foto war das Negativ verloren gegangen, sie hatte schon vor Jahren danach gesucht. Jennifer nahm die Schnipsel aus dem Papierkorb und strich sie auf der Fensterbank vorsichtig glatt. Dann schob sie die Überreste in ihre hintere Hosentasche und richtete sich auf.

Wer steckte dahinter? Warum hatte jemand es ausgerechnet auf sie abgesehen?

Sie würde es herausbekommen – und es ihnen zeigen! Denn eines hatten sie nicht bedacht: dass Jennifer nichts mehr zu verlieren hatte. Ihr Totenschein war bereits unterschrieben, nur das Datum fehlte noch. Hirschbergers Arbeit würde vielleicht der nächsten Generation Erkrankter helfen, aber ihr nicht mehr.

Kochend vor Wut verließ Jennifer ihr Zimmer. Jonas' Zimmer lag direkt neben ihrem. Es war ebenfalls verwüstet worden, aber nur halbherzig. Sein Che-Guevara-Poster hing nur noch an einer Ecke an der Wand, der Schreibtisch war umgekippt, eine Schranktür eingetreten, Kleidung und Bettzeug bildeten einen wilden Haufen auf dem Boden. Obwohl, das konnte auch Jonas selbst gewesen sein.

Es war eindeutig, dass es sich nicht um einen gewöhnlichen Einbruch handelte. Wer etwas Wertvolles stehlen wollte, der würde es nicht hier versuchen. Es sah eher so aus, als hätte jemand ganz gezielt nach etwas gesucht und war dann wütend geworden, weil er es nicht fand.

Jennifer hielt bereits ihr Handy in der Hand und überlegte, doch noch die Polizei zu rufen. Aber was sollte sie denen sagen? Der einzige echte Schaden war ihr alter Laptop und der war sowieso nichts mehr wert. Nein, sie hatte keine Lust, ihre Zeit mit irgendwelchen Formularen zu vergeuden.

Grübelnd stand sie mitten in Jonas' Zimmer. Es gab keine Zufälle. Wenn ihr Studium sie eines gelehrt hatte, dann das: Es gab immer eine logische Erklärung. Man musste nur darauf kommen.

5

»Ich bin sicher, dass ich ihn irgendwoher kenne. Ich habe ihn schon mal gesehen. Ich weiß nur nicht mehr, wo.«

Jonas schnaubte. »Vielleicht beim Asia-Imbiss. Komm schon, ich bin echt kein Rassist, aber kannst du einen Asiaten vom anderen unterscheiden? Chinesen, Japaner, Koreaner, Balinesen? Ich nicht. Jedenfalls nicht, wenn ich sie nicht besser kenne, zum Beispiel aus einem Kurs. Du willst einfach unbedingt, dass es einen Grund für die Sache gibt.«

Jennifer schüttelte den Kopf. »Was soll das denn heißen? Natürlich gibt es einen Grund! Glaubst du etwa, das war Zufall?«

Den ganzen Nachmittag und frühen Abend über hatten sie aufgeräumt und dabei gleich kräftig ausgemistet. Ihr alter Laptop war nichts wert und auf Jonas' PC würde man außer jeder Menge Raubkopien nichts finden. Sonst war nichts gestohlen worden. Zwei Polizisten waren gekommen und hatten die Anzeige gegen Unbekannt aufgenommen, der Versicherung wegen. Jonas hatte darauf bestanden. Jetzt saßen Jennifer und ihr Bruder in der Küche und aßen den Klassiker der schnellen Studentenküche – Spaghetti Mirácoli.

»Nein, *Zufall* ist natürlich nicht das richtige Wort«, gab Jonas zu und sog genüsslich eine Nudel in den Mund. Ein Spritzer Tomatensoße landete auf Jennifers Wange.

»Mensch, kannst du das nicht endlich mal lassen?«, sagte sie genervt und fuhr sich mit der Hand über ihr Gesicht. »Du bist doch nicht mehr neun.«

»'tschuldigung, aber so schmecken sie nun mal am besten.«

»Dann musst du eben nächstes Mal allein am Kindertisch essen.«

»Okay, okay. Schon gut.« Er hob ergeben die Hände, grinste jedoch wie ein kleiner frecher Junge.

Jennifer vergrub theatralisch das Gesicht in den Händen, musste aber lachen. »Was soll nur aus dir werden, wenn du mal groß bist?«, fragte sie gespielt verzweifelt. Dann wurde sie wieder ernst. »Weißt du, mir bereitet das echt Bauchschmerzen. Ich glaube nicht, dass wir Opfer eines beliebigen Einbruchs geworden sind.«

»Und warum nicht?«

Sie verdrehte die Augen. »Wenn du schon das Risiko eingehen würdest, wäre dein Ziel dann eine Studenten-WG in der Wuppertaler Innenstadt? Und selbst wenn – dann greift man sich einfach schnell die Rechner und vielleicht noch den Fernseher, aber man stellt doch nicht die ganze Bude auf den Kopf. Für mich sieht das eher so aus, als hätte irgendwer nach irgendwas gesucht. Aber wer? Und wonach?«

Jonas grinste. »Vielleicht wollten sie an meine legendäre Pornosammlung ran?«, schlug er vor.

»Bäh! Du bist ja ekelhaft. Aber vielleicht hast du recht. Bisher bin ich immer davon ausgegangen, dass es was mit mir zu tun hat. Vielleicht ging es auch um dich. Bist du in letzter Zeit Mitglied in irgendwelchen Agentengruppen geworden?«

Jonas schüttelte den Kopf. »Unsinn. Ich bin einfach nur ein kleines Licht. Und ich will dir ja nicht zu nahe treten, aber *so* wichtig bist du – außer für mich – nun auch wieder nicht.«

Jennifer nickte. »Das ist ja genau das, was mich so beunruhigt. Dass ich keine vernünftige Erklärung finde. Aber weißt du noch, was Papa immer gesagt hat, wenn wir mit den Hausaufgaben nicht weiterkamen? ›Nur weil du die Lösung nicht weißt, heißt das nicht, dass es keine gibt.‹«

»Aber es heißt eben auch nicht, *dass* es eine gibt, vergiss das nicht.«

Sie wälzten noch eine Weile mögliche Theorien, kamen aber nicht weiter. Es war spät, als sie ins Bett gingen. Sie ließen die Türen zu ihren Zimmern offen und das Licht im Flur brennen. Jonas schnarchte schon nach ein paar Minuten leise vor sich hin, aber Jennifer lag noch lange wach und grübelte.

* * *

Thorge las Jennifer einen Absatz aus Kochs Interview in der Deutschlandausgabe des *Science*-Magazins vor: »Wir wissen bislang kaum etwas darüber, was uns alles bedrohen könnte. Insofern bin ich der Überzeugung, dass weit mehr öffentliche Mittel in die Risikoforschung investiert werden sollten. Wir Wissenschaftler kümmern uns zu wenig um das Thema ›Ende der Welt‹. In Fachjournalen taucht der Begriff *Untergang der Menschheit* nur äußerst selten auf – bei unserer letzten Zählung fanden wir nur 39 Treffer, für *Mistkäfer* hingegen 980 und sogar für *Mistkäfer-Reproduktion* noch 231. Jetzt mal ehrlich: Sind sich paarende Mistkäfer wirklich 5,9-mal wichtiger als die Erforschung des Endes der Menschheit?« Thorge lachte auf. »Das ist echt Koch in Hochform!« Er grinste. »Wir haben lange nach einem passenden Beispiel gesucht, das absurd genug klingt und bei dem die Zahlen klein genug sind, dass man noch den Eindruck haben könnte, er hätte das gerade im Kopf ausgerechnet.«

Jennifer saß an ihrem Rechner und arbeitete Kochs Liste mit

Suchwörtern ab; sie las sich wie eine assoziative Wortkette zum Thema Risiko. Im Zweifelsfall fertigte sie jeweils ein PDF an. Thorge würde das Material später sichten, bewerten und ein Abstract erstellen. Einen Teil hatte sie bereits bearbeitet. Der erste Komplex hatte sich um den Themenbereich Versicherungen gedreht: Risikogesellschaft, Versicherungsrisiken, Statistik versicherter Risiken, Statistik Auszahlungssummen Versicherungen, Zunahme Versicherungsschäden, Zunahme versicherter Schäden, Verlauf Anzahl Versicherungen, Zunahme Gewinn Versicherungen, Fusion Versicherungsgesellschaft, steigender Gewinn Versicherungen, Verlauf Börsenkurse Versicherungen.

Weiter ging es mit einem anderen verwandten Thema: Angst, Zunahme Angst Patienten, Angst Krankheit, Angst Zivilisationskrankheit, Gründe Angst, Gründe Angst Risiko Gefahren, Ursachen Angst, Wovor haben die meisten Menschen Angst?, Tatsächliche Risiken Angst Angstfaktoren, Verhältnis Angst Gefahr Risiko, Angst Adrenalin, Angst Stress positiv, Angst Risiko Stress Fluchtreflex fight or flight, Angst Stress negativ, Angst Risiko Gefahr Drogen Alkohol Suchtmittel, Angst Religion.

Kochs Stoßrichtung war für Jennifer offensichtlich. Er wollte herausbekommen, ob die gefühlte Gefahr und das tatsächliche Risiko in einem rationalen Verhältnis zueinander standen.

Sie konnte sich noch gut an die Vorlesung erinnern, die sich diesem Thema gewidmet hatte. Koch hatte als Beispiel angeführt, dass es Menschen nachweislich mehr Angst machte, hundert Euro zu verlieren, als Freude, hundert Euro zu gewinnen. Deswegen behielten sie sinkende Aktien zu lange und verkauften steigende zu frühzeitig. Dazu kam, dass immer mehr tatsächliche Risiken unbegreifbar, unberechenbar oder unüberschaubar waren. Konkret konnte man dies anhand der Schwierigkeit zeigen, mögliche Vorteile genetisch manipulierter Pflanzen gegen mögliche Nachteile abzuwägen. Solche Diskussionen wurden nur allzu oft rein emotional geführt, denn die Menschen *spürten* ihre Unsicherheit und wollten diesem Gefühl auch Ausdruck verleihen. Eine sachliche Argumentation aber war dadurch für die meisten nicht möglich. Denn entweder kannten sie die Fakten nicht oder sie verstanden sie nicht.

Nach »Risiko« und »Angst« – und den boomenden Geschäftsbereichen, die beide umgaben – kamen die Themenbereiche »Gefahr«, »Krankheit«, »Genmanipulation«, »Naturkatastrophen«, »Dritte Welt« und »Technik«. Die Liste würde sie sicher noch einige Tage beschäftigen, denn ihre Aufgabe bestand darin, immer die ersten zwanzig Treffer in zwei voneinander unabhängigen Suchmaschinen sowie fünf wissenschaftlichen Datenbanken zu überfliegen und, wenn sie auch nur im Entferntesten relevant erschienen, für Thorge aufzubereiten. Die Arbeit war monoton, aber eben nicht durch künstliche Intelligenz zu ersetzen.

Jennifer machte sich eine Notiz: *AI – artificial intelligence – Gefahr oder Chance.* Sie würde Koch vorschlagen, auch dieses Thema in seine Recherchen aufzunehmen.

Immer wieder las sie sich in interessanten Artikeln fest und kurz vor zwölf brauchte sie dringend eine Pause. Sie rief ihre E-Mails ab. Ein paar weitergeleitete Witze, sonst nichts. Schade. Sie schloss ihren Browser und arbeitete weiter.

* * *

Young-Sun war stinksauer. Bis vor wenigen Tagen hatte keiner von ihnen gewusst, dass diese Jennifer Meyer überhaupt existierte. Und dann kreuzte sie seinen Weg gleich viermal in etwas über einer Woche. Das konnte unmöglich Zufall sein. Aber was hatte sie vor – und wie war es ihr gelungen, bisher nicht aufzufallen?

War sie eine Bekannte von Gehrmann gewesen, hatte der sie vielleicht über alles informiert? Aber wie sollte er? Schließlich wussten die Teilnehmer der Studie selbst nicht die Wahrheit. War Gehrmann vielleicht ein Insider gewesen, der doch Bescheid gewusst hatte? Und Meyer eine Journalistin oder eine Mitarbeiterin der Konkurrenz?

Die Infos, die ihm über sie vorlagen, deuteten nicht darauf hin, aber vielleicht war ihre Legende auch einfach perfekt. Nichts war in seinem Geschäft wichtiger als eine möglichst wasserdichte Tarnung.

Er war sich sicher, dass Jennifer eine Gefahr darstellte, das spürte er genau. Young-Sun mochte erst vierundzwanzig Jahre alt sein, war aber seit fünf Jahren im Geschäft, davon drei in der Security, zu deren Leiter er Anfang des Jahres – nach dem tragischen Unfall seines direkten Vorgesetzten – aufgerückt war. An mehr als hundertfünfzig Einsätzen war er beteiligt gewesen. Kurzum: Er verstand etwas von seinem Job. Und er war überzeugt, dass sein Instinkt ihn nicht trog.

Aber mit Ahnungen allein kam er nicht weiter. Er musste die Sache systematisch angehen und noch einmal ganz von vorn durchdenken.

Erstens: Von Jennifer Meyers Internetanschluss erfolgte eine Brute-Force-Attacke auf eine verschlüsselte Datenbank seines Arbeitgebers. Warum? Und steckte wirklich sie dahinter oder ihr Bruder, mit dem sie sich eine Wohnung und die Internetverbindung teilte?

Zweitens: Meyers Name fand sich auf einer Visitenkarte in Gregor Gehrmanns Besitz. Sie war diejenige gewesen, die auf dem Bahnhof Erste Hilfe bei Gehrmann geleistet hatte. Was hatte sie alles mitbekommen und welche Folgerungen konnte sie daraus ziehen?

Drittens: Sie rief bei Hirschberger an, dem Exmitarbeiter einer der wichtigsten strategischen Neuerwerbungen seiner Chefs. Was wollte sie von ihm in Erfahrung bringen? Konnte er Jahre nach seinem Ausscheiden überhaupt noch Informationen haben, die für sie gefährlich waren? Hatte es etwas mit den Tests an Gehrmann zu tun?

Viertens: Sie traf sich persönlich mit Hirschberger. Hatte vielleicht sie ihm Informationen zugespielt, nicht umgekehrt? Für wen arbeitete Hirschberger heute? Offiziell gab es darauf keinen Hinweis, er war einfach im Ruhestand. Aber was wollte er dann von Meyer? Oder sie von ihm?

Young-Sun hätte sich am liebsten eine Zigarette angesteckt, aber beim letzten Mal war gleich der Alarm losgegangen. Zu ärgerlich, dass mittlerweile das Rauchen überall verboten war. Er rieb sich die Stirn und grübelte weiter.

Die Puzzleteile passten nicht zueinander, eine entscheidende Info fehlte ihm. Was hatte diese Frau vor, wie gefährlich war sie für GlobalENJ? Was wusste sie? Woher hatte sie das Wissen? Und was wollte sie damit anfangen? Gestern war er so sicher gewesen, dass sie ihnen dicht auf der Spur war, dass sie etwas über die Tests oder die neuen Maßnahmen herausgefunden hatte. Ganz logisch war er davon ausgegangen, dass sie über Unterlagen verfügte und Beweise gesammelt hatte – Namen, Daten, Kopien, Akten, irgendetwas. Natürlich, heute mussten das keine Papierstapel mehr sein, aber die meisten Leute fertigten doch zumindest einige Ausdrucke an oder machten sich Notizen. Meist waren sie zudem viel zu unvorsichtig mit ihrem Material und ließen alles einfach herumliegen, als wäre ihre Wohnung ein Safe, ein sicherer Hafen.

Nichts hatte er gefunden, so gründlich er auch gesucht hatte. Er war immer wütender geworden, aber die Aktion hatte nichts gebracht. Es war unvermeidlich gewesen, dass sie nun bemerkte, dass er hinter ihr her war. Darum hatte er die Gelegenheit genutzt, um seinem Ärger Luft zu machen. Vielleicht würde sie das ausreichend einschüchtern und sie ließ ihre Finger von der Sache.

Die Computer waren ebenfalls eine Sackgasse gewesen. Um

nicht versehentlich einen Löschvorgang auszulösen, hatte er die Festplatten ausbauen und vor dem Erstzugriff Sicherheitskopien anfertigen lassen, doch das war absolut unnötig gewesen. Jennifer Meyers E-Mails waren bedrückend langweilig, sie hatte ungewöhnlich wenig Digitalfotos für eine junge Frau ihres Alters und ihre Hausarbeiten überzeugten durch eine staubtrockene Genauigkeit, die ihn sofort gegen sie einnahm. Auf dem Laptop war wirklich gar nichts von Wert zu finden gewesen.

Bei ihrem Bruder verhielt es sich anders. Tatsächlich war der Datenbankzugriff von seinem Rechner aus erfolgt, zudem hatte er eine Partition auf seinem Computer verschlüsselt und Young-Sun hatte bereits einen Durchbruch gewittert. Doch dann fanden sich lediglich eine Menge Liedtexte sowie raubkopierte Filme und Programme. Illegal, aber irrelevant.

Ein kleiner roter Punkt auf der Straßenkarte zeigte ihm auf etwa hundert Meter genau ihren derzeitigen Aufenthaltsort an. Sie kannten nicht nur ihre Handynummer, sondern auch ihre E-Mail-Adresse und das Betriebssystem ihres Mobiltelefons war von einer Softwarefirma erstellt worden, an der GlobalENJ ebenfalls eine größere Beteiligung hielt. Young-Sun hatte gleich am Morgen seinen Kontakt dort angerufen, aber bisher noch nichts gehört.

Ihre privaten Internetrecherchen waren vollkommen uninteressant und so banal, dass er beinahe davon überzeugt war, dass sie ihn absichtlich in die Irre führen wollte. Kinospielzeiten, Restaurantempfehlungen, Buchkritiken, Essays einer großen Wochenzeitung. Aber wo bewahrte sie ihre Informationen dann auf? Wer Anklage erheben wollte, musste schließlich Beweise haben.

Derzeit befand sie sich auf dem Gelände der Uni, wo sie auch als Studentin eingeschrieben war. Gut, es waren Semesterferien, aber es gab eben auch schreckliche Streber, die sogar in den Sommerferien in der Bibliothek saßen und lernten.

Young-Sun ballte frustriert die Fäuste.

Auf einmal aktualisierte sich die Anzeige mit Jennifer Meyers Standort. Unter der Karte generierte sich eine Liste mit Suchworten. Darunter erschienen jeweils die Links, denen sie gefolgt war. Die Einträge waren nach Zugriffszeit geordnet und reichten – er scrollte nach unten – weit zurück. Dreißig Tage, um genau zu sein. Die überwiegende Mehrheit der Suchanfragen und Seitenaufrufe handelte von Risiken, Gefahren, biomathematischen Fragen, Versicherungen, Zellwachstum, Genetik, Arzneimitteln.

Er hatte recht gehabt!

Dazwischen fanden sich die ihm bereits bekannten Suchanfragen von ihrem privaten Laptop. Woher kamen die anderen jetzt? Immer neue Einträge wurden angezeigt.

Er warf einen Blick auf die Uhr: fünf vor zwölf. Wie passend für den entscheidenden Durchbruch. Er startete einen Reverse-Lookup ihrer aktuellen IP-Adresse. Eine T1-Standleitung. Anschlussinhaber war eine Firma namens RISK mit Sitz auf dem Gelände der Universität Wuppertal.

Als Young-Sun die öffentlich zugänglichen Informationen über das Geschäftsfeld der Firma und die beteiligten Gesellschafter überflog, wurde er blass.

Jetzt wusste er, wer dahintersteckte. Allerdings hätte es nie so weit kommen dürfen. Die Lage war offenbar noch viel schlimmer, als er befürchtet hatte, und das kam selten vor.

* * *

Heute hatte Koch gute Laune. Er kam mit Eisbechern für alle – Jennifer, Thorge, Kochs Assistentin Melanie und sich – aus der Mittagspause zurück. Melanie musste natürlich am Schreibtisch bleiben, weil das Telefon klingeln könnte, Thorge und Jennifer hingegen schlug Koch vor, mit ihm auf die Dachterrasse zu gehen.

Dort standen zwei Tische, acht Stühle, Sonnenschirme, einige

Liegen und zwei Topfpflanzen, denen es allerdings nicht sonderlich gut zu gehen schien.

»Jennifer«, sagte Koch, nachdem sie das Eis ausgepackt hatten. »Wie gefällt es Ihnen eigentlich bei uns?«

»Gut«, sagte sie und nickte. Was war denn jetzt los?

»Sehr schön, sehr schön«, erklärte Koch. »Und Thorge, wie geht es Ihnen?« Er legte den Kopf zur Seite und setzte dann hinzu: »Meine Frau meinte, dass ich möglicherweise letzte Woche ein wenig zu streng mit Ihnen war.«

Ach so, daher wehte der Wind. Und deshalb auch das Eis.

»Na ja«, wiegelte Thorge ab. »Schon okay.«

»Meine Frau hat mich auch gefragt, ob ich Ihnen beiden eigentlich in letzter Zeit mal gesagt habe, dass ich mit Ihrer Arbeit grundsätzlich sehr zufrieden bin«, fuhr Koch fort. »Das musste ich leider verneinen, deshalb: Ich bin mit Ihrer Arbeit grundsätzlich sehr zufrieden!« Er strahlte und war offensichtlich ganz begeistert von sich selbst.

»Danke«, entgegnete Jennifer. »Das freut mich.«

»Mich auch. Danke«, sagte Thorge.

Eine Weile löffelten sie schweigend ihr Eis. Dann fragte Thorge: »Wie läuft es denn mit den anderen Instituten?«

»Ausgezeichnet!« Kochs Freude war ihm förmlich anzusehen. »Wir haben uns auf ein weiteres Vorgehen geeinigt und werden den Themenbereich *Gefahren und Risikomanagement* gründlich und intradisziplinär bearbeiten. Im Anschluss daran soll eine erste Einschätzung möglicher konkreter Auswirkungen unserer vorläufigen Ergebnisse erfolgen, um letztlich dann zur UN-Vollversammlung im November eine entsprechende Resolution einzubringen. Wir werden handeln müssen, aber wie genau, das müssen wir noch erarbeiten und begründen.«

Thorge nickte nachdenklich. »Und Sie sind immer noch der Meinung, dass sich irgendwann mit unseren Erkenntnissen auch

Geld verdienen lässt? Bei allem Respekt und Interesse – aber das sehe ich einfach nicht.«

»Doch, ich bin davon überzeugt«, sagte Koch. »Jennifer, was meinen Sie?«

»Hm?« Jennifer schaute überrascht auf.

Koch lachte. »Woran haben Sie denn gerade gedacht? Sie schauen ja wie sieben Tage Regenwetter.«

»Ach, nichts. Entschuldigung. Es ist nur wegen gestern.« Sie zögerte. *Privates hat im Berufsleben nichts zu suchen*, hörte sie die Stimme ihrer Mutter. *Firmen wollen keine Fachidioten, sondern Individuen. Treten Sie so persönlich wie nur möglich auf*, erklangen sofort danach die Worte des Berufsberaters in ihrem Kopf. Egal, sie musste davon erzählen und sie hatte ja auch nichts falsch gemacht.

»Bei uns ist gestern eingebrochen worden. Aber das Komische ist, es fehlt fast nichts, nur unsere alten Computer. Ich meine, wir sind zwei Studenten, was ist da schon zu holen? Und das ist es, was mich so beschäftigt: Warum sollte jemand ausgerechnet bei mir und meinem Bruder einbrechen?«

Thorge kratzte seinen Eisbecher leer. »Vielleicht bot sich einfach die Gelegenheit?«, mutmaßte er.

Jennifer zuckte mit den Schultern. »Kann man natürlich nicht ausschließen, klingt aber nicht allzu wahrscheinlich für mich.«

»Wie wäre es, wenn wir alle Alternativen ausschließen, bis wir zur Wahrheit vorgedrungen sind?«, schlug Koch vor – ganz Wissenschaftler eben.

Thorge lachte. »Für Sie ist jedes Rätsel gleich interessant, oder?«

»Selbstverständlich«, entgegnete Koch. »Wenn man anfängt, die Fragen anstatt die Antworten zu bewerten, braucht man auch keine Antworten mehr.«

»Hm«, machte Thorge.

»Ich sehe aber keine Alternativen, die man überprüfen oder ein-

oder ausschließen könnte«, wandte Jennifer ein. »Wir sind weder berühmt noch reich. Wir verfügen über keinerlei stehlenswerte Informationen. Selbst wenn es nur darum gegangen sein sollte, uns Angst zu machen – warum, um Himmels willen, und wovor? Natürlich kann es einfach Zufall gewesen sein, jemand über uns hat Pizza bestellt und der Bote hat sich im Gehen gedacht, schau ich doch mal, was ich im dritten Stock mitgehen lassen kann. Aber mal ehrlich, klingt das plausibel?«

Thorge und Koch schüttelten den Kopf.

»Du hast da eben was gesagt …«, murmelte Thorge und strich sich über den Pferdeschwanz. Auf seiner Stirn glänzten Schweißtröpfchen. Für Ganzkörperschwarz war es hier oben dann doch zu warm, trotz des leichten Windhauchs, der die brütende Mittagshitze auf dem Dach einigermaßen erträglich machte. »Dass du nicht über stehlenswerte Informationen verfügst. Aber was, wenn doch? Oder vielleicht dein Bruder? Du hast mal gesagt, deine Mutter wäre ein hohes Tier in der Wirtschaft, vielleicht hängt es ja mit ihr zusammen?«

Jennifer löffelte nachdenklich ihr Eis. Koch war inzwischen auch fertig und warf seinen Becher in einen Mülleimer.

»Oder vielleicht«, sagte er und wirkte dabei fast etwas aufgeregt, »ist jemand hinter *unseren* Forschungsergebnissen her. Haben Sie darüber schon mal nachgedacht? Die Rechner hier sind schwer zu hacken, aber Ihrer zu Hause wahrscheinlich nicht. Und ihn zu klauen, ist natürlich noch viel einfacher.«

Jennifer schüttelte den Kopf. »Nein, ich habe ja auch gar keine Infos über unsere Arbeit dort gespeichert.«

»Das wissen die Täter ja aber nicht.«

»Überschätzen Sie jetzt nicht die Wichtigkeit unserer bisherigen Erkenntnisse? Mit Verlaub, Herr Professor: Wer sollte damit etwas anfangen? Und was?« Thorge redete sich in Schwung. »Und ehrlich gesagt, wir haben doch noch gar keine Erkenntnisse, sondern tragen bislang nur Informationen zusammen, die allesamt frei verfügbar sind.«

»Mein lieber Thorge, da unterschätzen Sie uns und unser kleines Projekt aber ganz gewaltig«, holte Koch aus. Er streckte den Daumen in die Höhe. »Erstens – keiner weiß, was wir wissen oder nicht wissen. Genau das könnte aber jemand herausfinden wollen. Zweitens«, der Zeigefinger kam hinzu, »wird unsere Arbeit auch von der Industrie sehr aufmerksam verfolgt. Sollten sich beispielsweise meine Theorien des Risikomanagements auch nur halbwegs belegen lassen, wird das Auswirkungen auf die gesamte Versicherungsbranche haben. Und wer dann als Erster ein passendes Projekt am Start hat, kann sich ein großes Stück vom Kuchen sichern. Das Gleiche gilt für viele andere Unternehmensfelder, die mit Risiken und Gefahren zu tun haben: Landwirtschaft, Autobau, Arzneimittel, um nur einige zu nennen.« Koch schaute streng. »Ich muss zugeben, ich hatte mehr von Ihnen erwartet.« Er hob den Mittelfinger. »Drittens – Industriespionage ist mittlerweile ein eigener Wirtschaftszweig geworden. Ein Kollege hat mir berichtet, dass es inzwischen Gruppierungen gibt, die Informationen auf spekulativer Basis beschaffen, ohne vorher zu wissen, wem die Infos nützen. Die werden dann meistbietend auf dem Weltmarkt verschachert. Viertens« – Ringfinger – »wir leben im Informationszeitalter. Gold hat inzwischen einen weitaus geringeren Wert als Ideen. Und Ideen sind nichts anderes als neue, originelle Gedanken. Sie sind nicht dinglich und schwer zu schützen.«

Koch sah erst Thorge, dann Jennifer herausfordernd an. »Sind Sie sicher, dass Sie keinerlei Informationen aus dem Labor mit nach Hause genommen haben?«, fragte er dann und klang jetzt ernsthaft besorgt.

Jennifer hatte Thorges Einwand zwar etwas barsch, aber doch schlüssig gefunden. Kochs ausführliche Argumentation war allerdings durchaus nachvollziehbar.

»Nein, äh, also … neulich habe ich mir die Infos zu einer Datenbank mitgenommen, auf die ich aus privatem Interesse zugreifen wollte –«

Bevor sie in Bedrängnis kam, lügen zu müssen, weil jemand wissen wollte, welche Datenbank und welches private Interesse, legte Koch auch schon los: »Sehen Sie! So ist das. Dabei kann man mit Informationen gar nicht vorsichtig genug sein!« Er schaute streng von einem zum anderen. »Ich bitte Sie, das in Zukunft noch stärker zu berücksichtigen.«

»Ja, natürlich, tut mir leid«, murmelte Jennifer.

»Klar, kein Problem«, stimmte auch Thorge zu.

»Gut«, sagte Koch und überlegte einen Moment. Dann fragte er: »Wollen Sie aussteigen?«

Jennifer schaute ihn verblüfft an. »Wieso?«

»Hat Ihnen der Einbruch denn keine Angst gemacht?«

»Na ja, schon, aber ich weiß doch überhaupt nicht, ob die Arbeit hier bei RISK tatsächlich der Grund dafür war. Ehrlich gesagt, bin ich von dieser Theorie noch nicht ganz überzeugt.«

»Was denn sonst?«, meldete sich nun Thorge zu Wort, der die Seiten gewechselt zu haben schien. »Weder du noch dein Bruder sind so berühmt, dass jemand eure Unterwäsche im Internet verkaufen könnte.«

Jennifer starrte ihn entgeistert an.

Thorge hob die Hände. »War nur ein Scherz, entschuldige.«

Sie atmete tief durch. »Schon okay. Ich weiß auch nicht –«

»Wir dürfen uns davon nicht ins Bockshorn jagen lassen«, versuchte Koch, sie aufzumuntern. »Im Gegenteil. Mit jedem Angriff und mit jedem Versuch, uns zuvorzukommen oder mundtot zu machen, müssen wir umso sorgfältiger und verschwiegener vorgehen. Wie einst Galilei!«

Er erhob sich, nickte den beiden kurz zu und ging in Richtung Treppenhaus.

Thorge sah ihm hinterher und zog vielsagend die Augenbrauchen hoch. Jennifer lächelte, während sie aufstand und dem Professor folgte. Kochs Vergleich mochte vermessen sein, aber er fühlte sich unheimlich gut an. Und vielleicht waren sie ja wirklich Teil einer großartigen Entdeckung oder Entwicklung. Man würde es erst hinterher wissen.

Im Aufzug griff Koch das Thema noch einmal auf. »Es hätte jeden von uns treffen können«, wandte er sich an Jennifer. »Ich gehe davon aus, Sie als jüngste Mitarbeiterin wurden möglicherweise als das leichteste Ziel angesehen. Aber ich möchte Sie beide bitten«, er sah jetzt auch Thorge an, »besonders vorsichtig und aufmerksam zu sein.«

Thorge nickte und sagte: »Ja, klar«, aber Jennifer hatte das Gefühl, er fand Kochs Sicht der Dinge total blödsinnig.

Als sich ihre Wege im Büro trennten, sagte sie noch schnell: »Oh, Herr Professor Koch, vielen Dank für das Eis!«

»Gern geschehen«, sagte er, warf ihr ein kurzes Lächeln zu und steuerte dann zielstrebig sein Büro an.

Als sie ihren Arbeitsraum betraten, stieß Thorge die Luft aus. »›Wie Galilei‹? Das kann der doch nicht ernst meinen! Ich hatte gehofft, diese Zeiten wären vorbei.«

»Ich glaube, jedem, der eine wirklich neue Idee hat, bläst der Wind ins Gesicht«, entgegnete Jennifer. Sie dachte einen Augenblick nach. »Aber ehrlich gesagt, bin ich nicht sicher, ob ich mir das antun will.« So viel konnte sie sagen, ohne Thorge erklären zu müssen, wie es um sie stand.

Was sie am meisten ärgerte, war: Hätte man sie einfach in Ruhe gelassen, würde sie den Job hier vermutlich in ein oder zwei Wochen an den Nagel hängen, um sich noch mal ein paar nette Wochen zu gönnen. Aber zum Schweigen bringen lassen wollte sie sich nicht – ganz egal, worum es hier auch ging. Das war eine Sache des Prinzips. Und Jennifer legte großen Wert auf Prinzipien.

6

Als Thorge nach Hause ging, war es immer noch warm. Sein schwarzes T-Shirt war inzwischen komplett durchgeschwitzt. Zwei Stationen vor seiner normalen Haltestelle stieg er aus und ging zügig durch einige Straßen, bis er eine Wohngegend erreichte, in der nur wenige Menschen unterwegs waren. Er sah sich um, konnte aber niemanden entdecken, der auch nur im Entferntesten verdächtig war.

Er zog das Prepaidhandy, das sie ihm vor Monaten gegeben hatten, aus seiner Umhängetasche. Seine Aufgabe hatte bislang nur darin bestanden, die Abstracts, die er für Koch anfertigte, ein zweites Mal auszudrucken und per Post ohne Absender an ein Postfach in Freiburg zu schicken. Für jede Sendung erhielt er tausend Euro. Die Transfercodes für Western Union kamen per SMS auf dieses Handy.

Da Koch nur mit öffentlich zugänglichen Quellen arbeitete, konnte Thorge sich beim besten Willen nicht vorstellen, großen Schaden anzurichten. Schon als der Asiate ihn an einem Samstag im Plattenladen angesprochen hatte, war er begierig gewesen zu erfahren, wozu er die Infos eigentlich benötigte. Doch sein Gegenüber hatte ihm unmissverständlich klargemacht, dass Fragen absolut unerwünscht waren.

Mit zitternden Fingern schaltete Thorge das Handy ein, dann rief er die letzte SMS auf und drückte *Rückruf*. Er hatte keine Ahnung, wer rangehen würde, aber der Einbruch bei Jennifer hatte ihn misstrauisch gemacht.

Es klingelte ein Mal, dann klickte es mehrfach, als würde die Nummer weitergeschaltet, schließlich klingelte es erneut, dreimal nacheinander. Das Klingeln hörte auf und wieder klickte es, als hätte jemand das Gespräch angenommen, aber niemand sagte etwas.

»Hallo?«, fragte Thorge verunsichert.

»Ja?«, sagte eine merkwürdig tonlose Stimme. Blechern. Eigenartig.

Ein seltsames Scheppern hallte durch die Leitung. Thorge fragte sich, ob sein Gesprächspartner einen Stimmverzerrer einsetzte – und ob es die überhaupt in Wirklichkeit gab oder nur in Erpresserfilmen.

»Ja, also … äh«, begann Thorge und ärgerte sich über sein Gestotter. Er räusperte sich und holte tief Luft. »Meine Kollegin Jennifer … also … bei der wurde eingebrochen. Und wir glauben, na ja, wir haben uns gedacht, es hat vielleicht mit ihrer Arbeit zu tun. Und deswegen wollte ich wissen, also … na ja.«

»Was?«, fragte die Stimme.

»Ob ich mir Sorgen machen muss. Ob ich was tun kann?«

»Ob du dir Sorgen um dich machen musst?« Es klang, als hallte die Stimme durch ein langes Metallrohr. »Oder ob du mehr Geld verdienen kannst?«

Thorge presste das Handy derart fest ans Ohr, dass sein Ellenbogen schmerzte. Plötzlich bellte neben ihm ein Hund und er schrak zusammen. Unbewusst war er beim Sprechen weitergegangen und das Tier warf sich wild bellend gegen den Zaun, wieder und wieder. Thorge hätte beinahe das Handy fallen gelassen. Hastig ging er zurück in die Richtung, aus der er gekommen war.

»Beides, glaube ich«, murmelte er. »Muss ich mir Sorgen machen um mich? Und kann ich noch etwas für Sie tun?«

»Aha. Du denkst also mit. Zeigt auch der Anruf unter dieser Nummer. Das ist begrüßenswert, aber auch gefährlich. Vergiss das nicht.«

Thorge rieb sich mit der Hand über den Oberarm. Auf einmal fröstelte ihn. Er war sich ziemlich sicher, dass er mit dem Mann sprach, der ihn engagiert hatte. Der war nicht sonderlich sympathisch gewesen, aber er hatte gewusst, was er wollte. »Ja, und was soll ich jetzt tun?«, fragte er schließlich.

»Wie viel weiß Jennifer?«

»Worüber?«

»Worüber wohl?« Die Stimme klang nun, da sie einen verärgerten Ton angenommen hatte, noch unheimlicher. »Über Gott und die Welt! Über den Forschungsgegenstand natürlich!«

»Äh, alles. Also, alles, was ich weiß, jedenfalls. Und was Koch weiß, natürlich. Was eben in den Abstracts steht. Ihr Job ist es, die Infos zu sichten. Ich sortiere das Material noch genauer und erstelle anschließend die Übersicht. Und Koch ordnet das dann ins große Ganze ein.«

»Sie weiß also nichts?«

»Doch, hab ich doch gerade gesagt. Sie weiß alles. Und sie ist echt intelligent. Jung, aber richtig fit im Kopf.«

Am anderen Ende der Leitung hörte er ein Geräusch, das anscheinend einem Seufzen entstammte. Aufgrund der Stimmverzerrung klang es allerdings eher, als wären irgendwo ein paar leere Dosen umgefallen.

»Und jetzt geht sie davon aus, dass der Einbruch etwas mit ihrer Arbeit zu tun hat, mit der Risikoanalyse?«

»Ja, das tut sie. Das tun wir alle.« Thorge runzelte die Stirn. »Es scheint auch zu stimmen, oder?«

Darauf bekam er keine Antwort. Stattdessen sagte die Stimme:

»Na gut. Ich kümmere mich darum. Du machst einfach weiter wie bisher.«

Ein Knacken in der Leitung ließ Thorge erkennen, dass das Gespräch beendet worden war.

* * *

Young-Sun legte auf. Möglicherweise hatte er in seinem Übereifer die gesamte Operation gefährdet. Das war äußerst ärgerlich, aber jetzt nicht mehr zu ändern. Nachdem Jennifer nun mit Sicherheit Verdacht geschöpft hatte, musste er die Angelegenheit konsequent zu Ende bringen.

Aber wie? Er sah auf die Uhr, es war bereits nach acht. Er würde über die Sache schlafen und konnte nur hoffen, dass sie bis morgen keinen Schaden anrichtete.

Er fuhr langsam durch die Luisenstraße. Gegenüber von Meyers Wohnung war ein Parkplatz frei und er hielt an, um nachzudenken. Bei ihr oben im dritten Stock brannte Licht, aber er konnte niemanden am Fenster sehen. Vielleicht sollte er versuchen, eine Wohnung auf der gegenüberliegenden Straßenseite anzumieten? Aber was würde das bringen? Nein, er musste näher an sie herankommen. Herausfinden, was sie wusste, und sie eindringlich davor warnen, weiter in die Materie einzudringen.

Young-Sun rieb sich die Stirn. Wenn Thorge recht hatte und Jennifer tatsächlich nicht mehr wusste, wie war es dann möglich, dass sie ihm innerhalb so kurzer Zeit so oft in die Quere gekommen war? Die Frage quälte ihn, doch er fand keine Antwort. Immerhin hatte dieser Trottel sich überhaupt bei ihm gemeldet. Bislang war er von der Ausbeute der Rekrutierung enttäuscht. Nichts als haufenweise Papier. Er hatte sich mehr davon versprochen. Aber offenbar war RISK gar nicht so dicht an ihnen dran, wie sie befürchtet hatten.

Nach einiger Zeit ließ Young-Sun den Motor an und fuhr nach Hause. Er trank ein Bier und legte sich schlafen.

Mitten in der Nacht schreckte er dann plötzlich hoch. Sein Fenster war offen, aber die Luft stand förmlich in dem kleinen Raum. Er hatte sich in seiner Decke verwickelt und versuchte, sie abzustrampeln. Ärgerlich kniff er die Augen zusammen und knurrte. Was war es nur, das ihn geweckt hatte? Vielleicht das Hupen eines Autos unten auf der Straße? Nein! Jetzt fiel es ihm wieder ein. Er hatte im Traum eine Idee gehabt. Oder eine Idee geträumt? Wie auch immer. Er wusste jetzt, was zu tun war.

Vor lauter Aufregung gelang es ihm kaum, wieder zur Ruhe zu kommen und einzuschlafen.

* * *

Jennifer war äußerst besorgt. Sie hielt ihr Fenster geschlossen, auch wenn es dadurch drückend heiß wurde. Sie träumte schlecht und wälzte sich im Bett hin und her. Bei jedem Geräusch schrak sie zusammen, das Bremsen eines Autos auf der Straße ließ sie ebenso hochfahren wie ein Hupen, ein unerklärliches Klappern oder auch zu lang anhaltende Stille.

Sie sah auf die Uhr: Es war kurz nach zwei. Verdammter Mist! Wie sollte sie am nächsten Tag zur Arbeit gehen, wenn sie nicht schlief? Aber das Unterbewusstsein ließ sich nun mal nicht zwingen. Irgendetwas hielt sie wach. Angst, Misstrauen, aber auch eine gewisse Portion Neugier mischten sich in ihrem Blut, ihrem Kopf und dem Herzen zu einer großen Unruhe.

Schließlich gab sie auf, schlug die Bettdecke beiseite und setzte sich an ihren Schreibtisch. Erst als sie im Halbdunkel danach greifen wollte und ins Leere fasste, erinnerte sie sich daran, dass sie ja keinen Laptop mehr hatte. Sie seufzte und rieb sich die Augen. Sie war unendlich müde und zugleich hellwach. Waren das vielleicht schon die ersten Auswirkungen ihrer Krankheit? Man würde die Symptome nicht eindeutig zuordnen können: Erschöpfungszustände, Hyperaktivität, Stimmungsschwankungen, körperliches Unbehagen – all das konnte auch andere Ursachen haben. Jennifer weigerte sich anzunehmen, dass es schon so weit war.

Einen Moment lang ließ sie den Kopf hängen, unschlüssig, ob sie wieder ins Bett gehen sollte oder nicht. Und wenn nicht, was sollte sie dann tun?

Ratlos starrte sie in Richtung Fenster. Sie war so müde! Sie würde so gerne schlafen! Aber es war, als wollte ihr Unterbewusstsein ihr etwas mitteilen. Bloß was?

Jennifer seufzte, dann legte sie sich wieder ins Bett, zog ihre Decke bis unters Kinn und kniff die Augen fest zusammen. Ein Schaf, zwei Schafe, drei Schafe, vier Schafe … Ach verdammt, das würde sowieso nicht funktionieren! Außerdem war es viel zu warm. Sie strampelte die Decke zur Seite, aber das brachte nicht viel. Ihre Haare klebten an ihrer Wange. Die Hitze in ihrem Zimmer war einfach eklig. Sie drehte sich auf den Bauch, dann auf die Seite. Öffnete die Augen und starrte an die Decke.

Wie aus dem Nichts kehrte eine Erinnerung an eine ähnlich schwüle Sommernacht zurück – nur war damals noch alles wundervoll gewesen, ihr Leben heil und voller Hoffnung. David hatte neben ihr gelegen und geschlafen, es war für sie beide das erste Mal gewesen, hinterher hatten sie noch gekuschelt und sich geküsst und sich zugeflüstert, wie sehr sie einander liebten. Sie hatte in seinem Arm gelegen und war glücklich gewesen, einfach nur glücklich. Nach einiger Zeit war ihr aufgefallen, dass sein Atem sich beruhigt hatte, und als sie zu David hinüberschaute, waren seine Augen geschlossen und er lächelte im Schlaf. Jennifer hatte sich geborgen bei ihm gefühlt, unverwundbar, traumhaft sicher. Eine Woche später hatten seine Eltern verkündet, dass sie nach Kassel ziehen würden. Mit David.

Die Hitze der Nacht lag wie ein warmer Waschlappen auf ihrem Körper. Genervt stand Jennifer wieder auf, ging zum Fenster und riss es auf, so weit es ging. Kein Lufthauch, aber besser als nichts. Es war sowieso lächerlich, das Fenster geschlossen zu halten, sie wohnten schließlich im dritten Stock. Und wer bei ihr durch das Fenster einsteigen könnte, würde sich auch auf andere Weise Zutritt verschaffen können.

Sie atmete tief durch und versuchte, ihrer Unruhe Herr zu werden. Die Erinnerung an David hatte sie noch weiter aufgewühlt. Sie hatte lange nicht mehr an jene Nacht gedacht. Unwillkürlich breitete sich ein Lächeln auf ihrem Gesicht aus, doch direkt danach pressten sich ihre Lippen aufeinander und sie kämpfte mit den Tränen, genau wie damals, als sie sich vor dem Umzugslaster von David verabschiedet hatte. Sie hatten telefonieren, einander schreiben und sich besuchen wollen, doch letztlich hatte das alles nichts gebracht. Kassel war zwar nur zwei Stunden mit dem Auto entfernt, aber für Vierzehnjährige war das eine unüberwindbare Entfernung.

Sie schüttelte sich, als könnte sie die Erinnerungen auf diese Weise loswerden, dann ging sie sich in der Küche ein Glas Wasser holen. Auf dem Weg zurück in ihr Zimmer nahm sie ihr Handy mit, das auf der Kommode im Flur lag.

Jennifer tippte mühsam *Seibel-Thyreoditis* in das Suchfeld ihres Smartphones. Blödes Korrekturprogramm! Erst im dritten Versuch gelang es ihr, die Zeichenfolge korrekt einzugeben.

Es dauerte eine Ewigkeit, bis die ersten Ergebnisse auf dem kleinen Display erschienen. Sie las mehrere Artikel über ihre Krankheit, erfuhr jedoch wenig Neues. Dann entdeckte sie eine Abhandlung über die Zunahme von Schilddrüsenerkrankungen insgesamt, in der betont wurde, dass die tatsächlichen gesundheitlichen Auswirkungen in Wahrheit reine Schätzungen darstellten, weil es eine hohe Dunkelziffer undiagnostizierter Fälle gab.

Jennifer klickte sich durch zu der Reportage, die als Quelle angegeben war. Ein Experte der Uni Stuttgart erklärte darin: »Wenn Sie sich schlapp fühlen oder aufgeregt, wenn Sie zu den Menschen gehören, die schnell zornig werden oder die sehr lässig durchs Leben segeln, weil ihnen vieles egal zu sein scheint – all das können Folgen einer Schilddrüsenerkrankung sein. Gewichtszunahme, Gewichtsabnahme, hohes Leistungsvermögen, niedriges Leistungsvermögen, guter Stoffwechsel oder schlechter sowie ein möglicher Wechsel zwischen den genannten Befindlichkeiten, all das hängt direkt oder indirekt mit den ins Blut ausgeschütteten Hormonen zusammen. Aber im Normalfall sind die Symptome nicht deutlich und auch nicht störend genug, um zu einer eindeutigen Diagnose zu führen. Untersucht man alle Mitglieder einer statistisch relevanten Stichprobe der Bevölkerung gründlich und umfassend, kommt man auf etwa ein Drittel bislang unbekannter Schilddrüsenerkrankungen. Doch: Die Diagnose selbst hat keinerlei Konsequenz, weil es uns in vielen Fällen noch immer nicht möglich ist, eindeutig festzulegen, ob jemand eben einfach ›schwer gebaut‹ ist oder ob ein hormonelles Problem mitspielt oder gar die einzige Ursache ist.«

Jennifer versuchte, das Gelesene einzuordnen. Letztlich war es simpel. Die Funktionsweise des menschlichen Organismus war viel zu komplex, um sie derzeit zu durchschauen. Außerdem war das Erbgut jedes Menschen anders, sodass die Vergleichbarkeit ohnehin begrenzt war.

Etwas ziellos klickte sie sich durch mehrere Seiten, bis sie an einem Blogeintrag über Sterblichkeitsrisiken hängen blieb. Darin behauptete der Autor, dass die statistische Lebenszeit weltweit zwar zugenommen habe, vor allem dank besserer Hygiene und moderner Arzneimittel. Zugleich aber hätten die Todesrisiken zugenommen: »Autounfälle, Umweltkatastrophen, steigende Verbrechensraten, Zivilisationskrankheiten, all das gab es noch vor wenigen Generationen nicht oder nicht in diesem Umfang. Ganz zu schweigen von den mangels Langzeitstudien noch unbekannten Risiken von Handystrahlung, Genmanipulation, Ozonloch etc.«

»Was machst du denn da?«, hörte sie plötzlich eine Stimme und zuckte dermaßen zusammen, dass sie das Gleichgewicht verlor und von ihrem Schreibtischstuhl kippte. Jennifer landete auf den Dielen, das Mobiltelefon flog ihr aus der Hand und knallte ebenfalls auf den Boden. Sie stieß vor Schreck und Schmerz einen Schrei aus, obwohl sie bereits erkannt hatte, dass es nur Jonas war, der in ihrer offenen Zimmertür stand.

»Oh mein Gott, hast du mich erschreckt!«, stöhnte sie und legte ihre rechte Hand auf das Brustbein. Sie konnte spüren, wie ihr Herz raste.

»'tschuldigung, das wollte ich nicht.« Jonas schob seine Brille die Nase hoch. Mit verwuscheltem Haar und müdem Schlafzimmerblick sah ihr Bruder wirklich ganz niedlich aus, fand sie. »Ich hab das Licht gesehen«, er deutete auf ihre Schreibtischlampe, »und dachte mir –« Jennifer lächelte und rappelte sich auf. »Kein Problem. War ja nett gemeint. Ich hab dich nur echt nicht kommen hören. Nächstes Mal könntest du vielleicht ein bisschen lauter durch den Flur schweben, okay?«

»Ach, und das hätte dir dann keine Angst gemacht?«

Jennifer schnitt eine Grimasse. »Schon gut, schon gut. Wie auch immer.« Sie griff nach ihrem Handy und hielt es hoch. »Ich konnte nicht schlafen und habe ein paar Sachen nachgeschlagen.« Sie warf einen Blick auf die Uhr auf ihrem Schreibtisch. Halb vier. »Aber weißt du was?« Sie merkte auf einmal, wie müde sie eigentlich war, und gähnte. »Ich glaube, jetzt kriege ich die Kurve und gehe wieder ins Bett!«

»Alles klar«, entgegnete Jonas und lächelte. »Dann schlaf gut.« Er ging und zog die Tür hinter sich zu.

Jennifer brachte das Fenster in Kippstellung, ein Kompromiss zwischen ihrem unbegründeten Sicherheitsbedürfnis und der immer noch anhaltenden Schwüle, und legte sich zurück ins Bett. Augenblicke später war sie bereits eingeschlafen.

Am nächsten Morgen in der Bahn las sie den Rest des Textes, viel war es nicht mehr. In der Summe, stand da, lebten die Menschen länger, zugleich sei jedoch die Lebensgefahr für den einzelnen größer denn je.

Jennifer runzelte die Stirn. Es klang interessant, aber letztlich nicht schlüssig, und es fehlte jede Form von Quellenangabe oder statistischem Material. Im Grunde war es einfach nur eine These. Koch würde sie gefallen. Sie versuchte, ein Lesezeichen für die URL anzulegen, scheiterte aber an der miniaturisierten Technik und kritzelte die WWW-Adresse schließlich einfach auf die Rückseite einer alten Einkaufsliste.

Den kurzen Fußweg zur Uni nutzte sie, um sich zu sammeln. Ihre persönlichen Probleme hatten hier am Arbeitsplatz nichts zu suchen. Es war schlimm genug, dass sie von dem Einbruch erzählt hatte. Und obwohl sie keine andere Erklärung wusste, war sie noch immer nicht von Kochs Annahme überzeugt, dass es um ihre Arbeit bei RISK ging. Aber entweder er hatte recht – und dann war sie wie er der Meinung, dass sie sich auf keinen Fall einschüchtern lassen durften – oder er hatte unrecht und dann gab es erst recht keinen Grund, nicht ordentlich weiterzuarbeiten.

Sie betrat das unscheinbare Gebäude, in dem sich die Räume von RISK befanden. Während sie auf den Fahrstuhl wartete, schaute sie gedankenverloren durch die Glastür hinaus und bemerkte einen Mann, der sich halb hinter den Stamm einer dicken Eiche zu drücken schien. Aber vielleicht stand er auch nur an den Baum gelehnt und genoss den Sommertag. Langsam wurde sie paranoid. Sie musste unbedingt aufhören, überall Gefahr zu wittern!

Thorge war schon da und schien ebenso schlecht geschlafen zu haben wie sie. Er war missmutig, unfreundlich, herablassend. Jennifer empfand ihre Zeit als zu kostbar, um sich auf seine kindischen Spielchen einzulassen, und blieb daher ihrerseits auf Distanz.

Sie arbeitete sich durch Kochs Liste, schweifte da und dort ab und folgte einem Gedanken, einer Quellenangabe oder einfach einem interessant klingenden Link. Wobei auch in der wissenschaftlichen Welt galt: Je spannender die Überschrift, desto inhaltsloser war meist der Artikel selbst.

Nach einer Weile zog sie ihren Notizzettel aus dem Portemonnaie und rief den Blogeintrag über die angeblich steigende individuelle Todesgefahr auf. Sie druckte das Dokument und unterstrich die Schlüsselbehauptungen mit einem gelben Textmarker. Das hatte alles mit Risiko zu tun und daher letztlich auch mit Risikomanagement, also fand sie es gerechtfertigt, die Sache im Job weiterzuverfolgen.

»Ich bin heute Mittag zum Essen verabredet«, brach Thorge plötzlich das Schweigen. »Nur damit du nachher nicht auf mich wartest.«

Jennifer schaute auf. Sie hatte ohnehin keine Lust gehabt, mit ihm in die Mensa zu gehen. Aber es gab keinen Grund, jetzt Streit zu suchen. »Alles klar, dann weiß ich Bescheid. Kein Problem«, entgegnete sie.

»Gut. Ich dachte nur, ich sage es dir besser rechtzeitig.« Thorge wischte sich mit dem Handrücken über die Stirn.

»Okay.«

Was war denn jetzt los? Sie waren doch schon öfter getrennt essen gegangen. Na ja, egal.

Nach einiger Zeit stieß Jennifer auf eine kleine informative Goldader. Eine studentische Arbeitsgruppe in Berlin hatte Statistiken über Todesursachen zusammengestellt, geordnet nach Kontinenten, Jahrzehnten, Geschlecht. Sie musste jeweils nur der Quellenangabe folgen, um die Angaben zu überprüfen.

Es war wirklich eigenartig und widersprach ihrer bisherigen Wahrnehmung, aber fast alle der genannten Todesursachen waren in den letzten zehn, zwanzig oder dreißig Jahren signifikant gestiegen. Mehr Menschen starben an Unfällen, Krebs, Aids, Verbrechen, Krankheiten, Infektionskrankheiten durch verschmutztes Wasser, Säuglingssterblichkeit, Strahlenschäden und zahlreiche andere Ursachen als je zuvor. Und zwar absolut wie relativ. Die Gesamtzahl der Opfer einer Todesart nahm demnach ebenso zu wie der prozentuale Anteil der jeweiligen Opfer an der Gesamtbevölkerung.

»Sag mal«, Jennifer schaute in Gedanken versunken von ihrem Monitor auf, »die Weltbevölkerung nimmt doch zu, oder?«

Thorge starrte sie entgeistert an. »Was?«

»Die Weltbevölkerung. Die nimmt zu, es gibt immer mehr Menschen auf der Welt. Wie kann es dann sein, dass der *prozentuale* Anteil von Opfern einer bestimmten Todesart steigt, und zwar durchgängig?«

»Gute Frage!«, hörte sie daraufhin Kochs Stimme. Der Professor trat aus dem Flur in ihr Arbeitszimmer. »Die Gesamtbevölkerung der Welt nimmt tatsächlich immer noch zu, wenn auch langsamer als noch vor einigen Jahren angenommen. Zugleich jedoch sinkt die Geburtenrate nicht nur in den hochzivilisierten Ländern der Ersten Welt, sondern auch in den Staaten der Dritten Welt. Das heißt, wenn die *absolute* Zahl von Todesopfern steigt, ist es durchaus möglich, dass auch die *relative* Anzahl zunimmt.«

»Hm.« Jennifer nickte. »Danke.«

»Kein Problem. Jederzeit«, sagte Koch, nickte Thorge und Jennifer zu und verschwand wieder.

Nachdem Kochs Bürotür ins Schloss gefallen war, sagte Thorge: »Das hätte ich auch gerade noch gewusst.«

»Lass ihn doch«, winkte Jennifer ab.

»Warum willst du das denn wissen?«, erkundigte er sich dann.

»Von Weltbevölkerung steht meines Wissens nichts auf Kochs Fragebögen, oder?«

»Ach, nur so. Ich hatte da eine Idee, aber ich glaube, das funktioniert doch nicht so, wie ich mir das vorgestellt hatte. Vergiss es.«

»Okay. Schon gut. War nur eine Frage«, entgegnete Thorge und schaute auf die Uhr. »Ich geh dann mal los«, verkündete er. »Bis später.«

»Alles klar. Guten Appetit.«

Jennifer überflog noch einige weitere Tabellen, dann machte sie ebenfalls Mittagspause. In der Mensa holte sie sich das vegetarische Gericht, eine Fruchtkaltschale und eine Flasche Mineralwasser. Der Nachmittag verging weitgehend wort- und vollkommen ereignislos. Jennifer häufte jede Menge Daten an, die jedoch alle für sich genommen nichts weiter zu bedeuten hatten und zwischen denen es keinen erkennbaren Zusammenhang zu geben schien. Einige suchte sie auf Kochs Betreiben heraus, bei anderen folgte sie ihrer eigenen Neugier oder Intuition. Als es Zeit war, nach Hause zu gehen, fühlte Jennifer sich ebenso erfüllt wie erschöpft. Ein zufriedenstellender Arbeitstag, alles in allem.

Die drückende Hitze in der Schwebebahn ließ sie an die Disco neulich denken und dass sie einfach so einen Wildfremden geküsst hatte. Sie war immer noch nicht sicher, ob sie ihre Spontaneität bewundern oder es komplett bescheuert finden sollte. Auf alle Fälle hatte sie sich fest vorgenommen, wenigstens noch einmal richtig tollen Sex zu haben, bevor sie abtreten musste.

Jennifer sah sich in der Bahn um, wobei sie versuchte, nicht allzu sehr aufzufallen. Die biederen Wuppertaler um sie herum waren jedenfalls nicht gerade die Kandidaten, die ihr vorschwebten.

Den Heimweg über hing sie dem Gedanken nach, wie sie diesen Wunsch in die Realität umsetzen konnte, und musterte dementsprechend alle jungen Männer, die ihren Weg kreuzten, eindringlich. Einer von ihnen, der sich gerade abwandte und in einem Laden verschwand, ließ eine Erinnerung in ihr aufblitzen. Sie bekam sie nicht richtig zu fassen, aber es war keine gute Erinnerung, sondern eine besorgniserregende.

Eine gewisse Nervosität hatte sie erfasst und als sie den stillen Hausflur betrat, fing ihr Herz an, schneller zu schlagen. Sie ging die Treppe hoch und schaute vorsichtig um die Ecke. Und dann sah sie es.

An ihrer Wohnungstür stand in blutroten Buchstaben VERDAMMTE HURE! Die Farbe war noch frisch.

Jennifer wandte sich auf dem Absatz um und rannte die Treppe hinunter. Sie riss die Tür auf und sah sich um. Aber es war niemand zu sehen, der auch nur im Entferntesten verdächtig aussah.

Erschöpft lehnte sie sich an den Türrahmen. Jemand hatte es auf sie abgesehen. Auf *sie*. Aber warum? Was musste sie tun oder wahrscheinlich eher unterlassen, um denjenigen oder diejenigen loszuwerden?

Ein pochender Kopfschmerz breitete sich hinter ihrer Stirn aus.

* * *

Ekhardt Hirschberger riss den Umschlag mit dem Ergebnis der DNA-Analyse auf. Die Desoxyribonukleinsäure war Trägerin der Erbinformationen. Jede Pflanze und jedes Tier verfügte darüber. Ohne DNA kein Leben. Die Gene waren in der berühmten Doppelhelix angeordnet, zwei miteinander verbundene, ineinander verwundene Spiralen. Die DNA, oder auf Deutsch auch DNS, bestand aus Nukleinsäuren, langen Kettenmolekülen, die ihrerseits aus vier Bausteinen, den Nukleotiden, aufgebaut waren. Jedes Nukleotid bestand aus einem Phosphatrest, dem Zucker Desoxyribose und einer von vier organischen Basen namens Adenin, Thymin,

Guanin und Cytosin, die meist mit den Buchstaben A, T, G und C abgekürzt wurden.

Eine vollständige Genanalyse war erst bei wenigen Menschen durchgeführt worden. Sie war aufwendig, teuer und höchst umstritten. Hirschberger hatte bei Jennifer Meyer nur Teile zweier Chromosomen dechiffrieren lassen, von denen er annahm, dass sie eine Disposition für Seibel darstellten – oder eben nicht.

Das Ergebnis bestand aus einer scheinbar endlosen Abfolge der Buchstaben A, T, G und C. Man musste schon möglichst genau wissen, wonach man suchte, immerhin enthielt das größte menschliche Chromosom 247 Millionen Basenpaare in einem durchgehenden DNA-Faden von 8,4 Zentimetern Länge.

Hirschbergers Blick flog über die Seiten. Dann runzelte er die Stirn. Meyers Ergebnis zeigte nicht die erwartete Auffälligkeit, dafür bemerkte er aber eine andere ungewöhnliche Basenabfolge. Er legte die Analyse beiseite und griff nach einem Sammelband wissenschaftlicher Newsletter aus dem vorigen Jahr.

* * *

Am Abend saßen Jennifer und Jonas in der Küche zusammen. Ihr Bruder hatte die roten Buchstaben mit Terpentin von der Tür geschrubbt und dabei lautstark geflucht.

»Wenn dieser Mist wirklich mit dir zu tun hat, dann müssen wir der Sache auf den Grund gehen«, erklärte er und stellte zwei Laptops, die er sich von einem Freund geliehen hatte, auf den Küchentisch. »Man darf sich nicht einschüchtern lassen. Egal, ob als Arbeiter oder als Schwuler, ob als Frau oder Entdecker – Angst und Ignoranz sind die größten Feinde der Freiheit!«

Jennifer grinste. »Mein Bruder, der kleine Revoluzzer!«

Jonas fasste sich zwischen die Beine wie ein Popstar. »Hey! Von klein kann keine Rede sein«, scherzte er.

Jennifer musste lachen und für eine Weile witzelten sie hin und her. Doch schließlich verflog die gute Laune so schnell, wie sie gekommen war.

»Weißt du, ich finde die Arbeit bei RISK wirklich interessant, aber ich kann mir beim besten Willen nicht vorstellen, was wir da Tolles entdeckt haben sollen. Meinst du nicht, wenn wir wirklich so einer großen Sache auf der Spur wären, hätte Koch mal was gesagt? Und vor allem: Warum ist jemand hinter mir her, aber nicht hinter Thorge oder ihm?«

Jonas zuckte mit den Schultern. »Lass uns noch mal ganz von vorn anfangen«, schlug er vor. »Erklär mir einfach genau, was du da den ganzen Tag machst.«

»Ich habe aber eine Verschwiegenheitserklärung unterschrieben«, wandte Jennifer ein.

Jonas seufzte. »Ist das jetzt dein Ernst? Ich will dir helfen und du kommst mir so? Die nächste Hassparole kannst du selber von der Tür kratzen, Schwesterherz!«

»Schon gut. Okay. Du hast recht. Ich kann mir ja auch vorstellen, dass die Daten von RISK – vor allem, von allen Instituten zusammen – für irgendwelche Global Player interessant wären. Versicherungen, Flugzeugbauer, was weiß ich. Aber was hab *ich* damit zu tun? Ich bin doch bloß ein kleines Licht und Koch achtet sehr genau darauf, dass am Ende nur er die endgültigen Zusammenhänge kennt.«

Sie berichtete Jonas von ihrer Arbeit bei RISK. Dass das Institut mit anderen Uni-Spin-offs auf den übrigen Kontinenten verbunden war. Dass sie unter dem Dach von UNO und WHO agierten. Dass es um Gefahrenmanagement ging, von Alltagsrisiken bis hin zu Umweltkatastrophen.

»Im Grunde wollen wir versuchen, der Natur in die Karten zu schauen, damit wir vorher wissen, wo das Aas liegt«, gab sie Kochs Worte wieder.

»Hm«, machte Jonas. »Vielleicht habt ihr irgendwem zu genau in die Karten geguckt?«

»Das mag sein – aber wem? Und warum weiß ich nichts davon? Und wie sollte jemand anders davon erfahren haben? Und warum bin *ich* das Ziel der Übergriffe? Das ergibt doch alles keinen Sinn.« Nachdenklich strich sie sich das Haar hinter die Ohren. »Pass auf, ich zeig dir mal ein paar der Infos, die ich so sammle, dann wird dir, glaube ich, klarer, wie öde das ist.«

Jennifer tippte nacheinander mehrere der Suchanfragen, die Koch ihr aufgetragen hatte, in die Suchmaschine. Natürlich hatte sie von zu Hause aus nur Zugriff auf öffentliche Quellen, nicht auf universitäre oder kommerzielle Datenbanken, aber es war auch so langweilig genug. Zahlen, Daten, Tabellen, wenn man ganz viel Glück hatte, war mal eine Grafik dazwischen.

Nach zehn Minuten hatte Jonas genug. »Mein Gott, ich würde dafür zahlen, mich *nicht* damit beschäftigen zu müssen. Das machst du also den ganzen Tag? Kein Wunder, dass du immer so drauf bist, als hättest du den ganzen Monat lang deine Tage!«

Jennifer boxte ihm kräftig gegen den Oberarm.

»Schon gut, war doch nur ein Scherz!«, versicherte Jonas ihr. Dann stand er auf und holte sich ein Bier aus dem Kühlschrank. »Willst du auch eins?«

Jennifer schüttelte den Kopf. Während ihr Bruder in der Küche verschwand, nutzte sie die Zeit, um ihre E-Mails abzurufen. Dazu war sie heute noch gar nicht gekommen.

* * *

Sie hatte einen neuen Rechner! Und bislang hatte sie ihn noch nicht eingeloggt. Deswegen war der Informationsfluss so dürftig.

Young-Sun starrte wütend auf den Bildschirm, wo alle Suchanfragen aus dem Zwischenspeicher des von Jennifer Meyer genutzten PCs erschienen. Sie gab nicht auf. Sie gab einfach nicht auf – im Gegenteil.

Er atmete tief durch, markierte die Suchworte und kopierte sie in ein neues Dokument. Dann tippte er in Großbuchstaben SCHLUSS JETZT! SOFORT! darüber und druckte die Seite aus.

Laserdrucker waren ein Segen. Sie ließen sich nicht zurückverfolgen.

* * *

Kurz nach elf klingelte es bei Jennifer und Jonas. Sie saßen noch immer am Küchentisch, hatten allerdings die Laptops beiseitegestellt und leise Musik eingeschaltet.

Beide schraken zusammen, als das schrille Klingeln ertönte. Jennifer warf Jonas einen besorgten Blick zu, der erhob sich aber entschlossen und ging langsam in Richtung Wohnungstür. Jennifer folgte ihm in den Flur. Auf der Innenseite der Tür blieb er stehen und lauschte. Nichts zu hören.

Der Türspion war ein kleines Glühwürmchen im Dunkeln. Es klackte draußen und die Treppenhausbeleuchtung erlosch. Sie warteten noch etwa eine Minute, dann hakte Jonas die Sicherheitskette ein und öffnete die Tür einen Spaltbreit. Kein Laut.

Er zog die Tür wieder zu, entfernte die Kette, öffnete sie schließlich ganz und schaltete das Licht im Treppenhaus ein. Vor der Tür stand eine kleine Schachtel. Darauf lag ein Briefumschlag. JENNIFER MEYER stand darauf.

Jonas und Jennifer sahen einander besorgt an. Vorsichtig nahm Jennifer den Brief hoch und zog ein Blatt Papier heraus. SCHLUSS JETZT! SOFORT! stand darauf und darunter fand sich eine vollständige Liste der Suchworte, die sie vor noch nicht einmal zwei Stunden hier an ihrem Küchentisch eingegeben hatte. Ein kalter Schauer lief Jennifer über den Rücken.

Jonas hatte sich zu der Kiste hinabgebeugt und den Deckel angehoben. Als er ein ungläubiges Stöhnen ausstieß, warf auch Jennifer einen Blick auf den Inhalt.

Einen Moment fühlte sie sich, als ob ihr jemand den Boden unter den Füßen wegzöge. Fassungslos schlug sie die Hände vor den Mund und starrte ihren Bruder mit weit aufgerissenen Augen an.

»Wo sind wir hier eigentlich? In einem schlechten Mafiakrimi, oder was?«, versuchte er, die Situation herunterzuspielen, doch Jennifer konnte sehen, dass er trotz seiner vordergründigen Coolness kalkweiß geworden war.

In der Pappschachtel stand eine Plastikschale und darin lag ein Herz. Jennifer hatte noch nie ein echtes Herz gesehen, aber es roch nach Fleisch und Blut, ein wenig erdig, wie beim Schlachter. Selbst wenn das kein Menschenherz war – und ihr Verstand versicherte ihr laut kreischend, dass es kein Menschenherz sein konnte –, so war die Drohung doch unmissverständlich.

7

»Das ist ein Schweineherz«, sagte der eine Polizist.

»Passiert andauernd«, sagte der andere.

Der eine war groß und dünn, der andere klein und dick. Sie sahen aus wie Komiker, nicht wie Gesetzeshüter.

»Alle paar Wochen bringt irgendein Privatsender eine Reportage über einen Typen, der seiner Ex so ein Ding an die Tür nagelt«, erklärte der Erste.

»Und dann ziehen alle Psychos los und machen es ihm nach, woraufhin wieder neue Berichte gedreht werden«, ergänzte der Zweite.

Sie wirkten beide dermaßen gelangweilt von dem Vorfall, dass Jennifer es kaum fassen konnte.

»Und wie geht es jetzt weiter?«, fragte sie.

»Wir nehmen die Anzeige auf, viel mehr können wir nicht machen«, sagte der Dünne.

»Und wenn er so was noch mal macht, können Sie eine strafbewehrte einstweilige Verfügung gegen ihn beantragen«, schnaufte der Dicke.

»Wer *er*?«

»Na, Ihr Exfreund.« Beide im Chor.

»Wie? Sie glauben, ich weiß, wer das war?«

Die beiden Männer nickten. Jennifer war so sprachlos, dass sie um Worte rang.

»Das kann gar nicht sein«, mischte sich nun Jonas aufgebracht ein. »Meine Schwester hatte seit über einem Jahr keinen Freund!«

Die Polizisten sahen einander an, dann widmeten sie sich wieder ihren Notizen. Der Dünne sah zuerst auf, er schien auch der freundlichere von beiden zu sein. »Wir melden uns, wenn sich etwas ergeben sollte. Aber ganz ehrlich – aus ermittlungstechnischer Sicht ist so was eher ein Dummejungenstreich. Sehr unangenehm für Sie, aber schwerlich nachzuweisen oder strafrechtlich zu belangen.«

»Vielleicht suchen Sie sich einfach einen neuen Freund und der haut dem alten eine rein?«, schaltete der Dicke sich noch mal ein.

Jennifer starrte den Mann entgeistert an. »Ist das Ihr Ernst?«

Der Polizist nickte. Sein Kollege erklärte: »Derartige Fälle lassen sich oft außerhalb der gesetzlichen Wege leichter und effektiver klären.«

»Aber ich habe Ihnen doch schon gesagt, ich weiß nicht, wer dahintersteckt!« Jennifer hatte angesichts der Dreistigkeit der beiden Mühe, ihre Stimme neutral klingen zu lassen. »Das ist es ja gerade, was mir Sorgen macht. Darum haben wir Sie gerufen, damit Sie Fingerabdrücke nehmen können, oder was weiß ich!«

Als hätte er Jennifers Worte gar nicht gehört, tippte der Dicke mit der rechten Schuhspitze gegen die Schachtel mit dem blutigen Schweineherz, die immer noch im Hausflur stand. »Wollen Sie das behalten oder sollen wir es für Sie entsorgen?«

Jennifer riss jetzt endgültig der Geduldsfaden. »Kochen Sie sich doch eine schöne Suppe daraus!«, blaffte sie. »Auf Wiedersehen!« Dann schlug sie die Türe zu.

Mit einem Seufzer ließ sie sich von innen dagegensinken. Die Uhr im Flur zeigte mittlerweile kurz nach halb eins. Es war schwül, heiß, ekelhaft.

Jonas schüttelte den Kopf. »Das war wirklich nicht sonderlich hilfreich«, sagte er.

»Jetzt fang du nicht auch noch an, auf mir rumzuhacken!«, schnauzte Jennifer ihn an. »Diese Sache geht mir echt ganz schön an die Nieren.«

»Ich meinte doch nicht dich, ich meinte *die*«, erklärte Jonas und deutete in Richtung Wohnungstür.

Sie konnten hören, wie sich draußen Schritte entfernten. »Ach so.« Jennifer holte tief Luft, dann stieß sie langsam den Atem aus. »Ich hoffe nur, diese beiden Blödmänner haben die verdammte Schachtel mitgenommen und ich muss mich nicht auch noch darum kümmern. Wozu zahlt Mama schließlich Steuern?!«

»Bestimmt«, versicherte Jonas ihr. »Das wäre sonst echt eine Dienstaufsichtsbeschwerde wert. Mach dir keine Sorgen.«

»Mache ich aber. Ich mache mir immer Sorgen. Ich mache mir Sorgen, wie lange mir noch bleibt. Ich mache mir Sorgen, wie ich das Beste aus meinen letzten paar Wochen oder Monaten herausholen kann. Ich mache mir Sorgen um dich und um Mama. Ich mache mir Sorgen, weil irgendjemand hinter mir her ist, und ich weiß nicht, wer, und ich weiß nicht, warum, aber vielleicht hat es mit meiner Arbeit bei RISK zu tun, vielleicht auch nicht. Ich mache mir Sorgen, dass ich etwas Wichtiges übersehen habe, denn warum sonst sollte das passieren? Und ich mache mir Sorgen, weil jemand eine Liste meiner Suchworte hat.« Jennifer warf Jonas einen unsicheren Blick zu, ehe sie weitersprach. »Ich würde so gern noch etwas Tolles erleben, bevor ich draufgehe. Ich wollte doch die Welt verbessern, deswegen habe ich ja mit dem Studium angefangen, ich wollte etwas erfinden oder auf etwas Sensationelles stoßen und vielleicht stehe ich ganz dicht davor und sehe es nur nicht. Aber warum sieht Koch es dann auch nicht? Und wem könnte es gefährlich werden? Ja, all das macht mir Sorgen, Tag und Nacht, ich kann deswegen manchmal nicht schlafen und zerbreche mir ständig den Kopf, aber wahrscheinlich gibt es gar keine richtige Antwort und das finde ich eigentlich noch viel bescheuerter, als wenn es eine gäbe und ich nur nicht darauf komme.«

Und dann versiegten ihre Worte und sie ließ sich in Jonas' Arme sinken und begann zu weinen. Endlich. Zum ersten Mal seit der Diagnose.

* * *

Antônio Faria Duarte, der Vorstandsvorsitzende von GlobalENJ, war der reichste und vermutlich auch der mächtigste Mann Brasiliens, noch vor dem Regierungspräsidenten. Er erhielt wöchentlich mehr Heiratsangebote als alle fünf Mitglieder der beliebtesten Boygroup des Landes zusammen.

Duarte lebte allein, aber äußerst zufrieden. Alles, was er sich wünschte, konnte er sich leisten, weibliche Gesellschaft eingeschlossen, wann immer ihm danach war. Er hatte es weit gebracht. Sein Vater war noch ein einfacher Angestellter bei den brasilianischen Stromwerken gewesen.

Und in wenigen Wochen würde Duarte sein Lebenswerk krönen, wenn das größte, teuerste, modernste und umweltfreundlichste Kraftwerk der Welt in Betrieb genommen wurde. Gut, wirklich umweltfreundlich war es vielleicht nicht, aber es ließ sich so darstellen. Und mehr war nicht nötig. Zumal Duarte seit der Übernahme einer strategischen Mehrheit an der größten Internetfirma der Welt über ungeahnte Möglichkeiten verfügte, jeden Informationsfluss zu erahnen, zu manipulieren, zu unterbinden.

Sein Kraftwerk schaffte Tausende von Arbeitsplätzen aus dem Nichts und verlieh ihm endgültig eine königsgleiche Macht. Niemand würde ihn aufhalten können. Er lächelte zufrieden.

* * *

Jennifer schlief schlecht, die zweite Nacht in Folge. Jonas hatte sie nach ihrem Heulanfall ins Bett gebracht und zugedeckt. Erschöpft war sie weggedämmert, nur um gegen zwei wieder aufzuwachen. Draußen tobte ein Gewitter. Der Hall des Donners ließ die Fensterscheiben erzittern und grelle Blitze zuckten vom Himmel.

An Schlaf war nicht zu denken, aber Jennifer hatte nicht die geringste Lust, wieder auf dem Handy zu recherchieren, und die Laptops fielen derzeit auch aus. Jonas hatte keine Ahnung, wie sich jemand Zugriff auf das geliehene Gerät hatte verschaffen können. Sicherheitshalber hatte er es aber vom Netz genommen und neu formatiert. Schließlich wussten sie noch immer nicht, wer es auf sie abgesehen hatte.

Verfolger, Arbeit, Krankheit, Risiko – Jennifers Gedanken schweiften ziellos umher, fuhren Karussell, ließen sie schwindeln. Irgendwann dachte sie an David und versuchte bewusst, sich ganz der Erinnerung an ihn hinzugeben. Er flüsterte ihr Dinge zu, die er nie zu ihr gesagt hatte, küsste sie an Stellen, zu denen seine Lippen damals nie vorgedrungen waren. Realität und Fantasie vermischten sich, die Bilder drehten sich immer stärker umeinander, bis in ihrem Kopf kein Platz mehr für andere Gedanken war.

Sie ließ sich von der Welle erfassen, stieß bewusst den Atem aus, sank tiefer in die Matratze, hielt die Augen geschlossen und die Finger in ihren Schoß gepresst. Sie spürte, wie sie von einer Welle der Gefühle davongetragen wurde, bis sie schließlich zur Ruhe kam und in einen tiefen Schlaf fiel.

* * *

Am nächsten Tag beging Young-Sun einen großen Fehler.

Normalerweise beendete Jennifer Meyer ihre Arbeit bei RISK zwischen halb vier und vier Uhr nachmittags. Ob es sich dabei nur um eine Tarnbeschäftigung handelte, hatte er bislang noch nicht eruieren können. Glaubte man Thorge, so hatten weder RISK noch sie eine Gefahr für GlobalENJ dargestellt, bevor er versucht hatte, Jennifer auszuforschen. Wobei er noch immer der Überzeugung war, dass mehr dahinterstecken musste – die Auffälligkeiten waren einfach zu groß gewesen. Gehrmann, Hirschberger, die GlobalENJ-Datenbank, irgendetwas wusste sie. Irgendwas war sie auf der Spur. Aber was? Wäre es vielleicht besser, sie einfach auszuschalten?

Vielleicht hatte die Aktion gestern ja auch gereicht, um sie einzuschüchtern. Er würde sie erst mal ein paar Tage im Auge behalten und dann entscheiden.

Young-Sun suchte sich eine Bank auf dem Campus. Er achtete darauf, dass er den Ausgang des Gebäudes, in dem Jennifer arbeitete, gut im Blick hatte, aber umgekehrt von dort aus nicht gleich zu sehen war.

Nach der drückenden Schwüle der letzten Tage hatte der nächtliche Regen die Luft geklärt und eine erfrischende Brise zog durch die Stadt. Der Himmel war blau und nur von ein paar kleinen Schäfchenwolken durchzogen, aber das interessierte Young-Sun nicht weiter. Das einzig Gute an diesem Wetter war, dass die Frauen so erfreulich leicht bekleidet umherspazierten. Ihm war klar, dass seine zunehmenden erotischen Fantasien im Begriff waren überhandzunehmen, und er wusste, dass er etwas dagegen unternehmen musste.

Eine Weile saß er da und beobachtete den Ausgang von RISK, dann schweiften seine Gedanken ab, als sein Blick einer Fahrradfahrerin folgte, die in einem Minikleid mit Blumendruck und Spaghettiträgern an ihm vorbeifuhr. Er meinte sogar, einen Hauch ihres Parfums wahrnehmen zu können. Ihre straffen gebräunten Waden bewegten sich auf und ab und ihr hellblondes Haar strahlte im Sonnenlicht.

Als sie schließlich abbog und er aufschaute, stand Jennifer Meyer wenige Meter vor ihm und machte gerade mit dem Handy ein Foto von ihm. Er wollte die Hand noch vor das Gesicht heben, aber da war es schon zu spät. Sie ließ das Gerät sinken und sagte mit lauter, klarer Stimme: »Sie haben meine Wohnung durchsucht. Ich bin Ihnen im Hausflur begegnet. Und Sie sind der Arzt vom Bahnhof Ohligsmühle.« Sie machte eine Pause, dann setzte sie hinzu: »Dann sind Sie bestimmt auch für die Geschichte von gestern verantwortlich.«

Young-Sun sagte nichts.

»Wer sind Sie? Und was wollen Sie von mir?«, fragte Jennifer schließlich. Er konnte keinerlei Angst aus ihrer Stimme heraushören. Anspannung, ja, und Wissbegierde.

Young-Sun ging im Geiste seine Möglichkeiten durch. Alles abstreiten. Unsinn. Alles zugeben. Lächerlich. Er sah sich um, aber sie waren allein, es gab keine unerwünschten Zuhörer. Leise entgegnete er: »Du bist wirklich ein intelligentes Mädchen. Ich meine es nur gut mit dir. Wirf deine Zukunft nicht weg.«

Jennifer trat einen Schritt zurück. Sie schüttelte langsam den Kopf und entgegnete: »Wissen Sie was? Wenn ich *wüsste*, was ich lassen soll, würde ich es sicher extra nicht lassen. Aber da ich es noch nicht mal weiß, ist alles, was Sie geschafft haben, mich neugierig zu machen.« Sie stieß abschätzig die Luft durch die Nase, wandte sich ab und ging davon.

Young-Sun sah ihr nach. Es war nachlässig von ihm gewesen, sich hierhinzusetzen. Er hatte sie unterschätzt. Und sie war gut, das musste er ihr lassen. Wäre er nicht sicher gewesen, dass sie seinem Arbeitgeber etwas anhängen wollte, hätte er ihr die ratlose Zivilistin tatsächlich abgenommen. Jetzt aber gab es nur noch eine Lösung.

Er erhob sich und ging Jennifer schnellen Schrittes hinterher.

* * *

Sie musste in Ruhe nachdenken und das konnte sie hier nicht. Wer war dieser Mann? Warum hatte er es auf sie abgesehen? Und da war noch etwas, irgendeine Kleinigkeit, an die sie sich zu erinnern meinte, die sie aber einfach nicht zu fassen bekam.

Weil sie verschlafen hatte, war sie mit der Vespa zur Arbeit gekommen. Gerade als sie sich auf ihren mintgrünen Roller schwang, bemerkte sie, wie der Asiate hinter ihr das Campusgelände verließ. Er sah sich suchend um, dann hatte er sie entdeckt. Jennifer wurde klar, dass mit diesem Mann nicht zu spaßen war.

Er zögerte einen Augenblick, sie nutzte die Chance und gab Gas. Ohne weiter nachzudenken, drückte sie auf die Tube, fuhr fast eine alte Dame auf dem Fahrrad um, zog eine enge Kurve, beschleunigte dann weiter. Sie hörte, wie hinter ihr ein Motor angelassen wurde. Reifenquietschen.

Wo sollte sie hin? Wo wäre sie sicher?

Sie erreichte die Hauptstraße und kreuzte abrupt quer über drei Spuren, hinter ihr stürmisches Gehupe, sie legte sich steil in die Kurve, wich einem überraschend schnellen Wagen auf der Gegenfahrbahn aus, bog dann in eine kleine Einbahnstraße, natürlich entgegen der Fahrtrichtung. Sie schaute sich um, verzog dabei den Lenker nach links und zuckte zusammen, als es vor ihr laut hupte.

Jennifer drehte erschrocken den Kopf nach vorn und bemerkte, dass sie frontal auf einen Kombi zuraste, dessen Besitzerin kalkweiß durch die Scheibe starrte. Der Wagen begann zu schlingern, die Frau versuchte, eine Vollbremsung hinzulegen, das Heck brach zur Seite aus, der Wagen stellte sich quer zur Fahrbahn und Jennifer blieb nichts anderes mehr übrig, als zu versuchen, links an dem Auto vorbeizukommen. Sie gab Gas, klammerte sich am Lenker fest, zog wenige Millimeter am Außenspiegel des Kombis vorbei, holperte den Bürgersteig hoch, verlor für einen Moment beinahe die Kontrolle über die Vespa und schlingerte auf eine Schaufensterscheibe zu. Im letzten Moment fing sie sich dann aber doch, glücklicherweise war der Bürgersteig leer. Sie gelangte wieder ins Gleichgewicht. Neben ihr, hinter ihr quietschte es noch immer, aber leiser jetzt, der Wagen stand fast.

Schneller jetzt, weg hier, feuerte sie sich an. Sie musste die Ablenkung nutzen, um ihren Verfolger abzuhängen, sie flitzte vom Bürgersteig wieder auf die Straße, um die nächste Ecke, noch eine, dann erreichte sie den Eingang eines kleinen Parks. Sie stoppte die Vespa hart, schob sie zwischen die Büsche, wartete.

Niemand kam. Sie war in Sicherheit.

Erst jetzt merkte sie, wie schnell und abgehackt ihr Atem ging. Sie schaute den Spazierweg entlang, am Ende war ein kleiner Spielplatz zu sehen. Kinder turnten über die Spielgeräte, Mütter saßen auf den Bänken und plauderten.

Lebte man glücklicher, wenn man nicht wusste, wie viel Zeit einem noch blieb? Träfe sie selbst andere Entscheidungen, wenn sie keine Ahnung hätte, dass ihr nur noch ein paar Monate blieben? Hoffentlich nicht, dachte Jennifer.

Sie blickte in die andere Richtung, rechts und links die Straße hinunter. Ein paar Autos, Fahrradfahrer, Fußgänger. Ein beschaulicher Nachmittag. Alles wie immer.

Sie wartete noch zwei, drei Atemzüge, dann schob sie ihre Vespa auf den Hauptweg zurück. Sie konnte nicht nach Hause, so viel war klar. Aber wohin dann? Einen Augenblick lang spielte sie mit dem Gedanken, in das leer stehende Haus ihrer Mutter zu fahren – Kindheit, Geborgenheit. Aber der Mann, der hinter ihr her war, wusste viel zu viel über sie.

Dann kam ihr eine Idee.

Der Vater ihrer besten Schulfreundin war bei einer Alarmanlagenfirma. Er hatte die erste Schließanlage mit Fingerabdruckleser in der ganzen Gegend. Mal sehen, ob ihr Abdruck noch darin gespeichert war.

Das Haus von Saras Eltern lag am hinteren Ende des Grundstücks. Weit und breit war niemand zu sehen, nur ein Nachbar mähte den Rasen, aber hier in den Randlagen Wuppertals mähte immer irgendwer den Rasen. Das war ein Teil der Geborgenheit ihrer Kindheit. Und zugleich ein Teil des beklemmenden Vorstadtidylls, dem sie vor zwei Jahren entflohen war. Das Haus ihrer eigenen Eltern befand sich nur zwei Straßen weiter.

Vorsichtshalber sah sie hinter dem Haus nach, als würden mögliche Gangster, die es auf sie abgesehen hatten, dort sitzen und Zigarettenpause machen. Zu viele schlechte Krimis, ganz klar.

Keiner da. Auch das Haus wirkte verlassen. Saras Eltern arbeiteten tagsüber in der Firma und da Sara geschwisterlos war, standen Jennifers Chancen gut, dass sie niemanden antreffen würde. So konnte sie in Ruhe nachdenken und überlegen, wie sie nun weiter vorgehen sollte.

Jennifer schaute sich ein letztes Mal um, dann legte sie ihren Zeigefinger auf das Schließanlagen-Lesegerät neben der hinteren Tür zur Garage. Tatsächlich: Es piepste, es klickte, dann konnte sie rein. Sie schob die Vespa neben sich her, zog sorgfältig die Tür hinter sich zu und rüttelte sogar noch einmal daran.

Die Garage war, wie bei allen hier in der Gegend, schon lange zur Abstellkammer verkommen: Gartenmöbel, Rasenmäher, Kartons mit Weihnachtsschmuck und Osterdeko, Farbeimer, Kisten voller Kabel, Saras alte Inlineskates, eine Werkbank, ein Staubsauger fürs Auto. Sie stellte ihre Vespa dazu. Dann ging sie durch die Verbindungstür ins Haus.

Im Flur blieb Jennifer kurz stehen und lauschte. Kein Ton zu hören. Entweder hatte der Nachbar die Gartenarbeit eingestellt oder die Dreifachverglasung, die Saras Eltern vor acht Jahren hatten einbauen lassen, war doch besser, als sie dachte. Damals wollten Sara und sie nur weg von hier, sie saßen in Saras Zimmer, schmiedeten Fluchtpläne und hofften, ihr eigenes Leben zu beginnen – die Fenster der Eltern waren ihnen reichlich egal. Aber weit weg hatte sie es nicht geschafft – und daran würde sich wohl auch nichts mehr ändern. Im Gegensatz zu Sara, die für ein Jahr nach Australien gegangen war. Sie schrieben sich alle paar Wochen E-Mails.

Jennifer ging die Treppe hoch in Saras altes Zimmer, sackte auf das Bett, ließ sich nach hinten fallen und schloss erschöpft die Augen. In was für einen Wahnsinn war sie da hineingeraten? Sie versuchte, zur Ruhe zu kommen und die Sache logisch zu durchdenken. Auf jede Frage gibt es eine Antwort – man muss sie nur finden.

Vollkommen überrascht zuckte Jennifer zusammen, als es im Erdgeschoss laut donnerte. Sie schoss hoch von dem Bett, sah sich panisch um, hechtete dann raus in den Flur, presste sich flach an die Wand und spähte die Treppe hinunter. Licht fiel aus Richtung der Haustür in den Flur. Ein leichter Rauchschleier zog durch die Luft. Dann waren Schritte zu hören, leise aber deutlich. Sie sah Männer in dunklen Overalls durch den Flur huschen, einen, zwei, drei hintereinander. Der erste flitzte direkt in die Küche, der zweite bog ab ins Wohnzimmer, der dritte schaute einmal hoch in ihre Richtung und ihr Herz blieb stehen, aber er bemerkte sie nicht und folgte dann seinen Kollegen.

Das Haus verfügte über eine offene Bauweise, sodass es leicht zu durchsuchen war, und sie wusste, dass ihr nur noch ein paar Sekunden blieben, vielleicht eine Minute. Auf Zehenspitzen schlich sie zurück in Saras Zimmer, vorbei am Bett ihrer Freundin, zum Fenster. Sara hatte es durchaus als Vorteil gesehen, dass ihre Freunde abends über das Garagendach bei ihr einsteigen konnten.

Woher wissen die, wo ich bin? Sie hatte doch sogar die Vespa sicherheitshalber versteckt. Es blieb jedoch keine Zeit, darüber nachzudenken.

Jennifer packte den Fenstergriff und wollte ihn ruckartig zur

Seite drehen, aber das blöde Ding ließ sich nicht bewegen – abgeschlossen! Ein stechender Schmerz schoss durch ihr Handgelenk, so heftig war ihre Bewegung gewesen. Verdammt, was jetzt?

Die Scheibe einzuschlagen, fiel wegen der Dreifachverglasung aus – es war unmöglich und falls das Glas doch zerspringen sollte, wäre es viel zu laut. Hörte sie bereits Schritte auf der Treppe? Sich im Schrank zu verstecken, war lächerlich, das klappt nie, dort würde jeder zuerst nachsehen. Diese Typen waren gründlich.

Klick. Eine Erinnerung tauchte in ihrem Gehirn auf. Sara hatte einmal ihren damaligen Freund bei sich übernachten lassen. Als sie am Morgen die Schritte der Eltern gehört hatten, waren sie auf ein perfektes Versteck gestoßen. Am folgenden Wochenende hatten Sara und Marc ihr gezeigt, wie sie unentdeckt geblieben waren: Marc war gertenschlank und hatte sich auf den Schrank geschwungen, dessen oberer Abschluss mit einer breiten Zierblende versehen war. Er hatte sich einfach hinter der Holzleiste zusammengerollt wie ein Schlangenmensch.

Noch während Jennifer den Gedanken zu Ende führte, stand sie schon auf dem Bett, packte entschlossen die Oberkante des Kiefernholzschranks, holte Schwung und riss ein Bein hoch. Sie traf mit den Zehen die Kante, verzog schmerzlich das Gesicht, während sie sich weiter nach oben zog, darum bemüht, nicht zu fallen. Sie hatte gerade eben genug Schwung und landete wie ein nasser Sack auf der Oberseite des Kleiderschranks. Sie duckte sich, quetschte sich unterhalb der Zimmerdecke in den Staub, krümmte sich, machte sich klein und unsichtbar. Dummerweise war ihr Gesicht der Wand und ihr Rücken dem Zimmer zugewandt. Staub wirbelte um sie herum, gelangte in ihren Mund und ihre Nase, brannte in den Augen.

Sie überlegte gerade, ob sie sich umdrehen sollte, als auch schon Stiefelschritte die Treppe hochpolterten. Die Männer näherten sich durch den Flur, Türen wurden aufgerissen. Sie hörte jemand atmen. Konnte er ihren Rücken sehen? Hatte sie beim Absprung eine Einbuchtung auf dem Bett hinterlassen? Die Muskeln ihres Rückens spannten sich reflexartig, als wollten sie eine Art Schutzpanzer bilden. Sie wappnete sich gegen einen Schlag, der einfach kommen musste, kniff die Augen zusammen.

Die Schranktüren wurden aufgerissen, sie hörte Klamotten durchs Zimmer fliegen und fürchtete schon, dass der Mann gleich den ganzen Schrank umkippte, so wie in ihrer WG. Sie hörte sein wütendes heiseres Schnauben, dann verpasste er einer der Schranktüren einen heftigen Tritt, dessen Vibrationen auch sie durchzuckten, und stieß einen gedämpften Fluch in einer Sprache aus, die sie noch nie gehört hatte.

Seine Schritte entfernten sich. Doch Jennifer wagte nicht, locker zu lassen, sie lag zitternd und verkrampft auf dem Schrank und traute sich nicht einmal zu weinen, bis sie nach zehn oder fünfzehn Minuten Stimmen vor dem Haus hörte, die sich entfernten, dann einen Motor, schließlich Stille. Sie schloss die Augen und stumme Tränen liefen über ihre staubigen Wangen.

Jennifer robbte an den Rand der Schrankoberkante, schob ihre Beine und den Po über die Holzblende, hing einen Moment im Nichts, stieß sich dann ab und purzelte zu Boden. Sie stürzte und schlug sich den Kopf an Saras Bettkante. Sie biss die Zähne aufeinander und stemmte sich hoch. Sie musste weg hier. Jonas warnen, vielleicht auch ihre Mutter. Direkte Verwandte der Zielperson – so dachten Geiselnehmer, Terroristen und Sicherheitspolizisten doch alle.

Mit wackligen Knien lief Jennifer die Treppe nach unten. Ein Sprengsatz hatte die Haustür aus den Angeln gerissen, sie lag mitten im Flur. Sie betrachtete den Schaden, als wäre sie eine Expertin der Spurensicherung. Dann riss sie sich zusammen. Sie musste hier weg.

Sie ließ das Garagentor hochrattern, schob ihre Vespa nach

draußen, schloss das Tor hinter sich, fuhr die Auffahrt entlang und bog rechts ab, obwohl sie noch gar nicht wusste, wohin sie nun eigentlich fahren sollte.

Plötzlich hörte sie den Motor eines Wagens hinter sich aufheulen. Instinktiv schaute sie sich um, obwohl ihr der Schreck über den nur knapp vermiedenen Zusammenstoß von vorhin noch in den Gliedern saß. Ein Van mit getönten Scheiben versuchte, einen weinroten Jetta zu überholen, an dessen Steuer eine alte Oma saß.

Jennifer gab Vollgas – nur wohin, wohin sollte sie fahren? Sie kannte die Gegend wie ihre Westentasche, sie war hier aufgewachsen, aber sie hatte den totalen Blackout. Da! Ein kleiner Fußweg führte zwischen zwei Hausreihen hindurch, er verband die Straße mit der nächsten. Früher war das ihre Abkürzung zum Spielplatz gewesen.

Ohne weiter nachzudenken, riss Jennifer den Lenker herum, holperte über die Bürgersteigkante, die Felge des Hinterrades krachte bei vollem Tempo auf den Stein. Hinter ihr war eine Vollbremsung zu hören und den Bruchteil einer Sekunde fürchtete sie einen Knall, den sie nicht hören würde, weil die Kugel schneller war als der Schall.

Sie raste den Plattenweg hinunter, flitzte zwischen den Garagen hindurch, kreuzte, ohne abzubremsen, auf die Straße, wich im letzten Augenblick einem Fahrradfahrer aus und wandte sich dann entschlossen nach links. Wenn sie ihr folgten, dann mussten sie von rechts kommen, weil ihnen die Verkehrsführung in diesem Wohngebiet keine andere Wahl ließ. Außerdem gabelte sich linker Hand bald die Straße, mehrfach sogar, somit potenzierten sich die Varianten immer weiter, sodass es für ihre Verfolger immer schwerer würde, sie aufzustöbern. Und solange sie dann nicht zu Jonas nach Hause fuhr, war alles okay – obwohl, von »okay« konnte unter diesen Umständen wohl keine Rede sein. Doch es war gerade auch nicht der richtige Zeitpunkt, um darüber nachzudenken.

Verdammt! Wie so oft wünschte Jennifer sich, sie könnte ihr Gehirn abschalten. Zu viele Gedanken, zu schnell, aber momentan einfach nicht die richtigen.

Jennifer bog ein paarmal ab, danach ging ihr Atem langsamer und ihr Herzschlag normalisierte sich ebenfalls. Es dämmerte und sie überlegte, wo sie hinsollte. Außer ihrer Geldbörse samt Ausweis, Geld und Bankkarten sowie ihrem Handy hatte sie nichts dabei.

Vielleicht sollte sie doch einfach zurück in die WG fahren. Erstens waren sie da schon gewesen und zweitens waren sie dann zu zweit. Oder vielleicht doch nicht?

Das war das Dumme an ihrem blöden Hirn. Sie konnte die möglichen Schachzüge anderer schnell und weit vorausberechnen, konnte verschiedenste Taktiken und Variationen durchdenken, konnte Probleme wunderbar analysieren – aber was brachte ihr das, außer mehr Unsicherheit? In ihrer Gedankenwelt war mehr möglich als bei anderen, aber viel weniger erschien logisch und sinnvoll.

Einfach anzuhalten, kam ihr zu gefährlich vor, obwohl es keinen Grund dafür gab. Statistisch gesehen wäre es viel vernünftiger, stehen zu bleiben, als ziellos umherzufahren und damit die Gefahr zu vergrößern, rein zufällig erneut den Weg ihrer Verfolger zu kreuzen.

Plötzlich erreichte sie einen Ort, an dem sie die schönsten und intensivsten Stunden ihrer Kindheit verbracht hatte: den Skatepark Hendelohstraße. Es musste ihr Unterbewusstsein gewesen sein, das sie hierhergeführt hatte, denn erst als sie das Graffiti-Schild über dem Eingang sah, wurde ihr klar, wo sie sich befand. Und obwohl es keinen Anlass dafür gab, fühlte sie sich tatsächlich gleich viel sicherer. Es war, als tauchte sie wieder in die selbstvergessenen Momente ihrer Jugend ein, wenn sie auf dem Brett stand und Flips, Slides und Grinds übte.

Drei Jugendliche standen vor dem Eingang und starrten sie an, als käme sie aus Spießerhausen. War sie wirklich schon so alt?

Nachdem sie ihren Helm abgenommen hatte, stellte sie die Vespa ab und ging auf die drei zu. Gern hätte sie ein Gespräch mit ihnen angefangen, aber sie wusste nicht recht wie und die Jungs waren erkennbar nicht daran interessiert. Einer von ihnen rauchte, einer kaute Kaugummi, der dritte hörte mit einem Kopfhörer Musik. Alle drei starrten sie wortlos und misstrauisch an. Vielleicht hatte sie doch keine Lust, sich mit ihnen zu unterhalten.

»Is' schon zu«, sagte der Raucher dann aber freundlich, als sie gerade die Hand nach dem Metalltor ausstrecken wollte. »Nach sieben.«

Jennifer schaute den Typen überrascht an. Er trug eine kaputte Jeans, dreckige Sneakers und eine löchrige Kapuzenjacke, der übliche Aggro-Aufzug. Aber er klang nett und wirkte entspannt.

»Gibt's Henning noch?«, fragte Jennifer neugierig.

»Logisch. Ich glaub, wenn der aufhört, machen sie den Laden zu«, sagte der Typ mit dem Handy.

»Wahnsinn. Ich hab damals gedacht, er muss schon uralt sein. War er aber dann wohl gar nicht«, entgegnete sie.

»Im April hat er seinen Fünfundfünfzigsten gefeiert«, meldete sich der Kaugummikauer zu Wort. »Und er steht immer noch auf'm Deck. Besser als mancher Anfänger.« Seine Stimme klang respektvoll.

Plötzlich krachte und knirschte es. Die drei Jungs wurden blass und guckten entgeistert. Jennifer wirbelte herum. Der schwarze Van mit den getönten Scheiben hatte ihre Vespa umgefahren und schleifte diese nun langsam mit sich, während er auf sie zukam. Die Beifahrertür öffnete sich und obwohl der Wagen noch rollte, schob schon jemand ein Bein heraus.

»Sorry!«, sagte Jennifer, warf ihren Helm beiseite und schnappte sich das Board des Rauchers. Er war nicht nur der am coolsten gestylte der drei, sondern hatte auch das beste Equipment. »Kriegst du wieder.«

Inzwischen kam es ihr vor, als bestünde ihr Hirn aus Mus. Sie brachte keinen vernünftigen Gedanken mehr zustande und ihr Körper schien nur noch aus Angst und Adrenalin zu bestehen. Sie rannte los, beugte sich vor, ließ die Rollen auf den Boden prallen, sprang auf das Board und stieß sich mit aller Kraft ab.

Wie waren sie ihr gefolgt? Woher wussten sie, wohin sie gefahren war? Das konnte kein Zufall sein! Panisch klopfte sie ihre Taschen ab, während sie immer weiter beschleunigte. Sie flitzte um die nächste Ecke, zog ihr Handy aus der Tasche und warf es in den nächstbesten Vorgarten. Entweder daran oder an ihrer Vespa musste ein GPS-Sender kleben.

Weiter, weiter, schneller! Jennifers Beine gaben das Tempo vor, als hätte sie erst gestern das letzte Mal auf dem Board gestanden. Alles kam zurück, die Geschicklichkeit, das Tempo, die Unmittelbarkeit des Asphalts.

In einiger Entfernung hörte sie einen Motor aufheulen, begleitet von einem widerlichen metallischen Knirschen. Ha! Sie hatten ihre Vespa kaputt gemacht, aber sich damit selbst ein Bein gestellt, weil sich der Roller unter der schweren Karosserie verkeilt hatte. Geschah ihnen recht.

Weiter, weiter. Zwei Ecken, drei, vier, eine längere Gerade, dann erreichte Jennifer den Marktplatz und stoppte keuchend das Skateboard. Der harte Kunststoffschutz auf der Unterseite ratschte über den Asphalt. Beinahe verlor sie das Gleichgewicht. Panisch sah sie sich um. Sie hatte vielleicht zwei, höchstens drei Minuten Vorsprung. Wo würden ihre Verfolger sie am wenigsten vermuten? Wo war sie sicher – wenigstens für kurze Zeit?

Rechts führte eine kleine Straße in Richtung Fußgängerzone, wo um diese Uhrzeit bestimmt noch jede Menge Leute unterwegs waren. Sie konnte sich einfach bei McDonald's reinsetzen, der war garantiert videoüberwacht. Ihre Verfolger würden es bestimmt nicht wagen, sie vor Zeugen aus einem Fast-Food-Restaurant zu zerren.

Ihre Augen wanderten zur Straße auf der linken Seite, die schmaler war als der Zugang zur Fußgängerzone. Ein Schäferhund pinkelte gegen eine Hauswand. Der Besitzer des Hundes stand daneben und rauchte. Eine der Straßenlampen flackerte. Inzwischen war es dunkel geworden. Ganz hinten leuchteten Buchstaben über einer Tür: SCH ARZER ADL R. Darunter, kleiner: GASTH F UND PENSION.

Jennifer spitzte die Ohren. In der Abendluft trugen die Geräusche weit. Sie konnte einen Motor hören, der von Sekunde zu Sekunde lauter wurde. Sie kamen. Aber wie nah waren sie schon?

Egal, wo auch immer sie in der Fußgängerzone Zuflucht suchte, sie würden auf sie warten. Es wäre nur eine Rettung auf Zeit. Und das war genau das Problem. Sie brauchte Zeit, um einen Plan zu entwickeln und Jonas zu verständigen.

Als ihr Blick erneut an dem Pensionsschild hängen blieb, kam ihr eine Idee. Sie sprang auf das Board und stieß sich wieder ab. Die Sohle ihres Turnschuhs fand nicht genug Halt und einen Augenblick schien es, als würde das Brett ihr unter den Füßen davonflutschen und wegrollen. Wenn sie jetzt einen Fehler beging, stürzte, war alles aus. Hektisch gab sie ein zweites Mal Schwung, fand ihr Gleichgewicht und sauste durch das Halbdunkel.

Ihr Selbstbewusstsein kehrte zurück. Sie legte sich in die Kurve, durchquerte wie ein Blitz die Fußgängerzone. An deren Ende befand sich eines dieser langweiligen Nobelhotels, in denen ihre Mutter früher so gern mit ihnen brunchen gegangen war. Als sie noch eine Familie waren. Dort wurden regelmäßig auch die Gäste der Company untergebracht. Entschlossen sprang Jennifer von ihrem Board, strich sich die Haare glatt, atmete einmal tief durch und betrat dann die Lobby.

Marmor und Glas. Blumengestecke. Leises Klaviergeklimper. In der 4-Sterne-Welt hatte sie sich noch nie wohlgefühlt, da war sie ganz Clemens' Tochter. Ihr Vater hatte hier auch immer ausgesehen wie ein Fremder.

Der Concierge starrte sie missbilligend an. Jeans. T-Shirt. Turnschuhe. Ein zerschrammtes Skateboard mit einem Totenkopf darauf. Aber als sie den Namen ihrer Mutter sowie die zugehörige Kundennummer samt Passwort nannte, hieß er sie so begeistert willkommen, als hätte er den ganzen Tag nur auf sie gewartet.

8

»Alles läuft wie geplant.«

Antônio Faria Duarte ließ sich Bericht erstatten über den Fortschritt der Arbeiten am Kraftwerk. Dass alles gut lief, hörte er gern.

»Wir haben da nur ein klitzekleines Problem –«, fuhr sein Gegenüber fort.

Duartes Augen verengten sich. »Es sind noch zwei Wochen bis zum Betriebsbeginn und Sie erzählen mir, wir hätten ein *klitzekleines* Problem? Wofür bezahle ich Sie eigentlich? Dafür, dass Sie Probleme *lösen*, oder sehen Sie das anders?«

Selbst im brasilianischen Winter herrschten draußen vierundzwanzig Grad, aber in Duartes Büro war die Temperatur gerade unter den Gefrierpunkt gefallen.

»Wir haben die Lage *unter Kontrolle*«, entgegnete der Projektleiter. »Die kritische Stellungnahme einer lokalen Umweltschutzorganisation war mehrere Stunden weltweit über den Suchmaschinenindex zu finden und es haben knapp zwanzig Zugriffe stattgefunden. Inzwischen ist der Verweis gelöscht und die Seite somit praktisch unsichtbar geworden. Dennoch wollte ich Sie über den Vorfall in Kenntnis setzen – der dafür verantwortliche Kollege hat bereits seinen Schreibtisch geräumt.«

Duarte kratzte sich am Bauch. Sein Hemd, aus der Seide des seltenen Mondspinners gefertigt, der nur an den Hängen des Himalajas zu finden war, spannte sich. Der Kragen stand weit offen, auf Duartes Brust hing ein antikes goldenes Medaillon – offiziell die Kopie einer Kette, die mit den spanischen Flotten 1492 ins Land gekommen war. Wäre es das Original, müsste die Regierung es als Staatsschatz konfiszieren und ins Museum schaffen …

»Ach so«, sagte Duarte schließlich wegwerfend. »Na dann.«

* * *

Jennifer hatte kein Gepäck dabei, dennoch begleitete ein junger Mitarbeiter des Hotels sie aufs Zimmer und zeigte ihr den Wohnbereich, den Schlafbereich und das Bad. Sie bedankte sich und versuchte, ihn so schnell wie möglich loszuwerden.

Als die Tür hinter ihm ins Schloss fiel, stieß sie erleichtert den Atem aus. Dann ließ sie das Skateboard in eine Ecke fallen und ging zum Fenster. Ihre Suite befand sich im obersten Stockwerk und hatte einen wundervollen Blick über die Stadt. Es war nur ein kleines Lichtermeer, aber immerhin, schön sah es aus. Nach ein paar Kilometern wurden es immer weniger Lichtpünktchen, bis schließlich tiefes Schwarz vorherrschte, das dann wiederum vom zarten Funkeln winziger Sternchen abgelöst wurde.

Gedankenverloren rieb sie sich den linken Ellenbogen, bis sie bemerkte, dass er ziemlich wehtat. Sie ging ins Bad, stellte sich vor den Spiegel und hob den linken Arm. Ihr Ellenbogen war aufgeschrammt und blutverschmiert. Als sie die Wunde sah, spürte sie plötzlich auch den Schmerz.

Am Waschbecken drehte Jennifer das Wasser auf und gerade als sie ihren Arm in den Strahl halten wollte, überlegte sie es sich doch anders. Sie streifte ihre Kleider ab und ging hinüber zur Badewanne – ein Luxus, den sie in ihrer WG nicht hatte.

Sie ließ Wasser einlaufen, gab eine Handvoll des teuer aussehenden Badesalzes hinein und stieg in die Wanne. Ah! Jennifer konnte geradezu spüren, wie ihre vollkommen verkrampften Muskeln sich in der Wärme des Schaumbades langsam lösten und entspannten. Die Haut an ihrem Ellenbogen brannte für einen Augenblick, aber dann wurde es besser. Sie ließ den Kopf zurücksinken und schloss die Augen.

Sie war zu Tode erschöpft. Und ihre Finger hörten gar nicht wieder auf zu zittern. Lag das am Stress, am Adrenalin – oder waren es die ersten körperlichen Anzeichen der Krankheit? Eine eisige Angst erfüllte Jennifer. Sie versuchte, sich in dem warmen Wasser zu entspannen, aber sie konnte keine Ruhe finden, ihre Gedanken überschlugen sich. Sie musste Jonas warnen. Musste sie auch ihre Mutter informieren? Wenn sie nur wüsste, wer hinter ihr her war und warum. Sie musste es unbedingt herausfinden. Sie musste Klarheit darüber haben, wie weit deren Macht und Einfluss reichte und wie sie der Sache ein Ende bereiten konnte. Sie musste …

Sie musste sich beruhigen. Panik brachte gar nichts.

Jennifer war schon immer gut darin gewesen, rational an die Dinge heranzugehen. Und selbst in dieser Situation schien es zu funktionieren. Haare waschen. Abtrocknen. Bürsten. Föhnen. Bodylotion.

Als sie sich anziehen wollte, warf sie einen angewiderten Blick auf die durchgeschwitzten Klamotten, die in einem Haufen auf dem Badezimmerboden lagen. Schließlich schlüpfte sie in einen der kuscheligen Bademäntel, die an der Innenseite der Tür hingen, und legte sich aufs Bett.

Zwar fühlte sie sich jetzt besser, zugleich war ihr aber auch noch deutlicher als zuvor bewusst, dass sie in Gefahr war. Und noch immer nicht wusste, weshalb. Es musste ein Puzzleteil geben, das sie übersehen oder nicht richtig interpretiert hatte, anders war es nicht zu erklären.

Jennifer warf einen Blick auf den Wecker, der auf dem Nachttisch stand. Halb zehn. Sie wollte schon nach dem Telefonhörer greifen, hielt dann aber inne.

Sie durfte den Mann, der hinter ihr her war, nicht unterschätzen. Ganz offensichtlich verfügte er über beachtliche technische Möglichkeiten. Er kannte Teile ihrer Suchanfragen. Er war der Überzeugung, dass sie eine Bedrohung darstellte. Was nur heißen konnte, dass sie etwas wusste, dessen Wichtigkeit sie nicht erkannte. Oder zumindest, dass er glaubte, dass sie etwas wusste, das ihn oder seinen Auftraggeber in Gefahr brachte.

Es schien irgendwie mit ihrer Arbeit bei RISK zusammenzuhängen. Andererseits war der Mann, der sie verfolgte, auch der Notarzt auf dem Bahnhof gewesen. War das wirklich erst ein paar Tage her? Ihr Leben schien sich gerade förmlich zu überschlagen. Kaum zu glauben, dass vor ein paar Wochen alles noch ganz anders gewesen war …

Jennifers Gedanken kehrten zu dem Vorfall auf dem Bahnsteig zurück. Irgendetwas ließ sie dabei stutzen. Sie versuchte sich ins Gedächtnis zu rufen, was genau passiert war, und dabei auf jedes Detail zu achten, an das sie sich erinnern konnte. Weder Jonas noch sie hatten den Krankenwagen gerufen. Sie war davon ausgegangen, dass ein anderer Bahnpassagier das getan hatte, aber sicher war das nicht. Was also, wenn der Mann gar kein echter Notarzt war?

Und da war noch etwas, weswegen sie ihm misstraute. Nachdem sie heute Nachmittag bei Sara angekommen war, hatte es nicht lange gedauert, bis er sie dort aufgespürt hatte – was hieß, dass er sie in irgendeiner Weise orten konnte. Zwar hatte sie sich ihres Handys entledigt, aber was, wenn der Peilsender woanders steckte?

Panisch rannte sie zurück ins Bad und betastete fieberhaft ihre Kleidung. Sie hatte nicht die geringste Ahnung, wie so ein Sender aussehen könnte. Vor allem, wie hätte jemand ihre Sachen damit versehen sollen? Da fiel ihr siedend heiß der Einbruch ein. Aber war es nicht lächerlich anzunehmen, dass jemand sich die Mühe machte, *alle* ihre Sachen mit Peilsendern auszustatten?

T-Shirt, Unterwäsche, Jeans, nichts. Sie betrachtete ihre Schuhe von allen Seiten, nahm die Sohlen heraus, tastete den Stoff ab – nichts.

Sie versuchte, ruhig zu bleiben. Es *musste* eine Verbindung zwischen ihr und denen geben, wer auch immer ihre Verfolger waren. Solange sie diese Verbindung nicht gefunden hatte, konnte sie gar nicht vorsichtig genug sein. Und sie musste Jonas und ihre Mutter verständigen. Aber wie, ohne ihr eigenes Handy und in der Annahme, dass deren Telefonanschlüsse vielleicht abgehört und ihre Mails mitgelesen wurden?

Jennifer tigerte auf und ab. Blätterte im Werbeprospekt des Hotels, überflog die Speisekarte des Zimmerservice, verspürte aber nicht den geringsten Appetit. Schaltete den Fernseher ein und zappte durch die Kanäle auf der Suche nach einem Krimi, der sie vielleicht zu einer cleveren Idee inspirierte. Überlegte, ob sie ihre Klamotten sicherheitshalber zum Fenster rauswerfen oder vom Hotelpagen abholen und entsorgen lassen sollte. Ging weiter auf und ab und schaute immer wieder zum Fenster hinaus, sah, wie nach und nach die Lichter der Stadt erloschen.

Langsam bekam sie doch Hunger. Sie griff erneut nach dem Menü und da kam ihr plötzlich eine Idee, wie sie Jonas gefahrlos erreichen konnte. Manchmal waren die guten alten analogen Ideen doch die besten! So wie früher, als sie mit Sara stundenlang darüber gebrütet hatte, wie sie einem Jungen unauffällig ein Zettelchen zukommen lassen konnte, um ihn bloß nicht anrufen zu müssen.

Sie griff nach dem Telefonhörer. »Können Sie mir einen Pizzadienst empfehlen?« Sie notierte die Nummer. »Und ist das Fax hier im Zimmer freigeschaltet?«

Jennifer legte den Telefonhörer auf und griff nach der Mappe mit den Briefbögen und Umschlägen, die in jedem besseren Hotel dieser Welt herumlag. Als ob heutzutage noch irgendjemand Briefe schreiben würde, dachte sie. Aber jetzt kam ihr dieser Service überaus gelegen.

Lieber Jonas,

jemand hat mich verfolgt – und sie meinen es ernst. Tu mir den Gefallen und glaub mir! Es kann sein, dass auch du in Gefahr bist. Vor allem aber brauche ich deine Hilfe. Meine Zimmernummer ist …

Sie zögerte. Was, wenn der Pizzabote den Brief las? Lieber zu vorsichtig sein, als in eine Falle zu tappen! Sie grübelte, dann stahl sich ein Lächeln auf ihre Lippen.

… so wie der Markt, der dir so gut gefallen hat.

Zum achtzehnten Geburtstag hatten die Eltern mit ihnen eine Reise nach China unternommen und Jonas hatte der 1001 Meter Market in Chiang Dao absolut begeistert.

Verwende unser altes Klopfzeichen.

Bitte bring mir Klamotten für zwei Tage mit. Kein Handy, keine Rechner, überhaupt nichts, was sich irgendwo einwählt.

Achte darauf, dass dir niemand folgt!

Und bring die zweite Pizza mit!

Jenni

Sie rief den Pizzadienst an und erkundigte sich nach der Faxnummer. Auf einen zweiten Bogen schrieb sie:

BESTELLUNG:

2 mittlere Salami-Pizzen für
Jonas Meyer
Luisenstraße 12
Bitte unbedingt die folgende Faxseite mit ausliefern!!!

Sie ließ beide Seiten nacheinander durch das Fax surren, dann atmete sie tief durch, drückte sich die Daumen, dass alles glattlief, legte sich aufs Bett und blieb an einer alten *South-Park*-Folge hängen.

* * *

Young-Sun fluchte wie ein Kutscher. Da er das jedoch in seiner Muttersprache Koreanisch tat, konnten seine Mitarbeiter den Grad seiner Frustration nur dem Tonfall und den wütenden Schlägen aufs Lenkrad entnehmen.

Nach einer Weile wechselte er ins Englische, schließlich endete sein Wutausbruch auf Deutsch. Er beherrschte die Sprache des Landes, in dem er seit nunmehr sechzehn Jahren lebte, fließend, fiel aber unter Stress doch immer wieder ins Koreanische zurück.

Er hatte den Van auf dem Marktplatz zum Stehen gebracht. Das Mädchen war nirgends zu sehen. Sie konnte sich doch nicht in Luft aufgelöst haben – das war einfach unmöglich! Beinahe hätten sie sie gehabt. Der kleine GPS-Aufkleber auf der Innenseite des Batteriefachdeckels ihres Handys war zwar teuer, aber wirklich eine wunderbare Erfindung und deutlich präziser als die reine Ortung über das Handysignal. Doch nun hatten sie sie verloren.

Zwei Straßen gingen vom Marktplatz ab, rechts eine in Richtung der Fußgängerzone, links befand sich eine Sackgasse mit Wohnhäusern, ganz am Ende lag eine Kneipe. Einen dieser Wege musste sie genommen haben. Aber welchen?

Drei Männer in schwarzen Kampfanzügen saßen bei ihm in der Doppelkabine des umgebauten Lieferwagens. Sie schwiegen, weil sie wussten, dass er es nicht ausstehen konnte, beim Nachdenken unterbrochen zu werden.

Wer würde schon in eine Sackgasse fliehen?

Er setzte den Fuß aufs Gas und bog nach rechts ab. Im letzten Augenblick konnten ihm ein Spaziergänger und sein Hund ausweichen. Young-Sun hupte zornig. Sie erreichten den Eingang zur Fußgängerzone. »Sie hat sich bestimmt in einem der Fast-Food-Schuppen verkrochen. Wir müssen sie ausfindig machen und dann warten wir ab. Notfalls, bis sie zumachen. Irgendwann *muss* sie wieder rauskommen und dann haben wir sie!«, befahl er seinen Leuten. Simultan öffneten sie die Türen, zwei Männer übernahmen die rechte, er selbst und ein weiterer die linke Straßenseite.

Aber sie fanden sie nicht.

Sein Wutausbruch von vorhin war nichts gegen die Intensität seiner Gefühle, als sie die Suche ergebnislos abbrachen. Er sah sich noch einmal um, ließ seinen Blick über die vielen erleuchteten und dunklen Fenster streifen und verfluchte die Welt. Hinter einem dieser Fenster musste sie stecken. Und er würde sie finden. Früher oder später.

* * *

Kurz-lang-kurz. Lang-kurz-lang. Kurz-lang-kurz.

Jennifer schrak aus dem Schlaf hoch und rieb sich die Augen. Wo war sie? Was hatte sie geweckt? Sie stützte sich hoch und sah sich im Licht der Schreibtischlampe um. Ach ja, das Hotel.

Kurz-lang-kurz. Lang-kurz-lang. Kurz-lang-kurz.

Das Klopfzeichen!

Sie sprang vom Bett und lief durch den Flur. Sicherheitshalber schaute sie erst durch den Türspion, dann riss sie die Tür auf, zog

Jonas herein, warf sich erleichtert in seine Arme und umklammerte ihn fest.

»Hey, immer mit der Ruhe«, sagte Jonas. »Ich bin dein Bruder, nicht dein Lover!«

Lachend stieß sie ihn von sich. »Danke, dass du gekommen bist.«

»Klang ja auch wichtig«, entgegnete er. »Klamotten. Pizza«, sagte er und hielt die beiden Tüten hoch, die er mitgebracht hatte.

»Super. Ich hab Hunger wie ein Wolf.«

»Nächstes Mal musst du dir echt was Besseres einfallen lassen, Schwesterherz. Ich hätte den Typen fast wieder weggeschickt, schließlich hatte ich gar keine Pizza bestellt. Ich dachte, das wäre irgend so ein blöder Scherz. Der Fahrer meinte, dann müsse er sie wegschmeißen, und das tat mir leid, also habe ich gesagt, ich würde eine nehmen. Dann ist er runter und gerade als ich anfangen wollte zu essen, hat er noch mal geklingelt und dein Fax angeschleppt, das hatte er nämlich im Wagen vergessen.«

Jennifer schüttelte den Kopf. »Oh, du meine Güte. Aber komm erst mal rein. Und noch mal danke. Es ist echt cool, einen Bruder zu haben.«

Jonas schaute sie überrascht an. »Was ist denn mit dir los – und wo ist meine Schwester?«

»Ich erzähl dir gleich alles, okay? Ich hab echt einen beschissenen Abend hinter mir.«

Jonas zog die Augenbrauen hoch und sah sich in der Nobelsuite um. »Da bin ich ja mal gespannt.«

Nachdem Jennifer genüsslich die Pizza verschlungen hatte, holte sie zwei Flaschen Bier aus der Minibar und ließ sich neben Jonas auf das Sofa sinken. Dann berichtete sie ihrem Bruder, wie sie den Asiaten auf der Bank gegenüber von RISK entdeckt hatte. Sie erzählte von der Verfolgungsjagd und wie sie um Haaresbreite entkommen war.

»Du spinnst komplett«, sagte Jonas am Ende ehrfürchtig.

»Leider nein«, erwiderte sie und zeigte ihm wie zum Beweis den aufgeschrammten Ellenbogen und das Skateboard im Flur.

»Boah«, machte Jonas und nahm einen Schluck Bier.

Jennifer nickte. »Viel mehr fällt mir dazu auch nicht ein. Aber das reicht leider nicht zur Versetzung.«

Und plötzlich machte es *Klick* in ihrem Kopf. Sie war fast durchs Abi gefallen, weil sie in Deutsch ein Gedicht von Günter Eich komplett fehlinterpretiert hatte.

»Weißt du was, vielleicht haben wir die ganze Zeit schon alle Puzzleteile vor uns liegen, aber wir setzen sie zum falschen Bild zusammen?«

»Hä?«

»Egal. Ich hab da eine Idee.« Sie griff nach dem Telefon und ließ sich vom Hotelpagen für vierundzwanzig Stunden einen Businesslaptop aufs Zimmer bringen.

9

»Jetzt hab ich's … Nein, doch nicht. Ach, verdammt.« Jennifer grummelte vor sich hin.

Bei RISK musste sie zu jeder Quelle, die sie an Thorge weitergab, ein PDF und einen Ausdruck anfertigen und sie speicherte alle Webseiten- oder Datenbankadressen. Weil sie nach dem Erhalt des Ausdrucks ihrer Suchwortanfrage sicher war, dass die Drohungen mit ihrer Arbeit bei RISK in Zusammenhang standen, hatte sie am Nachmittag im Büro all ihre Daten auf einen USB-Stick kopiert. Das war natürlich streng verboten, aber nicht zu verhindern. Jonas hatte ihr vor Monaten mal einen Stealth-Stick geschenkt, der beim Entfernen jede Spur von sich im System beseitigte. Damals hatte sie sich gefragt, was sie je damit anfangen sollte. Aber ihr Bruder war eben doch nicht nur ein paranoider Möchtegernkommunist, sondern offenbar auch Hellseher.

Sie hatte die Daten von dem Stick auf den Laptop gezogen und versuchte nun, ihnen einen neuen Sinn abzugewinnen.

»Sag mal«, fragte sie Jonas und hielt den USB-Stick in die Höhe. Ihr Bruder zappte ziellos durch die Kanäle und war gerade bei einer Quizsendung hängen geblieben, in der eine im Grunde gar nicht mehr bekleidete Moderatorin unsinnige Fragen stellte. »Bist du jetzt doch nicht mehr schwul?«

Jonas schaute auf. »Im Gegenteil – jetzt erst recht«, sagte er. »Aber es ist einfach immer wieder faszinierend, die Perversionen des Kapitalismus zu Gesicht zu bekommen. Diese Tussi schaukelt ihre Silikontitten herum, während irgendwelche schlaflosen Kerle sie unter einer sündhaft teuren Servicenummer anrufen. Und das alles nur, um mal im Fernsehen zu sein, was zu gewinnen und eine Frau wie sie an der Strippe zu haben. Das ist doch krank!« Kopfschüttelnd griff er nach der Fernbedienung und schaltete den Fernseher aus. »Also, wie kann ich dir behilflich sein?«

»Ich habe mir gedacht, ich müsste die ganzen Dateien von dem Stick doch auch irgendwo online ablegen können. Wäre das nicht viel sicherer, als sie immer bei mir zu tragen? Wir wissen zwar noch nicht, warum sie an mich und diese Infos ranwollen, aber dass es darum geht und nicht um meine übergroßen Talente als Stepptänzerin, ist ja wohl eindeutig. Und ich erinnere mich, dass du irgendwann mal von Onlinefestplatten und einem Mediacenter geredet hast, die mit meiner E-Mail-Adresse zusammen –«

»Das ist es!«, unterbrach Jonas sie plötzlich aufgeregt. »Das ist der gemeinsame Nenner! Deswegen wussten sie immer, wo du bist und woran du arbeitest!«

Jennifer runzelte die Stirn. »Was ist los?«

»Hast du dich schon eingeloggt?«, fragte Jonas und sprang auf.

Jennifer schüttelte den Kopf. »Wollte ich gerade machen«, sagte sie und deutete auf die Willkommensseite ihres E-Mail-Kontos.

»NEIN! Bloß nicht!«, rief Jonas. Er trat neben sie und schloss die Internetseite. »Hast du dich auf diesem Rechner überhaupt schon irgendwie angemeldet, eingeloggt, deinen Namen oder Usernamen angegeben, irgendwas in der Art?«

Sie schüttelte den Kopf. Was war denn nun wieder los?

»Nein. Ich habe nur die Daten kopiert und versucht, eine originellere Idee zu entwickeln als Koch und Thorge und die ganzen anderen RISK-Kollegen aus aller Welt.« Sie schaute missmutig.

»Okay. Pass auf. Ich glaube, ich ahne, was passiert ist und wie wir es vermeiden können.« Er deutete auf die Werbebroschüre des Hotels. »Hier, siehst du all diese Logos?«

Jennifer nickte.

»Lauter unterschiedliche Hotelketten, die aber alle einer Mutterfirma gehören. Und die wiederum hält vielleicht auch noch Anteile an Restaurants, Fitnesscentern, was weiß ich. Es kann aber auch sein, dass ein Mischkonzern hinter der ganzen Sache steht. Die investieren dann einen Teil ihres Geldes in die Hotels, einen anderen in, sagen wir mal, Arzneimittelherstellung, wieder einen anderen in Kohlekraftwerke und so weiter.«

»Okay? Und was hat das mit mir zu tun?«

»Warte, das kommt gleich. Manchmal investiert eine Firma auch in eine andere Firma mit dem Ziel einer strategischen Allianz. Vielleicht kauft ein Zeitungsverlag eine Beteiligung an einem Fernsehsender, um dann deren Nachrichtenredaktion mit Infos zu beliefern – die von den Fernsehleuten bezahlt werden müssen. Oder mehrere eigentlich konkurrierende Getränkehersteller gründen einen gemeinsamen Vertrieb, weil sie alle dieselben Gaststätten und Supermärkte beliefern und so nicht jeder seine eigenen Laster kaufen muss, sondern sie die Kosten teilen können.«

Ihr Bruder sah sie fragend an und Jennifer nickte. »So weit, so gut. Das habe ich verstanden.«

»Ich glaube, hier ist es ähnlich. Dein E-Mail-Konto läuft bei einer Firma, die auch eine Suchmaschine betreibt. Es sind verschiedene Markennamen, aber sie gehören zusammen. Mit der Suchmaschine verdienen sie Geld, indem Werbeanzeigen eingeblendet werden, die zu deinen Suchworten passen. Der E-Mail-Dienst sieht ganz anders aus, funktioniert aber ähnlich. Wenn ich dir was über meinen Urlaub in Spanien schreibe, analysiert die Software die Worte in der Mail und blendet passende Anzeigen ein. Gleiches Prinzip, unterschiedliche Anwendung. Vorteil für die Firma:

eine Software, zwei Einsatzfelder. Vorteil für den Nutzer: Weil die gut Geld verdienen, investieren sie in die Programmierung und das Ganze funktioniert extrem gut. Deswegen habe ich dir diese Mailadresse eingerichtet, weil es der beste Dienstleister ist. Der Haken ist, dass die beiden Firmen eben zusammenhängen.«

Jonas schaute sie triumphierend an, doch Jennifer konnte ihm nicht richtig folgen. »Ja, und?«

Er seufzte. »Bist du wirklich so naiv?«

»Wenn keiner versteht, was du da redest, liegt das vielleicht nicht unbedingt an meiner Naivität, sondern eher daran, dass du schlecht erklärst, was immer du erklären willst, oder?«, blaffte sie zurück.

»Schon gut. Ich versuch's noch einmal.« Er deutete auf den Computerbildschirm. »Im Moment hat dieser Rechner zwar eine sogenannte IP-Adresse, die ihn eindeutig identifiziert, aber es ist schwer herauszufinden, wer das Gerät tatsächlich nutzt. In dem Moment, wo du dich irgendwo anmeldest, weiß die entsprechende Seite – und alle verschwisterten Seiten, das ist das Entscheidende hier –, dass du es bist! Kein normaler Mensch meldet sich bei einer Suchmaschine an, warum sollte man. Aber zum Mail-Lesen tut man es. Und in dem Moment werden alle bisherigen und zukünftigen Suchanfragen, die du auf diesem Rechner vorgenommen hast, deiner Identität zugeordnet.«

Jennifer wurde blass. »Du meinst, immer wenn ich meine Mails abrufe, ist es im Grunde so, als ob ich das Fenster aufreiße und rausschreie: ›Ich interessiere mich gerade für Fußpilz, Swingerklubs, Kinospielzeiten und das Wetter!‹? Oder nach was auch immer ich eben gesucht habe?«

»Ja und nein. Es wird ja nicht öffentlich. Eigentlich darf niemand Zugriff auf diese Daten haben. Die Auswertungen für die Anzeigen macht ja eine Software und der ist es komplett egal, ob du dich für Sadomaso oder Kindergärten interessierst oder für beides. Aber ich habe mir die ganze Zeit den Kopf zerbrochen, woher jemand die Suchworte hatte, die du auf dem neuen Laptop bei uns in der Küche eingegeben hattest. Das wäre eine Erklärung dafür!« Jonas kratzte sich am Kopf. »Weil die meisten Leute auch von der Arbeit aus ihre privaten Mails abfragen, wäre das tatsächlich ein weiterer Hinweis darauf, dass es mit deiner Arbeit bei RISK zu tun hat – denn das ist sicher der Großteil der Daten.«

Jennifer schüttelte ungläubig den Kopf.

»Aber das ist noch nicht alles«, fuhr ihr Bruder fort. »Die E-Mail- und Suchmaschinenfirma hat einen Deal mit allen möglichen Handyherstellern gemacht. Sie liefern ihnen kostenlos das Betriebssystem, dafür sind ihre Suchmaschine und ihr E-Mail-Programm die Standardeinstellung. Man muss sie nicht nutzen, aber sie machen es einem eben mundgerecht. Wenn es tatsächlich so ist, wie ich befürchte, dann könnte auch alles, was du über das Handy machst, ebenfalls deiner Online-Identität zugeordnet werden. Natürlich samt Bewegungsprofil und Aufenthaltsort. Das ist fast schon das Einfachste von allem. Und es würde erklären, wie sie dich immer wieder so schnell gefunden haben.«

»Scheiße«, sagte Jennifer inbrünstig.

Jonas nickte. »Ich will ja echt nicht schwarzmalen und ich kann mir eigentlich nicht vorstellen, wie ein solcher Zugriff möglich wäre. Warum sollten sie ausgerechnet dich –« Plötzlich hielt er inne und schlug sich mit der flachen Hand vor die Stirn, während er laut auflachte. »Ich Idiot! Natürlich. Wenn es so ist, wie ich befürchte, dann haben sie einfach ihre Suchwortanalyse im Hintergrund laufen lassen und du bist ihnen aus irgendeinem Grund aufgefallen. Weil eben *du* die Recherchen ausführst, und nicht Koch. Das wäre eine fast unvorstellbare Verletzung der Privatsphäre, aber technisch, ehrlich gesagt, überhaupt kein Problem.«

»Puh.« Jennifer stieß die Luft aus. Sie versuchte, all die Informationen, mit denen ihr Bruder sie gerade versorgt hatte, einzuordnen. »Ist das denn nicht verboten?«

»Doch, natürlich. Aber die Vorschriften sind nicht streng genug und vor allem, wenn es sich um eine international agierende Firma handelt, wie willst du es dann überhaupt nachweisen?«

Sie lachte auf. »Ich denke, du bist Anarchist und willst weniger Regeln und Vorschriften?«

»Eigentlich schon. Aber ich fürchte, außer bei dir und mir kann man sich bei keinem anderen absolut darauf verlassen, dass er oder sie ein Engel ist.«

»Und jetzt? Was machen wir nun?«

Jonas zuckte mit den Schultern. »Keine Ahnung. Aber um auf deine Ausgangsfrage zurückzukommen: Ja, du kannst die Dokumente problemlos in der Cloud ablegen. Allerdings würde ich das momentan nicht unter deinem normalen Usernamen machen.«

Jennifer seufzte. Nun hatten sie zwar die Antwort auf einige Fragen gefunden. Doch das änderte nichts an der Tatsache, dass sie gezwungen waren, diese Nacht in einem Hotel zu verbringen, weil es irgendjemand aus nach wie vor schleierhaften Gründen auf sie abgesehen hatte. Und wie sollte es morgen weitergehen? Es war einfach zum Verrücktwerden!

* * *

Young-Sun wusste genau, dass es Ärger geben würde. Er zögerte, aber den verschlüsselten Videoanruf nicht entgegenzunehmen, hätte die Lage nur noch verschlimmert.

»Haben Sie sie?«, fragte Martin Walsh, der Leiter der internationalen Gefahrenabwehr bei GlobalENJ.

Walsh war braun gebrannt und durchtrainiert wie ein Surfer. Eine dünne weiße Narbe, die sich über die Stirn bis zu seiner rechten Augenbraue zog, gepaart mit seinem starren Blick und einem heimtückischen Zug um den Mund, verliehen ihm jedoch insgesamt eine bedrohliche Ausstrahlung.

Young-Sun schüttelte den Kopf und wollte gerade ansetzen zu erklären, was vorgefallen war, da sagte Walsh bereits eisig: »Dann finden Sie sie!«

Der Bildschirm wurde wieder schwarz.

* * *

Jonas schlief. Jennifer hatte auf der kleinen Musikanlage leise einen Klassiksender eingestellt. Ihr Haar hatte sie als Pferdeschwanz nach hinten gebunden, nachdem sie sich aus der Tüte mit ihren Klamotten bedient hatte.

Verzweifelt brütete sie über den Infos, die sie auf den Laptop gezogen hatte. Es waren viele Hundert Dokumente, die jedes für sich irgendeine Gefahrenquelle umrissen, definierten, eingrenzten. In der Summe, auf einem elektronischen Haufen betrachtet, konnte einem richtig schlecht davon werden.

Was hatten sie nur alle übersehen? Jennifer hatte es mit jeder Kreativitätstechnik versucht, die sie kannte, mit oberflächlichen und tiefsinnigen Betrachtungen, mit einem naturwissenschaftlichen und philosophischen Denkansatz. Mittlerweile brannten ihre Augen und die Buchstaben verschwammen.

Biomathematik, ihr Studienfach, handelte von den mathematisch formulierbaren Gesetzen des Lebens. Den Kern bildeten Modelle und Theorien, mit deren Hilfe sich Struktur und Dynamik biologischer Systeme beschreiben ließen. Es war wie in allen anderen Naturwissenschaften: Wirklich fundamentale Erkenntnisse, konkret etwa die Beschreibung evolutionär stabiler Strategien oder auch die Replikatorgleichungen, wurden zuerst theoretisch entwickelt und dann erst nachgewiesen. Es war ein faszinierendes, aber manchmal auch etwas staubiges Feld.

Risikomanagement, das Gebiet von Kochs multinationalem Spin-off RISK, war lange als rein mathematisches Feld betrachtet worden, im Grund eine Unterabteilung der Wahrscheinlichkeitsrechnung. Erst in den letzten Jahren hatte man erkannt, dass Risiken nicht in einer bezugslosen, künstlichen Welt stattfanden, sondern in einer sich endlos beeinflussenden Wirklichkeit. Der berühmte Schmetterlingseffekt: Das Auffliegen eines Schmetterlings in China erzeugt einen Windhauch und beeinflusst so, in welch geringem Maße auch immer, das Wetter weltweit. Alles ist mit allem verwoben. Doch da die Einwirkungen im Regelfall nicht messbar oder bei psychologischen Faktoren wie Angst oder Gier noch nicht mal allgemeingültig waren, griff man auf die Chaostheorie zurück. Sie ermöglichte es, sogenannte chaotische Systeme trotz allem mathematisch zu erfassen. Nahm man die Mittel der Biologie, Biochemie und Biomathematik dazu, also die immer wieder überraschenden Wendungen und Windungen der Natur, kam man der Wirklichkeit weit näher, als es bisher möglich gewesen war.

All das wusste sie – und doch brachte es sie keinen Schritt weiter!

Jennifer ließ den Kopf hängen. Als Kind hatte sie oft so vor Puzzles gesessen. Sie puzzelte gern, aber es fiel ihr schwer, weil sie sich zu lange mit jedem einzelnen Teil beschäftigte. Sie sah lauter individuelle Stückchen, aber konnte kein großes Ganzes daraus zusammensetzen. Jonas hingegen, der immer schnell über alles hinwegflog, ließ den Blick einfach über die Teile huschen und fand sofort das passende, gerade weil er sich nicht in Details verlor.

Irgendwann war sie darauf gekommen, die Puzzles über Kopf zu lösen, sodass sie kein Bild zusammensetzte, sondern nur die passenden Formen der Teilchen einpasste und farbige Muster legte.

Sie schaute auf die Uhr. Halb drei. Sie war so müde und erschöpft. Aber es war einen letzten Versuch wert. Wie griffen die Infos, die ihr vorlagen, ineinander?

Für Koch waren es nur lauter einzelne Faktoren. Das statistische

Krebsrisiko einer Frau über vierzig. Die Gefahr, im Urlaub einen Unfall zu erleiden und bleibende Schäden davonzutragen. Wie groß war die Chance eines Unwetterschadens an Erst-, Zweit- und Drittimmobilien? Wie viele Menschen litten an sogenannten Zivilisationskrankheiten und welche finanziellen Konsequenzen hatte das für die Krankenkassen? Und: Ließen sich allgemeingültigere Muster der Risikoverteilung für bestimmte Situationen, Geschäftsbereiche oder Personenkreise finden?

Draußen begann es auf einmal zu regnen. Aus wenigen dünnen Fäden wurde schnell ein rauschender Wasserschwall. Jennifer trat ans Fenster und sah den Tropfen zu, die durch den Strahl der Scheinwerfer unter der Dachtraufe in die Tiefe stürzten.

Gab es einen gemeinsamen Nenner? Eine Schnittstelle, einen gegenseitigen Einfluss? Was, wenn sie nicht eine einzelne Information übersehen hatte, sondern einen *Zusammenhang*?

Aber es waren Hunderte von Dokumenten, Tausende von Daten, Dutzende von Themen. Und Koch und seine Professorenkollegen weltweit, ganz zu schweigen von den Mitarbeitern bei UNO und WHO, waren doch sicher weit geübter darin, Zusammenhänge zu entdecken – das war ihr Job!

Das Rauschen des Regens bedrückte sie. Es war ein trauriges Geräusch und erinnerte sie nachdrücklich daran, dass ihre Tage gezählt waren.

Tage. Zählen.

Genetische Disposition.

Genmanipulation.

Sterblichkeitsraten.

Moment mal. Was wäre, wenn … wenn der Zusammenhang so unfassbar, so unvorstellbar und zugleich derart naheliegend war, dass ihn niemand außer ihr sehen konnte, weil … ja, weil nur sie gerade am Sterben war?

Was zugleich erklären könnte, warum irgendjemand dort draußen eine Gefahr in einer Erkenntnis witterte, die noch keinem gedämmert war.

Die Säuglingssterblichkeit hatte weltweit abgenommen, aber mit der sexuellen Aufklärung und dem Engagement für die Weiterbildung der Frauen war ein Sinken der Geburtenraten einhergegangen. Andererseits nahm die individuelle Lebensdauer zu. Was zwangsläufig zur Folge haben musste, dass in einer bis zwei Generationen wieder *weniger* Menschen älter wurden – nicht *mehr*. Parallel zu dieser Entwicklung stieg die Zahl der diagnostizierten Alterserkrankungen: Diabetes, Parkinson, Alzheimer. Auch die Zahl der diagnostizierten Zivilisationskrankheiten stieg: Allergien, Krebs, Autoimmundefekte. Und nicht zuletzt stieg die Zahl der diagnostizierten lebenslang Schwerkranken, weil Patienten, die noch vor einer oder zwei Generationen als unheilbar galten und verstarben, nun behandelt werden konnten.

Konsequenz: Der Anteil der Kranken an der Gesamtbevölkerung stieg – und zwar nicht nur gemäß jeder Einzelstatistik, sondern exponentiell durch eine Überkreuzverstärkung. Wer früher an einem Autoimmundefekt gestorben wäre, konnte nun, dank besserer medizinischer Versorgung, im hohen Alter noch Alzheimer bekommen. Und zwischendurch die genetische Disposition für beides an Kinder weitergeben, die einst nie geboren worden wären.

Jennifer fühlte sich wie elektrisiert. Hektisch begann sie, in den Unterlagen herumzuklicken. Tatsächlich: Die Zahl der genetisch bedingten Krankheiten nahm weltweit zu.

Sie schüttelte den Kopf, als wollte sie die Verbindungen, die sich gerade zwischen den Fakten gebildet hatten, dazu zwingen, sich wieder aufzulösen. Doch in ihrem Kopf fügte sich ein Puzzleteil an das nächste.

Ein immer größeres Umweltbewusstsein stand einem dennoch steigenden Maß der Umweltverschmutzung gegenüber. Ein gutes Beispiel stellten theoretische Maßnahmen wie Schadstoffzertifikate dar, die es Firmen erlaubten, so viel Kohlendioxid in die Atmosphäre zu blasen, wie sie wollten, solange sie nur am anderen Ende der Welt für die Anpflanzung neuer Bäume bezahlten. Der steigende Lebensstandard in Schwellenländern führte ebenfalls zu einer zunehmenden Umweltbelastung. Trotz aller Bemühungen gerieten in Jahrmillionen etablierte biologische Kreisläufe ins Ungleichgewicht, weil irgendwo unbemerkt ein Mikroorganismus ausstarb oder die Meere leer gefischt wurden, um Fischstäbchen für alle herstellen zu können.

In der Not migrierten Lebewesen in andere Klimazonen, passten sich notgedrungen an, so gut sie konnten, brachten dabei jedoch das nächste Gleichgewicht aus der Balance.

Im Grunde konnte man all diese Veränderungen als Mutationen begreifen. Mutationen waren evolutionär notwendig. Die Natur würfelte die Gene immer wieder neu aus, dazu kamen ein paar Fehlbildungen und ab und zu entstand auf diese Weise rein zufällig eine neue Art. Wenn genug Finken genug Eier legten und aus diesen genug neue Finken schlüpften, von denen jeder ein klein wenig anders aussah, konnte auf einmal gut einer dabei sein, dessen Schnabel für ein bestimmtes Samenkorn etwas besser geformt war. Dieser Fink aß dann besonders viel, befruchtete mehr Weibchen als die anderen und zeugte so mehr Kinder als seine Artgenossen. Nach ein paar Jahrzehnten oder Jahrhunderten hatten die meisten Finken in der Gegend solche Schnäbel wie er, die anderen waren am Aussterben. Fielen jedoch die Pflanzen einem unbekannten Erreger zum Opfer oder änderte sich das Klima oder wurden sie aus kommerziellen Gründen gerodet, brach das System in sich zusammen.

Was passierte, wenn Organismen sich schnell veränderten und anpassten, hatte man in den letzten Jahren bereits bei Superviren gesehen, von HIV über Vogelgrippe bis hin zu Rinderwahnsinn und der normalen Grippe. Die Pharmaindustrie konnte gar nicht so schnell Arzneimittel entwickeln, wie die Krankheitserreger mutierten, und es war nur noch eine Frage der Zeit, reine Statistik, bis einer immun gegen die gängigen Medikamente wurde. Dann wären Pest und Cholera eine harmlose Erinnerung an die gute alte Zeit.

Jennifer versuchte, sich zusammenzureißen. Es war mitten in der Nacht, es regnete und sie war todkrank. Kein Wunder, dass sie schwarzsah. Sie wusste, wenn sie so weitermachte, würde sie sich in einer halben Stunde aus dem Fenster stürzen. Also zwang sie sich, den Rechner auszuschalten, putzte sich die Zähne und ging ins Bett. Aber ihre Gedanken wollten einfach nicht zur Ruhe kommen. Als hätte ihr Gehirn auf Autopilot geschaltet, fügte es weiter Puzzlestein an Puzzlestein.

Beschleunigte Veränderung der Umwelt führte zu erzwungener beschleunigter Anpassung von Lebewesen (oder deren Aussterben, was wiederum anderweitige Konsequenzen mit sich brachte) und führte letztlich zu einer höheren Rate genetischer Mutationen, kombiniert mit zunehmenden Krankheitsraten nicht nur bei Menschen …

Ein Schaf, zwei Schafe, drei Schafe!

Sie hatte irgendwo auch etwas über zunehmende Zivilisationskrankheiten bei Tieren gelesen, aber sie war nicht sicher, ob sie sich richtig erinnerte. Hundekrebs, eine Art Alzheimer bei Katzen, Tiere mit allergischen Reaktionen auf industriell gefertigtes Futter.

Vier Schafe, fünf Schafe …

Gerade in den ärmsten Ländern der Welt trafen bestimmte Faktoren aufeinander, die sich wechselseitig beeinflussten: die Arbeit in hochmodernen Fabriken, Stresshormone und Schadstoffe, nach wie vor entsetzliche Lebensumstände, kein verlässlich keimfreies Wasser, eine katastrophale Infrastruktur, kein Zugang zu Bildung und Wissen.

Wie viele Schafe? Ein Schaf, zwei Schafe, drei Schafe, ach, Scheiße!

Als sie sich hochstützte und die Beine über den Bettrand schwang, bemerkte sie ein leichtes Zittern in der linken Hand, schrieb es aber der Angst, ihrer Übermüdung und der außergewöhnlichen Situation zu. Sie schaltete die Schreibtischlampe wieder ein, klappte den Laptop auf, musste aber mehrfach zwinkern, bevor sie einigermaßen scharf sehen konnte.

Sie zog einen Block heran und begann aus dem Kopf, die größten Risikofaktoren für die Menschheit zu notieren.

Umwelt. Wasser. Religion/Terroristen. Individualverkehr/Autounfälle. Abnehmendes Risikobewusstsein. Krebs. HIV. Autoimmunerkrankungen. Depression. Naturkatastrophen, häufiger und größere Schäden. Atomkraft/-waffen.

Sie blätterte um.

Genmanipulation (Landbau). Genmanipulation (Pharma). Superviren. Klima. Bevölkerungswanderung. Unterschied arm/reich. Scheitern der Sozialsysteme. Unruhen. Säuglingssterblichkeit.

Die zweite Seite war voll.

Jennifer begann, Pfeile zwischen den Faktoren einzuzeichnen, die sich gegenseitig beeinflussten – beispielsweise zwischen Religion/Terrorismus und Unterschied arm/reich, aber auch zwischen Säuglingssterblichkeit und Wasser gab es eine Verbindung und nach wenigen Minuten waren fast alle Faktoren miteinander verbunden.

Schließlich notierte sie Zahlen und versuchte, die Einflüsse und Wechselwirkungen einzelner Risiken auf andere Gruppen wenigstens geschätzt zu bemessen.

Beispielsweise wurde derzeit viel Geld in Klimaschutz gepumpt, sodass die Förderung für Entwicklungsländer hatte gekürzt werden müssen. Solange es aber in vielen Ländern kein sauberes Wasser gab, war die Säuglingssterblichkeit hoch, und wenn die überlebenden Kinder keinen Zugang zu Bildung hatten oder Mädchen aus religiösen Gründen nicht zur Schule gehen durften, schlugen sich später mehr junge Frauen als Prostituierte durch, was wiederum zu einer steigenden HIV-Infektionsrate führte. Gepaart mit zunehmendem Sextourismus, der an sich auch ein Umweltproblem darstellte, schwappte diese Welle zurück in die westlichen Länder und bedrohte dort die Gesundheits- und Sozialsysteme.

So konnte man diese Kette unendlich lange fortführen. Jedes einzelne Ereignis war kaum mehr als ein Flügelschlag eines Schmetterlings, aber gemeinsam ergaben sie einen gewaltigen Sturm. Man konnte gar nicht so schwarzsehen, wie die Zukunft zu sein schien.

Jennifer rechnete und rechnete, überprüfte Angaben, übertrug Zahlen aus ihren Unterlagen, strich und korrigierte, testete unterschiedliche Hypothesen, kam aber immer wieder zum selben Ergebnis. Irgendwann ließ sie erschöpft den Stift fallen. Es regnete noch immer. Ihre Augen folgten den Spuren der Tropfen, die langsam die Fensterscheibe hinabliefen. Langsam ließ sie ihren Kopf auf die Arme heruntersinken.

Als Jonas sie eine Stunde später vorsichtig anstupste, zuckte sie zusammen und ihr Herz begann zu flattern wie ein aufgescheuchter Vogel. Kaum, dass sie die Augen aufgeschlagen hatte, strömten ihr Tränen über die Wangen. Jennifer wusste im ersten Moment nicht, warum.

»Was ist denn mit dir los?«, fragte Jonas entsetzt.

»Ich … ich …«, stammelte Jennifer.

Sie wischte sich mit dem Handrücken über die Augen und blinzelte gegen das Tageslicht an. Sonnenstrahlen erhellten das Zimmer, aber sie hatte das Gefühl, durch einen Seidenvorhang zu blicken. Ihr Magen krampfte sich zusammen und sie fühlte sich unsäglich schwach.

»Wir werden alle sterben«, brachte sie schließlich hervor.

Jonas zog die Augenbrauen hoch. »Das stimmt«, sagte er und nickte. »Bist du dafür die halbe Nacht aufgeblieben?«

Jennifer schüttelte den Kopf. »Nein, du verstehst nicht. Wir werden alle sterben – die gesamte Menschheit wird aussterben! Und wir werden es noch erleben.« Sie atmete tief ein und aus. »Also, du jedenfalls.«

Jonas starrte sie verständnislos an.

10

»Haben wir denn wenigstens noch Zeit zum Frühstücken?«, fragte Jonas.

Jennifer verdrehte die Augen. »Ja. Natürlich.«

»Okay. Hier oder unten?«

»Auf dem Zimmer, bitte, auch wenn's hier langsam schon ein bisschen nach WG riecht.« Jennifer lachte und knuffte ihren Bruder gegen den Oberarm. Dann deutete sie Richtung Badezimmer. »Du oder ich zuerst?«

»Alter vor Schönheit«, rief Jonas und hechtete schon quer durchs Zimmer. »Bestell mir irgendwas mit!«

Im nächsten Moment hörte Jennifer die Tür hinter ihrem Bruder zuschlagen und seufzte. Jonas würde wie immer ewig im Bad brauchen, also konnte sie in der Zwischenzeit genauso gut das Frühstück auswählen. Sie suchte nach der Speisekarte und bestellte beim Zimmerservice Müsli und Früchte, Rührei und Toast, Tee, Orangensaft, Brötchen, Croissants, Marmelade und eine Aufschnittplatte.

Schließlich zog sie sich den Bademantel über, öffnete ein Fenster und schaute hinaus. Hoffentlich ließen ihre Magenschmerzen nach dem Essen nach. Was sie aber noch viel stärker beunruhigte, war das Gefühl, dass das Sichtfeld ihres linken Auges kleiner war als das des rechten. Sie kniff erst das eine Auge zu, dann das andere und musste feststellen, dass sie links wirklich erheblich schlechter sehen konnte. Es war, als schwämmen kleine graue Flechten in ihrer Tränenflüssigkeit herum. Ein beängstigendes Gefühl, aber vielleicht lag es einfach nur an der durchgemachten Nacht. Sie trat vor den Ankleidespiegel und betrachtete ihre Augen aus der Nähe. Nichts zu sehen, außer ein paar mehr rote Äderchen als sonst.

Als Jonas endlich fertig war, schlüpfte Jennifer schnell ins Bad, wo es wie in einer Parfümeriefiliale roch. Sie genoss den heißen Strahl der Dusche und als sie sich anzog, fühlte sie sich schon etwas besser.

Jonas hatte den Frühstückswagen neben den kleinen Tisch vor dem Fenster geschoben und zwei Sessel davorgewuchtet. Es sah sehr einladend aus. Er selbst saß in einem der Sessel, hatte sich bereits Earl Grey eingeschenkt, kaute auf einem Croissant herum und blätterte in ihren Notizblättern von heute Nacht.

»Und für so was kriegst du Geld?«, fragte er und wedelte mit den Blättern. »Das versteht doch kein Mensch.«

»Unsinn. Nur weil du so ein Laberfach gewählt hast!«

Sie setzte sich, zog die Schale mit den Früchten heran und spießte ein Stück Melone auf. Möglicherweise hatte sie recht, alles war verloren und der Untergang der Menschheit stand in nicht mehr allzu ferner Zukunft bevor. Aber *jetzt gerade* ging die Welt nicht unter, sondern es war einfach nur schön, mit ihrem Bruder hier in der Sonne zu sitzen und zu frühstücken. Sie gab sich Mühe, es zu genießen.

Dann schnappte sie sich die Zettel und begann zu erklären: »Das hier«, sie tippte auf eine Reihe Zahlen, »sind Risikofaktoren für die Menschheit. Nicht für den *einzelnen* Menschen, sondern für die Menschheit an sich. Zunahmerate von Krebserkrankungen. Sinken der Geburtenrate. Steigende Umweltverschmutzung. Seuchen,

Allergien, Missernten, Adipositas, Terrorgefahr, Ozonloch, Atomkraft, Autounfälle, Naturkatastrophen, was weiß ich. Wir haben so ziemlich alle Risiken für das Individuum durch. Man kann heute genau berechnen, wie hoch die statistische Wahrscheinlichkeit ist, dass du im Alter zwischen fünfzig und sechzig Zahnimplantate benötigen wirst.«

Jonas zog die Augenbrauen hoch und aß das letzte Stückchen Croissant.

»Was wir aber bisher komplett übersehen haben, ist die Tatsache, dass die Faktoren sich gegenseitig beeinflussen.«

Jennifer erklärte ihrem Bruder kurz die Skizze, die den Zusammenhang von Entwicklungshilfe, fehlender Bildung und sich ausbreitenden Krankheiten veranschaulichte.

»Alles ist mit allem irgendwie verbunden, wenn nicht direkt, dann über zwei oder drei Ecken«, beendete sie ihre Erklärung.

»So wie ich jemand kenne, der jemand kennt, der jemand kennt, der jemand kennt, der den Papst kennt?«

Jennifer nickte. »Ja, so in etwa. Die Katastrophe besteht nun darin, dass die Faktoren einander beschleunigen, und zwar bereits seit Jahrzehnten in zunehmendem Maße.« Sie deutete auf Rechenzeichen, deren Bedeutung Jonas seinem Gesichtsausdruck nach vollkommen schleierhaft war. »Das habe ich versucht hier darzustellen. Wenn zum Beispiel weltweit zehn Prozent weniger Kinder geboren werden und zugleich die Säuglingssterblichkeit für die Hälfte der Kinder um zehn Prozent steigt, steigt sie insgesamt – statistisch betrachtet – um fünf Prozent, aber für immer weniger Kinder, sodass *absolut* gerechnet immer mehr Kinder sterben!«

Jonas schüttelte den Kopf. »Ich versteh kein Wort.«

Jennifer halbierte ein Brötchen und schmierte Butter darauf. »Das einzelne Ereignis ist ein sogenannter Schwarzer Schwan. So nennt man eine Theorie, die Ereignisse beschreibt, die so selten sind, dass man sie statistisch nicht vorhersagen kann. Das ist unsere Aufgabe bei RISK, diese Schwarzen Schwäne mathematisch in den Griff zu kriegen. Feststeht, dass es immer häufiger Schwarze Schwäne geben wird, und ich glaube, es sieht so aus, als würden sie sich sozusagen auch noch paaren, sich vermehren.«

»Hä? Wieso sollte ein Vogelschwarm denn so ein Problem darstellen? Egal ob nun schwarz oder weiß oder papageienbunt?«

Sie versuchte es anders. »Stell dir vor, du studierst Lehramt.«

Jonas nickte.

»Wenn schon die Schulausbildung immer schlechter wird, dann kommen die angehenden Studenten immer dümmer an die Uni und die Lehrer der nächsten Generation sind noch schlechter, woraufhin die nächsten Schüler noch dümmer an die Uni kommen und so weiter. Und dann, sagen wir mal, zerfrisst auch noch saurer Regen das Dach der Uni, sodass es bei jedem Unwetter reinregnet und daraufhin wachsen Schimmelpilze die Wand hoch und ein paar Studenten sterben an einer allergischen Reaktion darauf. Außerdem wird genau zur selben Zeit das Elterngeld abgeschafft und die Mütter müssen schon nach wenigen Wochen wieder arbeiten gehen, während die Kinder vor dem Fernseher sitzen und verblöden. All diese Faktoren beeinflussen sich gegenseitig. So würde die Bevölkerung im Durchschnitt immer dümmer und, biologisch betrachtet, leistungsschwächer. So in etwa ergeht es uns im internationalen Maßstab.«

Sie biss in ihr Brötchen, kaute hastig und spülte mit Tee nach. »Und nun halt dich fest. Wenn ich mich nicht verrechnet habe, dann ist es in fünfzig oder sechzig Jahren schon so weit.«

»WAS?! Du spinnst doch. Du bist ja schon wie diese Typen, die mit ihren *Das-Ende-ist-nah*-Schildern im Stadtpark stehen!«

Jennifer zuckte mit den Schultern. »Was soll ich sagen? Vielleicht ist es das wirklich.«

* * *

Hirschberger hatte ausgezeichnet geschlafen. Dann hatte er beim Frühstück unaufmerksam die Samstagszeitung durchgeblättert und ging nun mit einem Becher schwarzem Kaffee in der Hand in sein Büro. Von hier aus hatte er einen wundervollen Blick über das Tal. Gut, er musste für jeden Einkauf zwanzig Minuten fahren, aber das war es wert. Egal wie anstrengend der Tag werden würde, jeden Morgen genoss er bewusst diese Aussicht.

Er nippte an seinem Kaffee, stellte den Becher dann ab und griff nach Jennifer Meyers Genanalyse. Die langen Buchstabenketten sahen noch genauso wirr aus wie zuvor und der rot umringelte Abschnitt auf der zweiten Seite bereitete ihm noch immer Kopfzerbrechen. Er hatte nach einem sogenannten Marker gesucht, der für eine bestimmte genetische Veranlagung zur Seibel-Thyreoditis sprach. Theoretisch war die Sache vollkommen logisch gewesen, nachdem er erst mal darauf gekommen war. Seibel stellte seiner Meinung nach eher ein Syndrom dar, eine Mischung unterschiedlicher, zeitgleich auftretender Symptome. Die Hirnstörungen und die Autoimmunerkrankung der Schilddrüse waren voneinander unabhängig, wurden aber durch zwei dicht beieinanderliegende Molekülmutationen ausgelöst.

So hatte er sich das gedacht und das hätte auch alles erklärt. Nur: Bei Jennifer Meyer war davon keine Spur zu sehen. Stattdessen hatte er eine Molekülfolge entdeckt, die für das von ihm vor Jahren als Prototyp entwickelte Medikament wie ein offenes Scheunentor wirkte – die Arznei könnte augenblicklich andocken und das körpereigene Zellwachstum zur Herstellung von Antikörpern gegen die unerwünschten Antikörper nutzen.

Er wollte der jungen Frau keine falsche Hoffnung machen, und ihr die paar Pillen zu geben, die er damals aus Trotz eingesteckt hatte, wäre ethisch fragwürdig und juristisch Selbstmord. Außer, er rettete ihr das Leben.

Um ganz sicherzugehen, hatte er sich gestern zusammengerissen und sie nicht sofort angerufen. Nun überprüfte er noch einmal die Buchstabenfolge auf dem Analysebogen und in seinen Unterlagen. AATC-GTTG-CAGT-TTAA-CGTT-GCAT-AAGG-TTTT-TTGC-TACT-AGTC. Es gab keinen Zweifel.

Hirschberger nahm noch einen Schluck Kaffee, dann suchte er den Zettel mit Jennifer Meyers Telefonnummer heraus und wählte.

»Keiner da. Hinterlassen Sie eine Nachricht, wir melden uns!« Piep.

* * *

»Du spinnst total«, sagte Jonas. Er hatte sich entspannt zurückgelehnt und leckte sich die Krümel von den Fingern.

»Ich wünschte, es wäre so«, entgegnete Jennifer.

»Ist es.«

»Ist es nicht.«

»Ist es wohl!«

»Jetzt halt gefälligst mal die Luft an. Du beschäftigst dich seit Jahren mit Liederschreiben und Sozialromantik und willst mir erzählen, dass ich mich verkalkuliert habe? Du *kapierst* doch noch nicht mal, was ich da gerechnet habe!«

Jonas starrte seine Schwester mit offenem Mund an. »Sag mal, hast du sie noch alle?«, fragte er dann langsam.

»Mehr als du, offensichtlich«, zischte Jennifer. Sie war jetzt so wütend, dass ihr völlig egal war, wie Jonas die Sache fand.

Jonas erhob sich. »Als Nächstes kommt noch, dass Schwule sowieso eine Schraube locker haben, was?«

»Sie sind jedenfalls eher bekannt für soziale Revolutionen als für naturwissenschaftliche Erfolge!« Jennifer wusste, dass sie unter die Gürtellinie schlug, aber sie konnte nicht anders.

»Weißt du was, dann sieh doch zu, wie du alleine mit deiner

Weltuntergangstheorie klarkommst«, blaffte Jonas zurück. »Mir reicht's. Ich gehe!«

Er drehte sich auf dem Absatz um, packte seine Tasche und knallte die Zimmertür hinter sich zu.

Jennifer wusste ganz genau, dass sie gemein und ungerecht gewesen war. Aber er hatte sich wie ein Idiot verhalten. Sie hatte sich das doch nicht ausgedacht! Niemand dachte sich so was aus.

Einerseits war sie stolz. Sie hatte eine ungeheuerliche Entdeckung gemacht. Und sie war verdammt sicher, dass sie recht hatte. Wenn man erst mal darauf kam, war es vollkommen logisch und offensichtlich.

Sie fuhr sich erschöpft mit der Hand über das Gesicht. Ja, sie hatte etwas herausbekommen oder erfinden wollen, etwas Wichtiges. Eine dieser Ideen, die ihren Entdecker überdauern. Aber sie war unwillkürlich davon ausgegangen, dass es etwas Tolles sein würde. Telefon, Glühbirne, Planetensystem, so in der Art – nicht Contergan, Kernspaltung, Computerviren. Ja, das war alles hochinteressant, aber niemand ehrte den Konstrukteur der Atombombe. Für Thomas Edison hingegen gab es ein eigenes Museum!

Andererseits hatte sie Angst. Um sich, das sowieso, aber jetzt auch um alle. Um Jonas, um ihre Mutter, um ihre unadoptierten Nichten und Neffen, um die ganze Menschheit. Da war es doch kein Wunder, dass sie ein wenig angespannt reagierte, wenn ihr Bruder auf ihr herumhackte.

Jennifer sah zur Tür und hoffte insgeheim, dass es gleich klopfen und Jonas zurückkehren würde. Wenn *er* sich entschuldigte, würde *sie* sich auch entschuldigen. Aber er kam nicht und sie würde ihm ganz bestimmt nicht hinterherlaufen. Blöder Idiot!

Wütend starrte sie das immer noch halb volle Frühstückstablett an. So viele leckere Sachen und jetzt hatte ihr Bruder ihr komplett den Appetit verdorben.

Sie versuchte, sich zu beruhigen. Langsam atmen. Tief in den

Bauch hinein. Konzentrier dich auf den Sonnenschein, den blauen Himmel, die nach dem nächtlichen Gewitter klare, frische Luft.

Es half nichts. Düsternis erfüllte sie. Sorgen. Dunkle Vorahnungen. Trauer.

Auch die Magenschmerzen waren schlagartig zurückgekehrt. Sie war kurz davor, aufzuspringen und sich zu übergeben. War das der Anfang vom Ende, der erste richtige Krankheitsschub? Gerieten ihre Hormone bereits aus dem Gleichgewicht und beeinflussten ihre Stimmung so heftig? Oder war sie nach einer schlaflosen Nacht voller unerfreulicher Erkenntnisse einfach nur schlecht drauf?

Schwer zu sagen.

Sie stand auf, um sich kurz hinzulegen, sackte dann aber neben dem Sessel in sich zusammen. Das Letzte, was sie sah, bevor ihr schwarz vor Augen wurde, war das um neunzig Grad gekippte Bett.

Als Jennifer wieder zu sich kam, zeigte die Uhr kurz nach Mittag. Ihr ganzer Körper schmerzte, sie fühlte sich vollkommen kraftlos. Mühsam stützte sie sich auf alle viere und kroch ins Bad. Sie zog sich an der Kante des Waschtisches hoch und griff nach ihrem Kulturbeutel. Dann ließ sie sich zurück auf den Boden sinken.

Beide Ärzte hatten ihr Tabletten verschrieben für den Fall, dass ihr Kreislauf oder ihr Stoffwechsel in Schieflage geriet. Jetzt drückte sie zwei davon aus dem Streifen, schob sie sich in den Mund und zerkaute sie. Sie schmeckten mehlig und bitter, aber sie hatte nicht die Kraft, sich aufzurichten und einen Schluck Wasser zu trinken. Zitternd legte sie sich auf den kuscheligen Badewannenvorleger, zog die Knie eng an den Körper und wartete.

Zehn Minuten vergingen, vielleicht fünfzehn. Langsam fühlte sie sich besser. »Wow, das Zeug hätte mir mal einer nach der Abiparty geben sollen«, murmelte sie.

Vorsichtig zog sie sich am Wannenrand hoch, hielt sich am Türrahmen fest, tapste Schritt für Schritt zurück zum Bett und weiter zum Schreibtisch. Sie ließ sich in den Bürosessel plumpsen. Atmete tief durch.

Ach, verdammt. Ihre Berechnungen lagen auf dem Frühstückstisch. Sie stand auf und ging sie holen; sie fühlte sich noch etwas schwach, aber ansonsten okay.

Was sollte sie jetzt unternehmen? Jonas anzurufen, kam nicht infrage. Entschlossen klappte Jennifer den Laptop auf und richtete sich bei einem neuen Anbieter ein E-Mail-Konto ein, um von dort aus eine Onlinefestplatte freizuschalten. Dann begann sie die Rechercheunterlagen, die sie vom USB-Stick kopiert hatte, hochzuladen.

Währenddessen rief sie den Formel-Editor des Schreibprogramms auf und tippte ihre Berechnungen von heute Nacht sauber ab, wobei sie noch einige kleine Korrekturen vornahm und an einigen Stellen Anmerkungen hinzufügte. Sie speicherte das Dokument und fügte es in die Warteschlange für den Upload ein.

Jennifer erinnerte sich daran, wie ihre Eltern in einem Urlaub für die Anrufe bei den Großeltern eine Calling Card benutzt hatten. Man musste dafür eine lange Zahlenfolge eingeben, aber die Kosten waren weit geringer als die üblichen Standardtarife. Sie hatte das damals lächerlich gefunden, aber jetzt erschien es ihr überaus nützlich, weil eine Weiterschaltung schwer zurückzuverfolgen wäre. Entschlossen beantragte sie eine Calling Card mit einem Probeguthaben von fünf Minuten.

Weil sie ihr Handy gestern unterwegs weggeworfen hatte, konnte sie weder Kochs Büro- noch seine Handynummer nachschlagen. Da er aber im offiziellen Verzeichnis der Uni stand, tippte sie wenige Minuten später die Einwahlnummer der Calling Card, dann ihren persönlichen Zugangscode und schließlich die Durchwahl ihres Chefs.

»Tim Koch!«

»Hallo, hier ist Jennifer.«

»Jennifer? Sind Sie krank? Ich hatte Sie heute bei der Arbeit erwartet.«

»Ja. Nein. Also … das ist jetzt nicht so wichtig. Ich brauche Ihre Hilfe.«

»Selbstverständlich gern. Aber wo sind Sie? Kommen Sie doch einfach ins Büro, dann können wir alles besprechen.«

»Das geht nicht. Es mag verrückt klingen, aber ich werde verfolgt.«

»Wie bitte?«, fragte Koch verständnislos.

»Gestern nach der Arbeit hat mir jemand aufgelauert. Es war der Mann, von dem ich glaube, dass er auch in unsere Wohnung eingebrochen ist. Er hat versucht, mich zu entführen – jedenfalls vermute ich das. Aber all das ist jetzt nicht so wichtig.« Sie sah auf die Uhr. »Ich habe nur noch vier Minuten Gesprächszeit. Und ich glaube, ich bin heute Nacht auf etwas ganz Entsetzliches gestoßen. Es hat mit unserer Arbeit bei RISK zu tun. Ich glaube, wir haben einen Zusammenhang übersehen. Kann ich Ihnen das Dokument mal schicken?«

»Aber sicher.« Koch klang freundlich, aber eher abwartend. Kein Wunder.

»Ich habe Ihre Mailadresse nicht im Kopf …«

Koch sagte sie ihr und Jennifer schickte ihm das Dokument mit ihren Berechnungen. »Ist unterwegs.«

Schweigen.

»So, Ihre Mail ist angekommen. Warten Sie. Ich öffne das Dokument.« Sie konnte ein leises Klicken hören. Dann begann Koch, vor sich hinzumurmeln, während er ihre Aufzeichnungen überflog.

»Ich glaube, es hängt alles zusammen. Die Risikofaktoren potenzieren sich untereinander. Und das führt zu …« Ihre Stimme versagte.

Koch flüsterte ehrfürchtig: »… einer Todesformel.«

Beide schwiegen einen Moment lang. Dann ertönte ein scharfes Piepsen im Hörer. »Ihre verbleibende Sprechzeit beträgt noch dreißig Sekunden«, sagte eine Computerstimme.

»Ich habe mich in einem Hotel versteckt«, sprudelte Jennifer hervor, dann nannte sie dessen Namen und ihre Zimmernummer. »Können Sie kommen und mir helfen?«, fragte sie ängstlich.

Aber noch bevor Koch antworten konnte, wurde das Gespräch durch ein metallisches Klicken unterbrochen.

»Hallo?«, flüsterte Jennifer leise.

Doch die Zeit war abgelaufen, die Leitung war tot.

* * *

Thorge saß in seinem Büro, als Koch plötzlich mit seiner Aktentasche in der Hand vor ihm stand.

»Jennifer ist in Schwierigkeiten«, sagte er. »Und sie hat möglicherweise etwas herausgefunden, was uns allen entgangen ist. Ihnen und mir und den ganzen Professoren aus aller Welt. Manchmal ist man so sicher, wie das Ergebnis aussehen wird, dass man den Wald vor lauter Bäumen nicht sieht. Das Mädchen scheint wirklich ganz schön clever zu sein.« Er nickte, offensichtlich zufrieden mit sich, weil er sie ausgesucht und eingestellt hatte.

»Und wo ist sie? Wann kommt sie?«, fragte Thorge und versuchte, seine Stimme nicht allzu aufgeregt klingen zu lassen.

Koch schüttelte den Kopf. »Sie glaubt, sie würde verfolgt. Sie hat sich in einem Hotel versteckt. Wir fahren zu ihr. Jetzt sofort!« Er drückte Thorge einen Notizzettel in die Hand. »Meine Frau hat das Navigationsgerät. Könnten Sie bitte kurz nachschlagen, wie wir am besten fahren?«

Thorge nickte und tippte die Adresse des Hotels in seinen Computer, während er fieberhaft überlegte, was er nun tun sollte. Als Koch zu Melanie ging, um ihr Bescheid zu sagen, dass er heute voraussichtlich nicht mehr zu sprechen war, verschob Thorge einzelne Abbiegepunkte der angezeigten Route, sodass die Fahrtzeit sich um etwa fünfzehn Minuten verlängerte. Dann fertigte er einen Ausdruck der Route an und zog schließlich sein Prepaidhandy hervor. Mit zitternden Fingern tippte er hastig eine SMS.

»Kommen Sie?«, rief Koch ungeduldig durch den Flur.

»Bin gleich da!« Thorge schickte die Nachricht ab und holte die Seiten aus dem Drucker, dann steckte er das Handy wieder ein, packte seinen Rucksack und seine Lederjacke und folgte dem Prof.

11

Young-Sun stemmte gerade zweihundert Kilo, als sein Handy piepste. Er absolvierte die letzten zwei Wiederholungen, dann ließ er die Hantelstange auf die Haltestreben gleiten. Sein Gesicht war leicht gerötet, aber sein Atem ging gleichmäßig.

Er richtete sich auf und griff nach dem Mobiltelefon, um die eben eingegangene SMS zu lesen. Augenblicklich sprang er auf und rannte aus dem kleinen firmeneigenen Fitnessraum über den Flur in die Einsatzzentrale. »Wir haben sie! Los! Sofort!«

Er wandte sich auf dem Absatz um, seine Männer kamen hinter ihm hergelaufen. Stiefel polterten über die Treppenstufen hinunter zur Garage. Der Zündschlüssel steckte, wie immer, Young-Sun hechtete hinters Steuer, die anderen verschwanden im hinteren Teil des Transporters und kaum dass das Garagentor sich geöffnet hatte, schoss er mit quietschenden Reifen hindurch. Ein leichter Schweißfilm bildete sich auf seiner Stirn. Die Jagd hatte begonnen!

Sie rasten durch die Straßen, nach acht Minuten hatten sie den Hintereingang des Hotels erreicht, er bremste und stellte den Wagen ab. Mithilfe eines zigarettenschachtelgroßen Überspannungsgenerators setzte er das Kartenlesegerät außer Gefecht und drückte die Tür auf. Ohne zu zögern, joggte er mit seinen Männern die Treppe aufwärts, bis sie das oberste Stockwerk erreicht hatten.

Young-Sun bedeutete ihnen, stehen zu bleiben, und kickte die Tür zum Hotelflur auf. Eine füllige ältere Dame watschelte gerade in Richtung ihres Zimmers und starrte ihn entgeistert an. »Sicherheitstraining«, beantwortete er ihre unausgesprochene Frage.

»Ach so. Dann ist es ja gut, junger Mann.« Sie schlurfte davon.

Young-Sun wartete einen Augenblick, dann winkte er seine Leute hinter sich her. Sie drückten sich an der Wand entlang, bogen um eine Ecke und standen schließlich vor der Zimmernummer, die Thorge ihm genannt hatte.

Einer der Männer zog eine Stange Plastiksprengstoff aus der Tasche und deutete wortlos auf das Schloss. Er zog fragend die Augenbrauen hoch. Young-Sun schüttelte den Kopf. Er hob die Hand, klopfte und rief: »Ich bin's!«

Sie hielten kollektiv den Atem an.

Nach wenigen Sekunden erklang von innen eine Stimme: »Moment, ich komme gleich!«

* * *

Jennifer öffnete die Tür und ein Mann stürzte sich auf sie. Sie brauchte einen Augenblick, um ihn zu erkennen. Es war der Asiate, der sie gestern verfolgt hatte! Wie hatte er sie gefunden?

Jennifer prallte so heftig mit dem Rücken gegen die Wand, dass ihr die Luft aus den Lungen gepresst wurde. Er warf sich gegen sie und versperrte so aber zugleich den Männern hinter ihm den Zugang zu dem schmalen Flur, der ins Zimmer führte. Reflexhaft, ohne weiter darüber nachzudenken, riss Jennifer ihr Knie hoch und traf ihren Gegner genau zwischen den Beinen. Er stieß ein gedämpftes Jaulen aus und krümmte sich vornüber. Sie nutzte die Gelegenheit, um zur Seite auszuweichen, und rannte zurück ins

Zimmer. Der vorderste der drei Männer, die noch im Hotelflur standen, stieß seinen Boss zur Seite, sodass der mit dem Kopf gegen die Holztäfelung knallte und ein weiteres Stöhnen von sich gab.

Was wollten die Männer von ihr? Sie war sicher, dass es mit der Todesformel zusammenhing – aber wie? Wen gefährdete dieses Wissen, wer wollte es geheim halten?

Sie schlug die Tür zum Wohnraum hinter sich zu. Der Mann, der ihr gefolgt war, hatte den Arm ausgestreckt und sie konnte das Knacken hören, mit dem das massive Holz auf sein Handgelenk traf. Sie wirbelte herum und warf sich mit dem Rücken gegen die Tür, um sie ins Schloss zu drücken, dann legte sie den Sicherungsriegel vor. Aber viel würde das nicht bringen. Und vielleicht schossen sie ja auch einfach durch die Tür, so wie im Film?

Jennifer sah sich hastig um, das Herz schlug ihr dabei bis zum Hals. Die Suite bestand aus einem Wohnraum, dahinter folgte das Schlafzimmer, dann das Bad. Es gab keinen weiteren Ausgang.

Die Tür hinter ihr erzitterte unter wütenden Schlägen und Tritten. Was sollte sie tun? Wie konnte sie es mit vier durchtrainierten Männern aufnehmen?

Voller Panik lief sie durch das Zimmer und versuchte, den Schreibtisch in Richtung der Tür zu schieben. Er war schwer und bewegte sich nicht. Sie stemmte sich mit aller Kraft gegen das Möbelstück, aber ohne Erfolg. Dann drehte sie sich um, presste die Hände gegen die Wand und drückte mit dem Po gegen den Tisch. Jetzt bewegte er sich ein Stück weit zur Seite, noch eines, nun hing er nicht mehr in den tiefen Abdrücken im hochflorigen Teppich fest und ließ sich auch normal schieben.

Sie hatte die halbe Strecke bis zur Tür geschafft, da wurde es plötzlich ganz still auf der anderen Seite. Keine Stimmen, keine Tritte mehr. Totale Ruhe. Als wären die Angreifer spurlos verschwunden.

Jennifer schob den schweren Tisch mühsam immer weiter in Richtung Tür, um den Zugang zu blockieren. Als sie noch etwa einen halben Meter entfernt war, knallte es auf einmal und das Türschloss flog durch den Raum, vielleicht einen Meter an ihrem Kopf vorbei.

Die Tür wurde aufgestoßen, allerdings verhinderte der Tisch eine vollständige Öffnung, sodass sich immer nur einer der Männer in den Raum zwängen konnte.

Jennifer wich zurück, packte den Schreibtischstuhl mit beiden Händen an der Lehne, wirbelte herum und versuchte, ihn in Richtung des Mannes zu schleudern, der gerade über die Tischplatte kletterte. Doch der Stuhl war zu schwer, er hob nicht vom Boden ab, sondern rollte nur in Richtung Tischkante und kippte dann um, während sie einen stechenden Schmerz in der Schulter verspürte.

Der Mann in dem schwarzen Overall und den mit silbernen Kappen besetzten Kampfstiefeln richtete sich auf dem Schreibtisch auf und starrte sie finster an. Seine Haare waren millimeterkurz geschoren. Er beugte die Knie, um sich von oben herab auf sie zu werfen.

Jennifer packte das Telefon, das vom Tisch gefallen war, und zerrte daran. Das Kabel wurde auf der Rückseite des Schreibtisches zur Platte geführt und der Fuß ihres Gegners stand genau in einer Kabelschlaufe. Mit einem Ruck riss sie ihm das Standbein weg, sodass er strauchelte und nach hinten fiel. Dann warf sie das Telefon selbst in Richtung ihrer Angreifer und stürzte ins Schlafzimmer.

Tür zu. Abschließen. Was jetzt? Ihr blieben im besten Fall wenige Sekunden. Eine falsche Entscheidung wäre unkorrigierbar.

Polizei anrufen? Dauerte zu lange. Hotellobby? Was sollten die schon machen. Jonas? Zu weit weg. Koch? Oh – Koch. Hatte etwa er die Männer hergeschickt?

Jennifer sah sich panisch um. Aber sie entdeckte nichts, was ihr hätte nützen können oder das sie auf eine Idee brachte. Das Bett vor die Tür zu schieben, wäre unmöglich. Ihr Blick blieb an dem Telefon hängen, das auf dem Nachttischkästchen stand. Entschlossen griff sie nach dem Hörer und drückte die Schnellwahltaste für die Rezeption. Wenn sie ein Feuer meldete, würde bestimmt sofort jemand kommen! Aber die Leitung war tot. Vermutlich befand sich der Hauptanschluss im Wohnzimmer und war beschädigt.

Jennifer rannte zum Fenster und riss es auf. Sie streckte den Kopf hinaus. Es ging über zehn Stockwerke nach unten, das würde sie garantiert nicht überleben. Unterhalb des Fensters befand sich ein schmaler Wandvorsprung, der um die gesamte Fassade herumzuführen schien. Sollte sie versuchen, darauf zu einer benachbarten Suite zu fliehen? Und wenn ihr dort niemand öffnete, was dann?

Ein Blick in die Tiefe gab Jennifer die Antwort auf diese Frage. Sich über das Fenstersims zu schwingen, wäre ihr sicherer Tod, da war es allemal sinnvoller, sich von diesen Männern fangen zu lassen. Jennifer gab ein kurzes bitteres Lachen von sich. Hin und wieder war es gar nicht schlecht, die klassische Risikoanalyse auch im wahren Leben anzuwenden.

Sie ließ das Fenster offen stehen und lief ins Bad. Dort riss sie die Vorhangstange aus der Halterung, streifte den Duschvorhang ab, lief zurück ins Schlafzimmer und kroch unter das ungemachte Bett.

Wieder ertönte ein Knall, diesmal gefolgt von einem lauten Klirren. Offenbar hatten sie auch dieses Schloss aufgesprengt und dabei gleich noch eine Fensterscheibe zerstört. Jennifer konnte die Männer ins Zimmer laufen hören, sie riefen alle durcheinander, sie verteilten sich, einer überprüfte das Fenster, einer das Bad, einer den Schrank. Der Schrank wäre eigentlich viel besser gewesen, sie hätte mehr Bewegungsfreiheit gehabt.

»Hier ist niemand!«

»Hier auch nicht!«

»Ich kann sie jedenfalls nicht entdecken«, rief der Typ, der am Fenster stand.

»Verdammt«, sagte eine vierte Stimme. »Sie kann sich doch nicht in Luft aufgelöst haben.«

Jemand riss die Bettdecke auf den Boden, stemmte dann die Matratze halb hoch und ließ sie wieder fallen. Jennifer spannte ihren ganzen Körper an und umklammerte fest ihre Waffe.

Ein Gesicht erschien am Fußende des Bettes. Sie streckte die Arme und stieß mit der Vorhangstange zu. Der Mann stieß ein Kreischen aus und hielt sich das Auge. Jennifer rollte sich unter dem Bett hervor und fast im selben Moment trat ihr einer der Männer mit aller Kraft in die Seite. Rasant breitete sich der Schmerz in ihrem Körper aus. Dort, wo er sie getroffen hatte, befanden sich die Nieren und sie wusste, dass dies eine sehr empfindliche Stelle war.

Sie rang nach Atem und bemühte sich, bei Bewusstsein zu bleiben. Jemand packte ihre Arme und zerrte sie grob in den Stand. Sie klammerte sich an die Vorhangstange, verfügte aber nicht über die notwendige Kraft, sie zu heben und zum Einsatz zu bringen. Noch bevor sie ihre Kräfte mobilisieren konnte, spürte sie einen Faustschlag auf ihrem Handrücken und ihre Finger spreizten sich unwillkürlich. Die Stange fiel auf den Teppichboden.

Bevor Jennifer wusste, wie ihr geschah, bekam sie zwei Ohrfeigen und anschließend einen brutalen Stoß gegen die Brust, sodass sie nach hinten auf die Matratze kippte. Aus dem Augenwinkel sah sie, wie der Mann, der sie unter dem Bett entdeckt hatte, sich langsam aufrichtete. Sein Gesicht war schmerzverzerrt, er presste sich eine Hand vor das verletzte Auge und Blut lief über seine Wange. Er stieß ein wütendes Schnauben aus, als er sie ansah.

Als der Asiate Handschellen hervorzog, rollte Jennifer sich auf der gegenüberliegenden Seite vom Bett. Sie schwang die Füße auf den Boden, schnellte hoch, rammte dem Mann neben ihr dabei den Kopf von unten gegen das Kinn und schlug ihm zugleich mit dem Ellenbogen in den Solarplexus. Im Spiegel über der Ankleidekommode konnte sie sehen, wie seine Augen sich verdrehten und er zur Seite sackte. Aus seinen Mundwinkeln sickerte Blut – mit etwas Glück hatte er sich auf die Zunge gebissen!

Sie wirbelte herum. Der mit dem blutigen Auge war schon halb im Badezimmer. Der Asiate befand sich auf der anderen Seite des Bettes. Nur ein Mann stand zwischen ihr und der Tür, die in die Freiheit führte. Sie versuchte, an ihm vorbeizuhechten, doch er ruckte zur Seite und ihre Schulter streifte seine, sie geriet ins Taumeln, lief direkt gegen den Türrahmen, dann sichelte er ihr auch schon von hinten die Beine weg. Sie fiel rücklings gegen ihn, nutzte aber die Bewegungsenergie, wie bei einem Skateboardsturz, und vollführte eine komplette Rückwärtsrolle direkt über sein Gesicht hinweg. Aus der Hocke schoss sie hoch, an ihm vorbei, quer durch den verwüsteten Wohnraum der Suite, sie spürte ihre Schritte kaum, wurde immer schneller, da stand der Schreibtisch im Weg – außen herum oder darüber weg? Sie schob eine Schulter vor und wollte gerade abspringen, um über das Möbelstück zu rollen, da warf sich jemand von hinten auf ihre Beine, packte ihre Füße, hielt sie fest, stoppte ihre Bewegung und sie stürzte abrupt. Dabei schlug sie mit dem Oberarm auf die Kante des Schreibtisches, dieselbe Seite, die sie sich zuvor bei dem Versuch, den Stuhl zu werfen, gezerrt hatte. Jennifer stieß einen Schmerzensschrei aus.

Blindlings trat sie nach ihrem Verfolger und wenn ihr Gefühl sie nicht täuschte, dann hatte sie mit ihrem Fuß sein Kinn erwischt. Schnell wand sie sich aus seinem Griff und kroch unter dem Schreibtisch hindurch. Sie musste sich krampfhaft verbiegen, weil Tür und Tisch sich unglücklich verkantet hatten, doch dann gelang es ihr, sich durch die schmale Öffnung zu winden.

Im Flur blieb Jennifer einen Moment lang reglos liegen. Sollte sie es geschafft haben? Das war kaum vorstellbar. Wo war der Mann abgeblieben, der eben noch ihre Füße festgehalten hatte?

Sie lauschte angestrengt, doch das Rauschen des Blutes in ihren Ohren übertönte jeden Laut. Auf keinen Fall konnte sie hier länger liegen bleiben, aber sollte sie rennen oder kriechen? Langsam reckte sie den Oberkörper weiter nach vorn. Noch ein Stückchen, noch ein winziges Stückchen. Sie robbte immer weiter, langsam, aber nicht zu langsam, sie wollte niemanden auf sich aufmerksam machen, da spürte sie plötzlich kaltes Metall am Hals.

Ihr ganzer Körper verkrampfte sich. Obwohl sie noch nie in einer derartigen Situation gewesen war, wusste sie instinktiv: Jemand drückte ihr einen Pistolenlauf in den Nacken.

»Schluss jetzt«, sagte eine gepresste Stimme. »Ich hab echt die Schnauze voll von dir!«

Jennifer lag reglos da. Sie zitterte nur ein wenig.

»Aufstehen«, befahl die Stimme.

Sie gehorchte.

»Hände hinter den Rücken.«

Sie schielte zur Tür der Suite. Der Druck an ihrem Hals verstärkte sich. Sie schob die Hände hinter den Rücken und konnte spüren, wie die Handschellen einrasteten.

Der Mann packte sie an der Schulter und drehte sie um. Höhnisch grinste er sie an, dann hob er einen Flaschenöffner mit metallenem Griff.

Jennifer war so wütend auf sich, auf ihn, auf alles, dass sie nicht weiter nachdachte. Erneut riss sie das Knie hoch und rammte dem Asiaten zum zweiten Mal innerhalb weniger Minuten das Knie zwischen die Beine.

Sein Lächeln verschwand wie ausgeknipst, er wurde bleich und ging zu Boden.

* * *

Thorge hielt sich im Hintergrund, als Koch an die Zimmertür klopfte. Sie war nur angelehnt. »Hallo?«, rief er.

Keine Antwort. Er klopfte noch einmal, dann drückte er die Tür auf.

Thorge folgte dem Professor mit einem mulmigen Gefühl im Bauch. Fassungslos ließ er seinen Blick durch die Hotelsuite schweifen. Ihm bot sich ein Bild der Verwüstung. Das Schloss der Tür zum Wohnraum der Suite war herausgerissen. Quer im Türrahmen stand ein Schreibtisch. Das Wohnzimmer dahinter sah aus, als hätte ein Kindergeburtstag darin stattgefunden – oder ein Kampf. In der Tür zum Schlafzimmer lag Bettwäsche. Ein Fenster stand sperrangelweit offen.

»Wo ist sie?«, fragte er und es fiel ihm nicht schwer, Entsetzen und Besorgnis in seine Stimme zu legen.

* * *

Jonas hatte den Vormittag im Stadtpark verbracht und auf seinem Handy Musik gehört, um sich zu beruhigen. Der Streit mit Jennifer lag ihm im Magen. Er beschloss, sich später bei seiner Schwester zu entschuldigen, aber erst einmal wollte er nach Hause.

Kaum, dass er die Wohnung betreten hatte, sah er, dass der Anrufbeantworter blinkte. Als er die Taste drückte, um die Nachricht abzuhören, erklang eine etwas heisere Männerstimme. Es war der Arzt, den Jennifer vor ein paar Tagen getroffen hatte, und es schien dringend zu sein. Er betonte, dass er Jennifer unbedingt sprechen wollte.

Unschlüssig stand Jonas im Flur. Wie konnte er ihr am besten mitteilen, dass dieser Hirschberger sich gemeldet hatte? Ihr Handy hatte sie weggeworfen und im Hotel wollte er sie lieber nicht direkt anrufen, falls ihr Privatanschluss mittlerweile auch überwacht wurde.

Er überlegte noch einen Moment, dann klingelte er bei den Nachbarn, die ihm natürlich sofort erlaubten, eine Nummer nachzuschlagen und ihr Telefon zu benutzen. Jonas ließ sich von der Rezeption zu Jennifers Zimmer durchstellen, aber es klingelte nur, bis schließlich irgendwann der Anrufbeantworter ranging.

»Jennifer, ich bin's. Dieser Hirschberger will dich sprechen. Er sagt, es sei dringend. Ruf ihn an. Oder mich. Oder am besten uns beide.«

Er legte auf, empfand aber eine eigenartige Sorge. Dabei wusste er doch, dass Jennifer in Sicherheit war.

12

Jennifer kam wieder zu sich, als jemand sie heftig schüttelte. Sie schlug die Augen auf und wollte schreien, aber sofort presste einer der Männer ihr seine Hand auf den Mund.

Ihr Magen verkrampfte sich, es war ein Gefühl wie in der Achterbahn. Sie waren in Bewegung und langsam nahm sie immer mehr von ihrer Umgebung wahr. Sie befanden sich im hinteren Teil eines Lieferwagens. Die Seitenwände waren aus Metall, nur an der Decke brannte eine matte Leuchte.

Als der Mann sah, dass sie begriff, wo sie war, löste er langsam seine Hand von ihrem Mund und lehnte sich zurück. Schreien wäre sinnlos, das war Jennifer klar. Trotzig presste sie die Lippen aufeinander.

Zwei der Männer in Kampfmontur sowie der Asiate saßen ihr gegenüber. Er trug einen Trainingsanzug. Etliche Kisten und Koffer stapelten sich auf dem Boden. Sie waren mit unterschiedlichen Aufklebern markiert, die jedoch alle ähnlich gestaltet waren und weiß-rot-blaue Symbole zeigten.

»Sieh mich an!«, zischte der Asiate.

Jennifers Kopf zuckte hoch. Sie sah ihm in die Augen. Darin standen Zorn, Hass, Wut, Arroganz, aber ganz deutlich konnte sie auch die Angst ausmachen, die Unsicherheit, die ihn zu immer schlimmerem Handeln trieb.

»Was wollen Sie von mir?«, fragte sie.

»Verarsch mich nicht! Du weißt ja gar nicht, mit wem du es zu tun hast!«

Jennifer nickte. »Das stimmt. Genau das ist ja meine Frage: Wer sind Sie und was wollen Sie von mir?«

Der Mann stieß ein leises Zischen aus, wie ein Dampfkochtopf. Dann fragte er durch zusammengebissene Zähne: »Wer weiß noch davon? Für wen arbeitest du?«

Jennifer kam sich vor wie in einem schlechten Krimi. Nur dass es sich in ihrem Fall dummerweise um Reality-TV handelte.

»Ich studiere Biomathematik. Und jobbe in den Semesterferien bei RISK. Wir untersuchen Risikofaktoren. Das Ziel ist, international ein besseres Risikomanagement zu ermöglichen. Es gibt insgesamt sieben Einrichtungen, auf jedem Kontinent eine, und wir arbeiten zusammen mit den Vereinten Nationen und der Weltgesundheitsorganisation.« Sie holte Luft. »Aber ehrlich, das steht alles auch auf der Webseite der Uni und ich bin sowieso nur ein kleines Licht. Also, was wollen Sie von mir?«

Der Asiate beugte sich vor, schien einen Moment zu zögern, hob dann aber doch die Hand und verpasste ihr eine Ohrfeige. Jennifer unterdrückte mit aller Macht einen Schmerzensschrei.

»Mir reicht es jetzt!«, hörte sie seine Stimme, während sie die Tränen wegblinzelte, die ihr in die Augen gestiegen waren. »Du weißt genau, was ich meine. Wie bist du auf MedVida gekommen? Was hast du mit Hirschberger besprochen? Steckt er hinter der Sache?«

Jennifer kochte jetzt ebenfalls vor Wut. Wenn sie ihm wirklich etwas hätte verbergen wollen, wäre diese Einschüchterungstechnik ja vielleicht nützlich gewesen. Aber weil sie tatsächlich keine Ahnung hatte, was er von ihr wollte, brachte es rein gar nichts. »Wissen Sie, was *ich* mich frage? Wo eigentlich der Mann steckt, dem ich auf dem Bahnhof die Spritze gegeben habe. Sie sind doch garantiert kein Arzt. Oder das SEK.« Sie warf einen Blick auf die Kampfanzüge der beiden Männer. »Das stinkt doch zum Himmel!«

»In welchem Zusammenhang beschäftigt sich RISK mit GlobalENJ?«, fragte er, offensichtlich völlig unbeeindruckt von Jennifers Wutausbruch.

»Haben Sie ihn verschwinden lassen?«

»Warum hast du versucht, unsere Forschungsdatenbank zu hacken?«

»Womit wollen Sie mir eigentlich drohen? Entführt haben Sie mich ja schon!«

»Welche Maßnahmen plant RISK in dieser Sache?«

»Warum bringen Sie mich nicht gleich um, dann haben wir es hinter uns!«

»Wenn du redest, kann es immer noch gut für dich ausgehen.«

»Ich habe aber nichts zu sagen!«, fauchte Jennifer.

Der Asiate sank ein wenig in sich zusammen und seufzte. Schließlich versuchte er es auf eine andere Art. »Du bist doch ehrgeizig, das ist deutlich zu sehen. Wir können dir helfen, wir können dich unterstützen. Ehrlich gesagt, vielleicht wärst du sogar eine ausgezeichnete Ergänzung unseres Mitarbeiterstabes. Das ist nicht meine Entscheidung, aber ich lege gern ein gutes Wort für dich ein.«

Jennifer starrte ihn ungläubig an.

Er fuhr fort: »Aber du musst uns die Wahrheit sagen. Sonst kann ich nichts für dich tun.« Dann zeigte sich der Ansatz eines brutalen Lächelns in seinem Gesicht und er setzte hinzu: »Und glaub mir, es gibt weit Schlimmeres als den Tod.«

Jennifer überlegte. Wie konnte sie sich diese taktische Wendung zunutze machen?

Sie bemühte sich um ein Lächeln und sagte: »Na ja, man kann über alles reden. Aber wissen Sie was, diese Handschellen sind echt sagenhaft unbequem. Können Sie mir die nicht abnehmen? Ich meine, Sie sind zu dritt, wir befinden uns in einem fahrenden Auto und ich bin eine Frau. Macht Ihnen das wirklich solche Angst?«

Mit dem letzten Satz hatte sie ihn. Sie konnte sehen, dass ihre Worte seinen Stolz herausforderten. Er streckte seinem Nebenmann die Hand hin. Der zog einen kleinen Schlüssel aus der Tasche.

Jennifer verdrehte den Oberkörper und streckte die Arme seitlich aus. Ihre linke Schulter schmerzte noch immer. Ihr Gegenüber beugte sich vor, packte ihre Hände, löste die Handschellen. Sie seufzte erleichtert, lehnte sich zurück, legte die Hände auf ihre Oberschenkel und rieb nacheinander beide Handgelenke, dann massierte sie ihre Schultern. Sie bemühte sich um eine möglichst demütige Körperhaltung, um keinerlei Verdacht aufkommen zu lassen.

Ihr Blick huschte zu der Doppeltür am hinteren Wagenende. Dort gab es einen großen Griff. Die Frage war, ob sie die Tür abgeschlossen hatten oder ob sie sich möglicherweise während des Fahrens automatisch verriegelte. Als sie noch einen schnellen Blick zur Decke warf, sah sie, dass es dort einen Notausstieg gab, wie in einem Bus. Zwei Bügel ragten nach unten, die man hochdrücken musste, um die viereckige Öffnung aufzumachen.

»Was genau wollen Sie wissen?«, fragte Jennifer den Asiaten.

»Na also. Geht doch«, sagte der. Er rieb sich das Kinn. »Fangen wir am Anfang an. In welchem Verhältnis stehen Sie zu Gehrmann? Wie haben Sie von der Studie erfahren? Wusste Hirschberger davon?«

»Wer ist Gehrmann? Der Typ, der auf dem Bahnsteig umgekippt ist? Mit dem habe ich überhaupt nichts zu tun. Und wieso fragen

Sie immer wieder nach Hirschberger?« Sie überlegte, ob sie lügen sollte, einfach so tun, als hätte sie den Namen noch nie gehört. Aber er schien viel zu viel über sie zu wissen. »Ich kenne ihn, aber woher kennen *Sie* ihn?«

Die Gesichtszüge des Asiaten verspannten sich wieder. »Ich dachte, du wärst an meinem Angebot interessiert.«

»Bin ich auch. Aber ich fürchte, ich weiß weit weniger, als Sie glauben. Und vor allem weiß ich nicht, worum es geht. Klar ist bisher nur, dass Sie sich Zugriff auf meine Suchanfragen im Internet verschafft haben und dass Sie glauben, ich hätte bei RISK irgendetwas herausgefunden, was für Sie oder Ihren Arbeitgeber bedrohlich ist. Aber wissen Sie was? Das kann schon sein. Ich hab's bloß nicht gemerkt.«

Sie schaute ihn mit Kulleraugen an. Sie war ihm so nah, dass sie seinen Schweiß riechen konnte. Schlagartig fühlte sie sich erschöpft und Mutlosigkeit machte sich in ihr breit. Erneut schien sich ein leichtes Zittern in ihren Armen auszubreiten, vor allem auf der linken Seite. Doch jetzt aufzugeben, einfach schlappzumachen, kam überhaupt nicht infrage!

Jennifer nahm all ihre Kraft zusammen und hoffte, dass ihre Angst und Wut und all das Adrenalin in ihrem Körper sie retten würden.

Stumm zählte sie bis drei, dann schoss sie in den Stand, riss das Knie hoch und brach ihrem Gegenüber die Nase. »Aber ich krieg's raus, verlassen Sie sich drauf!«, rief Jennifer, packte mit beiden Händen die Bügel der Notausstiegsluke und zog sich daran hoch.

Sie streckte die Beine nach beiden Seiten und vollführte eine halbe Drehung mit dem Oberkörper, wie für einen Grab. Die zwei Männer rechts und links von ihrem direkten Gegenüber hatten sich instinktiv nach vorn und in ihre Richtung gebeugt, sodass sie mit eigenem Schwung auf Jennifers Fußspitzen trafen. Den einen erwischte sie an der Schläfe und er verlor augenblicklich das Bewusstsein. Den anderen traf sie bloß an der Wange. Schnell setzte sie die Füße auf die Schultern der beiden Männer und stemmte sich mit aller Kraft nach oben. Doch die Luke ließ sich nicht öffnen.

Augenblicklich korrigierte sie ihr Vorgehen. Henning hatte ihr damals schon immer gepredigt: »Wenn du merkst, dass du ein Manöver nicht erfolgreich zu Ende führen kannst, dann geht es nur noch darum, mit heiler Haut rauszukommen und nicht auf die Fresse zu fliegen.«

Jennifer nutzte die verbliebene Bewegungsenergie, um sich in die frontale Richtung des Lieferwagens zu katapultieren. Dort prallte sie zwischen allerhand Kisten auf den Boden und packte mit beiden Händen das Skateboard, das ihre Entführer zusammen mit dem Laptop und ihren Klamotten mitgenommen hatten. Sie umfasste das Brett an den äußeren Kanten und zog die Beine an wie eine Sprungfeder.

Der bislang unverletzt gebliebene Mann hatte sich an seinen Kameraden vorbei auf sie stürzen wollen, doch Jennifer holte aus und schleuderte die Kante des Boards präzise gegen seinen Kehlkopf. Er gab ein Krächzen von sich und reflexartig fuhr eine seiner Hände hoch zum Hals. Mühsam rang er nach Atem.

Jennifer schob sich an ihm vorbei in Richtung der hinteren Tür des Lieferwagens. Wenn die auch nicht aufging, war sie erledigt. Das Skateboard unter den einen Arm gepresst, drückte sie mit der anderen Hand die Klinke und augenblicklich schwang die Türe auf. Zu ihrem großen Glück bremste der Wagen gerade ein wenig ab und legte sich in eine Kurve.

Sie befanden sich offenbar auf einer Landstraße, rechts und links erstreckten sich Getreidefelder. Jennifer bemerkte den panischen Blick des Fahrers im Auto direkt hinter ihnen. Sie löste den Riegel der zweiten Tür, die sich zum Straßenrand hin öffnete, packte eine Mittelverstrebung und stieß sich ab.

Die Tür schwang auf und Jennifer ließ los, kurz bevor die Tür den Anschlag erreichte. Sie krümmte sich zu einem Ball zusammen und hoffte, dass sie mit der Schulter voran landen würde und sich abrollen konnte.

Der Wagen hinter ihnen hupte laut.

Wie schnell mochten sie gefahren sein? Es war eine enge Kurve, vielleicht dreißig oder vierzig? Auf jeden Fall zu schnell, um gefahrlos abzuspringen.

Jennifer kam es vor, als wirbelte sie endlos durch die Luft – oder vielleicht war sie ja auch schon aufgeprallt und gestorben –, da presste ein ungeheurer Schlag ihr die Luft aus den Lungen. Sie hatte sich ein wenig zu weit gedreht und schlug mit dem Rücken voran auf den Boden, ihr Körper streckte sich unwillkürlich und rutschte über das Gras am Feldrand.

Es gelang ihr, sich ein wenig zu krümmen, sie zog Oberkörper und Beine an, versuchte, sich um die eigene Achse zu drehen, dann rollte sie einmal, zweimal, dreimal, jedes Mal etwas langsamer, bis sie schließlich mit dem Gesicht im Dreck liegen blieb.

Sie wusste, sie musste aufstehen und sich aus dem Staub machen, sonst würden die Typen sie finden. Aber sie war so schwach, so müde. Ihr Blickfeld verschwamm, aber sie konnte sehen, wie ihre Finger, die flach ausgestreckt vor ihr lagen, zitterten. Zitterten, als ob sie gar nicht zu ihrem Körper gehörten, sie konnten gar nicht mehr aufhören. Angst schien sich in ihrem Körper auszubreiten wie flüssiges giftiges Quecksilber.

* * *

Young-Sun presste eine Hand gegen seine Nase, mit der anderen hämmerte er gegen die Trennwand zur Fahrerkabine. Er und seine Kollegen mussten ins Krankenhaus – aber vorher würden sie noch diese kleine Ratte einfangen!

Der Wagen bremste abrupt, die hinteren Türen schlugen wieder zu, aber sie waren noch nicht zum Stehen gekommen, als eine weitere Erschütterung Young-Sun von den Beinen riss.

Na großartig. Ein Unfall hatte ihm gerade noch gefehlt.

Young-Sun rappelte sich auf und kroch über die anderen beiden hinweg zum hinteren Ende des Lieferwagens. Er versuchte, die Türen aufzudrücken, aber es ging nur ein Stück weit. Die Schnauze eines grellroten Pkws klemmte eingedellt unter den Türflügeln. Der Fahrer saß hinter dem Steuer und starrte ihn über den Airbag hinweg wütend an.

Young-Sun quetschte sich zur Tür hinaus, setzte die Füße auf die Motorhaube des anderen Wagens und sprang dann auf die Straße. Der Fahrer riss die Tür auf.

»Ja, spinnt ihr denn total? Erst springt ein Mädchen aus eurem Wagen und dann macht ihr eine Vollbremsung?« Er deutete auf seine Motorhaube. »Die war grade frisch lackiert!«

Young-Sun versuchte, sich an dem Mann vorbeizuschieben. Er musste Jennifer Meyer finden. Doch der andere legte ihm eine Pranke auf die Brust.

»Hey, Moment mal. Einfach abhauen is' nicht. Außerdem hast du die Nase gebrochen. Wir rufen jetzt schön die Polizei, alle zeigen ihre Führerscheine und den Rest erledigt die Versicherung.«

Young-Sun hatte keine Zeit für so was. Und auf die Bullen konnte er erst recht verzichten. Er schob die Hand des Mannes von seiner Brust und versuchte erneut, an ihm vorbeizugehen. Da breitete sich ein perverser Schmerz in seinem Schädel aus. Der Autofahrer hatte ihm blitzartig gegen die bereits gebrochene Nase geboxt.

Young-Sun sackte in sich zusammen.

»So nicht, Schlitzauge«, sagte der Mann, packte ihn am Kragen und zerrte ihn in Richtung seines Wagens.

Young-Sun hatte Mühe, bei Bewusstsein zu bleiben.

»Keine Bullen«, flüsterte er schließlich.

Der Mann zog die Augenbrauen hoch. »Dealer?«, fragte er.

Young-Sun stieß die Luft aus. »Puh. Ja«, sagte er.

Der andere musterte den Schaden an seinem Wagen. »Zweitausend«, sagte er dann. »Bar auf die Kralle.« Er streckte die Hand aus.

Konnte dieser Tag eigentlich noch schlimmer werden?

»Ich muss das Mädchen finden«, nuschelte Young-Sun und wollte sich abwenden, aber da packte der andere ihn erneut am Kragen. »Nichts da, Freundchen. Erst die Kohle. Oder die Bullen. Mir doch scheißegal, was die in eurer Karre finden.«

Young-Sun hatte jetzt genug. Er tastete nach seinem Gürtel, löste den Druckknopf des Holsters und zog den Taser hervor. Er richtete ihn auf sein Gegenüber, drückte den Auslöseknopf und schoss dem Mann eine Reihe feiner Nadeln ins Bein. Sie waren durch dünne Drähte mit dem Elektroschockgerät verbunden. Er hielt den Knopf gedrückt und verabreichte seinem Gegner fünfzehn Sekunden lang 50.000 Volt. Die maximal mögliche Dosis.

Der andere schien zu erstarren, ein krampfartiges Zittern befiel seinen gesamten Körper, dann stürzte er auf die Knie und fiel vornüber, wobei er mit der Stirn gegen den Kotflügel schlug.

Young-Sun warf den Taser auf den Boden und erhob sich.

Höchste Zeit, das Mädchen zu finden.

* * *

Jennifer spuckte Staub, Erde, Dreck, Kieselsteinchen. Sie fuhr sich mit der Zunge über die Zähne. Wie durch ein Wunder schien keiner abgebrochen zu sein. Das war immer die größte Angst ihres Vaters beim Skateboarden gewesen. »Du hast so ein schönes Lächeln, es wäre einfach eine Schande, wenn du dir die Zähne ruinierst.«

Sie hob vorsichtig den Kopf, zog dann ihre Handflächen unter die Schultern und stemmte sich in den Vierfüßlerstand. Ihr Hals schmerzte, aber sie schaute sich schnell um. Niemand zu sehen.

Direkt vor ihr lag ein Feld. Instinktiv krabbelte sie darauf zu. Das Skateboard hatte sie offenbar bei ihrem Absprung verloren, es lag wenige Meter entfernt auf der Erde. Jennifers ganzer Körper brannte, schmerzte, zitterte. Für den Bruchteil einer Sekunde sah sie die klebrigen Gummimännchen vor sich, denen sie als Kind immer so gern die Glieder langgezogen hatte, um sie danach an die Wand zu schmeißen, wo sie hängen blieben. Genau so fühlte sie sich – als hätte jemand sie achtlos gegen eine Mauer geknallt und dann im Dreck liegen lassen.

Aber sie wusste, dass die Männer sie nicht einfach vergessen würden. Sie musste hier weg. Musste sich verstecken. So schnell wie möglich.

Jennifer packte mit einer Hand das Board, stützte sich darauf und rollte und kroch auf allen vieren die schmale Rinne zwischen zwei Reihen Getreide entlang. Anfangs war der Boden fest genug, doch dann konnte sie sich nicht mehr auf das Skateboard stützen, weil die Rollen den trockenen Ackerboden aufbrachen und sich verkeilten. Widerwillig hielt sie einen Moment inne und zerrte dann das Board neben sich her.

Nach vielleicht zehn oder fünfzehn Metern wechselte sie die Richtung. Erst krabbelte sie nach rechts, dann weiter geradeaus, immer von der Straße weg, wieder nach rechts, geradeaus, rechts … Im Zickzack versuchte sie, sich von ihren Verfolgern zu entfernen.

Aber die waren zu fünft und sie ganz allein. Vielleicht sollte sie sich einfach in eine Mulde ducken und hoffen, dass sie sie übersahen? Nein, abwarten und den anderen das Feld zu überlassen, war immer riskanter, als zu versuchen, die Situation in der Hand zu behalten.

Sie kroch weiter, immer weiter, sie konnte bereits spüren, dass ihre Knie zu bluten begannen, ihre Handflächen waren aufgeschürft. Aus Angst, ihre Position zu verraten, wagte sie es nicht, den Kopf zu heben, um zu überprüfen, wie nah die Männer ihr bereits gekommen waren.

Als sie einmal kurz verschnaufen musste, hob sie instinktiv die Hand an den Hals, um den Schutzengel zu berühren, den Clemens ihr zum letzten Geburtstag geschenkt hatte, den sie gemeinsam gefeiert hatten. Er war weg. Sie tastete an ihrem Hals entlang und bemerkte ein scharfes Brennen an der rechten Seite – offenbar war die Kette bei ihrer Flucht gerissen.

Tränen traten ihr in die Augen. Sie fühlte sich allein wie nie. Aber aufzugeben kam jetzt erst recht nicht infrage. Was würde Clemens denken? Sie war überzeugt, dass er von oben auf sie herabsah, er saß jetzt sicher auf seiner Wolke und feuerte sie an. Jennifers Mund umspielte ein schiefes Grinsen und entschlossen zog sie die Nase hoch und kroch weiter. Rechts, geradeaus, rechts.

Nach einiger Zeit bemerkte sie, dass die Dichte der Halme abnahm und die Luft einen anderen Duft mit sich trug, harzig und feucht. Jennifer reckte den Kopf und versuchte, durch die Getreidehalme zu spähen. Als sie schräg aufwärts schaute, bemerkte sie plötzlich die hoch aufragenden Tannen. Sie war am Rande eines Waldgebiets angelangt. Die dicht stehenden Bäume würden sie verschlucken, in ihrem Schoß könnte sie geborgen ausruhen und ihre Kräfte sammeln.

Angestrengt lauschte sie. Das letzte Stück zum Wald müsste sie ohne Deckung laufen. Wenn die Männer sie ausgerechnet dann bemerkten, war sie geliefert. Aber es war nichts zu hören. Entweder lauerten sie ihr lautlos auf oder waren weit genug entfernt. Sie musste es riskieren.

Jennifer kroch noch ein wenig weiter, dann sprang sie auf und rannte, das Skateboard unter den Arm geklemmt, so tief geduckt, wie es ihr möglich war, auf die Dunkelheit des Waldes zu. Ihr Rücken verspannte sich, doch die Kugel, die sie fürchtete, kam nicht. Niemand rief ihren Namen.

Nur ein paar Vögel flogen auf, als sie zwischen die Bäume stürzte. Eine feuchte Kühle stieg aus dem Moos auf und Dornenranken schienen nach ihr zu greifen.

Ihre Lungen brannten, sie rannte mit letzter Kraft immer tiefer hinein in das Unterholz, bis sie sich schließlich an einen Baumstamm klammerte und daran zu Boden sinken ließ. Sie robbte noch ein Stück weiter, krümmte sich hinter einem Busch zusammen und weinte.

* * *

Die Tiere des Waldes kamen langsam zur Ruhe. Das leise Wimmern hinter einem Dornenbusch beunruhigte sie kaum. Ebenso wenig wie die fünf Männer, die hektisch das Getreidefeld durchkämmten, das den Wald von der Straße trennte. Sie fluchten und fanden offenbar nicht, was sie suchten. Schließlich gaben sie auf und kehrten zu ihrem Wagen zurück.

Am Straßenrand beugte sich einer von ihnen herunter und hob einen kleinen silbern glänzenden Gegenstand auf. Er betrachtete ihn kurz, dann lachte er höhnisch und warf ihn im hohen Bogen weg.

Die Männer stiegen in ihren Wagen und fuhren davon. Sie ließen einen roten Pkw mit zerquetschter Front und dessen immer noch bewusstlosen Fahrer zurück.

13

Eine feuchte Nase stupste Jennifer an. Zuerst dachte sie, es wäre Flokati, ihre Afghanenhündin. Sie schob die Nase, die sie am Hals kitzelte, beiseite und schlug die Augen auf.

Flokati war tot. Sie hatte nur wenige Monate nach Clemens für immer ihre Augen geschlossen. Jennifer vermisste ihren treuen Blick so sehr. Wie aus dem Nichts hatte sie einen dicken Kloß im Hals und bekam kaum Luft.

Ein Rehkitz hatte seine samtige Schnauze vorgestreckt und schaute sie aus großen Kulleraugen neugierig an.

Jennifer lächelte.

Die Dämmerung hatte begonnen, sie musste eine ganze Zeit hier gelegen haben. Sie streckte vorsichtig ihre rechte Hand aus, die Handfläche nach oben gedreht, und ließ das kleine Reh daran schnuppern. »Wo ist denn deine Mama?«, fragte Jennifer leise. »Kümmert die sich denn nicht um dich?«

Bei diesem Satz bildete sich ein eisiger Klumpen in ihrem Inneren. Sie atmete tief durch und versuchte, nicht an ihre eigene Mutter zu denken – und wie sehr sie es vermisste, bemuttert zu werden. Diese Rolle hatte in ihrer Familie immer Clemens übernommen. Und nun war sie unbesetzt. Ihre Mutter liebte sie und

Jonas und wollte ganz sicher das Beste für sie, konnte das aber nicht gut zeigen. Clemens hatte die klassische Mutterrolle übernommen, Stephanie hatte Karriere gemacht und finanziell für die Familie gesorgt.

Das Kitz schnupperte interessiert an Jennifers Handfläche. »Hey, das kitzelt«, lachte sie. Dann knackste es auf einmal in dem kleinen Wäldchen und das kleine Reh zuckte zusammen und hopste ängstlich davon. Nach zwei, drei Sprüngen war es nicht mehr zu sehen.

Jennifer sah ihm traurig hinterher. Nun war sie wieder alleine. Alleine und besorgt. Suchten sie noch immer nach ihr? Durchkämmten die Männer das Gebiet systematisch? Dann war es nur eine Frage der Zeit, bis sie ihnen ins Netz ging.

Sie lauschte, aber jetzt war nichts mehr zu hören. Nicht einmal das Rascheln der Blätter. Wenn es im Wald zu still wurde, war das ziemlich unheimlich.

Jennifer setzte sich auf und wischte sich mit dem Ärmel über die Wange. Dreck und Rotz blieben daran kleben. Sie musste grauenhaft aussehen. Als sie versuchte, ihren linken Arm zu bewegen, durchfuhr ein stechender Schmerz ihren Körper, der ihr den Atem nahm. Sie zog den Kragen ihres T-Shirts herunter und verdrehte den Kopf. Die Schulter war dunkel verfärbt und schien geschwollen zu sein. Als sie die Hand darauf legte, meinte sie, ein unangenehmes Pochen zu fühlen.

Jennifer blies langsam den Atem aus, dann stützte sie sich an einem Baumstamm ab und stand auf. Wenige Meter neben ihr lag das Skateboard. Es war staubig und dreckig, aber die Rollen waren noch intakt.

Urplötzlich überkam sie das Gefühl eines entsetzlichen Verlustes und ihre Hand flog hoch an ihren Hals. Die Kette war gerissen, der Schutzengel verloren. Sie schaute zum Himmel und dachte an ihren Vater. Ab jetzt würde sie ihr eigener Schutzengel sein müssen.

Sie griff das Skateboard an der Hinterachse und lief langsam zwischen den Bäumen hindurch in Richtung Feld. Am liebsten wäre sie in die andere Richtung gegangen, weg von der Straße, aber sie wusste nicht, wo sie war und wohin sie ging. Sie brauchte Hilfe, Wasser, Essen, Kleidung. Es würde nichts nützen, tagelang durch die Natur zu irren.

Sie musste sich in Sicherheit bringen und dann herausfinden, was dieser Irre von ihr wollte. GlobalENJ. MedVida. Der Bewusstlose auf dem Bahnsteig, Gehrmann. Ihre Arbeit bei RISK. Es musste einen Zusammenhang geben. Sie war auf etwas gestoßen, ohne es zu bemerken.

Jennifer erreichte den Rand des Wäldchens und hielt inne. Sie wartete, lauschte, beobachtete. Auf der Landstraße brausten ein paar Autos vorbei. Die meisten hatten bereits Licht an.

Sie sah sich noch einmal um, aber das Rehkitz blieb verschwunden. Schade, sie hätte gern noch einmal in seine Augen geschaut. Schließlich wagte sie sich aus der Deckung und durchquerte das Getreidefeld. Bevor sie die Straße erreichte, blieb sie erneut stehen, um sich zu orientieren. Sie waren von links gekommen, dort lag also Wuppertal.

Schlagartig schoss ihr eine Frage durch den Kopf: Woher hatten die Männer überhaupt gewusst, wo sie sich aufhielt?

Jonas und Koch, sonst hatte niemand gewusst, wo sie steckte. Jonas konnte es nicht gewesen sein. Er war ihr Bruder. Und außerdem … Oh Gott, so weit hatten die sie schon gebracht, dass sie nach *Argumenten* suchte, warum ihr Bruder sie nicht verraten würde.

Aber wenn Koch dahintersteckte, warum ging er dann so kompliziert vor? Schließlich verfügte er über alle Infos, alle Unterlagen, alle Zusammenhänge. Und wenn es wirklich darum ging, dass sie aus Versehen etwas mitbekommen hatte, was nicht für ihre Augen bestimmt gewesen war, hätte er sie mühelos in eine andere Richtung lenken können. Oder einfach feuern.

Jennifer ließ ihren Blick die Straße entlangschweifen. Im Moment konnte sie nicht klären, wer sie an wen verraten hatte. Was also sollte sie als Nächstes tun?

Nach Hause zurück konnte sie nicht. Das Hotel fiel ebenfalls aus. Jonas, Koch, RISK, ihre Mutter, Sara … alles zu gefährlich.

Wo sollte sie hin?

Scheinwerfer brausten durch die Dunkelheit auf sie zu, an ihr vorbei.

Sie war allein und konnte momentan niemand trauen außer sich selbst.

* * *

Young-Sun trug ein breites Pflaster auf der Nase. Zuerst hatte er eine örtliche Betäubung abgelehnt, aber nach dem ersten Aufschrei hatte der behandelnde Arzt ihn missmutig angeschaut und erklärt, sein Verhalten sei kindisch und so könne er die Nase nicht vernünftig richten.

Jetzt ließ die Wirkung der Spritze langsam nach und ein violetter Schimmer breitete sich unter der Haut über seinen Wangen aus. Young-Sun betrachtete sich im Spiegel.

Er hatte keine Worte dafür, wie wütend er war.

Er würde diese kleine Schlampe zu fassen bekommen, er würde sie wiederfinden und dann würde sie ihm alles verraten, was sie wusste und wie sie es herausgefunden hatte. Und dann würde er ihr zeigen, wie man mit widerspenstigen Mädchen dort umging, wo *er* herkam.

Zwei seiner Männer lagen im Krankenhaus. Die beiden anderen hatte er nach Hause geschickt. Er würde sie verständigen, sobald es Neuigkeiten gab.

Meyers Habseligkeiten aus dem Hotelzimmer hatten nichts ergeben. Der offenbar vom Hotel zur Verfügung gestellte Laptop leerte alle vierundzwanzig Stunden automatisch den Zwischenspeicher. Das war bei einem 4-Sterne-Haus nicht anders zu erwarten, immerhin erledigten die Gäste Business-Transaktionen auf den Geräten, Banktransfers oder sie schauten sich Pornos an – es wäre geschäftsschädigend, wenn Spuren zurückblieben.

Der USB-Stick war ergiebiger gewesen. Meyer hatte zwar die darauf abgespeicherten Dateien gelöscht, aber nicht überschrieben. Es war Young-Suns Computerspezialisten daher mühelos möglich gewesen, gut die Hälfte der Daten vollständig und einen weiteren Teil partiell wiederherzustellen.

Das Ergebnis war leider äußerst unerfreulich gewesen. Meyer hatte tatsächlich Daten und Fakten über die Aktivitäten von GlobalENJ, MedVida und etlichen anderen Tochterfirmen. In allen Fällen handelte es sich um öffentlich zugängliche Daten – und allein dafür würden Köpfe rollen, Young-Sun hatte die Angaben bereits an seine Vorgesetzten weitergeleitet. Entscheidend aber war in diesem Fall der Kontext: Risiko, Gefahr. RISK analysierte Gefahren für die Menschen und die Menschheit. Zwar deuteten nur sieben von insgesamt weit über neunhundert Dokumenten auf die Firmen hin. Aber ein begründeter Anfangsverdacht war alles, was nötig war, um neugierige Journalisten, übereifrige Umweltschützer und rastlose Moralapostel auf ihre Fährte zu locken.

Sie taten zweifellos nichts, was gegen geltende Gesetze verstieß, bewegten sich aber an vielen Stellen in einer gewissen Grauzone. Je größer der Handlungsspielraum, desto größer der Gewinn, so einfach war das in der Wirtschaft. Und warum auch nicht, wenn niemand zu Schaden kam. Oder der Nutzen wenigstens eindeutig den Schaden überwog.

Young-Suns Mission war heikel. Seine Aufgabe bestand darin, möglichen Unbill jeder Art, einschließlich Imageproblemen, von seinen Auftraggebern unter Einsatz aller zu rechtfertigenden Mittel möglichst bereits im Vorfeld abzuwenden.

Meyers Dokumentensammlung sowie ihre Suchworte legten nahe, dass sie ihnen größten Ärger bereiten konnte. Sie war an der Sache mit Gehrmann dran und die war, zugegeben, eindeutig im dunkelgrauen Bereich. Und sie hatte etliche Aktivitäten von Tochterfirmen GlobalENJs als höchst gefährlich identifiziert: die Rodungen, die Stromlieferungen, die generischen Arzneimittel, die Chemiewerke.

Auf welcher Spur war sie? Und was hatte sie mit den Infos vor?

* * *

Jennifer hoffte, dass der Wagen nicht einem Serienmörder gehörte. Aber sie konnte nicht mehr.

Ihre Entführer hatten aus Wuppertal herausgewollt. Daher hatte sie sich entschieden, der Straße in die Richtung zu folgen, aus der sie gekommen waren. Sie hoffte, dass sie an ihr ursprüngliches Ziel weitergefahren waren.

Eine Weile war sie mit dem Skateboard gefahren, aber auf die Dauer war das zu anstrengend. Und jedes Mal, wenn ein Auto kam, musste sie stoppen und zur Seite treten, weil sie im Dunkeln schlecht zu sehen war. Nach einem oder zwei Kilometern, die sich anfühlten, als hätte sie schon längst mindestens die holländische Grenze erreichen müssen, gab sie auf.

Sie stellte sich in eine Kurve und hob ihren Daumen. Die ersten beiden Wagen fuhren vorbei. Der nächste verlangsamte, beschleunigte dann aber doch im letzten Augenblick wieder. Jennifer konnte nur vermuten, dass es damit zusammenhing, wie sie aussah – dreckig, verschrammt, besorgniserregend.

Drei, vier, fünf Autos. Dann bremste wieder ein Fahrer, kam zum Stehen, öffnete die Beifahrertür. Das Licht im Wagen ging an und Jennifer konnte erkennen, dass ein Mann hinter dem Steuer saß. Sie nahm all ihren Mut zusammen und ließ sich auf den Beifahrersitz fallen, das Skateboard zwischen den Beinen und mit beiden Händen fest umklammert. Sie ließ es nur kurz los, um die Tür zuzuziehen. »Danke«, sagte sie.

»Kein Thema. Ich bin selber viel getrampt. Wo willst du hin?«

Sie hatte kein Handy, keinen Ausweis, keine Kreditkarte, noch nicht mal Wechselklamotten. »Wuppertal. Hauptbahnhof«, sagte sie, ohne weiter nachzudenken. Und in diesem Moment wurde ihr klar, wo sie wirklich hinwollte. Wo sie in Sicherheit wäre.

Jennifer hatte Glück. Der Mann im Auto plauderte ein wenig mit ihr, dann ließ er sie am Hauptbahnhof aussteigen. Eigenartigerweise hatte sie während der Fahrt mehr Angst empfunden als bisher an diesem Tag. Wie komisch Gefühle doch waren.

Entschlossen betrat sie den Bahnhof. Um diese Zeit war nicht mehr viel los. Sie hatte das Gefühl, dass alle sie anstarrten, obwohl sich in Wahrheit niemand für sie interessierte. Die wenigen Passagiere hasteten mit gesenktem Blick an ihr vorbei.

Als Jennifer den Fahrplan studierte, knurrte ihr Magen. Kein Wunder, sie hatte seit dem Frühstück nichts mehr gegessen. Sie drehte der Infotafel den Rücken zu und sah sich um. Die kleine Fressmeile fiel aus, da musste man immer im Voraus bezahlen. Als ihr Blick auf einen Buch- und Zeitschriftenladen fiel, legte sie das Skateboard auf dem Boden ab, durchquerte zügig die Bahnhofshalle und betrat das Geschäft. Im Vorbeigehen griff sie sich die Einkaufstasche einer Frau, die gerade ein Magazin durchblätterte. Ohne anzuhalten, umrundete sie einen Büchertisch, näherte sich dem Kassenbereich, blieb stehen. Sie angelte zwei Schokoriegel aus den Pappschachteln, nahm eine Flasche Orangenlimonade aus der Kühlung, schlug sich dann vor die Stirn, als hätte sie etwas Wichtiges vergessen, und ging in den hinteren Bereich des Ladens. Mit klopfendem Herzen ließ sie ihre Beute hinter einer Säule in die Einkaufstasche gleiten. Dann drehte sie sich um und verließ auf kürzestem Weg das Geschäft.

Die ganze Zeit wartete sie darauf, dass jemand ihr in den Weg trat. Oder eine Hand sie von hinten an der Schulter packte. Sie hatte auch eine Ausrede parat: Das sind meine Sachen, die habe ich woanders gekauft und mit in den Laden gebracht, beweisen Sie mir doch das Gegenteil!

Doch nichts geschah. Als sie bereits ein paar Meter außerhalb des Geschäfts war, schaute sie sich schließlich vorsichtig um. An der Kasse lehnte ein einzelner gelangweilter Junge, er kaute Kaugummi und schaute ihr grinsend hinterher. Als er bemerkte, dass sie ihn ansah, hob er lachend beide Daumen.

Jennifer wusste nicht recht, was sie davon halten sollte, und lächelte unsicher zurück. Dann wandte sie sich ab und ging schnellstmöglich davon.

Ihr Blick fiel auf die große Bahnhofsuhr. Wenn sie den Zug noch rechtzeitig kriegen wollte, musste sie sich beeilen. Sie rannte auf den Bahnsteig und sprang im letzten Moment an dem verdutzten Schaffner vorbei in den ICE.

Jennifer steuerte zielstrebig die Toilette an und schloss sich darin ein. Heißhungrig aß sie erst mal die Schokoriegel, trank die Limonade leer, anschließend wusch sie Hände und Gesicht. Dann ließ sie sich auf den geschlossenen Klodeckel fallen. In der Einkaufstasche steckten noch ein paar Drogerieartikel, eine Apothekenzeitschrift und eine Bäckereitüte mit einem Käsebrötchen. Das aß sie auch noch. Und jetzt? Sollte sie einfach zwei Stunden hier sitzen bleiben?

In diesem Moment klopfte es an der Tür. »Fahrkarten bitte!«, rief eine strenge Stimme.

»Ich komme gleich!«, rief sie zurück.

Angestrengt lauschte sie, aber die Fahrtgeräusche des Zuges waren so laut, dass sie nicht hören konnte, ob der Kontrolleur endlich abzog.

Bumm, bumm, bumm! Er war noch da!

»Moment noch!«, rief sie.

»Ich komme wieder!«, rief er zurück.

Sie zählte bis hundertzwanzig, dann öffnete sie vorsichtig die Tür. Niemand in Uniform zu sehen.

Sie ging in Fahrtrichtung durch den nächsten Waggon, bis sie das Bordrestaurant erreichte. DEFEKT stand auf einem Zettel, der an der Tür der Toilette dort klebte. Sie drückte die Klinke herunter, aber die Tür war verschlossen.

Sie ging weiter zu den Wagen der ersten Klasse. Ein junger Mann mit blonden Haaren musterte sie interessiert.

»'tschuldige, hast du vielleicht einen Zettel und einen Stift für mich?«, fragte Jennifer ihn.

Zwei Minuten später war sie auf einer weiteren Toilette des Zuges eingesperrt. Außen an der Tür prangte ein mit Kaugummi befestigter Zettel mit der Aufschrift »DEFEKT«.

14

»Jennifer!«

»David!«

Sie starrten einander an. Er hatte sie sofort erkannt. Es war, als hätte er nur darauf gewartet, dass sie an seiner Tür klingelte. Und auch für sie fühlte es sich an, als hätte sie ihn erst gestern das letzte Mal gesehen.

Ihr Gesicht hatte sie einigermaßen gewaschen, aber ihre Klamotten waren immer noch dreckverkrustet und ihr Haar war schmutzig und verfilzt.

David hingegen sah aus, als wäre er gerade aus einem Männermagazin gestiegen. Weißes Hemd, zwei Knöpfe offen, schwarze Hose, barfuß. Das Haar recht kurz und perfekt gestylt, ein äußerst männlicher Bartschatten – und dieses Lächeln.

Jennifer wurde weich in den Knien. Zögernd trat sie einen Schritt vor. David breitete nur wortlos seine Arme aus und hielt sie fest.

Nach einem kurzen Augenblick der Erleichterung, dass er tatsächlich da war und ihr nicht die Tür vor der Nase zugeknallt hatte, sagte Jennifer leise: »Ich habe ziemlichen Ärger am Hals. Du bist der Einzige, der mir eingefallen ist, der mir noch helfen kann. Darf ich reinkommen?«

David nickte. »Klar. Ich freu mich, dich zu sehen!«

Jennifer lachte auf. »Wart's nur ab. Das wird sich bald legen.«

Er führte sie in seine Wohnung. Als Jennifer das Wohnzimmer betrat, das er offensichtlich auch zum Arbeiten nutzte, sah sie sich kurz um. Elegant und sparsam eingerichtet. Jennifer ließ sich auf das Sofa fallen.

»Möchtest du was trinken?«, fragte David.

Sie überlegte einen Moment. Dann sagte sie: »Ja. Und, ehrlich gesagt, ich würde wahnsinnig gern duschen. Geht das?«

»Klar!« Er führte sie ins Bad, brachte ihr ein Handtuch und ließ sie allein.

Jennifer zog sich aus, dann öffnete sie die Tür einen Spalt und rief hinaus: »Sag mal, kann ich vielleicht auch baden? Ich hab echt einen Scheißtag hinter mir ...«

David rief zurück: »Logisch. Mach, was du willst. *Mi casa es su casa!*«

Sie ließ Wasser einlaufen, kippte etwas Schaumbad hinein und stieg dann in die Wanne. Die Wärme umschloss sie wie eine schützende Decke. Ihre Schulter begann, schmerzhaft zu pochen, aber ansonsten tat es so gut! Kurze Zeit lag sie einfach nur da, die Augen geschlossen. Jennifer versuchte, an nichts zu denken und die Ruhe und Sicherheit zu genießen.

Nachdem sie mit allem fertig war, warf sie einen kurzen Blick auf ihre verschmutzten Klamotten und schnappte sich entschlossen den kuscheligen Bademantel, der an einem Haken auf der Innenseite der Tür hing.

Als sie zurück ins Wohnzimmer kam, saß David auf dem Sofa und blätterte in einer Zeitschrift. Er stand auf, als sie hereinkam.

»Hier.« Er reichte ihr ein Glas mit Wasser. »Setz dich. Ich freu mich wirklich, dich zu sehen.« Er schüttelte nachdenklich den Kopf. »Gerade neulich erst habe ich mich gefragt, wie es dir geht.«

»So mittel«, entgegnete Jennifer. Sie zupfte am Aufschlag des Bademantels. »Ist das okay? Meine Sachen sind saudreckig.«

»Kein Thema. Aber jetzt erzähl mal, was ist los? Was ist passiert? Kann ich dir irgendwie helfen?«

Er wartete, bis sie Platz genommen hatte, dann setzte er sich an das andere Ende der Couch. Sehr anständig. Jennifer entging dennoch nicht, wie sein Blick kurz an ihren nackten Beinen hängen blieb.

Sie nahm einen Schluck Wasser, dann begann sie zu erzählen. Den Teil, dass sie bald sterben würde, ließ sie aus. Den Rest berichtete sie lückenlos und von Anfang an: Wie sie Erste Hilfe bei einem Mann geleistet hatte, der direkt nach ihr aus der Schwebebahn gestiegen war. Von dem angeblichen Notarzt, der den Kranken mitnahm, sich aber später als eine Art Geheimagent entpuppte. Als sie es aussprach, kam ihr die ganze Geschichte komplett lächerlich vor, aber es stimmte alles. Die Arbeit bei RISK, die Recherchen über Risikomanagement, zunehmende Gefahren für den Einzelnen, aber auch für die Menschheit insgesamt.

»Ich wohne mit Jonas zusammen. Clemens ist letztes Jahr gestorben und meine Mutter ist beruflich in Hongkong, noch mindestens eineinhalb Jahre. Egal, auf alle Fälle ist jemand in unsere WG eingebrochen und hat alles durchsucht. Ich bin ziemlich sicher, dass es dieser Asiate war, der auch den Notarzt gespielt hat.«

David hörte aufmerksam zu. Jedenfalls ließ er es sich nicht anmerken, wenn er sie für komplett verrückt hielt.

»Danach hat jemand Beleidigungen an unsere Tür geschmiert und uns wenig später ein rohes Schweineherz geschickt.« Sie verzog angeekelt das Gesicht, als sie daran dachte. Jetzt, wo sie davon erzählte, kamen ihr die Geschehnisse der letzten Tage noch viel merkwürdiger und auch beängstigender vor, als sie sich bisher eingestanden hatte. »Aber noch krasser ist, dass ein Zettel dabei war, auf dem all meine Suchworte aufgelistet waren, die ich innerhalb der letzten Stunde im Internet recherchiert hatte. Irgendwie müssen die sich Zugriff auf meinen Rechner verschafft haben.«

David schaute sie schweigend an. Auch wenn er zu zweifeln schien, hörte er ihr aufmerksam zu. Jennifer fuhr mit ihrer Erzählung fort und berichtete ihm, dass sie am nächsten Tag dem mysteriösen Asiaten auf dem Campus begegnet war und ihn angesprochen hatte. Er hatte sie verfolgt, warum, wusste sie immer noch nicht. Sie war ins Hotel geflohen, aber auch dort hatte er sie ausfindig gemacht.

»Ich konnte nicht schlafen, weil klar war, dass all diese Ereignisse irgendwie mit den Informationen zusammenhängen, die ich bei RISK recherchiert habe. Also habe ich mich hingesetzt und alles noch mal neu durchgesehen. Und ich glaube, ich bin jetzt ganz nah dran. Ich habe … wie soll man das erklären? Ich habe eine Art Todesformel entdeckt. Wenn unsere Daten stimmen, dann beeinflussen und *potenzieren* sich die Risikofaktoren. Die Statistiker sagen, der ›Erwartungswert‹ verschlechtert sich. Und zwar so stark und so schnell, dass die Menschheit möglicherweise schon in fünfzig Jahren Geschichte sein könnte. Ich bin mir nicht sicher und deshalb habe ich meinen Prof um Hilfe gebeten, aber dann haben die doch irgendwie rausbekommen, wo ich bin. Jedenfalls bin ich zu dem Ergebnis gekommen, dass die Menschheit mit einer zeitlichen Ungenauigkeit von plus/minus anderthalb Prozent im Jahr 2064 ausgestorben sein wird.«

Sie machte eine Pause und nahm einen Schluck Wasser. Ihr war bewusst, wie verrückt sich das alles anhören musste. Das Glas in ihren Händen zitterte ein wenig. David hörte aufmerksam zu, sagte aber noch immer nichts.

»Diese Typen haben mich aus dem Hotel entführt, aber ich konnte ihnen entwischen. Dann habe ich mich in einen Zug gesetzt, dich im Telefonbuch nachgeschlagen und tja – hier bin ich.« Hilflos zuckte sie mit den Schultern.

»Wow. Aber das heißt, jetzt gerade ist eigentlich alles okay, oder? Du kannst nichts unternehmen, du musst auch nichts unternehmen und morgen früh können wir mit klarem Kopf über die ganze Sache nachdenken.«

»Glaubst du mir etwa nicht?« Von einem Augenblick zum anderen war Jennifer stinksauer.

»Doch.« David blieb ganz ruhig. Das ärgerte sie noch viel mehr. Er warf einen Blick auf die Uhr. »Aber es ist halb eins und ich bin todmüde. Und wenn ich dich so ansehe, gilt dasselbe auch für dich. Deshalb bin ich jetzt mal die Stimme der Vernunft und schlage vor, dass wir erst pennen und dann planen.«

»Hm«, machte Jennifer unbestimmt, obwohl sie wusste, dass er recht hatte.

»Du kriegst mein Bett«, sagte er. »Ich schlafe auf dem Sofa.« Er klopfte auf die Kissen.

»Unsinn, wenn, dann umgekehrt«, protestierte Jennifer.

»Kommt nicht infrage. Außerdem schlafe ich sowieso oft genug beim Fernsehen ein, da macht eine Nacht mehr oder weniger keinen Unterschied.«

Sein Vorschlag war zu verlockend, um sich noch lange zu sträuben. »Okay, na gut. Danke«, sagte sie.

Er streckte ihr die Hand hin und half ihr auf. »Komm.« David ging vor ins Schlafzimmer und suchte ihr ein T-Shirt aus dem Schrank. »Ich habe das Bett erst vor zwei Tagen frisch bezogen«, sagte er. »Wenn du möchtest, beziehe ich es noch mal neu, aber es wäre natürlich am unkompliziertesten, wenn du einfach so drin schläfst.«

»Kein Problem«, sagte sie.

»Gut. Wir sehen uns morgen.«

Er verließ das Schlafzimmer und zog die Tür hinter sich zu. Sie konnte ihn draußen umhergehen hören, ins Bad, in die Küche, und die Geräusche vermittelten ihr ein Gefühl der Sicherheit und Geborgenheit.

Jennifer zog den Bademantel aus, streifte sich das Shirt über und kuschelte sich ins Bett. Das Letzte, was sie bewusst wahrnahm, war, dass die Bettwäsche nach David duftete. Sie sog tief die Luft ein und mit einem Lächeln auf den Lippen fiel sie in den Schlaf.

* * *

Young-Sun aß ein Jägerschnitzel. Es schmeckte ausgezeichnet, wie immer.

Seine Eltern waren vor zwanzig Jahren aus Nordkorea geflohen und hatten fünf Jahre später am Wuppertaler Stadtrand ein deutsches Restaurant übernommen, in dem sie zuvor als Angestellte gearbeitet hatten. Nach der Schule hatte Young-Sun an den dunklen Eichenholztischen Hausaufgaben gemacht. Mit zwölf durfte er zwar noch kein Bier trinken, zapfte aber bereits erstklassig. Seine Mutter stand in der Küche. Ihre Kochkünste übertrafen manche deutsche Hausfrau. Sein Vater agierte als Kellner und Kneipier. Er nahm die Bestellungen auf und servierte Getränke und Speisen.

Im Sommer stellten sie einige Tische auf den gekiesten Parkplatz und hängten ein Schild mit der Aufschrift *Biergarten* auf. Kurz vor Weihnachten, wenn viel los war, heuerten seine Eltern Studentinnen aus der Nachbarschaft an. Doch so sicher wie das Amen in der Kirche klagten sie dann über die mangelnde Zuverlässigkeit des deutschen Personals.

Der letzte Zecher an der Bar trank sein Glas leer, zahlte und ging. Young-Suns Vater kam zu ihm herüber und setzte sich neben seinen Sohn. Er steckte sich eine Zigarette an und rauchte stumm.

Young-Sun konnte seine Mutter in der Küche mit dem Geschirr klappern hören. Seine Eltern wohnten oberhalb der Gaststätte, doch sie hatten niemals Feierabend, bevor nicht alles für den nächsten Tag vorbereitet und blitzblank war.

»Ich bin an einer großen Sache dran«, sagte er zu seinem Vater.

Der nickte nur wortlos. Er wusste, dass sein Sohn in der Sicherheitsabteilung eines internationalen Großkonzerns tätig war und alle seine Aufträge strengster Geheimhaltung unterlagen. Young-Sun hatte seinen Eltern bereits mehrfach finanziell unter die Arme gegriffen und ihm war auch ohne viele Worte klar, dass sein Vater stolz auf ihn war.

»Aber im Moment gestaltet sich die Lage etwas schwierig. Es sind unerwartete Probleme aufgetreten.«

Duk Hoon nickte erneut und Young-Sun verzichtete auf weitere Details. Das Pflaster und der Bluterguss sprachen ihre eigene Sprache.

»Ehrlich gesagt, aktuell bin ich nicht sicher, wie wir die Angelegenheit wieder in den Griff bekommen. Es fehlen einige entscheidende Informationen.« Young-Sun legte das Besteck auf den Teller und trank sein Bier aus. Er nahm das Geschirr und erhob sich. »Ich bringe das zu Mama«, sagte er.

Seine Mutter in der Küche lächelte, als er hereinkam. Doch als sie seine Verletzung bemerkte, wurde ihr Blick besorgt. Wortlos nahm sie ihrem Sohn das Geschirr ab und stellte es beiseite, dann trocknete sie ihre Hände an einem Geschirrhandtuch und strich ihm zart über die geschwollene Haut unterhalb der Augen. Schließlich legte sie die Hände vor der Brust aneinander und verneigte sich leicht.

Young-Sun tat es ihr nach. Dann ging er wieder hinaus in den Gastraum.

»Kann ich noch auf den Schießstand?«, fragte er seinen Vater.

»Natürlich. Jederzeit.«

Andere Restaurants hatten Kegelbahnen und Glücksspielautomaten. Der HIRSCH hatte einen Schießstand, der bei den Gästen äußerst beliebt war.

Duk Hoon holte den Schlüsselbund aus dem kleinen Kästchen hinter dem Tresen und schob ihn seinem Sohn hin.

Young-Sun ging die Treppe hinunter, an den Toiletten vorbei

und schloss die Tür zum Schießstand auf. Automatisch erwachte die Neonbeleuchtung zum Leben. Er öffnete das Vorhängeschloss des Holzschränkchens, in dem die Waffen, Munition und Ohrenschützer aufbewahrt wurden. Er nahm eine Smith & Wesson SD40 und eine Desert Eagle Mark XIX-2 heraus und wog sie nachdenklich in den Händen. Dann legte er die Desert Eagle zurück, griff nach der Munition für die SD40 und lud das Magazin.

Er klemmte eine neue Schießscheibe – den Papierumriss eines menschlichen Oberkörpers, auf den ein Zielkreuz aufgedruckt war – in die entsprechende Vorrichtung und ließ sie dann mit einem Knopfdruck bis ans Ende der Bahn surren.

Young-Sun setzte Ohrenschützer auf und ging in Position, die Beine gut schulterbreit auseinander, die Knie leicht gebeugt, die Waffe in der rechten Hand, die er mit der linken stabilisierte. Die Ellenbogen etwas angewinkelt, um den Rückstoß abfedern zu können.

Er kniff das rechte Auge zu, visierte mit dem linken sein Ziel an, betätigte mit dem Daumen den Sicherungshebel und drückte ab. *Peng! Peng! Peng!* Die leeren Patronenhülsen flogen durch die Luft und landeten klirrend auf dem nackten Betonboden. Young-Sun schoss fünfzehn Mal, bis das Magazin leer war. Der stechende Geruch nach Schießpulver erfüllte die Luft.

Ohne zu zögern, kehrte er zum Tisch zurück, ließ das Magazin herausschnappen, lud nach, ging zurück zur Bahn und schoss weitere fünfzehn Mal. Dann legte er die Waffe beiseite und ließ die Zielscheibe zu sich zurückfahren. Neunzehn Treffer, davon wären mindestens elf tödlich gewesen, allein sechs in der Herzgegend.

Er riss die Zielscheibe aus der Klammer, knüllte sie zusammen und stopfte sie in den Mülleimer. Dann lud er das Magazin erneut, verstaute die verbliebene Munition im Schrank, ließ das Vorhängeschloss zuschnappen und steckte die SD40 hinten in seinen Hosenbund. Der Lauf war warm, aber nicht mehr heiß.

Seine Eltern mussten bereits zu Bett gegangen sein. Im Gehen warf er die Schlüssel auf den Tresen und zog draußen die Tür zur Gaststätte hinter sich zu, bis diese mit einem deutlich hörbaren *Klick* einrastete.

* * *

Sie schlief und schlief und schlief. Tief, lange, traumlos. Dann und wann kam sie zu sich, seufzte und sank wieder zurück zwischen die Kissen. Erst als ein schrilles Surren ertönte, kam sie endgültig zu sich.

Jennifer schlug die Augen auf und reckte sich. Zum ersten Mal seit – na ja, so lange war es noch gar nicht her, aber es fühlte sich an wie eine Ewigkeit, war sie entspannt und gut gelaunt.

Dann kehrte die Erinnerung an die letzten Tage zurück. Ihre Berechnungen. Die Entführung. Obwohl Jonas beleidigt abgezogen war, machte er sich garantiert inzwischen riesige Sorgen um sie. Und was war mit Thorge und Koch, die zum Hotel gekommen waren? Sie mussten ratlos in dem verwüsteten Zimmer gestanden haben. Jennifer hatte Mühe, ihr Herz daran zu hindern, gleich wieder auf die Überholspur zu wechseln.

Durch den schmalen Spalt zwischen den zugezogenen Vorhängen fiel ein schmaler Lichtstrahl ins Zimmer. Sie sah sich um. Das Schlafzimmer war wie das Wohnzimmer einfach und schlicht, aber geschmackvoll eingerichtet. Ein Nachttisch, zwei gerahmte Schwarz-Weiß-Prints an der Wand, ein Sideboard mit einer kleinen Musikanlage und einem Fernseher, knallig bunte Vorhänge, ein weißer Kleiderschrank.

Sie runzelte die Stirn und stieg aus dem Bett. Draußen im Flur waren Stimmen zu hören, es klang fast wie ein Streit. Jennifer schlüpfte in Davids Bademantel und trat hinter die Tür.

Einen Moment lang lauschte sie, konnte aber nichts verstehen.

Auf jeden Fall waren es nicht ihre Verfolger. Erstens würden die nicht lange rumdiskutieren und zweitens hörte sie nur zwei Stimmen: Davids und die einer Frau.

Vorsichtig öffnete sie die Tür und steckte den Kopf hinaus. Am Ende des Flurs entdeckte sie David, der noch immer seine Klamotten von gestern trug, die mittlerweile leicht zerknittert waren. In der Wohnungstür stand eine junge Frau. Als die beiden sie bemerkten, unterbrachen sie abrupt ihr Gespräch. Der Frau blieb der Mund offen stehen.

Jennifer bemühte sich zu lächeln. »Guten Morgen«, sagte sie freundlich.

»Guten Morgen«, erwiderte David.

»Sie hat in deinem Bett geschlafen!«, zischte die Frau. »Und sie trägt deinen Bademantel. Und darunter wahrscheinlich nichts!«

Sie starrte David herausfordernd an. Der blieb gelassen, was sein Gegenüber noch mehr aufzuregen schien.

»Ich habe dir doch gerade schon erklärt, dass eine alte Schulfreundin bei mir übernachtet hat. Ich fürchte, nun haben wir sie doch geweckt. Also bitte: Jennifer – Britta. Britta – Jennifer.« Er deutete jeweils auf diejenige, deren Namen er nannte.

Britta zog die Augenbrauen hoch. »Willst du mich verarschen?« Sie hatte lange blonde Haare und war schlank, aber erkennbar sportlich. Jetzt legte sie den Kopf zur Seite wie ein Papagei. Die deutlich zutage tretende Eifersucht stand ihr gar nicht gut.

Jennifer kam auf die beiden zu. »Er hat recht«, sagte sie und streckte Britta die Hand hin. »Wir waren früher zusammen in einer Klasse und gestern Abend habe ich unangemeldet bei ihm geklingelt. David war so nett, mir Asyl zu gewähren.«

Britta starrte auf Jennifers Hand, als hätte sie die direkt aus dem Klo gezogen. Dann warf sie David einen finsteren Blick zu. »Aha. Das ist ja interessant. Glaub ja nicht, dass du noch mal bei mir angekrochen kommen kannst!«

Jennifer rief: »Aber es ist nicht, wie es –«

David legte ihr die Hand auf den Arm. »Lass. Ich kann es verstehen. Ich wäre sicher auch nicht begeistert, wenn ich Sonntagvormittag bei Britta vor der Tür stünde und deren Ex dort über–«

»Sie ist auch noch deine Ex!?«, unterbrach Britta ihn wütend. »Weißt du was? Fick dich!« Sie drehte sich um und war eine Sekunde später im Treppenhaus verschwunden.

Jennifer warf David einen Blick zu, aber der zuckte nur mit den Schultern. Sie hörten, wie Britta nach unten lief, Stockwerk für Stockwerk, dann öffnete sich die Haustür, man konnte den Verkehr rauschen hören, und nach einer Weile fiel die Tür ins Schloss und es wurde still.

David drückte seine Wohnungstür zu und sagte nachdenklich: »Vielleicht wird eine kleine Pause uns ganz guttun.«

»Das tut mir wirklich wahnsinnig leid!«, entgegnete Jennifer. »Ich wusste nicht … ich meine, ich habe auch gar nicht darüber nachgedacht, ob du … Ehrlich, das ist alles meine Schuld, ich habe dich in eine unmögliche Situation gebracht! Ich kann es ihr erklären! Ich –«

David legte sanft seine Hände auf ihre Schultern und sah ihr in die Augen. »Es ist alles in Ordnung. Du hast nichts Unrechtes getan – *wir* haben nichts Unrechtes getan. Und Britta und ich … wir sind sowieso nicht unbedingt das Paar des Jahres, verstehst du? Mach dir keine Gedanken darüber.« Er begann zu lächeln. »Genau genommen hast du mir vielleicht sogar einen Gefallen getan. Du weißt ja bestimmt, wie das ist, man hofft immer noch, dass es doch noch kribbelt, dabei wäre es für alle Beteiligten viel besser, einen Schlussstrich zu ziehen und frei zu sein für …« Er zögerte, dann setzte er beinahe schüchtern hinzu: »… für das, was kommen mag.«

Jennifer war sich nicht sicher, wie er das meinte, aber David klatschte plötzlich munter in die Hände und rief: »Wie wär's mit

Frühstück? Ich hab deine Sachen gewaschen, aber sie trocknen noch. Britta hat ein paar Klamotten bei mir, also, wenn es dir nichts ausmacht … Ihr müsstet in etwa dieselbe Größe haben.«

Tatsächlich passten ihr Unterwäsche und Oberteil ausgezeichnet, nur die Jeans war eine Nummer zu groß. David lieh ihr einen seiner Gürtel, damit ging es.

Als Jennifer aus dem Bad in die Küche kam, hatte David bereits den Frühstückstisch gedeckt.

»Wow«, sagte er, als sie eintrat.

»Was?«

»Du siehst toll aus.«

»Äh, du hast gerade meinetwegen deine Freundin rausgeworfen und ich trage auch noch ihre Klamotten. Findest du das nicht etwas … komisch?«

Er lachte und schüttelte den Kopf. »So meinte ich das doch gar nicht. Ich finde einfach nur, du siehst toll aus. Das fand ich schon immer. Habe ich dir das je gesagt?«

Jennifer spürte, wie ihre Wangen heiß wurden. Sie hatte einen Kloß im Hals und schüttelte daher nur wortlos den Kopf.

David nahm den Toast aus dem Toaster. »Na, dann wird's aber höchste Zeit. Du siehst toll aus! So, und nachdem wir das nun hinter uns haben – möchtest du ein Ei, und wenn ja, hart, weich, gebraten oder gerührt?«

»Das ist ja wie im Hotel hier.«

»Aber nur nach der ersten Nacht«, entgegnete David grinsend.

Jetzt musste auch Jennifer lachen.

Sie frühstückten, dann wusch David das Geschirr ab und Jennifer sah ihm dabei zu. Eine Weile plauderten sie über damals, die alten Zeiten, ehemalige gemeinsame Mitschüler. *Weißt du, was aus* dem *geworden ist? Und* die *hat inzwischen schon zwei Kinder!* Mit keinem Wort erwähnten sie ihre gemeinsame Vergangenheit und Jennifer fragte David bewusst auch nicht nach der Zeit nach dem

Umzug. Sie wollte nicht in einen dunklen Tunnel aus »Was wäre gewesen, wenn« stürzen. Schließlich waren alle Teller und Tassen wieder ordentlich verstaut.

»Komm«, sagte David und ging vor ins Wohnzimmer. »Ich hab da noch ein paar Fragen.« Er ließ sich auf die Couch fallen. »Also«, begann er. »Wenn ich dich gestern richtig verstanden habe, dann sagst du praktisch den Untergang der Welt vorher – oder zumindest unserer Zivilisation. Korrekt?«

»Ja, ich glaube schon. Obwohl es echt krass klingt, wenn du es so sagst.«

»Na ja, ich versuche eben, es zu verstehen. Und eine Sache, die einfach nicht in meinen Kopf will, ist ...« Er zögerte. »Ich will dir echt nicht zu nahe treten. Ich weiß noch von früher, dass du schon in der Schule immer richtig weit vorne dabei warst. Trotzdem: Dass *ich* das alles nicht raffe, ist schon klar, aber warum ist vor dir da noch keiner draufgekommen?«

Jennifer holte tief Atem, sagte dann aber doch nichts. Weil sie im Grunde auch keine Antwort auf diese sehr naheliegende Frage wusste.

David wartete. Nach einer Weile setzte er hinzu: »Noch nicht mal dein Prof? Der scheint doch eigentlich ein weltweit anerkannter Spezialist zum Thema zu sein. Warum also machen diese Leute, wer immer sie sein mögen, auf dich Jagd, aber nicht auf ihn?«

Jennifer nickte leicht vor sich hin. Sehr gute Fragen. Die sie nur leider nicht beantworten konnte.

»Ich weiß es nicht«, sagte sie schließlich kleinlaut. Ihr fiel auf, dass sie eine Haarsträhne um den Finger gewickelt hatte und auf dem Ende herumkaute. Schnell nahm sie die Haare aus dem Mund. »Ich weiß es wirklich nicht. Das Einzige, was ich mir vorstellen kann, ist, dass ich tatsächlich die Erste bin, die diesen Zusammenhang bemerkt hat. Die Daten sind zum Teil recht neu und es ist ja nicht so, als hätte ich die Schwerkraft oder so was entdeckt. Möglicherweise hängt es damit zusammen, dass ich …« Sie unterbrach sich. »… dass mein Vater letztes Jahr so überraschend gestorben ist. Vielleicht hat mich das sensibilisiert für Themen wie Tod, Gefahren, Überraschungseffekte.«

Sie sah David fragend an, der schließlich nachdenklich nickte. »Okay. Nehmen wir mal an, es ist so. Kann ja sein. Dann bleibt trotzdem – oder eigentlich erst recht – die Frage: Was wollen diese Männer von dir?«

Jennifer lief es eiskalt über den Rücken. Genau das war die Frage, die sie seit Tagen so hartnäckig verfolgte. Sie ließ den Kopf in ihre Hände sinken. »Ich weiß es nicht«, murmelte sie. »Das ist es, was mir am meisten Angst macht. Ich weiß es nicht!«

David erhob sich und begann, im Wohnzimmer auf und ab zu gehen. Nach einer Weile sagte er nachdenklich: »Diese Leute müssen einen Auftraggeber haben. Und sie *wollen* etwas von dir, sonst hätten sie … du weißt schon.« Seine Stimme verebbte.

Jennifer lachte auf. »Du hast doch zu viele schlechte Krimis gesehen!«

David schüttelte den Kopf. »Ich studiere Jura. Glaub mir, die Welt ist viel schlimmer, als wir uns das je vorgestellt haben.«

»Angeber.«

»Wer wird denn hier von düsteren Gestalten verfolgt?«

»Schon gut, schon gut.«

David zog langsam seine Kreise um die Couch. »Noch mal von vorn. Sie müssen etwas von dir wollen. Informationen. Oder du sollst etwas für sie tun. Mit Sicherheit hast du einen Wert. Aber für wen?« Er kratzte sich am Kopf. »Geheimdienste. Regierungen. Polizei. Terroristen. Firmen. Das wären die üblichen Verdächtigen, die auch allesamt über die Mittel und Wege verfügen, dich derart in die Zange zu nehmen. Aber wer ist es nun wirklich – und warum?«

Jennifer standen Tränen in den Augen. »Ich weiß es doch auch nicht, verdammt noch mal!«, schnauzte sie David plötzlich an. »Lass mich doch endlich in Ruhe!«

Erschrocken zuckte er zusammen. Dann kam er langsam näher und kniete sich vor dem Sofa auf den Teppich. Er nahm ihre Hand und sagte: »Hey, tut mir leid. Ich wollte dich nicht verletzen oder dir einen Vorwurf machen. Nichts an dieser Sache ist deine Schuld. Vergiss das nicht. Ich habe bloß laut gedacht.«

Jennifer angelte sich vom Couchtisch eine Packung Taschentücher und putzte sich die Nase. »Entschuldige, ich weiß auch nicht, was manchmal mit mir los ist«, sagte sie, doch im Prinzip wusste sie ganz genau, was los war. Ihre Schilddrüse drehte langsam aber sicher durch und brachte ihren gesamten Hormonhaushalt durcheinander. Blöder Mist!

David lächelte sie an. »Du musst dich für gar nichts entschuldigen. Es ist doch bewundernswert, was du da herausbekommen hast, und ich jedenfalls kenne keinen, der das, was du in den letzten Tagen durchgemacht hast, unbeschadet überstanden hätte. Also, sei stolz auf dich.« Dann wurde sein Blick nachdenklich. »Weißt du, was ich mich gerade frage? Ob es eine Möglichkeit gibt, diese grauenvolle Entwicklung aufzuhalten oder wenigstens zu beeinflussen. Sozusagen den entscheidenden Faktor, den Tropfen, der das Fass zum Überlaufen bringt.«

Jennifer schaute ihn verständnislos an.

»Nehmen wir mal an, du hast recht. Die Menschheit wird aussterben, wenn es so weitergeht wie bisher. Aber was, wenn nicht? Was wäre, wenn wir das Steuer im letzten Moment herumreißen? Ist das überhaupt möglich? Und wenn ja, wie? Müssen wir eine Sache ändern, die aber gründlich, oder viele kleine? Bei der Klimakatastrophe handelt es sich um das Ergebnis zahlloser, nahezu gleichwertiger Fehlentscheidungen. Oder gibt es ein, zwei, drei Dinge, die so schlimm sind, dass sie alles im Eiltempo in den Abgrund reißen?«

Jennifers Augen begannen zu leuchten. »Der Exponentialfaktor!«, rief sie aufgeregt.

»Hm?«

»Die Entwicklung ist exponentiell. Das heißt, die Linie geht nicht einfach schräg nach oben, sondern steigt immer schneller. Kennst du die Geschichte mit den Seerosen und dem Teich?«

David schüttelte den Kopf.

»Pass auf. Die Seerosen verdoppeln jeden Tag ihre Fläche. Nach achtundvierzig Tagen ist der ganze Teich voller Seerosen. Nach wie vielen Tagen war der *halbe* Teich mit Seerosen bedeckt?«

»Vierundzwanzig«, kam Davids Antwort wie aus der Pistole geschossen. Dann zögerte er, dachte einen Augenblick nach und korrigierte sich: »Nein, Unsinn, einen Tag vorher, also nach siebenundvierzig Tagen. Ha!« Er lachte auf.

Jennifer nickte. »Genau. *Relativ* ist eine Verdopplung eine Verdopplung. *Absolut* bedeckt jede weitere Verdopplung aber mehr Fläche als die zuvor. Und so ist es hier auch. In den ersten paar Jahren oder genau genommen in den *letzten* paar Jahren, denn die Entwicklung hat ja schon längst begonnen, geht alles ganz langsam und unauffällig. Dann wird es immer schneller und schneller, bis es am Schluss eine Frage von Tagen oder Stunden ist. Und du hast natürlich völlig recht – es muss einige Faktoren geben, die größeres Gewicht haben als andere und damit mehr Einfluss. Alles andere wäre statistisch höchst unwahrscheinlich. Das sind sozusagen die Stellschrauben. Die Geschwindigkeit ihres Anstiegs beeinflusst zugleich die Geschwindigkeit des Anstiegs anderer Faktoren.«

»Wie bitte?«

Jennifer rieb ungeduldig die Hände aneinander. »Die Chance, dass alle Werte, die in eine solche Theorie einfließen, gleichwertig sind, ist etwa bei null. Im Gegenteil: Gerade die unterschiedliche Gewichtung der einzelnen Elemente ist ja das, was diese … ›Todesformel‹, wie Koch es nennt, ausmacht. Ein Beispiel: Mehr Biosprit führt zu steigenden Getreidepreisen, das führt zu einem höheren Interesse an genmanipulierten Nutzpflanzen, was wiederum die Gefahr eines daraus resultierenden, bisher noch unbekannten Problems wahrscheinlicher macht, zum Beispiel das Überspringen von Resistenzgenen auf Krankheitserreger. So ist alles verzahnt und miteinander verbunden.«

David sagte nachdenklich: »Und wenn wir wüssten, welches der entscheidende Faktor ist, wäre vielleicht auch klar, ob und wie man das Ganze doch noch stoppen kann. Und wer am meisten zu gewinnen oder zu verlieren hat. Im Journalismus und unter Juristen gibt es seit Watergate einen alten Spruch, wie man einem Geheimnis auf die Spur kommt: *Follow the money* – folge dem Geld.«

Jennifer nickte. »Ich brauche meine Unterlagen. Du hast doch sicher einen Computer und Internet?«

Kaum eine halbe Stunde später lud Jennifer zuerst das Dokument mit der von ihr entwickelten Formel herunter, dann die zugehörigen Belege und Quellen. Während die Dateien übertragen wurden, programmierte sie eine einfache Simulation, die alle wichtigen Parameter ihrer Annahme durchrechnete und die Ergebnisse grafisch aufbereitete. Linie im grünen Bereich – Menschheit überlebt auf unbestimmte Zeit. Gelb – Gefahr! Rot – Ende der Menschheit vor 2100.

Sie gab vor, dass zuerst immer nur ein Wert manipuliert werden sollte, in einem weiteren Rechendurchgang zwei und schließlich drei gleichzeitig. Mehr würde Davids kleiner PC nicht verkraften, aber es würde reichen, um ihnen einen ersten Überblick zu verschaffen.

Jennifer startete die Simulation und überprüfte in einem zweiten Fenster die Liste der bereits heruntergeladenen Dateien, als ihr ein Name ins Auge sprang.

GlobalENJ.

Ihr wurde heiß.

Das hatte sie ganz vergessen. Der Mann in dem Auto hatte sie nach GlobalENJ gefragt. Nach MedVida. Und nach Hirschberger.

Hektisch öffnete sie alle Dokumente, die mit GlobalENJ zu tun hatten. Sie wusste, dass es sich bei der Firma um eine Holding für zahllose Unternehmen aus den verschiedensten Bereichen han–

Oh, Gott!

15

Das war es, was ihr die ganze Zeit durch den Hinterkopf gespukt war. Das Logo!

Das Logo von GlobalENJ war weiß-rot-blau.

Genau wie der MedVida-Schriftzug, den Jennifer auf der Spritze gesehen hatte. Und das Abzeichen auf der Jacke des »Notarztes«. Und die Aufkleber auf den Kisten in dem Lieferwagen, mit dem man sie entführt hatte.

Sie überlegte, ob sie die Webseite von MedVida aufrufen sollte, traute sich aber nicht. Wenn stimmte, was sie befürchtete, war die Sache viel größer, als sie bisher angenommen hatte.

Gedankenverloren starrte sie auf die Homepage des Internetbrowsers. Und plötzlich ging ihr auf, dass der Schriftzug der Suchmaschine ebenfalls weiß-rot-blau war und den anderen Logos verdammt ähnlich sah … Jonas hatte gesagt, jemand musste sich Zugriff auf ihre E-Mail-Identität verschafft haben und darüber auf ihre Suchworte. War es möglich, dass die Verbindung viel naheliegender war, als sie sich hatten vorstellen können?

GlobalENJ war ein Krake, so viel wusste sie aus den Geschäftsberichten. Eine Riesenfirma, die in alles investierte, was Gewinn versprach. Diversifizieren nannte man das wohl.

Aber wenn sie recht hatte – wie hing dann Hirschberger in der Sache mit drin? Sie hatte ihm vertraut!

Plötzlich begann sie zu zittern.

Sie hatte ihm ihr Blut gegeben, ihre DNA!

Das Simulationsprogramm piepste, als es seine Aufgabe beendet hatte. Das Ergebnis war nicht wirklich eindeutig. Jennifer musterte die Grafik mit gerunzelter Stirn, dann zog sie einen Notizblock heran und begann, darauf herumzukritzeln. Nach einiger Zeit wandte sie sich zu David um, der hinter ihr im Schneidersitz auf dem Boden saß.

»Es gibt, soweit ich das überblicke, fünf Einzelfaktoren, die einen überdurchschnittlich großen Einfluss auf die Entwicklung haben. Das sind sozusagen die ersten Dominosteine, die umkippen und damit die Kettenreaktion in Gang setzen.«

Sie warf einen Blick auf ihre Notizen, dann zählte sie an den Fingern ab. »Zuallererst sind da die Folgen der Klimaveränderung: steigender Meeresspiegel, Migration, Missernten. Der Zug ist abgefahren.«

Sie hob den zweiten Finger. »Rodungen in Südamerika und Asien, und zwar aus mehreren Gründen: Erstens wird weniger Kohlendioxid in Sauerstoff umgewandelt, zweitens werden auf großen Flächen äußerst düngemittelintensive Getreidesorten angebaut, die für ihr Wachstum extrem viel Wasser benötigen, nur um dann zu Biosprit destilliert zu werden. Das kurbelt wiederum den stark subventionierten Markt dafür an, während sich kaum jemand dafür starkmacht, Benzin sparende Autos zu entwickeln. Somit steigt der Bedarf an diesen Pflanzen und Grundnahrungsmittel werden weltweit teurer und für die Ärmsten schlicht unerschwinglich. Außerdem werden in Teilen der gerodeten Gebiete unter grausamen Bedingungen Bodenschätze abgebaut, was zu weiteren Umweltschäden führt, aber in naher Zukunft vermutlich auch zu gesundheitlichen Schäden bei den Arbeitern und möglicherweise zu Aufständen gegen die unmenschlichen Zustände.«

Sie atmete tief durch und nickte. Dann hob sie den dritten Finger. »Es wäre medizinisch möglich, die Ausbreitung praktisch aller gefährlichen Krankheiten wie Cholera, Malaria, Masern oder Gebärmutterhalskrebs durch Impfungen zu verhindern – aber es stehen keine Gelder dafür zur Verfügung.«

Jennifer hielt den nächsten Finger hoch. »Durch Aufklärungskampagnen und eine Reform der katholischen Kirche könnte die Ausbreitung von HIV und Aids gestoppt werden. Momentan jedoch steigt die Infektionsrate dramatisch an, sie verdoppelt sich beinahe jeden Monat.«

Schließlich streckte sie David alle fünf Finger entgegen. »Und zu guter Letzt erzeugen wir Unmengen nicht abbaubaren Kunststoffs – Styropor zum Beispiel, und die meisten Plastiktüten und Windeln –, dass weite Teile der Welt und des Meeres sozusagen mit einem Plastikfilm bedeckt werden. Tiere nehmen Plastikmüll mit der Nahrung auf, mittlerweile kann man sogar Mikropartikel eines Kunststofffeinstaubs in Pflanzen nachweisen, die daran ebenfalls zugrunde gehen. Wir zerstören unsere eigene Nahrungskette! Es gibt zwar biologisch abbaubare Alternativen, die sind aber kostenintensiv und kommen deshalb kaum zum Einsatz.«

Jennifer ließ ihre Hand sinken und seufzte erschöpft.

David hatte aufmerksam zugehört und sagte nun bewundernd: »Wow. Ausgezeichnete Arbeit. Das erscheint mir sehr plausibel. Die nächsten beiden Fragen sind: Können wir die ganze Sache verhindern? Und wer würde davon profitieren, wenn wir das *nicht* tun?«

Jennifer schaute ihn verständnislos an.

David lächelte. »Du bist zu nah dran. Mit etwas Abstand stellt sich mir die Frage: Mal angenommen, deine Todesformel stimmt – ich bin jedenfalls nicht gut genug in Mathe, um das Gegenteil zu behaupten –, dann wäre es doch echt nett von uns, die Welt zu warnen. Dann könnten die Leute noch mal schön in Urlaub fahren oder die Liebe ihres Lebens wiedersehen …« Er sah ihr einen Moment lang in die Augen – oder bildete sie sich das nur ein? »Noch besser wäre es aber natürlich, die Sache zu verhindern. ›Hey, Leute, ihr werdet alle sterben, wenn wir hier nicht den Stecker ziehen, aber wenn alle mitmachen, dann schaffen wir das schon!‹ So in der Art. Verstehst du? So wie ja auch das Rauchen inzwischen praktisch abgeschafft wurde, weil es eben krank macht.«

Jennifer nickte. »Okay«, sagte sie. »Und?«

»*Und* bei einer solchen radikalen Umstellung würden die einen verlieren und die anderen gewinnen. Wie beim Rauchen. Rauchverbote sind schlecht für Zigarettenhersteller und für Kneipenwirte. Also haben die versucht, Stimmung dagegen zu machen. Hat nicht geholfen. Aber verstehst du, worauf ich hinauswill?«

Jennifer dachte einen Moment nach. Dann schüttelte sie den Kopf.

»Von all den schlimmen Sachen, die du eben genannt hast, profitiert irgendwer. Nimm mal die Klimakatastrophe. Die ist nur eingetreten, weil wir alle es toll finden, viel Auto zu fahren, um die Welt zu fliegen und im Winter billige Erdbeeren zu essen. Oder denk an das Erdbeben in Japan, bei dem der Atomreaktor draufgegangen ist. Jedem war doch klar, dass wir unseren Strom aus stationären Atombomben beziehen, aber es war halt billig! Die Bürger haben also Geld gespart, aber zugleich haben die Firmen gut verdient daran. Das meine ich. Möglicherweise steckt irgendwo in diesem Dickicht eine Firma oder eine Branche, die viel zu verlieren hat. Und die daher alles dransetzt, dich zum Schweigen zu bringen.«

Jennifer nickte nachdenklich. »Oder die zumindest wissen will, was ich herausgefunden habe. Das wäre möglich. Das würde auch erklären, warum dieser Mann … warte mal! Ich habe eine Idee.«

Sie rief den Geschäftsbericht von GlobalENJ auf, der zu ihren Quellen gehörte. Auf keinen Fall wollte sie mit Davids PC eine verdächtige Suchanfrage starten, aber ein vorhandenes Dokument konnte ja eigentlich keine Gefahr darstellen.

Sie überflog das Inhaltsverzeichnis, dann blätterte sie weiter nach hinten. »Da, sieh mal. Das ist die eine Firma, nach der mein Entführer mich gefragt hat. GlobalENJ. Die kennt hierzulande kaum jemand, weil es vor allem eine Holding ist. Sie haben weltweit diversifiziert.« Sie deutete auf den Bildschirm. »Unter anderem roden sie in großem Stil Waldflächen in Brasilien, um anschließend dort Landbau oder Bergbau zu betreiben.«

Sie gab eine Seitenzahl ein und sprang ans Ende des Reports, wo alle Firmenbeteiligungen alphabetisch aufgelistet waren. Die Schrift war derart winzig, dass sie die Darstellung der Seite vergrößern musste.

»Und hier, ihnen gehören einundfünfzig Prozent eines Pharmakonzerns namens MedVida, das ist die andere Firma, nach der er sich erkundigt hat. Der Name stand auch auf der Spritze, die ich dem Mann aus der Schwebebahn gegeben habe. Das kann doch kein Zufall sein!« Ihr Blick glitt die lange Liste hinunter. »Da!«, rief sie plötzlich aufgeregt. »Hab ich's mir doch gedacht!« Sie zeigte auf den Namen eines Suchmaschinenanbieters. »Die gehören denen auch. Und da! Das ist die Software für mein Handy! Die haben echt überall ihre Finger drin.« Sie blätterte auf die nächste Seite, auf der zahlreiche kleine Logos der verschiedenen Firmen abgebildet waren, alle in Rot-Weiß-Blau und einem ähnlichen Look.

David starrte besorgt auf den Bildschirm. »Ich glaube, jetzt ist klar, mit wem wir es zu tun haben. Und dass mit den Jungs gar nicht gut Kirschen essen sein wird.«

Jennifer teilte diese Einschätzung zwar, schlug aber trotzdem erst mal eine Pause vor. Ihr schwirrte der Kopf. Sie gingen zurück in die Küche und David schenkte jedem ein Glas Wasser ein.

»Am meisten nervt mich, dass du recht zu haben scheinst«, sagte er. »Das fand ich schon früher in der Schule doof. Man hat sich irgendwas Tolles überlegt und dann kommst du und lässt die Luft aus jedem Argument.«

Jennifer wurde ganz flau im Magen.

David setzte sich ihr gegenüber und nahm ihre Hand. »Was ist?«, fragte er. »Du bist auf einmal ganz blass.«

Jennifer schwieg einen Augenblick. »Findest du mich wirklich doof?«, fragte sie dann kleinlaut.

David sah sie überrascht an. »Das habe ich doch gar nicht gesagt.«

»Doch.«

»Nein.«

»Doch. Jedenfalls hörte es sich so an.«

Er drückte ihre Hand ein wenig fester und lächelte. »Ich finde dich nicht doof. Ganz im Gegenteil. *Was* ich doof finde, ist das, was du da rausbekommen hast. Du nicht?«

Jennifer lachte auf. »Nö. Ich steh drauf, wenn die Welt untergeht und irgendwelche Typen mich mit Lieferwagen entführen. Welches Mädchen würde das nicht mögen?«

»Ach so«, sagte David. »Na dann.«

Sie schwiegen wieder. Jennifer musste sich erst einmal beruhigen. Die Formel, die Simulation, die Katastrophen-Hitliste und jetzt noch Davids dummer Spruch, das alles nahm sie ganz schön mit.

»Sag mal, solltest du nicht doch jetzt langsam mal bei Britta anrufen?«, erkundigte sie sich. »Wir könnten ihr alles erklären und vielleicht treffen wir uns dann zu dritt und können die Sache wieder einrenken?«

David zuckte mit den Schultern. »Ach, weißt du, ich glaube, da ist nicht viel einzurenken.«

»Okay … wenn du meinst …«

Er nickte. Dann schlug er vor: »Wie wär's, wenn wir ein bisschen spazieren gehen? Gleich um die Ecke ist ein Park. Das bringt mich oft auf Ideen, wenn ich bei meinen Hausarbeiten feststecke. Nicht immer auf *gute* natürlich, aber immerhin.«

Jennifer hatte keine große Lust rauszugehen. Sie fühlte sich schlapp und müde und wollte sich lieber ausruhen. Aber wahrscheinlich hatte David recht, sie musste mal an die frische Luft und an etwas anderes denken. Möglicherweise hatte sie ja doch etwas übersehen. Oder es gab einen Ausweg, auf den sie noch nicht gekommen waren. Auf jeden Fall würde sich der Versuch lohnen.

Draußen sah Jennifer sich besorgt um, aber der Bürgersteig war praktisch menschenleer. Nur in der Ferne eine Familie, Vater, Mutter, in der Mitte ein kleines Kind, das beide Eltern an den Händen hielt. Jennifer spürte den Kloß in ihrem Hals. Wann würde diese Trauer nur endlich vergehen?

Sie hätte nicht sagen können, wie es dazu gekommen war, aber auf einmal fiel ihr auf, dass David ihre Hand hielt. Und es tat gut. Sie entspannte sich ein wenig.

Der nahe gelegene Park schien vor Leben überzuquellen, überall waren Menschen, Singles, Familien, Freunde, sie picknickten, grillten, sonnten sich, tollten herum. Die Wiese strahlte im Sonnenlicht in einem satten Grün, die Blumen leuchteten, vom Spielplatz drang das fröhliche Geschrei der Kinder zu ihnen herüber. Jennifers Blick huschte von einem zum anderen, nahm alles in sich auf, ließ sich davontragen in die Geschichten der anderen. Dort saß eine junge Mutter mit einem Baby im Arm und man konnte ihr deutlich ihr Glück ansehen. Ein alter Mann saß auf einer Bank, er hatte die Hände auf dem Griff seines Spazierstocks gefaltet und die Augen geschlossen. Tiefer Friede schien ihn zu erfüllen.

Schlagartig wandelte sich Jennifers aufkeimende Entspannung in tiefste Trauer. All das würde ihr vorenthalten bleiben. Sie würde sterben, bevor es so weit war. Bevor sie die Möglichkeit hatte, ein Baby in den Armen zu halten oder gar ihren Enkeln beim Spielen zuzusehen.

Sollte sie David sagen, wie es um sie stand?

Nein! Sie würde diesen wundervollen Moment des Wiedersehens nicht zerstören. Sie wollte so viel Normalität und Leben wie nur irgend möglich in die ihr noch bleibende Zeit pressen. Trotz allem stahl sich ein Lächeln auf ihr Gesicht. Sie drückte Davids Hand fester und sagte leise: »Danke, dass du dir die Zeit für mich nimmst. Das bedeutet mir sehr viel.«

Er reagierte erst gar nicht und sie fragte sich, ob er sie überhaupt gehört hatte. Dann erwiderte er schließlich: »Sehr gerne. Weißt du, insgeheim habe ich, glaube ich, immer gehofft, dass es eines Tages klingelt und du vor meiner Tür stehst. Und wenn solche Träume wahr werden, dann muss man auch mitmachen. Findest du nicht?«

Sie nickte.

Wortlos gingen sie weiter, aber etwas hatte sich zwischen ihnen verändert. Eine neue Nähe war entstanden, die Jennifer zugleich befreiend und beängstigend fand.

Nach einiger Zeit fragte David: »Es geht dir nicht gut, oder?«

Jennifer schrak zusammen. »Wieso? Hab ich was gesagt? Oder meinst du, weil ich beim Gehen wie ein altersschwaches Walross schnaufe?«, versuchte sie, einen Scherz zu machen.

David schüttelte den Kopf. »Nein, aber du wirkst körperlich angegriffen, irgendwie mitgenommen und abgespannt. Du musst die Schrift am Computer irre groß einstellen, du kneifst die Augen zusammen, wenn du dich umsiehst, und du hältst dich beim Gehen ganz schön an meiner Hand fest. Nicht dass mir das nicht gefallen würde«, setzte er eilig hinzu, »aber es scheint mehr dahinterzustecken als nur die Sache mit diesen Typen.«

»Ich habe da was an der Schilddrüse«, setzte Jennifer zu einem

Erklärungsversuch an. Davids Worte hatten sie getroffen. Konnte man es ihr tatsächlich schon so stark ansehen? »Meine Hormone spielen ein bisschen verrückt und an manchen Tagen funktioniert mein Körper nicht ganz so, wie ich es gerne hätte.«

»Okay«, sagte David. »Das schaffen wir schon, das kriegen wir schon hin.«

Jennifer war nicht ganz sicher, wovon er sprach, aber es hörte sich schön an. Nach Zukunft.

Als sie von ihrem Spaziergang zurückkamen, schlug David vor, Jonas anzurufen.

»Ich habe einen Ferienjob in einer Anwaltskanzlei. Die sind zwar prinzipiell cool drauf, aber wir stecken mitten in einem wichtigen Prozess. Da käme es nicht so gut, wenn ich ein paar Tage blaumache. Aber ich habe das Gefühl, du solltest nicht alleine bei mir in der Bude rumsitzen – schlechtes Karma, zu viel Zeit zum Grübeln, voll depri.« Er hatte es lustig klingen lassen wollen, aber Jennifer hörte deutlich die Sorge um sie in seiner Stimme.

»Ich komm schon klar.«

»Logisch. Aber du hast doch gesagt, Jonas hat sowieso frei.«

»Ja, aber wir haben uns gestritten.«

»Das habt ihr damals schon dauernd gemacht. Da bin ich dran gewöhnt.«

Jennifer wusste, dass Markus und Jonas sonntags immer gern im Magnus-Hirschfeld-Zentrum abhingen. Sie schlug die Nummer nach und ließ Jonas ausrufen.

»Mensch, Jennifer, wo steckst du denn? Ich hab mir Sorgen gemacht!«, meldete er sich. »Im Hotel haben sie mir keine Auskunft geben wollen, aber sie haben gesagt, das Zimmer sei nicht mehr belegt.«

»Ich bin bei David«, sagte Jennifer.

»David? Was für ein David? Du bist echt ein Flittchen!«

»David aus der Schule, du Idiot. Wir brauchen deine Hilfe.«

»Okay.« Jonas klang schlagartig ernst. »Was soll ich tun?«

»Nach Kassel kommen. David muss morgen wieder arbeiten und er glaubt, wenn keiner auf mich aufpasst, mache ich Kratzer in seinen Glastisch oder springe vom Balkon.«

»Der Mann hatte schon immer eine gute Menschenkenntnis. Alles klar, ich kann mir garantiert Markus' Auto leihen und bin in spätestens zwei Stunden da.«

»Alter.«

»Alter!«

»Schön, dich zu sehen.«

»Gleichfalls.«

Jonas und David stießen die Fäuste aneinander und Jennifer konnte sehen, dass sie sich wirklich freuten. In der Schule waren sie die besten Kumpels gewesen. Anfangs hatte es Jonas gar nicht gepasst, dass David seiner Schwester schöne Augen machte, aber nach einer Weile hatte er sich daran gewöhnt.

Jonas hatte sechs Bier von der Tankstelle mitgebracht und sie setzten sich alle an den Küchentisch. Jennifer nahm einen Schluck und stellte erstaunt fest, wie sie sich augenblicklich entspannte. Ob das an den Tabletten lag? Vielleicht sollte sie das mit dem Alkohol lieber lassen. Andererseits tat es so gut …

Die Jungs stießen an, dann deutete Jonas auf seine Schwester und sagte: »Erzähl mal.«

Also berichtete sie, was in der Zwischenzeit vorgefallen war und was sie herausgefunden hatte.

»Du glaubst immer noch, dass deine Formel stimmt?« Jonas deutete auf einen Zettel, der zwischen ihnen auf dem Tisch lag, und der voll mit Symbolen wie $f(t)$ und $\oint dk$ und $\overset{\acute{U}}{=}$ und $sec^{-1}(k)$ war. Die Todesformel war so komplex und berücksichtigte derart viele Variablen, die ihrerseits zum Teil wieder voneinander abhängig waren und sich gegenseitig beeinflussten, dass sie sich über mehrere Zeilen erstreckte.

»Ich finde nichts, was dagegenspricht«, sagte Jennifer. »Und glaub mir, ich habe gründlich danach gesucht. Die Wahrscheinlichkeit, dass eine Studentin mit so was richtig liegt, ist schließlich nah bei null.«

»Was sagt denn dein Prof dazu?«

»Bisher gar nichts. Ich fürchte, der hat absichtlich oder unabsichtlich meinen Aufenthaltsort verraten. Außer ihm und dir wusste niemand, wo ich bin. Insofern habe ich danach darauf verzichtet, mich wieder bei ihm zu melden.«

Jonas nickte. »Kluges Mädchen.«

»Je länger ich darüber nachdenke, desto plausibler erscheint mir diese ganze Sache«, meldete sich nun David zu Wort. »Ich meine, wir werden seit Jahren mit einer Katastrophengeschichte nach der anderen gefüttert. Klimawandel, Umweltverschmutzung, aussterbende Arten, ständig eine neue Seuche, von Vogelgrippe über Cholera bis hin zu Ehec. Es ist doch eigentlich logisch, dass all diese Sachen sich auch gegenseitig beeinflussen.«

»Hm«, machte Jonas. »Beeinflussen, ja. Aber meistens stimmt doch noch nicht mal die Wettervorhersage. Warum also sollte jetzt ausgerechnet meine kleine Schwester …«

Jennifer kickte ihm unterm Tisch gegen das Schienbein, grinste aber.

»… das alles so genau vorausberechnen können?«

Jennifer schüttelte den Kopf. »Es ist nicht anders als beim Wetterbericht. Der nimmt die vorhandenen Daten und spielt verschiedene Entwicklungsmöglichkeiten durch. Die Vorhersage am Schluss ist total präzise – wenn denn die Voraussetzungen eintreffen. Das Problem ist, dass die Voraussetzungen ihrerseits bereits Vorhersagen sind. Und somit wird sozusagen die Bewegungsunschärfe nach hinten hin immer größer. Aber das ist alles.«

»Was?«, fragte Jonas.

»Wie bitte!«, mahnte Jennifer ihn grinsend und imitierte dabei den Tonfall ihrer Mutter.

»Wie bitte?«, leierte Jonas.

»Also, nimm mal an, du bist in den letzten Jahren alle zwölf Monate zwei Zentimeter gewachsen. Dann könnte man hochrechnen, dass du in zehn Jahren zwanzig Zentimeter größer bist als jetzt. Diese Vorhersage ist total präzise. Sie wird aber nur dann tatsächlich eintreffen, wenn die *Annahme* korrekt ist, nämlich dass du in den nächsten zehn Jahren genauso weiterwächst wie in den letzten zehn. Ist aber nicht so. Und deswegen weicht die Wirklichkeit von der Vorhersage ab. Bei meiner Berechnung ist es genauso – und das war ja letztlich Davids Idee: Nur wenn die Annahmen stimmen und weiterhin bestehen bleiben, wird es so kommen. Wenn man aber vorne etwas ändert, kommt hinten was anderes raus. Die entscheidenden Faktoren sind: Klimaveränderung, übermäßige Rodungen, unterlassene Impfungen, sexuelle Aufklärung, Alternativen zu nicht abbaubaren Kunststoffen.«

»Der Haken ist«, fuhr David fort, »in allen Fällen gibt es Firmen oder Gruppierungen, die viel zu verlieren haben und sich mit aller Macht gegen jede noch so kleine Veränderung sträuben werden.«

Jonas rieb sich nachdenklich über das Kinn. »Ich habe irgendwo mal gelesen, dass eines der größten aktuellen Probleme die ungleiche Verteilung des Wohlstands ist. Zehn Prozent der Menschen verfügen über neunzig Prozent der Mittel, so um den Dreh. Stimmt das eigentlich? Und wenn ja, müsste das nicht auch in deine Überlegungen hineinspielen? Eine derartige Ungerechtigkeit würde ja fast zwangsläufig zu Aufständen, Terrorismus und so weiter führen. Und umgekehrt, wenn die Ressourcen gleichmäßig verteilt wären, könnten die meisten Menschen für sich selbst sorgen und wären nicht vom Wohlwollen anderer abhängig.«

Er sah Jennifer fragend an, doch die hatte Mühe, die Augen noch offen zu halten. Den Kopf auf die Hände gestützt, nickte sie immer wieder ein. Sie hörte Jonas und David leise miteinander tuscheln und spürte wenig später, dass David sie vorsichtig in die Höhe hob und ins Schlafzimmer trug. Nachdem er sie ins Bett gelegt hatte, strich er ihr zärtlich eine Haarsträhne aus der Stirn und deckte sie zu.

»Du kannst in der Wohnung über mir schlafen. Sie gehört Patrick, einem Freund von mir«, hörte sie David im Flur sagen. »Er ist gerade im Urlaub. Ich habe ihm gesimst und er meinte, dass es kein Problem sei. Ich nehme das Sofa.«

»Klasse«, sagte Jonas. »Ich hatte schon gedacht, ich muss mich mit dir um den besten Platz auf dem Badewannenvorleger kloppen.«

Dann drangen die Stimmen der beiden nur noch wie durch dicke Watte an ihr Ohr und wenige Sekunden später fiel sie in einen bleiernen Schlaf.

Mitten in der Nacht erwachte Jennifer, weil sie schreckliche Bauchkrämpfe hatte. Sie schleppte sich mit letzter Kraft ins Badezimmer und übergab sich.

* * *

Sabrina Koch servierte heißen Kakao. Mit Schlagsahne.

»Danke, Schatz!«

»Ich geh ins Bett.«

»In Ordnung. Schlaf gut. Wir brauchen auch nicht mehr lange«, sagte Timotheus Koch.

Thorge saß auf einem Sessel in Kochs Wohnzimmer und schlürfte den dampfenden Kakao. Sie hatten Hunderte von Zetteln auf dem Wohnzimmerfußboden ausgebreitet. Statistiken, Grafiken, Geschäftsberichte, Berechnungen, Tabellen. In der Mitte lag ein großes Whiteboard im Format A2, auf das Koch eine ihm vollkommen unbegreifliche Formel geschrieben hatte. Sie sah ein bisschen aus wie ein Trichter, in den man alle möglichen Zahlen und Faktoren reinschüttete, nur damit sie alle zu Mus zermahlen wurden. Als Ergebnis stand rechts unten, zweimal unterstrichen, die Zahl 2064.

»Ich kann keinen Fehler finden«, sagte Koch und nippte müde an seiner Tasse. »Das Mädchen hätte den Nobelpreis verdient!«

»Offenbar hat sie wirklich in diesem Zahlenhaufen einen Zusammenhang gesehen, der sonst niemandem aufgefallen ist«, gab Thorge zu.

Sie hatten bergeweise Unterlagen aus dem Büro zu Koch nach Hause geschleppt und das ganze Wochenende damit verbracht, die Todesformel nachzuvollziehen. Das Hotelzimmer hatte ganz und gar nicht so ausgesehen, als ginge es Jennifer gut. Doch diesen Gedanken versuchte Thorge schon die ganze Zeit von sich zu schieben.

Koch stellte seinen Becher ab und ließ den Blick über den Fußboden schweifen. Er seufzte tief, dann wandte er sich an Thorge. »Es ist, als läge ein Bild des Grauens und der Zerstörung hier auf dem Boden. Jahrmillionen hat es gedauert, diesen ›Höhepunkt der Evolution‹ zu erreichen – und nun rotten wir uns aus Dummheit und Gier selbst aus.« Koch schüttelte den Kopf und verstummte.

Thorge konnte die Gedanken des Professors nachvollziehen. Jennifer hatte tatsächlich eine geradezu unglaubliche Entdeckung gemacht. Sie hatten in den letzten Tagen nicht nur die Formel selbst überprüft, sondern auch die zugrunde liegenden Daten. Dabei hatte Koch ein ganz besonders beunruhigendes Element ausgemacht. Er hatte den Risiko-Algorithmus, an dem er seit Monaten arbeitete, auf Jennifers Unterlagen angewendet und seine Vermutung schien sich zu bestätigen: Der RISK-Index für 70°S, 65°W, einen dick vereisten Zipfel der Antarktis, der sich in Richtung Atlantik erstreckte, war dramatisch gestiegen.

»Wir müssen versuchen, Kontakt zu Jennifer aufzunehmen«, sagte Koch entschlossen und riss Thorge aus seinen Gedanken. »Ich glaube nach wie vor, es war richtig, dass wir bisher nicht die Polizei verständigt haben. Irgendjemand ist auf ihre Arbeit aufmerksam geworden und empfindet sie als Bedrohung. Jennifer schwebt in Gefahr. Wir müssen ihr helfen. Ich weiß noch nicht, wie, und vor allem weiß ich nicht, wie wir sie … ach so, doch, natürlich, ganz einfach!«

Er schlug sich mit der flachen Hand vor die Stirn, dann sprang er auf und ging zu seinem Computer. Beunruhigt verfolgte Thorge jede seiner Bewegungen.

»Sie hat mir doch den Zugang auf das Dokument mit ihrer Formel freigeschaltet«, murmelte Koch. »Es liegt in einem Online-Speicher, der sicher mit einer E-Mail-Adresse gekoppelt ist. Da müsste man doch …« Er klickte ein paarmal mit der Maus und kniff die Augen zusammen. »Na also, da ist es: ›Nachricht senden‹. Ich werde sie bitten, bei mir zu Hause anzurufen. Das ist eine Geheimnummer, weil früher immer Studenten zehn Minuten vor Mitternacht am Abgabetag noch Fragen hatten.«

Er tippte, murmelte wieder leise vor sich hin, nickte dann zufrieden und klickte schließlich auf den Sende-Button.

»Hoffentlich meldet sie sich bald«, seufzte er.

Thorge hoffte insgeheim das Gegenteil.

16

»Großfirmen sind wie Elefanten. Unbeweglich und unberechenbar. Sie haben ihre eigene Seele, ihren eigenen Kopf und ihr einziges Ziel ist Gewinnmaximierung. Denn dann sind die Aktionäre zufrieden und lassen einen in Ruhe. Das ist der Gott, dem sie huldigen«, dozierte Jonas.

Vor dem Fenster begann ein bezaubernder Sommertag, aber an Davids Frühstückstisch war von der Leichtigkeit dort draußen nichts zu spüren. Sie grübelten ergebnislos und die Wolken hingen dunkel und tief.

»Aber –«, versuchte Jennifer einzuwenden.

»Nichts *aber*. Solange du ihnen nicht Milliarden einsparst, kannst du nichts erreichen.«

David nickte. »Ich fürchte, da hat er recht, unter neun Nullen redet kein Mensch mit uns. Und die UNO und WHO sind zu bürokratisch, um schnell und effektiv etwas zu bewegen.«

»Und wenn wir uns an die Öffentlichkeit wenden, die Presse informieren?«

Jonas schüttelte den Kopf. »Die Global Player sind heutzutage so groß, dass sie jeden Imageschaden überstehen. Es juckt sie eine Weile, wie ein lästiger Mückenstich, aber *beeindrucken* wird es sie garantiert nicht. Erinnerst du dich noch an die ganze Aufregung, als im Golf von Mexiko eine Bohrinsel von BP explodiert ist? Riesiger Ölteppich, großes Drama. Aber wer boykottiert heute schon noch Aral?«

»Wieso denn Aral?«, fragte David.

»Weil das die deutsche Tochterfirma von BP ist. Aber auch weltweit denkt da keiner mehr dran. Echt, wenn man erst mal groß genug ist, bringt einen so schnell nichts wirklich in Gefahr.«

Jennifer hörte ihrem Bruder zwar zu, musterte aber David, der mit ihnen am Frühstückstisch saß. Er trug eine Anzughose, ein weißes Hemd und eine Krawatte, sein Jackett hing über der Sofalehne. Jennifer musste sich eingestehen, dass er einfach richtig gut aussah.

»Leute, ich muss los.« David trank seinen Kaffee aus und erhob sich. »Uns wird schon was einfallen. Macht euch einen entspannten Tag. Macht 'ne Stadtrundfahrt oder so und versucht, an etwas anderes zu denken. Lasst unser Unterbewusstsein an die Arbeit!« Er lächelte Jennifer zu und einen Moment lang spürte sie wieder das altbekannte Kribbeln im Bauch. Dann boxte er Jonas spielerisch gegen die Schulter, winkte und verließ schließlich die Wohnung.

Jennifer steckte eine weitere Weißbrotscheibe in den Toaster und sah dann kopfschüttelnd an sich herunter. »Sag mal, hast du Lust, mit mir einkaufen zu gehen? David hat mir ein paar Klamotten von seiner Freundin gegeben oder Exfreundin oder was weiß ich. Jedenfalls habe ich keine Lust, die Unterwäsche von Jonas' Ex zu tragen.« Sie schmierte Butter auf ihren Toast und legte dann eine Scheibe Käse und eine Scheibe Mettwurst darauf.

Jonas deutete auf ihren Teller. »Wenn du so weitermachst, dann musst du dich eh bald neu einkleiden. Das ist mir neulich im Hotel schon aufgefallen, du frisst auf einmal echt wie ein Scheunendrescher.«

Jennifer legte den Toast beleidigt wieder hin, dachte einen Augenblick nach, nickte dann, biss doch ab und sagte: »Stimmt. Und ich habe trotzdem dauernd Hunger. Ich dachte, das liegt vielleicht am Stress, aber möglicherweise hat es eher mit der Schilddrüse zu tun. Du weißt schon, Stoffwechsel und so.«

»Du meinst, du kannst jetzt Schokolade in dich reinstopfen, ohne davon dicker zu werden?«, fragte Jonas.

»Nur kein Neid«, wehrte Jennifer ab. »Den Preis dafür willst du sicher nicht zahlen.«

Schlagartig wurde Jonas ernst. Er nahm Jennifers Hand. »Ja. Da hast du allerdings recht.«

»Ist schon gut. Aber du kannst es wiedergutmachen, indem du mit mir einkaufen gehst!«

»Ha! Als wäre es für deinen modebewussten Bruder eine Qual, shoppen zu gehen.« Er grinste, doch dann fügte er hinzu: »Aber woher nehmen wir das Geld? Mit Karte zahlen oder am Automaten abheben fällt flach, würde ich sagen.«

»David leiht uns sicher was.«

»Aber der ist in der Arbeit.« Er grübelte eine Weile, dann hellte sich sein Gesicht plötzlich auf. »Ich hab eine super Idee! Hast du Davids Büronummer?«

Jennifer schüttelte den Kopf. »Nein, aber seine Handynummer.« Sie zeigte auf einen Zettel, der mit einem Magneten an den Kühlschrank gepinnt war.

Jonas holte Davids Festnetztelefon und Jennifer lauschte neugierig, während ihr Bruder telefonierte.

»Hi, wir sind's. – Immer komisch, wenn man von der eigenen Nummer angerufen wird. – Nein, alles in Ordnung. Jennifer will gerne einkaufen gehen und wir brauchen ein bisschen Geld und ich hatte gehofft, du würdest … – Genau, deswegen. – Nein, du musst nicht noch mal zurückkommen. Ich dachte, du kannst uns vielleicht ein paar Guthabenkarten kaufen, die wir hier ausdrucken können. Eine für H & M und eine für einen Coffeeshop, dann können wir im Anschluss noch was essen oder trinken. Ich hab nämlich auch kaum Bargeld dabei. – Super, alles klar, mach ich. Und danke!« Er legte auf.

»Er ist in zehn Minuten im Büro und will sich dort gleich darum kümmern. Die Bestätigungen gehen an seine E-Mail-Adresse und die kann ich auf seinem Rechner hier abrufen, der meldet sich automatisch an. Wir drucken die Gutscheine einfach aus.«

Jennifer nickte beeindruckt. »Coole Idee.« Sie öffnete die Tür des Kühlschranks. »Dann haben wir ja auch noch ein bisschen Zeit. Ich glaube, ich mach mir noch ein Rührei.«

Jonas seufzte und schüttelte den Kopf. »Du machst mich echt fertig.«

Eine Stunde später standen sie in der Fußgängerzone vor H & M. »Weißt du, was ich manchmal richtig beknackt finde?«, fragte Jonas.

»Nein.«

»Dass diese verdammte Globalisierung durchaus auch Vorteile hat. Ich meine, all das, was du da ausgerechnet hast, diese ganzen Zusammenhänge entstehen ja nur durch Welthandel und Globalisierung – was eindeutig schlecht ist. Und natürlich ist es fies, wenn irgendwelche armen Schweine in Vietnam sich die Finger blutig nähen, nur damit wir hier billige T-Shirts haben. Aber für *uns* ist es ja trotzdem toll und für die Aktionäre auch.« Er drückte die Tür zum Laden auf. »Damit habe ich echt Schwierigkeiten. Sind wir nun gut oder böse? Zumal man sich auch die Frage stellen muss: Wenn wir hier nichts kaufen, würden die Leute in Vietnam dann arbeitslos oder fänden sie bessere Jobs?«

»Ich habe keine Ahnung«, sagte Jennifer.

»Ich auch nicht«, entgegnete Jonas. »Und das nervt mich. Manchmal hätte ich die Welt lieber richtig schön schwarz-weiß.«

»Aber sieh mal, das hier, das ist doch wirklich süß! Und sogar Öko-Baumwolle.« Jennifer deutete auf ein Glitzertop, dann warf sie einen Blick auf das Preisschild. »Boah, die spinnen doch!«

Jonas lachte auf. »Wahnsinn. Du bist der lebende Beweis für meine These: Jeder ist nur auf seinen Vorteil bedacht.«

Jennifer wirbelte herum. »Ach ja? Dann sind deine vietnamesischen Näherinnen wohl auch selbst schuld, wenn sie nicht besser bezahlt werden, oder? Dann muss ich mir also keine weiteren Gedanken machen. Sollen *die* sich doch um *ihren* Vorteil kümmern und ich kümmere mich um meinen!«

»So geht das aber nicht!«

»Dann ist es ja gut. Denn wenn das so *nicht* geht, kann ich auch schlecht der Beweis dafür sein«, sagte Jennifer schnippisch. Dann stemmte sie die Hände in die Hüften. »Also, was ist? Hilfst du mir jetzt?«

Eine halbe Stunde später standen sie mit zwei Armen voll Klamotten vor der Umkleide. Eine Stunde später noch mal. Übrig blieb allerdings nur wenig.

»Ich bin einfach nicht in der richtigen Stimmung zum Shoppen«, maulte Jennifer, als sie sich das fünfte Sommerkleid überstreifte. »Da, siehst du, hier quillt alles raus!« Sie kniff in ein imaginäres Speckröllchen.

»Weißt du was, wie wär's, wir machen eine kurze Pause«, schlug Jonas erschöpft vor. »Wir lassen die drei Unterhöschen, für die du dich entscheiden konntest, zurücklegen, gehen was essen und kommen nachher wieder?«

»Nichts da. Wenn ich jetzt aufgebe, dann wird heute nichts mehr draus. Ich kenne das. Man muss einfach weiter Sachen anprobieren, bis irgendwas richtig toll aussieht. Dann bessert sich die Laune und daraufhin sitzen auch die anderen Sachen wieder besser.«

»Das ist ja wohl der größte Quatsch, den ich je gehört habe«, entgegnete Jonas und drehte sich zum Spiegel. Er schob seine Brille ein wenig nach oben, zupfte seine Haare zurecht, bis sie genauso zerstrubbelt aussahen wie vorher, stemmte erst den linken Arm in die Hüfte, dann den rechten und musterte sich kritisch.

Jennifer musste sich ein Lachen verkneifen. Wie oft hatte sie ihren Bruder schon in dieser Pose vor dem Spiegel stehen sehen.

»Also, ich brauche jedenfalls jetzt mal eine Pause. Ist es okay, wenn ich dich für eine Stunde alleine lasse?«

Jennifer nickte. »Na klar. Aber nicht mit fremden Männern mitgehen, egal, wie gut sie aussehen.«

»Ach, du alte Spielverderberin!«

* * *

Jonas bestellte sich einen Eiskaffee und zahlte für eine halbe Stunde an einem der Internetterminals im hinteren Bereich des Coffeeshops.

Um sich ein bisschen von der verrückten Situation abzulenken, wollte er nachsehen, was in seinen Lieblingsgruppen und -diskussionsforen so los war. Er musste einfach irgendwie runterkommen. Zum einen gab es diese perverse Formel, die seine Schwester errechnet hatte. Und zum anderen war da die Tatsache, die er zwar immer wieder verdrängte, die sich aber auch nicht einfach leugnen ließ: Jennifer würde sterben.

Eigentlich sollten sie lieber nach Mallorca fliegen und sich die Sonne auf den Bauch scheinen lassen, als vor irgendwelchen düsteren Typen zu fliehen. Andererseits hatte David natürlich recht. Wenn sie die Sache noch irgendwie stoppen könnten, wäre das echt sexy. Dann würden sie alle drei richtige Superhelden sein.

Er nippte an seinem Eiskaffee und überflog die Einträge über internationale Politik, Umweltschutz, sozialistische Träumereien und Verschwörungstheorien. Die waren unsinnig, aber oft lustig zu lesen.

Seit Jahren wünschte er sich, mehr zu tun, als nur den zweiten, dritten oder hundertsten Kommentar unter irgendwelche Beiträge zu schreiben. Er wollte selbst mal etwas anstoßen.

Vielleicht war jetzt die Zeit dafür gekommen?

Er rief einen anonymen Re-Mailer auf, der seine Nachricht – freigegeben durch die Kombination aus Username und Passphrase – direkt unter seinem Nick JonasM in das Communityprofil posten würde.

»Leute, ich kann euch nicht sagen, woher ich die Infos habe, aber die Welt wird untergehen. Das weiß ich aus einer gesicherten Quelle, einer regierungsnahen Forschungseinrichtung.«

Er dachte einen Augenblick nach, dann löschte er, was er gerade geschrieben hatte. Das hörte sich ja an wie das Geschwafel der ganzen anderen Irren.

Was wollte er eigentlich mit dem Eintrag bezwecken?

Schwer zu sagen – nur dass es endlich *losgehen* musste mit dem Weltretten, so viel war klar. Sie konnten nicht ewig rumsitzen und Trübsal blasen.

»Viele von euch kennen mich bestimmt bereits – oder besser meine Kommentare. Bisher habe ich noch keine eigenen Beiträge verfasst, weil viele andere hier das besser können. Aber jetzt habe ich von einer Sache gehört, die noch völlig unbekannt ist. Aber sie stimmt. Ich weiß, das sagen viele, aber ich erzähle euch nicht, dass die Welt den Bach runtergeht, das wissen wir schließlich alle, und ich sage auch nicht den Weltuntergang für das nächste Wochenende vorher.

Es ist besser und schlimmer zugleich. An den Unis und in Firmen wird im Moment viel über RISIKO geforscht. Das ist im Grunde nur Statistik: Egal, ob es darum geht, einen Sechserpasch zu würfeln oder den richtigen Preis für eine Unfallversicherung festzulegen – es ist beides reine Wahrscheinlichkeitsrechnung (nicht dass ich davon was verstehe). ;-)

Ereignisse, die extrem unwahrscheinlich sind, nennen die Statistiker Schwarze Schwäne – man weiß, sie werden irgendwann eintreten, aber da sie so selten sind, kann man nicht vorhersagen, wann und wo sie auftauchen. Genau wie bei den echten schwarzen Schwänen im Teich im Stadtpark weiß man nur eines sicher: Es gibt sie!

Aber jetzt kommt's: Die Leute, die ich kenne, arbeiten mit der UNO und der WHO zusammen und sie haben rausgefunden, dass wir in ein paar Jahrzehnten alle Toast sind. Nicht etwa wegen einer *einzelnen* Naturkatastrophe, sondern weil wir unsere komplette Umwelt kaputt machen.

Erst mal sind wir überall Strahlungen ausgesetzt, von Handy über WLAN bis Atom. Dann der ganze Dreck und die ganzen Abgase. Ist euch schon mal aufgefallen, wie stark das Wetter sich verändert? Und dann schlägt die Natur sozusagen mit voller Kraft zurück: Bald gibt's kein Getreide mehr, keinen Reis und viele Millionen hungriger Afrikaner und Asiaten werden nach Norden und Süden abhauen. Und dann wird's ganz schön eng und ungemütlich bei uns. Dazu kommen neue Seuchen. Ich will hier nicht klingen wie ein biblischer Prediger, aber als Ehec unterwegs war, hatten die Ämter echt Probleme, die genaue Quelle der Verseuchung rauszufinden, weil inzwischen alles so vernetzt ist.

Die Leute, die ich kenne, können das alles genau berechnen. Im Jahr 2064 (oder ein paar Monate früher oder später) ist Schluss mit lustig, dann sind alle Menschen ausgestorben.

So weit, so blöd. Aber was wir nicht wissen, ist, OB und WAS man noch dagegen tun kann.

Any ideas?

Grüße, JonasM«

Er zögerte noch einen Moment, dann schickte er die Mail los. Vielleicht hatte ja wirklich einer eine gute Idee. Stichwort Crowdsourcing: Vor ein paar Jahren hatte eine britische Zeitung

Hunderttausende von Dokumenten über Nacht von Lesern und Usern checken lassen, um einer Bestechungsgeschichte auf die Spur zu kommen. Die Macht der vielen.

Und schaden konnte es ja nicht.

Oben auf dem Bildschirm erschien eine 60, die herunterzählte – seine letzte Minute hatte begonnen. Er schloss alle Fenster und brachte sein Glas zum Tresen zurück.

Gerade als er den Coffeeshop verließ, hielt auf der anderen Seite der Fußgängerzone ein Krankenwagen – direkt vor der Eingangstür der H-&-M-Filiale. Jonas wurde eiskalt und er begann sofort, sich zwischen den Gaffern und Passanten nach vorn zu schieben. Nach ein paar Metern erkannte er, dass dort seine Schwester auf dem Boden lag. Neben ihr kniete ein Notarzt. Die Szene kam Jonas beängstigend bekannt vor.

»Ich bin ihr Bruder, lassen Sie mich durch!« Jonas schob sich an dem Sanitäter vorbei, der ihm den Weg versperrte. »Was ist passiert? Geht es ihr gut?«

»Sie ist ohnmächtig geworden und die Storemanagerin hat sicherheitshalber 112 gerufen«, sagte der Arzt. »Puls und Blutdruck waren im Normbereich, als wir kamen, und soeben hat sie auch das Bewusstsein wiedererlangt. Das ist ein sehr gutes Zeichen. Wir können sie zur Beobachtung einweisen –«

»Nein, das wird nicht nötig sein, ich kann mich um sie kümmern«, sagte Jonas.

»Gut. Es scheint sowieso nur ein Schwächeanfall gewesen zu sein. Ich muss allerdings noch die persönlichen Daten aufnehmen und die junge Dame sagte, sie hätte keinen Ausweis dabei –«

»Das stimmt. Wir wurden … äh … bestohlen, in der Bahn. Unsere Ausweise wurden gestohlen, wir wollten auch gleich noch zur Polizei deswegen. Aber ich nenne Ihnen natürlich gern die benötigten Angaben. Also, der Name meiner Schwester ist Müller. Jasmin Müller.«

Als Jennifer zum Sprechen ansetzte, legte Jonas sofort seine Hand auf ihre Schulter. Hoffentlich kapierte sie, was er vorhatte! »Ruh du dich mal besser aus. Ich erledige das hier schon, Jasmin. Das ist sicher kein Problem.«

Er nannte dem Arzt Markus' Straßennamen, Davids Hausnummer und behauptete, aus Kassel zu stammen. Als Telefonnummer gab er eine erfundene sechsstellige Zahl an. Der Arzt überprüfte noch einmal Jennifers Blutdruck, nickte zufrieden, packte seinen Koffer und ging.

Jonas zog Jennifer auf die Beine und legte stützend den Arm um ihre Hüfte.

»Was war das denn?«, fragte sie.

Er sah sich um, ob niemand sie belauschte, dann zuckte er mit den Schultern. »Ich muss zugeben, langsam bekomme ich Verfolgungswahn.«

»Allerdings.«

»Komm, ich bezahle noch schnell deine Sachen, dann gehen wir nach Hause. Ich habe das Gefühl, du brauchst mehr Ruhe, als du glaubst.«

Jennifer nickte ergeben.

Als Jonas mit den Einkaufstüten aus dem Laden zurückkam, sah er besorgt, wie seine Schwester erst das eine, dann das andere Auge zukniff, während sie die Fußgängerzone entlangschaute. Das hatte er zuvor noch nie bei ihr beobachtet.

»Ich bin nicht sicher, aber ich habe das ganz, ganz unangenehme Gefühl, dass mit meinem linken Auge etwas nicht stimmt. Als wäre ein Schleier davor. Und das Blickfeld scheint auch etwas kleiner zu sein. Es ist nicht immer da, meistens nur, wenn ich müde bin, aber es macht mir Angst.«

Jonas fühlte sich so hilflos. Vielleicht hätte er Jennifer doch ins Krankenhaus schicken sollen. Andererseits hatte er eben rein instinktiv gehandelt und bislang hatte er sich immer auf sein Bauchgefühl verlassen können. Hilflos nahm er Jennifers Hand und drückte sie ganz fest. Er versuchte dabei, seine Verzweiflung so gut es ging zu verbergen.

* * *

Ekhardt Hirschberger griff zum Telefon. Es klingelte, dann ging der Anrufbeantworter ran. Wieder mal. Er hatte bereits zwei Nachrichten hinterlassen, also legte er auf.

Er strich sich die Haare aus der Stirn und dachte nach. Zigmal hatte er inzwischen Jennifer Meyers DNA-Analyse überprüft. Sie war nicht nur ein medizinisch hochinteressanter Fall – er würde ihr mit hoher Wahrscheinlichkeit sogar helfen können.

Vielleicht war sie seinem Rat gefolgt und in Urlaub gefahren. »Wenn Sie etwas vorhaben, erledigen Sie es möglichst bald.« Solche Sätze sagten er und seine Kollegen routinemäßig zu Patienten, deren Lebenserwartung eher in Monaten als Jahren zu fassen war. Und zu Recht!

Sicher würde sie sich nächste, spätestens übernächste Woche bei ihm melden. Er hoffte es jedenfalls inständig.

Hirschberger selbst hatte keine Kinder, aber diese junge Frau rührte ihn an. Die Ruhe und Gelassenheit, mit der sie ihr Schicksal annahm, und der Fakt, dass sie sich nicht unterkriegen ließ, hatten Eindruck auf ihn gemacht. Sie hatte ihm erzählt, dass sie weiter zur Arbeit an der Uni ging, weil das Fachgebiet sie so faszinierte; sie wollte nicht einfach aus dem Leben aussteigen, sondern sich und ihren Wünschen, Träumen und Idealen treu bleiben. Das war etwas Wunderbares. Wer könnte schon von sich sagen, dass er genauso weitermachen würde wie bisher, wenn die Uhr auf einmal viel schneller tickte?

Er hatte Jennifer nur einmal getroffen, sie aber in sein Herz geschlossen. Deshalb griff er nun erneut zum Hörer und drückte die

Wahlwiederholung. Diesmal hinterließ er eine Nachricht. »Jennifer, ich bin es noch mal, Professor Hirschberger. Es ist wirklich dringend. Ich hoffe, es geht Ihnen gut. Bitte rufen Sie mich an, sobald Sie die Gelegenheit dazu haben! Es gibt da etwas, das ich gern mit Ihnen besprechen würde. Und möglicherweise –«

Pieps!

Die Aufnahmezeit war abgelaufen. Verdammt!

Grübelnd schob er die Unterlagen in eine Mappe, warf diese auf seinen Schreibtisch und verließ das Büro. Draußen war es viel zu schön, um den Tag nicht zu genießen. Hirschberger holte seinen kleinen roten E-Type aus der Garage, legte eine CD mit Rockhits ein und fuhr zu einem nahe gelegenen Lokal, das über ein wunderbares Kuchenbuffet verfügte.

Doch als er wenig später in der Sonne saß und seinen Kuchen verspeiste, wollte ihn die Sorge um Jennifer Meyer einfach nicht loslassen.

17

Stefan Baldur saß, wie jeden Tag, an seinem aufgeräumten Schreibtisch. Morgens nahm er seinen Kaffee mit dorthin und erledigte dann seine E-Mails. Er war stolz darauf, dass niemand, der ihm schrieb, länger als vierundzwanzig Stunden auf eine Antwort warten musste. Gegen elf legte er eine Pause ein und ging hinüber in den kleinen Fitnessraum neben seinem Büro. Eine knappe Stunde quälte er sich auf Laufband, Crosstrainer und Hantelbank. Fit zu bleiben und vor allem den Rücken zu stärken, war von entscheidender Wichtigkeit für Schriftsteller.

Zusammen mit seiner Lebensgefährtin nahm er ein leichtes Mittagessen zu sich, heute waren es ein Omelett und ein Salat gewesen. Dann kehrte er an den Schreibtisch zurück und wartete auf eine Idee, einen Geistesblitz.

Er ließ den Blick über die Buchrücken in dem Regal neben seinem Schreibtisch schweifen. Er hatte acht Bücher geschrieben, das letzte war ein internationaler Bestseller gewesen, übersetzt in mehr als sechzig Sprachen, weltweit über elf Millionen Mal verkauft, in einem halben Jahr sollte der Film ins Kino kommen.

Baldur würde nie mehr arbeiten müssen, mit diesem einen Erfolg hatte er genug verdient für ein ganzes Leben. Was ihn jedoch quälte und leiden ließ wie einen Hund, war die Tatsache, dass ihm nichts mehr einfiel. Alle erwarteten, dass sein nächstes Buch das letzte in jeder Hinsicht übertraf, an Einfallsreichtum, Sprachwitz, Moral, Umfang, Lesevergnügen. Aber jede seiner Ideen gab es schon oder war ohnehin so unoriginell, dass er sich schämen würde, sie dem Verlag auch nur vorzustellen.

Weil der Erwartungsdruck der Fans so groß war und sein Lektor ihm im Nacken saß, hatte er jedoch vor einigen Monaten auf seiner Webseite verkündet, dass er mit der Arbeit für einen Nachfolgetitel begonnen habe. Dummerweise hatte er aber leider nichts in der Schublade. Gar nichts. Keine Spur einer Idee, keinen Hauch einer Story. Und so surfte er Tag für Tag ziellos durchs Internet, blätterte in den Magazinen, die seine Freundin vom Einkaufen mitbrachte, las die Vorschautexte der Autorenkollegen – alles in der verzweifelten Hoffnung auf Inspiration.

Wenn er nur endlich – was war das?

Er blieb an einem Artikelbaum in einer der Gruppen hängen, für die er sich eingetragen hatte. Anarchisten, Neonazis, Kommunisten, Ultra-Liberale, Verschwörungstheoretiker und Kinderschänder, sie alle zogen ihre Bahn durchs Internet und hinterließen interessante Spuren, aus denen sich – davon war er immer noch überzeugt – bestimmt ein spannendes Buch bauen ließe. Also las er tonnenweise düsteres, verquastes und über weite Strecken sinn- und grammatikfreies Zeug in der Hoffnung, zufällig auf eine Goldader zu stoßen.

Und möglicherweise hatte er sie gerade gefunden!

Ein geniales Weltuntergangsszenario und angeblich sogar wahr. Was wollte man mehr?

Baldur markierte die Internetadresse zu JonasM's Beitrag und kopierte ihn als Zitat in sein eigenes Blog. Darunter schrieb er: »So sieht's aus, Freunde! Bald sind wir hinüber, aber vorher schreibe ich noch das Buch darüber! Wir lesen uns!«

Baldur selbst glaubte nicht an solchen Nonsens. Aber das war egal, es war eine großartige Basis für einen großartigen Thriller. Morgen würde er aus dieser absurden Verschwörungstheorie ein Exposé stricken und dem Verlag schicken.

Zufrieden fuhr er seinen Rechner herunter.

* * *

Jeder zweite Besucher von Baldurs Webseite folgte dem Link, viele verwiesen ihrerseits auf den Eintrag, ein Schneeballsystem setzte sich in Gang. Nach neun Stunden hatte es der Beitrag, einschließlich der automatisierten Übersetzung in die wichtigsten Sprachen der Welt, auf zwei Millionen Hits gebracht. Bald erschienen die ersten Medienberichte, die weitere Veröffentlichungen nach sich zogen. Die deutschen Morgenzeitungen, deren Redaktionsschluss vor Mitternacht lag, bekamen die Entwicklung noch nicht mit, die amerikanischen Tageszeitungen brachten bereits kleine Meldungen, ebenso die Medien in Japan, Indien und Russland, die dann wiederum von den internationalen Presseagenturen wiederholt wurden. Die Redakteure deutscher Morgenshows in Radio und TV sahen dann ihre Chance, ein Thema zu bringen, das den Printkollegen entgangen war, und stiegen voll ein. Der journalistische Dreh allerdings entsprach keineswegs mehr der Ernsthaftigkeit von Jonas' Text. Immerhin war die Nachricht Stille-Post-mäßig einmal um die Erde gewandert und schon lange machte sich niemand mehr die Mühe, die Originalquelle zu recherchieren.

* * *

»Guten Morgen, liebe Hörerinnen und Hörer! Oder sollten wir vielleicht lieber sagen: Carpe diem – nutze den Tag? Gerüchten zufolge ist am dreißigsten Mai der Weltuntergang. Nicht dieses

Jahr, sondern 2064, aber immerhin – so lange ist das nicht mehr. Da sollten Sie schon mal mit Ausmisten, Aufräumen oder der lang geplanten Weltreise anfangen, um nicht schlussendlich dumm dazustehen!«

Eine zweite Moderatorenstimme mischte sich ein: »Ich habe heute Morgen gleich mal das Joggen ausfallen lassen! Wie geht es Ihnen, liebe Hörer – wenn wirklich bald Schluss ist mit allem, was machen Sie dann aus den letzten Tagen, Wochen oder Monaten Ihres Lebens? Darüber diskutiert Deutschland und die Welt! Rufen Sie jetzt an und diskutieren Sie mit!« Er nannte eine kostenpflichtige Telefonnummer, dann spielte der Sender *It's the End of the World as We Know It* von R.E.M.

Jonas versuchte, den beunruhigten Blicken von Jennifer und David auszuweichen. David wechselte den Sender. Auch bei der öffentlich-rechtlichen Konkurrenz wurde, unterlegt von U2s *Sunday Bloody Sunday*, über das angebliche Ende der Menschheit gesprochen.

»Bestsellerautor Stefan Baldur verweist auf den Interneteintrag eines Unbekannten, der angeblich aus gesicherter Quelle, nämlich einer regierungsnahen Forschungseinrichtung, erfahren haben will, dass im Jahr 2064 die Menschheit aussterben wird. Ob das für die Erde nicht vielleicht sogar ein Gewinn wäre, sei dahingestellt – aber was meinen Sie? Wie wahrscheinlich ist es, dass wir mit Umweltverschmutzung, politischen Fehlentscheidungen, sozialen Missständen und genetischen Experimenten sozusagen unser eigenes Todesurteil gefällt haben? Rufen Sie jetzt an und diskutieren Sie mit unseren Experten! Die Leitungen sind jetzt freigeschaltet.«

Jonas fing Jennifers stechenden Blick auf. »*2064? Regierungsnahe Forschungseinrichtung? Interneteintrag eines Unbekannten?* Jonas – was hast du getan?«

David war ins Wohnzimmer gegangen und hatte den Fernseher

eingeschaltet. »In den Morgensendungen reden sie auch darüber und sogar im Bildschirmtext ist eine entsprechende Meldung.«

Jonas spürte, wie das Blut aus seinen Wangen wich. »Das verstehe ich nicht«, murmelte er. Dann setzte er sich an Davids Computer und schaltete ihn ein. *Pling*, machte das Gerät. »Neue Mails«, sagte er, kümmerte sich aber nicht weiter darum, sondern rief nacheinander die Webseiten aller wichtigen Sender, Magazine und Zeitungen auf.

»Sommerloch«, seufzte er schließlich. »Das darf echt nicht wahr sein.« Er sah sich die Homepage von Stefan Baldur an, wo offenbar alles angefangen hatte.

Jennifer trat neben ihn.

»Ich muss los, Leute«, sagte David. »Wenn es nicht so ein blöder Scherz wäre, würde ich sagen: Davon geht die Welt nicht unter!« Er grinste und Jonas sah erleichtert, dass auch Jennifer lächeln musste.

Nachdem die Tür zugefallen war, fragte sie: »Also, was hast du angestellt?«

»Nichts«, wehrte sich Jonas. Etwas leiser setzte er hinzu: »Also, fast nichts. Nichts Schlimmes jedenfalls. Dass die jetzt alle durchdrehen, weil in der Welt sonst nichts los ist, das konnte ich ja nicht ahnen. Und dieser Baldur«, er deutete auf den Monitor, »also, dass ausgerechnet der auf meinen Eintrag verweist, das war wirklich nicht abzusehen.«

Jennifer verdrehte die Augen. »Ja, ja, rausreden konntest du dich schon immer gut. Aber *was* hast du denn nun verzapft – und warum eigentlich?«

»Da, lies selber«, sagte Jonas und rief den Originalthread auf. »Und warum? Gute Frage. Ich glaube, weil ich das alles nicht kapiere und für mich mal reflektieren musste. Es steht ja auch gar nichts Schlimmes drin. An jedem anderen Tag wäre das einfach untergegangen. Aber ausgerechnet gestern mussten dieser Baldur und die Medien diese Sau durchs Dorf treiben. Morgen kommt dann einer und will, dass Mallorca siebzehntes Bundesland wird, und die ganze Sache ist vergessen, wetten?«

Jennifer schnitt eine Grimasse. »Da bin ich nicht so sicher. Ich habe das Gefühl, das Thema berührt die Menschen. Endlichkeit. Der Sinn des Lebens. Selbstbestimmtheit. So nach dem Motto: Hier stehe ich, was mach ich draus ... Das ist doch eigentlich eher dein Steckenpferd als meines.«

»Na ja, ich finde schon, dass die Leute sich bewusster machen sollten, wie sie leben. Man muss doch nicht alles fressen, was einem vorgesetzt wird.«

»Ja, ja, schön, da magst du sogar recht haben. Die Sache ist nur: Wenn man sich gegen die Regeln stellt, wenn man anders ist als die anderen, dann hat man auch viel zu verlieren. Aber was, wenn man nichts mehr zu verlieren hat? So wie ich – und jetzt auch alle anderen?«

* * *

Das Thema traf den Nerv der Zeit. Moderatoren bezeichneten das Aussterben der Menschheit ungerührt als Weltuntergang, und obwohl es, außer ihren Berechnungen, die ja keiner kannte, keine Beweise gab, fanden es doch alle »plausibel«, »wahrscheinlich«, »logisch«, »zwingend«, »unvermeidlich« oder zumindest »nachvollziehbar«, dass eine gesamte Art innerhalb kürzester Zeit (schon ganz mit biologischen Maßstäben gemessen) verschwinden würde.

Unter dem deutlich erkennbaren Motto *bad news are good news* zelebrierten Moderatoren und Kommentatoren die Endzeitstimmung, im Radio liefen pausenlos deprimierende Balladen wie Elton Johns *Goodbye Englands Rose*, Enyas *Only Time*, Chris Reas *Road to Hell* – und zwischendurch mal AC/DCs *Highway to Hell.*

»Wenn Sie nur ein paar Jahre zu leben hätten, was würden Sie tun?«, lautete anfangs die Frage, die ja sowieso schon deutlich über die tatsächliche Sachlage hinausging. Jennifer hörte gemeinsam mit ihrem Bruder entgeistert zu, wie daraus binnen Stunden »Wenn Sie nur noch ein Jahr zu leben hätten ...« wurde, dann »Wenn Sie nur noch wenige Monate zu leben hätten ...« und schließlich »Was ist Ihnen das Wichtigste im Leben?« Die Krönung stellte folgende Frage dar: »Ihnen bleiben noch dreißig Minuten – wen rufen Sie an und was sagen Sie ihm oder ihr?«

Genervt stellten sie schließlich den Fernseher ab und machten das Radio aus. Koch und RISK hatten bisher kein offizielles Statement abgegeben, warum auch immer. Jennifer war mehrmals kurz davor, sich selbst zu Wort zu melden und die Angelegenheit richtigzustellen, aber das kam natürlich nicht infrage. Zu gefährlich, zu unglaubwürdig, völlig nutzlos und unsinnig.

Mittags gingen sie zum Italiener um die Ecke, wo sie bei Insalata und Antipasti zuhörten, wie alle übrigen Gäste kein anderes Thema kannten als das Spielchen »Was wäre, wenn«.

Was wäre, wenn die bekannten Regeln nicht mehr gelten? Wenn uns die Zukunft nichts mehr angeht, weil sie einfach ausfällt? Haut man seine Ersparnisse auf den Kopf und macht sich ein schönes Leben? Und wenn ja, wer steht einem dabei zu Diensten, wenn alle anderen es genauso machen? Warum noch zur Arbeit gehen? Oder bot gerade in einer solchen Krisensituation der Alltag Halt, waren Freunde und Familie wichtiger als je zuvor?

Jennifer wusste nicht, wohin mit sich. Was die Medien und deren Rezipienten aus der Sache machten, war verdreht und verkehrt. Vor allem entging ihnen der entscheidende Punkt: Dass es sich nicht um eine müßige Denkübung handelte, sondern um eine bald unumkehrbare, unaufhaltbare Entwicklung. Ein Horrorfilm in Zeitlupe sozusagen.

Sie war froh, als sie wieder zu Hause war. Während Jonas noch ein bisschen durch die Stadt streifte, versuchte sie, sich auszuruhen und Kraft zu tanken, aber ihre Gedanken rasten und so tigerte sie rastlos durch die Wohnung.

Das einzig Gute an der Situation war David. Als er nach Hause kam, breitete sich ein Strahlen auf ihrem Gesicht aus und eine innere Ruhe überkam sie.

»Hier«, sagte er und zog eine romantische Komödie aus seiner Aktentasche. »Ich war gerade noch in der Videothek, aber *2012* war schon weg.«

Darüber musste selbst Jennifer lachen.

Sie hatte ein schlechtes Gewissen, weil so viel zu tun wäre, so viel zu überlegen, auch wenn sie gar nicht genau wusste, was. Und so schmiegte sie sich an David, aß Popcorn und sah dabei zu, wie zwei Schulfreunde endlich zueinanderfanden.

Am Nachmittag des nächsten Tages lief eine Sondersendung auf Phoenix, in der echte Experten – und nicht die schnell gebuchten Clowns aus den Morgensendungen des Vortages – über das Thema sprachen. Jennifer hing wie gebannt vor dem Bildschirm, während Jonas in der Küche Zeitung las.

Ein Philosoph mit einem fusseligen Kinnbärtchen schlug vor, die Thematik zum Anlass zu nehmen, das persönliche Glück zu definieren. »Dabei dürfen wir aber nicht vergessen, dass seit Sokrates unstrittig feststeht, dass ein Teil unseres Glückes im Glück der anderen besteht. Reiner Egoismus führt nachweislich nicht zu höherer Zufriedenheit mit dem eigenen Leben.«

Jennifer nickte. Das schien ihr einleuchtend.

Ein Evolutionsforscher verkündete, dass es »einfach unmöglich« sei, dass die Menschen derart schnell von der Erde verschwänden. »So etwas hat es noch nie gegeben«, erklärte er.

»So ein Unsinn«, murmelte Jennifer. Es stimmte zwar, aber es gab eben immer ein erstes Mal.

Ein Pfarrer riet dazu, »spätestens diesen Sonntag« die Beichte abzulegen, als stünde 2064 unmittelbar bevor.

Plötzlich tauchte eine Tickerzeile auf: »Steigende Kriminalitätsrate in ehemaligen Ostblockstaaten – mehr auf unserer Internetseite.«

Was war das nun wieder für eine Statistik? Es mochte ja noch durchaus plausibel sein, dass weniger Menschen die Gesetze befolgten, wenn sie davon ausgingen, dass die Konsequenzen geringer als bisher waren. Aber wie wollte man das so schnell gemessen haben?

Jennifer setzte sich an den Rechner und öffnete einen neuen Tab. Sie las die komplette Meldung auf der Webseite des Nachrichtensenders und lachte auf. »Die vergleichen die durchschnittliche Kriminalitätsrate des Vorjahresmonats mit heute – vollkommen absurd! Das ist rein im Zufallsbereich«, rief sie zu Jonas hinüber.

»Wieso?«

»Das ist, als würdest du einen Tag nehmen, an dem es weltweit zwei Flugzeugabstürze gegeben hat, und dann vergleichst du ihn mit dem *Durchschnitt* an Flugzeugabstürzen des Vorjahres. Angenommen, da sind zehn Flugzeuge runtergeknallt, das macht dann 0,03 pro Tag. Der Vergleich ist einfach Unsinn.« Sie seufzte und wollte wieder zurück auf die Couch, als sie einen rot blinkenden Briefumschlag im anderen Tab bemerkte. Sie klickte darauf und sah die Startseite ihres Online-Speichers, aus dem sie die Dokumente auf Davids Rechner gezogen hatte. Aber wer sollte ihr dorthin eine E-Mail schicken? Niemand kannte die Adresse! Sofort beschleunigte sich ihr Herzschlag.

Erst war sie erleichtert, als sie den Absender sah. Die Mail war von Tim Koch. Doch im nächsten Moment durchzuckte sie eine andere Erkenntnis.

Verdammt, sie hatte ihm vor vier Tagen von dieser Adresse aus die Formel freigegeben! Und ihm damit zugleich gesagt, wo er sie finden konnte. Minuten später waren die Männer bei ihr im Hotel aufgetaucht. Hatte tatsächlich er ihren Aufenthaltsort preisgegeben? Und konnten ihre Verfolger sie nun, weil sie vergessen hatte, sich abzumelden, erneut orten? Obwohl, dann wären sie bestimmt schon lange da gewesen …

Jennifers Augen überflogen den Betreff der Nachricht: *Todesformel – rettende Idee*. Sie konnte nicht widerstehen und klickte darauf. Wenn er der Verräter war, gab es sowieso kein Entkommen.

»Liebe Jennifer«, begann seine Mail. »Bitte rufen Sie mich dringend an. Ich mache mir große Sorgen um Sie. Aus Sicherheitsgründen bitte ich Sie, die folgende Nummer zu verwenden, es ist unsere Privatnummer, die wir normalerweise nicht nutzen, weder für ein- noch für ausgehende Gespräche.«

Es folgte eine Festnetznummer in Wuppertal.

»Thorge und ich haben die von Ihnen erstellte Formel gründlich überprüft und ich kann keine Unstimmigkeit darin feststellen. Unter fachlichen Aspekten muss ich Ihnen dazu gratulieren, dies ist eine ganz außerordentliche und außergewöhnliche Leistung! Sie haben einen Zusammenhang gesehen, der allen anderen, die mit der Materie befasst sind, bislang entgangen ist! Dass die Ergebnisse Ihrer Berechnungen alles andere als erfreulich sind, steht auf einem anderen Blatt.

Allerdings glaube ich, einige entscheidende Elemente ausgemacht zu haben. Sozusagen die Tropfen, die das Fass zum Überlaufen bringen. Denn Zukunft ist ja kein Schicksalsschlag, sondern die Folge der jeweils vorhergehenden Ereignisse und Entscheidungen. Einige davon sind nicht oder nur unzureichend und vor allem nicht mehr schnell genug zu beeinflussen, beispielsweise die katastrophalen Auswirkungen der Klimaveränderung. Der Meeresspiegel wird steigen, viele heute fruchtbare Gebiete werden verdorren und derzeit ist uns kein Mittel bekannt, diese Entwicklung aufzuhalten.

Andere Variablen Ihrer Gleichung jedoch wären zumindest theoretisch veränderbar – und ihre Manipulation hätte massive Auswirkungen auf das Ergebnis. So wäre es theoretisch denkbar, zumindest ›auf Zeit zu spielen‹, in der Hoffnung, dass ausgezeichnete junge Forscher und Wissenschaftler wie Sie die dringend notwendigen Erkenntnisse beisteuern, um den Karren aus dem Dreck zu ziehen.

Meine Annahmen basieren allerdings weitestgehend auf rein mathematischen Analysen. Welcher Faktor hat den größten Einfluss auf das Ergebnis? Sie haben sich weit genauer als Thorge und ich mit dem Quellmaterial auseinandergesetzt, sodass ich es für dringend erforderlich halte, direkt mit Ihnen darüber zu sprechen, ob die von mir angenommenen Änderungen tatsächlich machbar und erreichbar wären. Der nächste Schritt könnte dann darin bestehen, die geschäftlichen und politischen Kontakte sowie die gesellschaftliche Position von RISK zu nutzen, um ein entsprechendes Vorgehen zu erreichen.

Jedoch ist höchste Eile geboten, denn in zwei Wochen wird GlobalENJ ein Bio-Nanotech-Kraftwerk in Betrieb nehmen, das zwar praktisch keine Schadstoffe freisetzt, dafür aber große Mengen Wärme. Extra deswegen wurde ein Kühlkanal angelegt, der direkt ins Meer geleitet wird und nach meinen überschlägigen Berechnungen die Katastrophe unwiderruflich in Gang setzen wird. Ich bitte Sie daher unbedingt, mich schnellstmöglich zu kontaktieren.

Über ein rein wissenschaftliches Interesse und eine moralische Verantwortung hinaus fühle ich mich auch persönlich betroffen: Ich bin zweifacher Großvater und möchte alles für eine lebenswerte Zukunft meiner Enkel und Urenkel tun. Als Fachmann bin ich beschämt, diese Entdeckung nicht selbst gemacht zu haben, als Mensch jedoch bin ich Ihnen zutiefst dankbar, weil uns so vielleicht wenigstens noch eine kleine Chance bleibt, das Steuer herumzureißen und die Menschheit vor dem Abgrund zu retten.

Denn bei allem Übel, das wir in die Welt gebracht haben, empfände ich es doch als bedauerlich – und auch als persönliche Niederlage –, letztlich nur eine kurze, peinliche Fußnote der Biologie gewesen zu sein.

Bitte melden Sie sich so bald wie möglich, Tag oder Nacht, unter der angegebenen Rufnummer.

Ich hoffe, es geht Ihnen gut!

Bis bald, Ihr Prof. Tim Koch«

Jennifer wischte sich mit dem Handrücken über die Augen. Das klang überhaupt nicht so, als hätte Koch sie verraten. Aber wenn nicht er, wer dann?

* * *

Martin Walsh starrte finster die neueste Zusammenstellung aktueller Medienberichte an. Inzwischen wurden ihm alle zwei Stunden neue Übersichten vorgelegt, denn nach den Europäern sprangen nun offenbar auch die Amerikaner auf das Thema an. Das war zu viel und einige der Beiträge wurden gefährlich. Noch waren weder GlobalENJ noch Tochterfirmen genannt worden, aber wenn es so weiterging, war das nur eine Frage der Zeit.

Der öffentliche Imageschaden war dabei seine geringste Sorge. Viel problematischer war, dass politische Gefälligkeiten nur denen entgegengebracht wurden, die ihrerseits gerade auf der Sonnenseite standen.

Es war mehr als eindeutig, dass diese Jennifer Meyer dahintersteckte. Sie mussten sie in die Hände bekommen und herauskriegen, was die junge Frau wusste.

Bak hatte ihm ein Foto der Zielperson geschickt. Walsh überlegte ernsthaft, die Vernehmung selbst durchzuführen.

Was machte eigentlich dieser Young-Sun Bak? Walsh aktivierte die Videoüberwachung des Mitarbeiters, wodurch dessen Webcam eingeschaltet wurde, ohne dass deren LED dies anzeigte. Bak saß weder im Büro noch in seiner Wohnung. Die Kamera seines Handys zeigte ein schwarzes Bild, offenbar steckte es in einer Tasche.

Walsh sah auf die Uhr und überlegte, ob er Bak anrufen sollte. Nein, beschloss er dann, es war besser, noch zu warten, bis es in Deutschland nach Mitternacht war. Dann war der Schockeffekt größer – und der Mann würde sich vielleicht endlich mal in Bewegung setzen.

18

Hirschberger beobachtete besorgt die Kurse der Aktien in seinem Depot. Sie befanden sich in freiem Fall. Nach einem Augenblick des Nachdenkens beschloss er, nicht zu verkaufen. Entweder stimmten die Weltuntergangsgerüchte, dann war es sowieso egal, und wenn nicht, würden die Preise von allein wieder steigen.

Er zappte durch die Kanäle. Der Kanzler war im Urlaub, die Königshäuser in der Sommerresidenz, es gab keine Katastrophen oder Skandale und daher beherrschte nur ein Thema alle Sendungen: das angeblich recht nah bevorstehende Ende der Menschheit.

Hirschberger schüttelte den Kopf. So ein Unfug! Evolution geschah nicht über Nacht. Aber natürlich waren Katastrophenstorys immer spannend und die meisten Menschen fanden die Frage »Was mache ich mit dem Rest meines Lebens?« auch sehr beunruhigend, weil sie im Alltag für ihr Gefühl zu viele Kompromisse machten.

»Ich habe meiner Frau heute Morgen gesagt, dass ich sie liebe!«, verkündete ein Mann mit Tränen in den Augen. »Und meinen Töchtern auch! Und meinem Sohn! Man weiß ja wirklich nie, wann das Leben zu Ende geht, und wir konzentrieren uns oft auf die falschen Dinge! *Lisa, ich liebe dich!*«, rief er.

Dann wurde eine Mutter gezeigt, die Raviolidosen in einen bereits gut gefüllten Einkaufswagen stapelte. Ein Kind stand neben dem Wagen und hielt einen Schäferhund an der Leine. »Ich lege mir lieber rechtzeitig Vorräte an«, erklärte die Frau mit leiser Stimme, als verriete sie ein Geheimnis. »Wer weiß, wann die Seuchen und Katastrophen kommen?!«

Hirschberger schüttelte entgeistert den Kopf.

Auf dem nächsten Sender wieder Börsenkurse – sie gingen jetzt langsam, aber sicher weltweit nach unten. Der Kommentator berichtete atemlos, als stünde er in einem Sturm und nicht im Studio: »Internationale Investoren gehen von weiteren dramatischen Kursverlusten aus und sichern sich mit Put-Optionen, also sozusagen Wetten auf sinkende Kurse, gegen diese ab. In Finanzkreisen wird bereits heftig darüber diskutiert, ob eine Aussetzung des Börsengeschäftes angezeigt wäre.«

»Ich begreife diese Meldung als Chance«, verkündete ein bierbäuchiger britischer Airlinebesitzer auf der deutschen Frequenz von BBC. »Letztlich ist Geld doch nur ein Mittel zum Zweck und in diesem Fall heißt der Zweck ›Überleben‹!« Der Moderator fragte: »Was bedeutet das in Ihrem Fall konkret? Lösen Sie derzeit Investitionen auf oder schießen Sie Geld nach?« Der Milliardär schüttelte den Kopf. »Weder noch. Ich habe soeben zehn Millionen Pfund an die Universität Oxford gespendet, um damit Forschungsarbeiten in dieser Sache zu finanzieren, und fordere alle, die finanziell ebenso gut gestellt sind wie ich, auf, ebenfalls ihr Vermögen in den Dienst der Gemeinschaft zu stellen.« Der Moderator hakte nach: »Machen Sie sich denn keine Sorgen um Ihr Leben, oder zumindest das Ihrer Kinder und Enkel?« Der Talkgast erwiderte: »Doch, aber ich bin sicher, bei entsprechendem finanziellem Einsatz haben wir in dreißig oder vierzig Jahren Kolonien auf dem Mond oder dem Mars. Dorthin werden die Eliten dann abwandern.«

Ein harter Schnitt zeigte im Anschluss daran die Reaktionen derer, die auf keinerlei Mittel zurückgreifen konnten: Hungernde und Arme in Afrika und Asien. Tausende von ihnen hatten sich in den Zentren der Großstädte zusammengefunden und protestierten gegen ihre Lebensumstände. Auf ihren Plakaten stand: *Wir hatten nie eine Chance – nun ist es höchste Zeit!* und *Gerechtigkeit! Wenn nicht jetzt, wann dann?* Erschreckende Bilder zeigten Plünderungen in bürgerlichen Wohngebieten sowie brennende Slums am Rande von Müllbergen. Die Menschen dort hatten vor lauter Wut und Frustration ihre armseligen Unterkünfte in Brand gesteckt, um auf die Ausweglosigkeit ihrer Situation aufmerksam zu machen.

Hirschberger schaltete kurz entschlossen den Fernseher aus. Vielleicht sollte er ein wenig im Wald spazieren gehen. Das hatte er zuletzt vor über zwei Jahren getan, als eine Freundin unbedingt »in die Natur« gewollt hatte. Das ganze Gerede davon, jeden Tag zu leben, als wäre es der letzte, ging auch an ihm nicht spurlos vorüber.

* * *

Neugierig verfolgte Jennifer die neuesten Schlagzeilen. Offensichtlich kippte die öffentliche Stimmung gerade.

»Hossa, hossa! Wir feiern das Leben!«, titelte eine Boulevardzeitung am Morgen. »Lasst euch nicht ins Bockshorn jagen! Kein Experte bestätigt den Endzeit-Horror! Alles nur Panikmache!«, hieß es in dem Artikel.

Eine Wochenzeitung widmete acht Seiten im Wissenschaftsteil der Frage, ob, wann und unter welchen Bedingungen ein Ende der Menschheit möglich wäre, und kam zu dem Schluss, dass »alle derartigen Gerüchte reine Science-Fiction-Fantasien sind«.

Für die erfolgreichste wöchentliche Talkshow hatten sich mehrere internationale Sender zusammengeschlossen, um sich kurzfristig möglichst hochkarätige Gäste leisten zu können. Alle waren sich einig darin, dass es sich um reine Angstmache handelte, »wie der schwarze Mann oder das Monster unter dem Bett«, erklärte ein Physiker, der vor Kurzem den Nobelpreis erhalten hatte.

»Als ob der etwas davon versteht!«, empörte sich Jennifer und wedelte mit ihren Händen vor Jonas' Gesicht herum. »Der kann mir nicht mal erklären, warum mein Frühstücksbrot immer auf die Marmeladenseite fällt. So ein Quatsch! Und einen Biologen oder Mathematiker haben sie natürlich gar nicht erst eingeladen. Der würde ja vielleicht einen nützlichen Beitrag zur Sache leisten!« Sie kochte vor Wut, während David und ihr Bruder gebannt auf den Bildschirm schauten.

»Welche Maßnahmen werden Sie ergreifen, um eine mögliche Gefahr von der Menschheit fernzuhalten?«, erkundigte sich der Moderator bei einem Studiogast, der laut der Einblendung unter seinem Namen zu den fünfzig reichsten Menschen der Erde zählte und zahlreiche Firmen in Indien besaß. »Gar keine«, entgegnete der aalglatt, »denn es hat zu keiner Zeit eine Gefahr für die Öffentlichkeit bestanden. Man darf in diesem Zusammenhang ja auch nicht den Shareholder-Value vergessen. Wir als börsennotiertes Unternehmen sind nicht der Öffentlichkeit verpflichtet, sondern unseren Eigentümern, den Aktionären. Selbst wenn ein bestimmtes Handeln daher nicht dem Wohle aller dienen sollte, und ich weise ausdrücklich darauf hin, dass dies eine rein hypothetische Überlegung ist, dann bestünde unsere Aufgabe dennoch in der Gewinnmaximierung, um eine möglichst hohe Dividende ausschütten zu können.«

Jennifer schaltete den Fernseher aus.

»Hey, ich wollte das sehen!«, protestierte ihr Bruder.

»Ja, aber ich kann nicht mehr. Ich bin hundemüde. Kannst du vielleicht oben bei dir weitergucken?«

»Okay, okay, wenn ihr mich nicht mehr wollt, dann zieh ich eben Leine«, sagte Jonas halb im Spaß und halb im Ernst.

Weder David noch Jennifer protestierten, als er sich vom Sofa erhob. Er blieb noch einen Moment unschlüssig stehen, dann nickte er und sagte: »Alles klar, dann bis morgen früh – schlaft gut.«

»Danke, du auch«, sagte Jennifer.

David stand nun doch auf und begleitete Jonas zur Tür. Jennifer reckte den Hals und konnte sehen, wie er ihrem Bruder zum Abschied auf den Rücken klopfte. Dann kam er ins Wohnzimmer zurück und setzte sich wieder auf das Sofa. Jennifer streckte sich spontan aus – den Kopf in seinem Schoß. Er schaute überrascht, lächelte dann aber.

»Ich bin total kaputt«, gestand sie.

»Ja, sag mal – was ist eigentlich genau mit dir?«, fragte David. »Jonas hat mir noch ein bisschen mehr erzählt als du neulich. Muss ich mir Sorgen machen um dich?«

Jennifer hatte sich ganz fest vorgenommen, ihm keinesfalls von ihrer Krankheit zu erzählen. Aber nun schaute David sie mit seinen dunkelbraunen Augen so besorgt an, dass sie nicht anders konnte. »Mir bleiben nur noch sechs Monate. Ich habe eine ganz seltene Schilddrüsenkrankheit und werde sterben«, sagte sie und stellte erstaunt fest, wie ruhig sie dabei klang. Kein Zittern in der Stimme, keine Tränen in den Augen. »Der Verlauf ist schubweise, mal geht es mir ganz gut, dann fühle ich mich plötzlich schlagartig schlecht. Die letzten Tage war ich wahnsinnig schnell erschöpft, aber immerhin ist mein Auge wieder besser geworden. Außerdem habe ich das Gefühl, als würde ich mit dem linken Auge durch einen verschwommenen Schleier schauen, und manchmal spüre ich so ein komisches Kribbeln im linken Arm und linken Bein. Nicht schlimm, aber unangenehm.« Sie holte tief Luft. »Deshalb habe ich mich auch so genau mit dem Tod und dem Sterben und gesundheitlichen Risiken beschäftigt – weil es um mich geht. Und plötzlich hat es *Klick* gemacht und die Formel war da. Das erklärt auch, warum außer mir keiner darauf gekommen ist: Ich sehe die Welt gerade anders. Meine Zeit läuft. Die Uhr tickt.« Jennifer warf David einen unsicheren Blick zu. »Ich wollte es dir die ganze Zeit sagen, niemandem lieber als dir! Aber zugleich auch wieder nicht, weil ich dachte, dass du mich dann bestimmt mit anderen Augen siehst: als unheilbar krank, fast schon tot. Als … nicht mehr so wichtig?«, fügte sie unsicher hinzu.

David hatte begonnen, mit den Fingern über ihr Haar zu streicheln, und für einen Augenblick gab sie sich ganz und gar dem überraschenden Gefühl der Geborgenheit hin, das sie durchströmte. Schließlich sagte er leise: »Ich bin froh, dass du dich mir anvertraut hast.« Nach einer Pause setzte er hinzu: »Am liebsten würde ich dir jetzt versprechen, dass wir das schon hinkriegen und du keine Angst haben musst. Aber ich fürchte, das wäre gelogen. Jedenfalls kannst du dir ganz sicher sein, dass sich zwischen uns nichts ändert.«

Er sah ihr in die Augen und sie glaubte, in seinem Schokoladenbraun zu versinken. Langsam, ohne weiter darüber nachzudenken, hob sie den Kopf, sie stemmte sich mit den Ellenbogen hoch und zugleich ließ er seinen Kopf sinken, er beugte sich zu ihr, bis ihre Lippen sich trafen. Erst war es ein Hauch, eine kaum erfolgte Berührung, deren Zartheit nicht in Worte zu fassen war. Doch dann erfasste sie ein Rausch, ein Strudel, und Jennifer drückte ihren Mund fest auf Davids und küsste ihn, als gäbe es kein Morgen.

* * *

Jonas beäugte den Rechner im Arbeitszimmer von Patrick. Er konnte nicht schlafen, es war unerträglich schwül, offenbar braute sich ein Gewitter zusammen. Er seufzte und gab dann der Versuchung nach. Er fuhr den Rechner hoch und rief über einen anonymen Proxyserver den Kommentarstrang zu seinem Posting von vor mittlerweile drei Tagen auf. Weit über tausend Beiträge, beeindruckend. Er empfand tatsächlich einen gewissen Stolz, obwohl es dazu gar keinen Anlass gab. Die nächsten zwei Stunden überflog er die Texte, ohne dabei auf den entsprechenden Geistesblitz zu stoßen, auf den er gehofft hatte.

* * *

Jennifer ließ nichts geschehen – sie behielt immer die Zügel in der Hand. Sich David hinzugeben kam nicht infrage. Er war ihr Ex, sie hatten es schon mal versucht und waren schmerzlich gescheitert. Außerdem hatte er eine Freundin. Na ja, jedenfalls war das ihre Interpretation.

Doch als sich ihre Zungen berührten, war es, als explodierte in ihrem Bauch ein Feuerwerk. Schmetterlinge waren nichts gegen die Erregung, die sie durchfuhr. Jennifer blieb die Wahl. Sie konnte sich von Davids Lippen lösen und so tun, als wäre dieser kleine Ausrutscher nie geschehen. Oder sie konnte sich hineinfallen lassen in die Leidenschaft, die sie von einem Wimpernschlag zum anderen erfasst hatte.

Ihr blieb nur noch ein halbes Jahr, was waren da ein Tag, eine Nacht?

Sie sah David zärtlich in die Augen, dann stand sie auf und nahm seine Hand. »Komm«, sagte sie leise. »Komm mit mir.« Sie führte ihn in sein eigenes Schlafzimmer, schloss die Tür und löschte das Licht.

Sie zogen sich gegenseitig aus, und als Jennifer Davids warmen Körper spürte, auf dem sich jede Muskelgruppe im Schein des Mondlichts deutlich abzeichnete, kam es ihr vor, als würde sie ein Energiefluss erfassen. Es fühlte sich an, als hätte jemand in ihrem Innersten einen Gong geschlagen. Sie hielt an sich, sie hielt sich an ihm fest, sie fürchtete, wenn sie alles losließe, würde sie schreien oder singen.

Durch das gekippte Fenster drang ein Lufthauch herein und strich über ihre Haut, auf der sich ein leichter Schweißfilm zu bilden begann. Schneller und schneller bewegten sie sich, verschmolzen miteinander, fanden einen gemeinsamen Rhythmus, der doch so viel mehr ausmachte als nur sie beide. Er umfasste die ganze Welt.

19

Jennifer ließ die Augen geschlossen. Sie empfand eine Sicherheit und Geborgenheit wie seit Monaten nicht mehr.

Der Wecker auf dem Nachttisch klickte leise, dann begann er zu piepsen.

»Mm-hrgr-hm«, machte es neben ihr.

Sie öffnete langsam die Augen, blinzelte. Neben ihr lag David. Sie waren beide unbekleidet, ihre Glieder ineinander verschlungen. Sofort waren alle Details der letzten Nacht wieder da. David streckte den Arm nach dem Wecker aus und tippte auf die Schlummertaste. Dann sah er sie an und lächelte glücklich. Er küsste sie zart auf den Mund und flüsterte: »Guten Morgen, meine Schöne.«

Jeder Vorbehalt, jedes Zögern in ihrem Herzen löste sich in Nichts auf. Sie war ihm verfallen, genau wie mit vierzehn – und wie insgeheim all die Jahre dazwischen. Jennifer empfand ein ungeheures Glück, wieder bei David zu sein.

»Guten Morgen«, erwiderte sie.

»Und? Schlechtes Gewissen? Soll ich einfach so tun, als wäre nichts gewesen?«, fragte David. Das klang in ihren Ohren ein bisschen zu routiniert, aber wahrscheinlich wollte er einfach nur nett sein.

»Nein. Im Gegenteil«, sagte sie und schmiegte sich an ihn. »Wenn es dir recht ist –«

Als Antwort küsste er sie, bis nach zehn Minuten erneut der Wecker piepste. »Ach Mist, ich muss aufstehen«, stöhnte er. »Wir stecken mitten in einem Prozess, die Kollegen zählen auf mich, da kann ich nicht zu spät kommen.«

»Kein Problem«, sagte Jennifer mit einem Lächeln. »Ich weiß ja, wo du wohnst.«

»Komm, hast du Lust, zusammen zu duschen?«, fragte er und stieg schon aus dem Bett.

Es genügte ein Blick auf seinen schlanken, muskulösen Körper.

»Ja!«

Jonas schaute von einem zum anderen. Er nahm einen Schluck Kaffee und stellte dann amüsiert fest: »Ihr wart miteinander in der Kiste.«

»Was?!«

»Wie kommst du denn darauf?«

Jennifer warf David einen schnellen Blick zu und konnte sehen, dass auch er rot angelaufen war. Ihr Bruder lachte.

»So, wie ihr euch anschaut, könntet ihr auch gleich eure Verlobung verkünden. Ihr habt echt Herzchen in den Augen. Also, ich finde das süß! Genießt es doch einfach. Entspannt euch.«

David trat neben Jennifer und gab ihr einen Kuss. »Ich finde, Jonas hat recht.«

»Wie immer!«, rief der dazwischen.

»Hey, nun mal nicht gleich übermütig werden, mein Lieber«, mahnte Jennifer, lächelte aber dabei.

David packte seine Sachen, gab ihr noch einen sehnsuchtsvollen Abschiedskuss und machte sich schließlich auf den Weg zur Arbeit. Jennifer und Jonas sahen einander an, dann fing Jonas an zu lachen.

»Was ist denn so komisch?«, meckerte Jennifer. Sie fand die Situation eher unangenehm als unterhaltsam.

Er grinste. »Ach, es war wirklich nur eine Frage der Zeit mit euch beiden, finde ich. Als David vorgeschlagen hat, dass ich oben bei Patrick schlafe, habe ich mich schon gefragt, was das soll – *ich* hätte doch auch auf dem Sofa übernachten können. Aber er ist echt der perfekte Gentleman. War er schon immer, deshalb fand Clemens ihn ja damals auch so toll.«

Rums! Mit einem Schlag war die Trauer wieder da. Ohne auch nur darüber nachdenken zu müssen, würde sie die paar Monate, die ihr vielleicht mit David blieben, hergeben, wenn sie dafür ihren Vater nur noch einmal würde wiedersehen können. Und David, das war fast das Schlimmste daran, würde das verstehen. Dass Clemens und er sich sehr gemocht hatten, hatte sie bisher erfolgreich verdrängt.

Jonas seufzte. »Sorry.« Er legte seine Hand auf ihre.

»Nicht deine Schuld.« Sie wischte sich mit dem Handrücken eine Träne von der Wange. Dann zog sie die Nase hoch, kniff einmal fest die Augen zusammen und wechselte schließlich das Thema. »Was machen wir denn jetzt mit Koch und Thorge?« Jennifer spürte erneut Unruhe in sich aufsteigen. Darüber diskutierten sie inzwischen seit über vierundzwanzig Stunden. Die Situation war einfach unerträglich.

»Ich bin immer noch dafür, dass du ihn anrufst. Ich glaube nicht, dass er dich verraten hat. Seine Mail klingt ehrlich und du hast ihm instinktiv auch vertraut. Bei Thorge hingegen bin ich mir nicht so sicher … ich kann dir nicht sagen, warum.« Jonas zuckte mit den Schultern. »Ich finde, Koch ist die bessere Wahl. Und vielleicht hat er ja einen guten Vorschlag. Was ist denn unsere Alternative?«

Jennifer nickte. »Rumsitzen und abwarten«, gab sie zu.

»Aber das bringt uns auch nicht weiter. Oh, übrigens, wo wir gerade von Professoren sprechen, hast du diesen Hirschmann eigentlich zurückgerufen?«

»Wen?«

»Hirschmann. Hirschler. Hirsch…irgendwie, ich weiß es nicht mehr genau. Er hat bei uns aufs Band gesprochen und ich habe dir eine Nachricht auf der Mailbox hinterlassen.«

»Äh, schon vergessen? Mein Handy habe ich doch weggeworfen …«

Jonas schlug sich vor die Stirn. »Klar! Natürlich, du hast völlig recht. Also, dieser Arzt, bei dem du warst, der hat angerufen –«

»Hirschberger?«

»Ja, genau. Er wollte, dass du ihn zurückrufst. Es klang dringend.«

Jennifer tippte nervös mit dem Finger auf den Rand ihres Bechers. »Hm. Der Asiate hat mich nach ihm gefragt. Ich hab keine Ahnung, wie der Zusammenhang ist, aber auf jeden Fall wissen die von ihm. Ich glaube, da muss ich erst noch mal in Ruhe drüber nachdenken.«

»Ja, klar, kein Stress, aber wenigstens hab ich jetzt die Nachricht endlich ausgerichtet.«

* * *

Zum Betrieb des größten Kraftwerks der Welt wurde zu jedem Zeitpunkt eine Belegschaft von mindestens hundertfünfzig Personen benötigt, tagsüber würden bald über fünfhundert Menschen direkt im, am sowie in unmittelbarem Zusammenhang mit dem Kraftwerk arbeiten.

Sie alle waren nicht nur glücklich, eine ungewöhnlich gut bezahlte Position gefunden zu haben, sondern zusätzlich noch dankbar, nicht den weithin bekannten Risiken von Atom- oder Kohlekraftwerken ausgesetzt zu sein. Die Bio-Nanotech-Reaktoren des

Meilers, der in eineinhalb Wochen auf den Namen GAIA3000 getauft werden sollte, brachte keinerlei Risiken für die Umwelt oder die Bevölkerung mit sich, wie zahlreiche Studien im Auftrag der Betreiber belegten.

Vereinzelt waren kritische Stimmen gegen den Einsatz der immer noch umstrittenen Nanotechnologie laut geworden, doch der Nachweis des GlobalENJ-Labors, dass die Nanoelemente beim Kontakt mit Licht oder Sauerstoff augenblicklich abstarben, hatte die Zweifler zum Schweigen gebracht. Sollte es trotzdem, obwohl der Bau absolut erdbebensicher war, zu einem Austritt von Material kommen, so würde dies sekundenschnell verdorren wie ein Komposthaufen im Hochsommer.

* * *

»Lass uns erst mal Koch antworten. Die Sache mit Hirschberger macht mich immer noch nervös. Aber du hast recht, wir müssen etwas in Bewegung setzen und können jede Hilfe gebrauchen«, sagte Jennifer. »Aber wie erreichen wir ihn, ohne *uns* in Gefahr zu bringen?« Nachdenklich rieb sie sich die Stirn. Seit Tagen schon hatte sie das Gefühl, immer nur knapp von einer brutalen Kopfschmerzattacke entfernt zu sein – was ja auch kein Wunder war.

»Schreib ihm doch einfach zurück. Deine Mailadresse hat er ja offenbar sowieso. Falls sein Telefon überwacht wird, könnten sie den Anruf zurückverfolgen, aber eine Mail kann ich über einen anonymen Proxy laufen lassen.«

»Was?«

»Stell dir vor, du steckst drei oder vier Verlängerungsschnüre ineinander und jede davon hat eine eigene IP-Adresse. Du schickst deine E-Mail vom einen zum anderen, zum Dritten, zum Vierten und dann erst zum Empfänger. Auf diese Weise ist es praktisch unmöglich, die tatsächliche IP-Adresse des Absenders zu ermitteln.

So arbeiten nicht nur die Leute von WikiLeaks, um ihre Quellen geheim zu halten, sondern auch Terroristen.«

»Okay, dann mach mal«, sagte Jennifer.

Jonas nahm vor dem Rechner Platz. »Was willst du ihm denn schreiben?«

Jennifer holte tief Luft und versuchte, ihre Gedanken zu sortieren. Dann begann sie zu diktieren. »Lieber Herr Professor Koch, haben Sie herzlichen Dank für Ihre E-Mail. Bitte entschuldigen Sie, dass ich erst jetzt darauf antworte. Mir geht es gut, allerdings haben mich Unbekannte in meinem Hotelzimmer überfallen. Zuerst, das muss ich zugeben, befürchtete ich, Sie hätten meinen Aufenthaltsort verraten – und sei es auch nur unabsichtlich gewesen. Doch gerade nach Ihrer E-Mail denke ich, dass es möglicherweise Thorge war. Ich bitte Sie daher, keine weiteren Informationen mit ihm zu teilen.« Sie unterbrach sich. »Nee, mach da mal draus: … *vorerst* keine weiteren Informationen mit ihm zu teilen.« Sie nickte zufrieden. »Ich will nicht sagen, dass ich mich gefreut habe zu hören, dass meine Berechnungen korrekt waren, aber ich muss zugeben, es beruhigt mich. Ich stand kurz davor, mich selbst für verrückt zu erklären. Natürlich bin ich sehr daran interessiert, die Entwicklung zu stoppen oder wenigstens zu verlangsamen. Was meinen Sie, wie dies zu bewerkstelligen ist? Ich befinde mich derzeit nicht in Wuppertal, würde aber ein persönliches Treffen sehr zu schätzen wissen.« Sie zögerte. »Soll ich etwas vorschlagen?«, fragte sie Jonas.

»Nein, lass ihn ruhig hierherkommen und ändere dann kurzfristig Zeit oder Ort«, erwiderte er.

Jennifer nickte. »Das ist gut. Vorsicht ist besser als Nachsicht. Also: Wann und wo könnten Sie dies einrichten? Mit herzlichen Grüßen, Jennifer Meyer.«

Jonas tippte die letzten Buchstaben, dann sagte er: »Okay, klingt doch gut.« Er rief eine neue Webseite auf, gab einige Kommandozeilenbefehle ein und schickte die Mail ab. »So, jetzt heißt es abwarten.«

In diesem Augenblick klingelte das Telefon. Jennifer zuckte erschrocken zusammen.

* * *

Thorge zog das Prepaidhandy heraus, dann nahm er all seinen Mut zusammen und wählte.

»Ja!«, herrschte ihn eine barsche Stimme an.

»Ich, äh … mit wem spreche ich?«, fragte er und warf nervös einen Blick auf die Uhr. Ihm blieb noch eine halbe Stunde, bis Marie von der Schwangerschaftsgymnastik zurückkam.

»Das ist doch nicht dein Ernst!?«, zischte die Stimme.

»Äh, ja, schon gut, das war nur … also, ich glaube, ich habe etwas, das Sie haben wollen. Oder ich kann jedenfalls rankommen. Es geht doch irgendwie um Jennifer inzwischen. Sie wollen nicht nur die Berichte über RISK, Sie sind auch hinter ihr her. Das stimmt doch, oder? Oder nicht?«

Schweigen, dann: »Ja, möglicherweise ist das so. Und?«

»Ich, also –«

»Weißt du, wo sie steckt?«

»Nein, das nun nicht, aber –«

»Aber *was*? Ich habe nicht den ganzen Tag Zeit!«

»Aber ich kann mir Zugriff auf ihre Unterlagen verschaffen. Sie hat eine Formel entwickelt, eine Art Todesformel. Ich kann sie Ihnen besorgen und alle Infos dazu.« Er hoffte jedenfalls, das zu können. Jennifer vertraute Koch und Koch vertraute ihm, also würde es schon irgendwie gehen. Thorge holte tief Luft. »Aber das kostet natürlich extra. Eine Million.«

Schweigen. Dann ein derart feindseliges Lachen, dass Thorge zusammenfuhr. »Eine *Million*? Was glaubst du eigentlich, wer du bist?« Eine beißende Verachtung schlich sich in die Stimme. »Zweihundertfünfzig. Mein letztes Wort.«

Thorge dachte an Maries sich rundenden Babybauch und an sein ewig magersüchtiges Konto. »Fünfhundert. In bar«, entgegnete er.

Wieder ein Lachen, aber diesmal klang es weniger arrogant, es schien sogar ein wenig Bewunderung darin zu liegen. »Aha. Du lernst schnell. Na gut. Heute Abend, neunzehn Uhr, auf der Rückseite des Rathauses.«

»Nein, heute noch nicht«, sagte Thorge. Er musste die Unterlagen schließlich erst noch besorgen. »Morgen. Zwanzig Uhr, im Kakteengarten des Botanischen Gartens. Ich werde dafür sorgen, dass der Lieferanteneingang zur Berner Straße offen bleibt.«

Vor lauter Angst, dass der andere seine Bedingungen nicht akzeptierte, drückte er schnell den roten Hörer und beendete die Verbindung.

* * *

Jennifer und Jonas ließen das Telefon klingeln. »Hallo, hier ist grade keiner. Wer noch nie auf einen Anrufbeantworter gesprochen hat, kann jetzt mal üben!«

»Hallo, hier ist David! Ich hoffe, ihr seid da und könnt mich hören. Wenn ja, dann geht doch bitte ran, mir ist heute Nacht was eingefallen und ich habe –«

Jennifer griff nach dem Schnurlostelefon neben dem Computermonitor. »Hallo, ich bin's!«

»Ah, super. Ich hatte gehofft, dass ihr da seid. Also, pass auf, ich habe mich heute Nacht an was erinnert und dann heute Vormittag im Büro gleich nachgeschlagen. Ich habe vor ein paar Jahren schon mal ein Praktikum in dieser Kanzlei absolviert und damals ging es um eine sogenannte feindliche Übernahme eines Pharmaunternehmens. Ein Konzern hat einen anderen, unseren Mandanten nämlich, aufgekauft, obwohl die das gar nicht wollten. Verhindern kann man das eigentlich nur, indem man den Kaufpreis künstlich in die Höhe treibt, bis sich die Sache für den Gegner nicht mehr lohnt. Ich musste damals alle möglichen Unterlagen über die in der Entwicklung befindlichen Medikamente zusammenstellen. Und als du mir gestern von deiner Krankheit erzählt hast, klingelte bei mir was.«

»Was ist denn? Warum ruft er an?«, fragte Jonas dazwischen.

Jennifer zischte: »Jetzt sei doch mal still!«

»Ist es was Wichtiges? Oder will er dir nur sagen, wie hübsch du bist und dass er keinen vernünftigen Gedanken fassen kann?«

Sie stand auf und ging hinüber in die Küche. »Sorry, mein Bruder benimmt sich gerade wie ein Idiot.«

»Ganz wie früher also!« David lachte auf. »Auf alle Fälle hat mir damals ein Mann von einem Medikament erzählt, an dem sie arbeiteten. Zu jenem Zeitpunkt gab es zwar noch keine Unterlagen darüber, aber er hielt es für unheimlich vielversprechend. Ich habe gerade in den alten Akten nachgeschlagen und Bingo! Eine der Krankheiten, gegen die es möglicherweise zum Einsatz hätte kommen können, ist deine, Seibel-Thyreoditis. Zumindest haben sie das damals behauptet. Der Typ kam jedenfalls echt kompetent rüber, daran kann ich mich noch gut erinnern. Er hatte einen Doppel-Doktor und ziemlich lange weiße Haare. War ein ganz witziger, lockerer Typ. Er heißt –«

»Hirschberger?«, unterbrach Jennifer ihn atemlos. David schwieg einen Augenblick, dann sagte er verwundert: »Ja, so steht es hier in den Aktennotizen. Woher weißt du das? Aber der Hammer kommt erst noch: Weißt du, wie die Firma hieß, die übernommen wurde?«

»Nein, keine Ahnung«, sagte Jennifer.

»Geht doch ins Hotel!«, rief Jonas in diesem Moment von nebenan.

Jennifer hielt genervt das Mikro zu und rief zurück: »Jetzt halt doch mal die Klappe!« Dann nahm sie die Hand wieder weg und sagte: »Also, sag schon.«

»MedVida! Das war MedVida. Und die Firma, die sie gekauft hat«, er machte eine dramatische Pause und Jennifer bat drängend: »Nun sag schon!«

»Ja, er liebt dich, das wissen wir doch alle!«

Oh Gott, wenn er nicht ihr Bruder wäre, würde sie ihn umbringen!

»GlobalENJ«, sagte David. »GlobalENJ hat MedVida übernommen und dann, das habe ich in unseren Wirtschaftsdatenbanken nachgeschlagen, in Einzelteile zerlegt und das meiste weiterverkauft. Nur ein paar Patentrechte und den Firmenmantel haben sie behalten. Ist das nicht ein komischer Zufall? Oder eigentlich – kann das überhaupt noch Zufall sein?«

»Da hast du recht«, sagte Jennifer nachdenklich. »Das ist wirklich eigenartig. Was ich nicht verstehe, ist, was Hirschberger mit der Sache zu tun hat.« Sie erklärte David schnell, woher sie ihn kannte. »Ich bin kurz davor, ihn anzurufen, nur um zu sehen, was passiert. Aber ich muss sagen, die letzte Entführung steckt mir noch ziemlich in den Knochen.«

»Hm«, machte David. »Und wenn ich ihn anrufe? Ich kann ja so tun, als hätte jemand in der Kanzlei eine Fachfrage, die mit der alten Geschichte zusammenhängt. Vielleicht kann ich irgendwas rausbekommen.«

»Keine schlechte Idee, aber so richtig überzeugend finde ich sie trotzdem nicht. Lass uns bitte erst noch mal abwarten, okay?«

»Klar, kein Problem. Ich muss jetzt auch wieder rein, wir haben nur eine halbe Stunde Mittagspause. Also, wir sehen uns später.« Dann wurde sein Ton viel weicher und zärtlicher: »Ich freu mich drauf. Bis dann!«

»Ja, ich mich auch. Bis später.«

»Mann, Schwesterchen, dich hat's aber wirklich richtig erwischt«, sagte Jonas.

Jennifer zuckte zusammen, weil er plötzlich unbemerkt hinter ihr aufgetaucht war. Sie boxte ihrem Bruder gegen den Oberarm, musste aber trotz allem lächeln, weil es stimmte.

* * *

Fünfhunderttausend Euro! Dieser Spinner!

Den Großteil der Unterlagen kannten sie bereits. Was also bedeutete, dass dieser Irre bestenfalls einen Informationsvorsprung zu verkaufen hatte, keine Rettung.

In Wahrheit hatte er nichts zu bieten, rein gar nichts mehr. Er musste zum Schweigen gebracht werden. Lose Enden waren zu riskant.

Young-Sun reinigte gründlich und liebevoll seine SD40.

* * *

David nahm den Zeigefinger aus dem Mund. Wenn er nachdachte, begann er oft unwillkürlich, auf den Nägeln zu kauen. Eine schlechte Angewohnheit und total peinlich für einen angehenden Anwalt, aber schwer abzustellen.

Er hatte die Privatnummer von Hirschberger in den Aktennotizen gefunden. Mit dem hatte er damals gerne zu tun gehabt. Der Mann war voller Leidenschaft für sein Metier. Würde er Jennifer helfen können?

Sie hatte zwar gesagt, dass sie vorerst nicht bei Hirschberger anrufen wollte, aber ihnen lief die Zeit davon. Sie mussten diese GlobalENJ-Sache klären – und Jennifer war todkrank. Er wollte gar nicht daran denken. So lange waren sie getrennt gewesen und jetzt hatten sie endlich wieder zueinandergefunden. Und das alles nur, um in wenigen Wochen oder Monaten für immer auseinandergerissen zu werden?

Nein, das durfte nicht passieren. Er musste alles tun, um das zu verhindern. Wenn er es nicht wenigstens versuchte, würde er es sich nie verzeihen.

Entschlossen griff David nach dem Telefonhörer.

* * *

»Thorge! Kommen Sie so bald wie möglich zu mir!«, befahl Koch streng und legte auf, ohne eine Antwort abzuwarten.

Thorge hatte gerade im Bett gelegen und zärtlich Maries Bauch gestreichelt. »Sorry, Baby«, murmelte er mit dem Mund auf der inzwischen deutlich sichtbaren Rundung. Dann rutschte er ein Stückchen höher, küsste Marie und wiederholte: »Sorry, Baby, aber Koch will mich sehen. Und er klang nicht so, als hätte er heute seinen geduldigsten Tag.«

Marie schüttelte den Kopf. »Du musst auch mal Grenzen setzen, Thorge. Es ist schon nach acht. Du hast letzten Sonntag schon für ihn gearbeitet und warst heute den ganzen Tag im Büro. Jetzt hast du frei.«

»Das stimmt schon, aber … wir haben gerade eine stressige Zeit«, murmelte er. Vielleicht war so ein inoffizielles Treffen gar nicht schlecht? Schließlich musste er bis morgen irgendwie an Jennifers Berechnungsgrundlagen kommen und das ging nur über Koch.

»Einige Sachen sind nicht ganz glattgelaufen«, erklärte er also Marie. »Aber wenn ich mich jetzt noch mal reinhänge, dann können wir uns bald eine schöne Zeit machen.«

Marie seufzte und lächelte. »Na gut, aber komm nicht so spät, versprochen?«

Koch schäumte vor Wut und ging auf Thorge los, noch bevor die Tür hinter ihm zugefallen war.

»Jennifer sagt, *Sie* waren derjenige, der ihren Aufenthaltsort verraten hat. Nur *ich* wusste, wo sie sich aufhält, und ich habe dieses Wissen nur mit *Ihnen* geteilt.« Seine Augen funkelten. »Irgendwelche Ausreden?«

»Äh –«, machte Thorge und wurde rot. Wie sollte er da nur wieder rauskommen? Verdammt, so war die Sache nicht geplant gewesen!

Koch presste die Lippen aufeinander und starrte Thorge verärgert an. »Warum?«, fragte er schließlich. »Hat man Ihnen Geld geboten?«

Thorge wusste, dass es keinen Sinn hatte zu lügen, und nickte nur stumm. Er fühlte sich schrecklich. Er schämte sich entsetzlich und war doch zugleich erleichtert, dass sein Doppelspiel aufgeflogen war.

Auf einmal schaute Koch milder, verständnisvoller. »War es, weil Sie Vater werden? Haben Sie befürchtet, dass Ihr Einkommen als Researcher nicht ausreicht?«

Thorge seufzte und sagte: »Es sah so aus, als würde ich niemandem schaden. Sie wollten nur die Abstracts, sonst nichts. Das sind alles öffentliche Informationen. Ja, für die Aufbereitung und Zusammenfassung hat RISK mich bezahlt, aber jeder hätte das machen können.«

»Das ist Wirtschaftsspionage«, donnerte Koch. »Und das wissen Sie ganz genau! Versuchen Sie jetzt nicht, sich rauszureden!«

»Aber es hätte doch wirklich jeder dieselben Daten analysieren können –«

»Hätte, ja. Hat aber nicht. Es hätte auch jeder auf MP3, das Telefon oder die Schwerkraft kommen können. Ist es aber nicht. Das sind geistige Leistungen und sie sind schützenswert. Genau dafür gibt es das Urheberrecht, Patentrechte, Geheimhaltungsvereinbarungen, Vertraulichkeitserklärungen! Thorge, Sie sind doch nun wirklich nicht dumm«, fuhr Koch etwas ruhiger fort. »Dass es verboten und strafbar ist, muss ich Ihnen nicht sagen, aber darüber hinaus ist es auch unmoralisch, ein grässlicher Vertrauensbruch – und Sie haben Jennifer in große Gefahr gebracht!«

Thorge hätte nicht sagen können, was er schlimmer fand, den Vorwurf oder die Enttäuschung in Kochs Blick.

»Aber –«, setzte er erneut an.

»Kein *aber*!«, fuhr Koch dazwischen. »Ich bin sicher, Sie haben Ihre Gründe.« Er schüttelte den Kopf. »Nichtsdestotrotz haben Sie sich strafbar gemacht, Thorge, und Sie haben mich zutiefst enttäuscht.« Er trat einen Schritt vor und streckte die Hand in Richtung der Türklinke aus.

»Moment, Augenblick, warten Sie!«, rief Thorge hastig. »Sie haben ja recht. Aber vielleicht kann ich es wiedergutmachen.«

Koch öffnete die Tür zwar nicht, ließ die Hand aber auf der Klinke liegen.

»Also, es ist so, ich habe da … äh …« Es war ihm entsetzlich peinlich, aber er sah keinen anderen Ausweg. »Ich bin morgen mit meinem Ansprechpartner verabredet. Zur Übergabe der Informationen über die Todesformel. Das wäre dann vielleicht eine Gelegenheit …« Er zögerte und wusste auch gar nicht recht, was er sagen wollte. »… die Zusammenarbeit zu beenden?«

Koch nickte nachdenklich. »Oder …« Er ließ die Klinke los und rieb sich das Kinn. »Oder wir könnten Ihrem Mann eine Falle stellen!« Er schüttelte den Kopf. »Nein, Unsinn, weder Sie noch ich sind James Bond. Aber sagen Sie, wissen Sie eigentlich, für wen Sie da tätig sind?«

Thorge schüttelte den Kopf.

Koch nickte traurig. »Geld regiert die Welt. Nun ja. Vielleicht können wir herausbekommen, wer hinter der Sache steckt. Oder Ihren Ansprechpartner überzeugen, mit uns gemeinsame Sache zu machen. Wir haben schließlich extrem gute Argumente. Wenn nicht ein paar Dinge auf der Welt schleunigst anders laufen, werden wir alle draufgehen. Mir könnte es ja egal sein, aber Ihnen? Mit einem Baby, das in einigen Monaten zur Welt kommen wird? Ich hatte mehr von Ihnen erwartet.«

Wieder dieser enttäuschte Blick. Thorge hätte sich am liebsten winselnd auf den Boden geworfen. Die Situation war kaum erträglich, aber er wusste auch, dass er es nicht anders verdient hatte. Er musste es aushalten, durchhalten, endlich Rückgrat zeigen. Sein Kind hatte es verdient.

20

Ekhardt Hirschberger erhielt und tätigte nur wenige Anrufe. Anfangs hatten Young-Suns Kollegen in der Security vermutet, dass er noch ein weiteres Telefon oder Handy nutzte, aber eine vierwöchige Überwachung ergab zweifelsfrei, dass er sich mit seiner Abfindungszahlung schlicht zur Ruhe gesetzt hatte. Weiterhin bezog er zahlreiche aktuelle wissenschaftliche Publikationen, veröffentlichte aber selbst keine Paper mehr.

Hirschberger besuchte klassische Konzerte und Kunstausstellungen, war Mitglied in einem der teureren Fitnessklubs und ging dort regelmäßig am Mittwochvormittag eine Stunde lang schwimmen. Darüber hinaus hielten sich seine Freizeitaktivitäten ebenso wie seine sozialen Kontakte in Grenzen. Einmal im Monat rief er seine Eltern und seine Schwester in seiner Heimatstadt Freiburg an, alle paar Monate einen alten Freund aus Studienzeiten, der mittlerweile an der Berliner Charité tätig war. Angerufen wurde er praktisch nur von Telefonverkäufern.

Schnell war die Überwachung grobmaschiger geworden. Als daher eine Nummer mit der Vorwahl 0561 auftauchte, meldete das Programm automatisch eine Abweichung von den ermittelten Gewohnheiten und druckte einen Bericht: Datum, Uhrzeit und Dauer des Anrufs, Anschlussinhaber, die für das ausgehende Gespräch genutzte Durchwahl plus die öffentlich verfügbaren Informationen über den Inhaber der Hauptrufnummer (jede Menge, denn es handelte sich um eine Anwaltskanzlei).

Young-Sun rief dort an und fragte, an wen die Durchwahl vergeben war: David Winner. Er tippte den Namen in eine Meta-Suchmaschine ein, wenige Sekunden später hatte er ein Gesicht und ein Geburtsdatum auf dem Schirm.

Gleicher Jahrgang wie Jennifer Meyer.

Aber eine andere Stadt.

Trotzdem …

Er speiste »Jennifer Meyer« und »David Winner« ein und sah seinen Verdacht bestätigt: Zwei Personen mit diesen Namen hatten laut ihrer bei unterschiedlichen sozialen Netzwerken hinterlegten Daten zeitgleich dieselbe weiterführende Schule in Wuppertal besucht.

Young-Sun pfiff zufrieden durch die Zähne.

* * *

»Warten Sie hier«, flüsterte Koch und schob Thorge ein Stück nach hinten.

»Kommt nicht infrage!«, zischte der zurück. »Das Ganze ist schließlich meine Schuld und der Treffpunkt war meine Idee!«

»Und?« Er warf seinem Mitarbeiter einen strengen Blick zu.

»Ich gehe vor. Wenn etwas passiert, dann –«

»Nein«, unterbrach er Thorge scharf. »Erstens werden Sie bald Vater und zweitens traue ich Ihnen bei Weitem noch nicht.« Koch steckte der Schock von gestern noch immer in den Gliedern. Doch nach dem Geständnis seines Mitarbeiters zählte nun nur noch eins: Sie mussten alles in ihrer Macht stehende tun, um Jennifer zu helfen.

Thorge knirschte mit den Zähnen, gab sich aber geschlagen. »Na gut, aber wenn Sie in fünf Minuten nicht zurück sind, komme ich nach.«

Koch schien das eine akzeptable Bedingung zu sein und er nickte.

Ein kleiner Erkundungspfad schlängelte sich durch den berühmten Kaktusgarten, der auf nur fünfhundert Quadratmetern über einhundert verschiedene Arten aus aller Welt beherbergte. Die ansehnliche Sammlung reichte von den kleinsten Miniaturexemplaren bis hin zu mannshohen Gewächsen.

Koch warf einen Blick auf seine Uhr. Ihm blieben noch drei Minuten.

* * *

»Spinnst du? Wir hatten doch extra gesagt, dass wir ihn vorerst nicht anrufen!« Jonas war fuchsteufelswild.

»Aber er hat gesagt, es sei wichtig, dass Jennifer möglichst schnell zu ihm kommt. Er kann ihr helfen!«

»Darum geht es doch jetzt nicht –«

»Ach nein?! Jennifer ist deine Schwester, willst du ihr nicht helfen?«

»Das will ich sehr wohl, aber ich will auch, dass wir alle am Leben bleiben. Wir wissen immer noch nicht genau, worum es eigentlich geht und was auf dem Spiel steht. Sicher ist nur, dass Hirschberger irgendwie in die Sache verwickelt ist!«

»Mag ja sein, aber uns läuft die Zeit davon!«

»Das berechtigt dich noch lange nicht zu solchen Alleingängen!«

»Einer musste es eben tun!«

»Nein! Nein, das ist genau die Denke, die uns diesen Mist beschert hat«, explodierte Jonas. »Diese beschissene Logik, wenn jeder für sich selbst sorgt, ist für alle gesorgt. Das stimmt einfach nicht. Die Schwachen bleiben dann auf der Strecke! Der Egoismus ist am Ende – das Zeitalter eines neuen Sozialismus steht bevor!«

»Jetzt halt aber mal die Luft an, du Möchtegern-Marx. Ja, ich habe mich über unsere gemeinsame Entscheidung hinweggesetzt. Das stimmt. Aber für einen guten Zweck, nämlich Jennifers Überleben!«

Jonas atmete tief durch. »Ich hoffe bloß, du hast dich nicht verspekuliert. Sonst verzeihe ich dir das nie.«

»Weißt du was? Du kannst mich echt mal!« David knallte den Hörer auf die Gabel.

Jonas schüttelte den Kopf und legte ebenfalls auf. Obwohl seine Nerven absolut blank lagen, konnte er doch nicht umhin, Davids Fürsorge für seine Schwester zu bewundern.

»Mann, ist der verliebt«, seufzte er.

* * *

Young-Sun wartete bereits seit über einer halben Stunde geduldig und reglos hinter einem Carnegiea gigantea »Saguaro«. Er kniff die Augen zusammen und starrte angestrengt durch den letzten Hauch der Dämmerung, als jemand sich näherte. Das war nicht Thorge. Der Mann trug einen Koffer bei sich, das war … das war Koch, Professor Koch, Thorges Chef, der Leiter von RISK. Was zum –?

Koch blieb stehen und starrte den Kaktus an, als hätte er einen Röntgenblick. »Kommen Sie raus und lassen Sie uns reden!«, rief er.

Young-Sun war überrascht und reagierte instinktiv, indem er die SD40 aus dem Hosenbund zog und in Positur ging. Er zielte an dem Kaktus vorbei auf den Professor.

»Nun lassen Sie doch diesen Unsinn«, sagte der mit einer fast väterlichen Arroganz. »So kommen wir nicht weiter.«

Entgeistert ließ Young-Sun die Pistole ein wenig sinken und trat einen Schritt weiter vor, blieb aber höchst wachsam. Verdammt, was war hier los – wieso hatte Thorge sich nicht an die Abmachung gehalten?

Koch stellte den Koffer ab. »Da«, sagte er. »Hier sind alle Unterlagen, die Sie wollen. Aber wo ist das Geld, das Sie Thorge versprochen haben?«

»Ha!«, stieß Young-Sun hervor, eher ein Bellen als ein Lachen. Er hob die Pistole wieder ein wenig und zielte erneut auf Koch. Sein Blick klebte an dem Koffer. Er musste wissen, welche Bausteine Meyer wie zusammengesetzt hatte. Nur so konnten sie einer möglichen Imagekatastrophe zuvorkommen.

Da drang auf einmal ein Schnaufen und Keuchen durch das Dunkel. Das Geräusch kam näher und Young-Sun konnte erkennen, dass auch Koch sich in die entsprechende Richtung wandte. Aus den Schatten löste sich ein dunkler, riesenhafter Schemen, der immer näher kam.

Es war Thorge und er schien nicht die Absicht zu haben abzubremsen. Young-Sun riss die Linke hoch und schaltete seine Taschenlampe ein. Thorge kniff die Augen zusammen, wurde aber nicht langsamer. Young-Sun versuchte noch ausweichen, doch es war zu spät.

Mit voller Wucht warf sich Thorge ihm entgegen, riss ihn mit sich und presste ihn gegen den Saguaro hinter sich. Die stabilen, an der Basis beinahe streichholzstarken Dornen durchbohrten Young-Suns Hosenbein und seinen Ärmel, zwei von ihnen stachen sogar direkt durch seine Wange bis in die Mundhöhle. Young-Sun schrie auf. Zu seiner Genugtuung konnte er erkennen, dass Thorge sich hatte abstützen wollen und dabei ebenfalls auf den Kaktus gefallen war. Die Dornen hatten sich durch seine Hand gebohrt und ragten nun aus seinem Handrücken.

»Betrüger! Betrüger!«, schrie Thorge immer wieder und versuchte, mit der freien Hand nach Young-Sun zu schlagen. Young-Suns Kopf zuckte reflexhaft zur Seite, wobei die Dornen abbrachen und stecken blieben. Er stieß einen weiteren Schrei aus, eine Mischung aus Wut und Angst. Als seine Zunge dabei an einem der Kaktusdornen entlangfuhr, riss sie seitlich auf und begann augenblicklich zu bluten. Er hob den rechten Arm und versuchte, mit der Pistole auf seinen Angreifer zu zielen, doch Thorge war zu nah.

Young-Suns Gehirn arbeitete auf Hochtouren. Als er bemerkte, dass Thorge verzweifelt versuchte, seine Hand ohne weiteren Schaden aus den Dornen zu ziehen, beschloss Young-Sun, sich durch eine Drehung vom Kaktus zu lösen und zugleich Thorge von sich wegzustemmen. Mit seiner Schulter übte er dabei Druck auf Thorges Oberarm aus und riss diesen ruckartig in die Höhe. Blut spritzte durch die Luft und kleine Tröpfchen landeten auf Young-Suns Gesicht.

Young-Sun stieß ein bitteres Lachen aus. Mancher Sieg musste hart erkämpft werden.

* * *

Koch, der bislang erschrocken zugesehen hatte, packte entschlossen den Koffer, schwang ihn nach oben, trat einen Schritt nach vorn und ließ den Aktenkoffer auf den Kopf seines Gegners prallen. Dieser sackte in die Knie, gleichzeitig krümmte sich sein Zeigefinger um den Abzug und ein Schuss löste sich. Thorge jaulte auf und boxte dem Asiaten mit seiner blutigen Rechten mitten ins Gesicht, sodass dieser laut aufschrie, die Hände zu seiner offenbar gebrochenen Nase führte und sich vor Schmerzen am Boden krümmte.

Koch trat einen Schritt zurück. Er ging davon aus, dass der Mann nun aufgeben würde und sie die Angelegenheit doch noch klären konnten. Schließlich war die Sache nicht persönlich – alle Beteiligten hatten ihre Interessen, theoretisch müsste sich ein Kompromiss finden lassen. Das war jedenfalls sein Plan gewesen. Allerdings hatte er dabei nicht mit diesen beiden Irren gerechnet.

Doch der Asiate umklammerte seine Pistole so fest, dass seine Finger weiß wurden, und hob sie langsam. Sein Blick war starr auf Koch gerichtet. »Koffer!«, nuschelte er mühsam und erkennbar unter Schmerzen.

»Nun lassen Sie uns doch mal wie –«

Peng! Ein weiterer Schuss hallte durch die Nachtluft und zischte nicht allzu weit an Kochs Kopf vorbei. Der Forscher war sein Leben lang Pazifist gewesen und hatte noch nie einen echten Schuss gehört. Er begann zu zittern, dann stellte er den Koffer zwischen ihnen auf den Boden und schob ihn mit dem Fuß ein Stück auf sein Gegenüber zu.

Der Mann streckte langsam die linke Hand, aus deren Handrücken abgebrochene Kaktusdornen ragten, nach dem Koffer aus. Seine Finger schlossen sich gierig um den Handgriff, dann richtete er sich langsam auf. Es sah aus, als wollte er sich endlich abwenden und gehen, da sprang Thorge urplötzlich nach vorne und sichelte ihm beide Beine weg.

Koch warf seinem Mitarbeiter einen überraschten Blick zu. Sein übergewichtiger Assistent verwandelte sich zu seinem Erstaunen gerade in einen echten Ninja.

Mit einem lautstarken Prusten stieß der Asiate die Luft aus, als er auf den Boden prallte. Es folgte ein knurrendes Wimmern, doch er ließ weder den Koffer noch die Pistole los.

»Nun nehmen Sie doch endlich Vernunft an!«, rief Koch.

»Bleib bloß liegen! Bleib ja liegen oder ich mach dich fertig!«, rief Thorge, während er sich nach einer Waffe umsah. Als er nichts Geeignetes fand, zog er entschlossen die Bündchen seines schwarzen Kapuzenpullis über die Handflächen und packte mit beiden

Händen einen ballförmigen, etwa kürbisgroßen Goldkugelkaktus und versuchte, ihn aus dem Boden zu reißen. Ein Dutzend Dornen bohrte sich durch den Stoff in seine Handflächen. Er stieß ein Heulen aus wie ein Hund bei Vollmond.

Koch starrte seinen Mitarbeiter entgeistert an. Das Adrenalin verwandelte Thorge offenbar in einen Idioten.

Langsam hob der Mann am Boden den Kopf und sah seine beiden Gegner mit eisigem Blick an. Ohne ein Wort stemmte er sich langsam in den Vierfüßlerstand, dann auf die Knie, schließlich war er auf den Füßen. Er schwankte ein wenig und Blut lief ihm über die linke Seite des Gesichts. Er gab ein kehliges Knurren von sich, einem Mastiff nicht unähnlich, wandte sich dann ab und hinkte einfach davon.

Koch sah dem Asiaten hinterher. Da er wusste, was sich in dem Aktenkoffer befand, war ihm auch klar, dass die Angelegenheit soeben keineswegs ihr Ende gefunden hatte. Sondern dass eine weitere Stufe der Eskalation zweifelsohne bevorstand.

* * *

»Hm?« Jennifer kam aus dem Bad und schaute ihren Bruder fragend an. »Was war denn hier los? Bei dem Lärm kann man sich ja kaum in Ruhe hübsch machen.«

»David hat Hirschberger angerufen«, sagte Jonas und Jennifer befiel schlagartig ein mulmiges Gefühl. »Obwohl wir alle aus Sicherheitsgründen entschieden hatten, das vorerst zu unterlassen. Er sagt, er hätte nur nach Infos gefragt, aber ich traue der ganzen Sache einfach nicht.«

Jennifer nickte. »Da hast du recht. Aber was hat er denn gesagt? Warum wollte er mich sehen?«

»Angeblich hat Hirschberger ein paar Pillen in der Schublade, die dir helfen könnten. Je eher du sie nimmst, desto besser.«

Jennifer sog den Atem ein. »Oh. Wow.« Das kam überraschend. Seit Wochen versuchte sie, ihren Frieden damit zu schließen, dass es keine Heilung gab. Und nun das: Hoffnung! »Wie kriegen wir die am schnellsten?«, fragte sie aufgeregt. »Kann er sie mit einem Kurier schicken?«

»Spinnst du? Dazu müssten wir ihm unsere *Adresse* geben! Mein Gott, ich hoffe, David ist nicht genauso bescheuert wie du!«

Jonas' Worte versetzten Jennifer einen scharfen Stich. Auf einmal fing sie an zu weinen. Sie schluchzte, dass ihre Schultern bebten. »Du willst, dass ich sterbe!«, quetschte sie hervor. »Du hasst mich, du hast mich schon immer gehasst!«

Jonas rückte näher an sie heran und versuchte, seinen Arm um sie zu legen, aber sie stieß ihn weg. »Das ist doch Unsinn«, murmelte er. »Ich hasse dich überhaupt nicht. Nur manchmal, aber das ist doch normal unter Geschwistern. Ich will bloß nicht, dass wir alle draufgehen. Das ist alles.«

Jennifer wischte sich mit dem Handrücken über die Augen. »So eine verdammte Scheiße. Im Moment fühlt es sich wirklich an, als ob du mich hasst. Als ob ich in einem tiefen, dunklen Loch sitze, in völliger Finsternis, ganz allein.« Sie schniefte. »So habe ich mich wirklich noch nie gefühlt. Der Arzt hat gesagt, meine Gefühle könnten komplett verrücktspielen, das verstehe ich. Aber warum geht es nicht *weg*, wenn man doch *versteht*, was passiert?« Sie rückte auf Jonas zu und legte ihren Kopf an seine Schulter. »Ich will doch nur noch einmal glücklich sein«, flüsterte sie. »Mehr will ich gar nicht.«

* * *

Young-Sun hatte insgesamt siebenundzwanzig Kaktusdornen aus seiner linken Körperhälfte entfernt und etliche der Wunden selbst desinfiziert und verpflastert, darunter die Durchstiche in seiner

Wange. Seine Zunge hatte er im Spiegel begutachtet. Sie war seitlich wund und stark geschwollen.

Er gurgelte zur Desinfektion mit Mundwasser, wobei die Spülung in den Wundkanälen wie Feuer brannte. Schließlich spuckte er die blutige Flüssigkeit ins Waschbecken, wusch sich erneut die Hände und brach den Aktenkoffer mit einem Schraubenzieher auf. Ungläubig starrte er auf dessen Inhalt. Fünfhundert Blatt noch eingeschweißtes weißes Papier im Format DIN A4.

Young-Suns Gesicht verfärbte sich zornrot.

* * *

Jennifer lag neben David, der ihr über den nackten Rücken streichelte. Es war bereits nach Mitternacht. Sie hatten das Licht gelöscht und David hatte eine Chillout-CD eingelegt. Deutlich konnte sie seine Lust spüren, sein intensives Verlangen nach ihr.

»Hmmm«, machte sie und reckte sich. Seine Hand wanderte tiefer und glitt über ihre Pobacken. Und obwohl sie Davids Nähe in vollen Zügen genoss, schien sich ihr Körper zu verspannen. »Nicht. Noch nicht. Nicht jetzt, okay?«

»Natürlich«, flüsterte er und sie konnte in seiner Stimme hören, wie er sich um ein Lächeln bemühte. Jennifer wusste ja selbst nicht, was los war. Auch sie hatte das Bedürfnis, zehn versäumte Jahre nachzuholen, doch irgendwie kam sie einfach nicht in Stimmung.

»Ist es wegen mir? Bist du sauer auf mich? Soll ich wieder auf dem Sofa schlafen?«, fragte David, klang aber jetzt fast mehr beleidigt als besorgt.

»Nein, es ist alles in Ordnung«, gab Jennifer zurück. »Es ist nur …« Sie zögerte. »Weißt du …«

»Was? Du kannst mir alles sagen.«

»Ich weiß. Aber ich weiß gar nicht, was ich sagen will«, erwiderte sie. Dann drehte sie sich auf die Seite und schmiegte ihren Rücken an seine Brust, ihren Po an seine Hüfte. »Eigentlich sollte ich voller Freude sein, voller Sehnsucht und Glück und Gier. Aber da ist einfach so eine Trauer in mir. Wie ein dunkler Klotz. Oder Eis. Nein, das Gefühl ist nicht wirklich kalt. Nur düster. Und ich kann es nicht abschütteln. Ich würde wirklich gern mit dir schlafen, ehrlich. Du glaubst gar nicht, wie oft ich in den vergangenen Jahren davon geträumt habe, dich nur noch ein Mal wiederzusehen.«

Er streichelte zärtlich ihren Oberschenkel.

»Ich habe mir immer vorgestellt, wie es gewesen wäre, wenn du nicht weggezogen wärst«, fuhr Jennifer fort. »Wir hätten zusammen Abi gemacht, wären in eine gemeinsame Wohnung gezogen. Vielleicht hätten wir sogar schon Kinder. Und dann hättest du mir irgendwann, in einem ganz besonders romantischen Augenblick, zugeflüstert, dass du mich heiraten und den Rest deines Lebens mit mir verbringen willst.« Jennifer lachte leise, weil es so kitschig klang. Dabei war genau das immer ihr Traum gewesen. Mit David zusammen eine Familie zu haben. »Wir wären zusammen in Urlaub gefahren, an die tollsten Orte. Und wir hätten Sex gehabt, jeden Tag, wir wären total scharf aufeinander gewesen, wie damals, weißt du noch?«

Sie presste sich noch ein wenig dichter an ihn und seine Hand wanderte über ihre Hüfte zu ihrem Busen und streichelte sie zart. Sie legte ihre Hand auf seine und hielt sie fest. Verschränkte ihre Finger mit seinen und sagte: »Aber heute, heute geht es nicht. Meine Gefühle sind ganz durcheinander. Ich fühle mich kaputt, schrecklich einsam und traurig und überhaupt nicht liebenswert. Es kostet mich große Überwindung, hier bei dir zu liegen, weil ich weiß, dass es bestimmt blöd ist für dich. Aber ich brauche dich. Ich … ich liebe dich. Ich möchte …« Sie schluckte, dann wurde ihre Stimme ganz leise. »Ich möchte den Rest meines Lebens mit dir verbringen.« Sie drückte seine Hand.

21

Was nun? Young-Sun starrte benebelt von den Schmerzmitteln auf den Computerbildschirm. Thorge und Koch hatten ihn reinlegen wollen. Dafür würden sie bezahlen müssen. Aber das war seine geringste Sorge.

Die Ärzte hatten ihn über Nacht mattgesetzt und den ganzen nächsten Tag in der Klinik behalten. Jetzt war er endlich zurück im Office.

Sein Blick huschte über die aktuellen Nachrichtenmeldungen; immer noch war die Frage, ob und wann und wie die Welt vor die Hunde ging, Thema Nummer eins. Zwar lautete der Tenor derzeit, dass es sich um grundlose Panikmache handelte. Doch Young-Sun wusste, dass es nur eine Frage der Zeit war, bis ernst zu nehmende Probleme für seinen Arbeitgeber entstanden. Mit Sicherheit gingen ambitionierte Studenten und Forscher in aller Welt der Sache ebenso nach wie sensationslüsterne Journalisten. Ihre Recherchen führten mit größter Wahrscheinlichkeit dazu, dass GlobalENJ – genauso wie die Mitbewerber – zumindest höchst kritisch unter die Lupe genommen würde.

Das zu verhindern, war sein Job. Denn wo niemand bohrte und fragte, konnte in Ruhe Geld verdient werden. Dafür aber musste er an Jennifer Meyer rankommen. Sie war die Einzige, die genau Bescheid wusste. Zweifellos hatte sie irgendetwas entdeckt, was besser unbemerkt geblieben wäre. Er musste herausbekommen, was es war, das Datenleck abdichten und sie zum Schweigen bringen. Mit Geld – oder notfalls mit Gewalt.

Aber wie sollte er sie auffinden?

Da blieb sein Blick an einer Meldung hängen. Außenminister Dr. David Baum hatte sich zu einem aktuellen Problem der Weltgeschichte ausgelassen – völlig uninteressant. *Klick* machte es nur bei dem Namen.

David. David Winner. Und die Kanzlei hieß … irgendwas mit B, deswegen hatte ihn der Außenminister daran erinnert. Boose Brügelmann, aus Kassel. David Winner – den hatte er in seinem Betäubungsmittelrausch komplett vergessen. Dabei stellte der junge Mann sicher den Schlüssel zu allem dar.

* * *

»Sind Sie das?«, fragte ein Mann und hielt David einen Ausdruck hin, auf dem sein Foto von der Kanzleiwebseite zu sehen war.

David hatte gerade das Büro verlassen und wollte nach Hause fahren. Noch bevor er weiter darüber nachdenken konnte, nickte er und sagte: »Äh, ja …?«

Der Mann hatte asiatische Züge und trug trotz der sommerlichen Hitze eine Lederjacke. Auf der linken Wange klebten zwei kleine hautfarbene Pflaster. Auf der Nase war ebenfalls ein Pflaster angebracht worden und unterhalb der Augen zeichnete sich ein Bluterguss ab. Die rechte Hand des Mannes steckte in der Jackentasche. »Bring mich zu ihr!«, herrschte er David an.

Verflucht, das musste … »Wer sind Sie?«, fragte David, so ruhig er konnte, obwohl eine düstere Ahnung in ihm aufstieg. Der Mann ähnelte ungemein Jennifers Beschreibung ihres Entführers.

Der Asiate trat einen Schritt auf ihn zu und drehte sich zugleich ein wenig, sodass seine rechte Jackentasche in Davids Richtung zeigte. Etwas Hartes bohrte sich in Davids Hüfte. »Keine blöden Fragen«, sagte der Mann. »Und glaub ja nicht, ich würde hier nicht schießen. Du hast mehr zu verlieren als ich, denn du bleibst hier liegen. Mich glotzen alle nur ängstlich an und morgen verhaften sie die Besitzer aller China-Imbisse der Stadt. Also, los jetzt!«

David sah sich um. Sie standen auf dem Bürgersteig vor der Kanzlei, es waren jede Menge Fußgänger unterwegs und in ein paar Minuten würden garantiert die nächsten Kollegen vor das Haus treten. Aber wie sollte er sie um Hilfe bitten, ohne sie dabei in Lebensgefahr zu bringen? Das Funkeln in den Augen des Mannes ließ erahnen, wie kurz dessen Zündschnur war.

David zuckte lässig mit den Schultern, als wäre nichts weiter dabei. »Okay, kein Problem. Sie wollen ja nur mit ihr reden, oder?«

Der Asiate starrte ihn entgeistert an. Dann rollte er mit den Augen und sagte: »Ja, ja sicher.«

»Gut. Ich bin mit dem Bus hier.« David deutete quer über die Straße zur Haltestelle.

»Keine Tricks«, mahnte der Asiate.

»Äh … wer hat denn hier die Pistole?«, fragte David. Dann setzte er sich ohne ein weiteres Wort in Bewegung und der Mann folgte ihm.

Sie warteten dicht nebeneinander, schweigend wie ein zerstrittenes Liebespaar. Fieberhaft überlegte David, was er nun machen sollte. Auf keinen Fall würde er Jennifer in Gefahr bringen. Da kam ihm plötzlich eine Idee. Er hatte immer noch den Schlüssel zu Brittas Wohnung. Und die hatte heute ihren Sprachkurs. Ja, das konnte funktionieren …

Der Bus kam und sie fuhren drei Stationen, stiegen um, fuhren zwei weitere. Schließlich erreichten sie Brittas Haus.

Der Fahrstuhl brachte sie in den vierten Stock, wo David mit klopfendem Herzen eine Tür aufschloss. Hoffentlich funktionierte sein Plan! Er ging hinein und rief etwas zu laut: »Hallo, ich bin's!«, bevor der Mann ihm erneut die Pistole in die Rippen rammte.

»Schnauze!«

»Aber so komme ich immer –«

»Was habe ich gesagt?«

David klappte den Mund zu und nickte.

»Na also, geht doch. Warum nicht gleich?« Der Asiate zog die Augenbrauen hoch.

Stumm standen sie einen Moment lang im Flur. Der Mann sah sich um und David war froh, dass Brittas Flur nicht gleich auf den ersten Blick eine typische Frauenwohnung verriet: Spiegel, Garderobe, Kommode, zwei Filmposter, vier Türen. Alles in Schwarz-Weiß, sogar der Fliesenboden.

»Sie scheint nicht da zu sein«, sagte David schließlich.

»Oder sie versteckt sich«, mutmaßte der Asiate. Langsam ging er auf die erste Tür zu und stieß sie auf. Er streckte seine Pistole vor und huschte in die Küche hinein.

David hoffte inständig, dass Britta tatsächlich nicht da war, während der Mann nun auch in die anderen Zimmer schaute. Zugleich überlegte er fieberhaft, wie er sich einen Vorteil verschaffen konnte. War der Mann für GlobalENJ tätig? Etwas anderes war kaum vorstellbar. Aber was wollte er? Jennifer zum Schweigen bringen – für immer? Oder brauchte er sie – noch?

Indem er den Mann in Brittas Wohnung gelockt hatte, hatte er sich etwas Zeit erkauft, aber wie sollte er seinen Gegner überwältigen? Unglücklicherweise gehörte er nicht zu den Typen, die jahrelang Selbstverteidigung gelernt hatten und es in einer lebensgefährlichen Krisensituation endlich einmal nutzbringend einsetzen konnten. So wie im Film.

Er musste sich also einen Trick einfallen lassen, und zwar schnell. Der Asiate hatte gerade den Kopf in das letzte Zimmer gesteckt.

Angriff war die beste Verteidigung? Unsinn, das wusste David als angehender Anwalt. Manchmal war klein beigeben das Beste – und manchmal blieb nur noch die Flucht. Vielleicht sollte er es versuchen: einfach losrennen, die Treppe runter, abhauen und untertauchen!

Noch bevor David sich endgültig entschieden hatte, hörten sie plötzlich Geräusche von der Wohnungstür. Nein, bitte nicht, schoss es David durch den Kopf. Er wollte etwas rufen, aber der Asiate schlug ihm mit dem Pistolenlauf seitlich gegen den Kopf. Scheiße, tat das weh! David presste eine Hand auf die Stelle und hatte Mühe, die Augen offen zu halten.

Der Mann ließ die Pistole sinken und hielt sie seitlich neben dem Oberschenkel verborgen. Die Tür öffnete sich und Britta kam herein. Sie hielt ihren Schlüsselbund und ihr Handy in der einen, ihre Tasche in der anderen Hand und hatte mehrere Briefe zwischen die Lippen geklemmt. Mit einem Hüftschwung stieß sie die Tür hinter sich zu und schmiss ihre Sachen auf die Kommode. Dann blickte sie auf – und erstarrte.

»Das ist nicht Jennifer Meyer!«, rief der Asiate und hob langsam seine Pistole.

Britta ignorierte ihn und ging stattdessen auf David los. »Was willst du denn hier?! Spinnst du komplett? Hast du den Verstand verloren? Einfach in meine Wohnung zu kommen – das ist Hausfriedensbruch! Hast du deine ›Schulfreundin‹ jetzt doch satt und willst bei mir angekrochen kommen? Das kannst du vergessen! Und wer soll das denn sein?« Verächtlich deutete sie auf den Mann neben David. »Traust du dich nicht allein, du Schlappschwanz?« Mit jedem Satz war sie näher auf David zugegangen. Jetzt streckte sie ihm die Hand hin. »Meine Schlüssel, aber sofort!«, forderte sie.

Der Asiate starrte Britta entgeistert an. David nutzte den Augenblick der Unaufmerksamkeit und stürzte sich auf ihn. Er packte mit beiden Händen die rechte Hand des anderen und versuchte, die Waffe auf den Boden gerichtet zu halten, während er ungeschickt nach den Beinen des Asiaten trat und ihn zugleich in Richtung Küche zu drängen versuchte.

Britta bemerkte erst jetzt die Pistole und begann, grell zu schreien. David tat, was er tausendmal im Kino gesehen hatte: Er ließ den Kopf vorschnellen und schlug seine Stirn direkt gegen die des Gegners. Der stieß allerdings nur ein ärgerliches Knurren aus, entriss David seine Hand und trat schnell zwei Schritte außer Reichweite. David hatte Mühe, das Gleichgewicht zu halten.

Britta kreischte noch immer. Der Asiate ließ seinen Ellenbogen vorzucken und verabreichte ihr einen Schlag direkt in den Solarplexus. Ihr Mund blieb tonlos offen stehen, dann verdrehten sich ihre Augen und sie sackte bewusstlos in sich zusammen.

David wollte sie instinktiv auffangen, aber ein warnender Blick des Pistolenträgers ließ ihn innehalten. Der Asiate streckte die Linke vor. »Ausweis!«, forderte er.

David zog verständnislos die Augenbrauen hoch.

»Deinen Personalausweis, aber sofort. Noch mal lass ich mich nicht von dir verarschen.«

Das war nicht dumm gedacht, dachte David ärgerlich, griff in seine innere Jacketttasche und zog aus einem Ledermäppchen seinen Personalausweis hervor. Als er ihn seinem Gegenüber hinstreckte, bemerkte er, dass seine Finger zitterten.

Offensichtlich war es auch dem Asiaten aufgefallen, denn auf dessen Gesicht zeichnete sich ein höhnisches Grinsen ab. Dann drehte er den Ausweis um und las die darauf angegebene Adresse vor. »Da fahren wir jetzt hin. Und wenn du noch eine Nummer mit mir abziehst, schieße ich dir in die Eier. Das überlebst du zwar, aber es macht noch weniger Spaß, als du jetzt denkst.«

* * *

Antônio Faria Duarte hatte keine Nachkommen, war unverheiratet und verhielt sich, als wäre er unsterblich. Trotz des Drängens seines treuen Anwaltes hatte er noch nicht einmal ein Testament verfasst und die Aktien der Firma gehörten zu über der Hälfte ihm, sodass es mit seinem Ableben zu einer erdrutschartigen Machtverschiebung bei GlobalENJ kommen würde, wenn seine Anteile an den Staat fielen.

Aufgrund dieser persönlichen Situation hätte es ihn also auch sicher nicht weiter beunruhigt, wäre ihm klar gewesen, welche Gefahr von GAIA3000 – der absoluten Krönung seines Lebenswerkes – ausging. Dabei stellte nicht etwa das Kraftwerk selbst das größte Risiko dar, sofern man davon ausging, dass die nanotechnologischen Komponenten tatsächlich durch Licht oder Sauerstoff augenblicklich zerstört wurden. Weitaus schlimmer war die Tatsache, dass bei der neuartigen Energieerzeugung extreme Wärme entstand, denn im Grunde war die Technik einem zigtausendfach beschleunigten Komposthaufen ähnlich. Damit der Reaktor nicht innerhalb von Stunden platzte wie ein Ballon, musste von einem Stausee Kühlwasser abgezweigt werden, das anschließend direkt in den Atlantischen Ozean geleitet wurde. Dort würde es die in Jahrtausenden stabilisierten Strömungsverhältnisse stark in Unruhe versetzen und sich ausbreiten bis unter die Eisschelfe der Antarktis und deren Abbrechen und Abtauen beschleunigen. Dabei würden extreme Mengen bislang gebundenes Süßwasser freigesetzt werden, sodass der Meeresspiegel weltweit stiege. Schlimmer noch: Die notwendige Umgebung für Kleinstlebewesen würde sich derart stark und schnell ändern, dass viele Arten einfach nicht überleben könnten. Die Nahrungskette bräche zusammen, große Teile der Ozeane würden binnen weniger Jahre unwiderbringlich zu toten Zonen verkommen. Ein erschreckendes Szenario, vor allem im Hinblick auf nachfolgende Generationen.

Aber da Antônio Faria Duarte keine Kinder hatte, würden sie

dies auch nicht mitbekommen – abgesehen davon, dass es ihm zweifelsohne vollkommen gleichgültig wäre, selbst wenn er um die Konsequenzen seines Handelns wüsste.

* * *

Jennifer gelang es kaum, sich aufrecht zu halten, so schlecht ging es ihr seit heute Mittag. Immer wieder fielen ihr die Augen zu, sie sackte zur Seite und ihr Kopf kippte auf Jonas' Schulter.

Der Asiate hielt sie, David und Jonas mit seiner Pistole in Schach. Er stand breitbeinig vor dem Sofa, auf dem sie saßen, und bombardierte sie mit Fragen. Aber offensichtlich fand er die Antworten nicht wirklich befriedigend. Er wurde immer wütender und seine Stimme klang immer gepresster und höher.

»Ich muss mal pinkeln«, sagte David plötzlich. Der Asiate starrte ihn an, als wäre er komplett verrückt geworden. Dann ließ er seinen Blick nachdenklich über seine beiden anderen Gefangenen gleiten. »Wenn du Scheiße baust«, sagte er zu David, »muss sie«, er deutete auf Jennifer, »dran glauben.«

»Das denke ich nicht, denn Sie brauchen sie ja noch«, entgegnete David genervt.

Der Mann mit der Pistole sah ihn einen Moment lang an, dann blaffte er: »Na gut, dann gehen wir eben alle zusammen, du Blödmann! Aufstehen!«

»Sie kann aber nicht –«, begann Jonas.

»Ich habe gesagt: aufstehen!«, brüllte der Mann.

»Schon gut, schon gut«, murmelte Jonas und streckte Jennifer seinen Arm entgegen, an dem sie sich dankbar festhielt und wankend auf die Beine kam.

David ließ Jonas und sie vorgehen. Jennifer versuchte, ihm zuzulächeln, damit er wusste, dass sie ihm keinen Vorwurf machte. Jonas stieß die Tür zum Badezimmer auf, drehte sich zur Seite und schob Jennifer vor sich her hinein. Direkt hinter ihm stand David, dann kam der Asiate mit seiner dicken Knarre.

Als Jonas und Jennifer es ins Bad geschafft hatten, packte David plötzlich die Klinke, rief: »Durchs Fenster!«, und knallte die Tür von außen zu. Sie hörten einen dumpfen Schlag aus dem Flur, vermutlich hatte sich David auf den Eindringling geworfen und sie waren beide zu Boden gegangen.

Entschlossen packte Jonas Jennifer fester um die Hüfte und zerrte sie in Richtung Fenster. Direkt davor erstreckte sich das Flachdach des Nebengebäudes. Er riss das Fenster auf und befahl ihr, zuerst ihren Oberkörper hinauszukippen, während er sie auf dem Fensterbrett in Balance brachte. Jennifer spürte schmerzhaft, wie er über ihren Rücken hinweg selbst hinauskletterte, sich unter ihren Oberkörper duckte, ihre Arme um seinen Hals zog, sie festhielt und dann aufstand. Nun lag sie bäuchlings auf seinem Rücken.

»David …«, murmelte sie leise. Jennifer verrenkte sich den Kopf, um zurückzuschauen. Noch war die Badezimmertür zu, ein kleines Wunder, für das David auf der anderen Seite sicher teuer bezahlte.

Jonas lief, so schnell er konnte, über das Flachdach hinweg auf das nächste Haus zu, dessen Seitenwand direkt vor ihnen aufragte. Auf einmal blieb sein Fuß an etwas hängen und er geriet aus dem Gleichgewicht, strauchelte und wäre beinahe gestürzt, fing sich dann aber doch noch.

Jennifers Herz raste. Jonas drehte sich im Kreis und ihr Blick ging nach unten. Sie bemerkte ein Oberlicht im Dach, über dessen Rand er gestolpert war. Sie konnte in den Flur des Hauses sehen, auf dessen Dach sie sich befanden, aber es war niemand dort, der ihnen hätte öffnen können – das Oberlicht war mit einem Hebel gesichert, der sich nur von innen bedienen ließ.

Verdammt!

Im selben Moment entdeckte sie am Rand des Daches das obere Ende einer Feuerleiter und machte ihren Bruder darauf aufmerksam.

»Mist, wie krieg ich dich denn da runter?«, murmelte Jonas panisch. Er ließ seine Schwester vorsichtig von seinem Rücken gleiten, dann schüttelte er sie sanft. »Kannst du mich hören, Jennifer? Schaffst du es, diese Leiter nach unten zu klettern?«

Jennifer bemühte sich, die Augen offen zu halten, und nickte. »Ja … David …«, murmelte sie besorgt. Was war mit David? Sie konnten ihn doch nicht einfach zurucklassen!

»Du zuerst!«, befahl Jonas. »Wenn ich zuerst gehe, bleibst du einfach hier liegen oder, schlimmer noch, kriechst zurück, weil du David helfen willst.«

Jennifer rührte sich nicht. Weil sie sich nicht rühren konnte. Sie fühlte sich schwach. So unendlich schwach. Und hin und her gerissen.

»Los! Los, mach! David holt sich gerade eine blutige Nase für dich! Lass das nicht umsonst gewesen sein!«, rief Jonas.

Er hatte recht. Es dauerte einen Moment, aber dann stützte sie sich hoch auf die Unterarme, kroch ein Stück voran, packte die Metallstreben der Leiter mit beiden Händen und schob langsam ihre Beine über den Rand des Daches. Im ersten Moment fürchtete sie, gleich loszulassen und in die Tiefe zu stürzen, aber es gelang ihr, sich festzuklammern. Jonas schaute zu ihr herunter. Jennifers Kopf ragte gerade noch über die Dachkante. Sie warf einen letzten Blick in Richtung von Davids Bad. Die Tür stand jetzt auf und für einen Moment war ein dunkler Umriss zu sehen, der jedoch sofort wieder verschwand.

Ihnen blieb keine Zeit mehr!

Jonas schwang sich auf die Leiter und krabbelte wie eine Spinne über sie hinweg, während sie sich unwillkürlich flach gegen die Sprossen presste. »Mach schneller, Jenni, er kommt gleich!«

Jennifer folgte langsam ihrem Bruder, der die zwei Stockwerke hinuntergeklettert war und bereits festen Boden unter den Füßen hatte. Sie nahm Sprosse für Sprosse und hätte nicht sagen können, ob die körperliche Erschöpfung schlimmer war oder die Sorge um David. Da verlor sie den Halt, die Finger ihrer linken Hand öffneten sich einfach, obwohl sie verzweifelt versuchte, sie zu schließen und sich festzuhalten. Sie geriet aus dem Gleichgewicht, ihr Bein knickte ein, der Fuß rutschte ab und sie konnte sich nicht mehr festklammern. Einen Moment lang hing sie noch an einem Arm, dann wurde das Gewicht zu groß und sie ließ los.

Jennifer fiel rückwärts und prallte direkt auf Jonas' Rücken. Der stieß einen Schrei aus und ging zu Boden, fing aber die größte Wucht des Sturzes ab. Jennifer rollte sich zur Seite und sah nach ihrem Bruder. Jonas' Kinn war auf den Asphalt geschlagen und hatte zu bluten begonnen. Hörbar rang er nach Atem.

Jennifer wollte ihm sagen, wie leid ihr das alles tat, murmelte jedoch nur unverständlich vor sich hin. Ihr Bruder stemmte sich hoch, packte sie an den Armen, zerrte sie in den Sitz und zog sie schließlich wieder hoch auf seinen Rücken. Gebeugt lief er quer über die Straße. Dort schien ein kleiner Stichweg zwischen zwei Häusern hindurchzuführen.

Es dämmerte bereits und einige Passanten starrten ihnen hinterher. Ein Auto musste eine Vollbremsung machen, um sie nicht zu streifen. Der Fahrer hupte und sein Fluchen war durch das offene Fenster zu hören.

Sie erreichten die andere Straßenseite. Jonas streckte eine Hand nach der Hauswand aus und wollte sich gerade in den rettenden Durchgang quetschen, als ein Schuss ertönte und er abrupt unter Jennifer wegknickte. Sie war bei dem Knall ebenfalls zusammengezuckt, aber als sie die Augen wieder öffnete, tat ihr nichts weh – jedenfalls nicht mehr als zuvor.

Jonas stöhnte, stolperte und sackte zu Boden. Er ließ sie los und umklammerte mit beiden Händen seinen rechten Unterarm. Jennifers Kopf prallte auf den Boden, ihr Blick fiel auf Jonas' Arm und sie sah das frische Blut, das durch ein Loch in seinem Shirt quoll. Sie riss vor Schreck die Augen auf, Adrenalin breitete sich in ihrem Körper aus und mobilisierte ihre letzten Kraftreserven. Sie starrte ihren Bruder entsetzt an.

»Lauf, lauf!«, quetschte er hervor. »Lauf!«

Jennifer zögerte den Bruchteil einer Sekunde, sie konnte ihn doch hier nicht liegen lassen. Aber dann begriff sie, dass Jonas die Verfolger nicht interessierte – der Asiate würde ihm nichts tun. Sie zog sich an einer Zierkante der Hauswand hoch, stützte sich an der Mauer ab und humpelte davon, so schnell es ihr möglich war.

Als sie das Ende der Wand erreicht hatte, warf sie einen Blick zurück. Jonas hatte den Kopf auf den Bürgersteig sinken lassen und hielt immer noch seinen Arm umklammert. Passanten umringten ihn. Hinter ihm, auf der anderen Straßenseite, stand ein dunkler Umriss am Rand des Flachdaches und sah ihr nach.

Jennifer wandte sich ab und lief weiter, so schnell sie konnte. Wohin?

Der Stichweg führte geradeaus, aber ein paar Meter weiter wurde er von einem schmalen Durchgang gekreuzt. Sie bog nach rechts und hinkte zwischen den Hinterhofgärten einiger Häuser hindurch. Dann entdeckte sie linker Hand eine Baustelle. Offenbar wurde ein Mehrfamilienhaus entkernt, Wände waren herausgerissen worden, der Garten bestand nur aus Erdhaufen und ein paar zerfledderten Büschen, zwischen denen zwei Dixi-Klos standen. Sie ignorierte das Betreten-verboten-Schild und huschte auf das Grundstück, wobei sie sich bemühte, keine Fußabdrücke zu hinterlassen, indem sie gezielt auf die verbliebenen Rasenflecken trat. Sie erreichte das Gebäude, lehnte sich erschöpft gegen eine Mauer, schob sich dann an dieser entlang hinein in die Dunkelheit, trat vorsichtig einen Schritt vor – und stürzte ins Nichts.

22

Jennifer schlug die Augen auf, konnte aber nichts sehen. Ihr Kopf schmerzte, ihr ganzer Körper schmerzte, aber am stärksten waren die Schmerzen in ihrem rechten Bein. Außerdem war ihr kalt, sie zitterte.

Sie lag auf der Seite. Unter sich konnte sie rauen Betonboden spüren. Langsam kehrte die Erinnerung zurück: der Überfall, Davids Ablenkungsmanöver, die Flucht, der Schuss, Jonas am Boden, wie besinnungslos war sie weitergetaumelt, der Neubau, zwischen dessen Wände sie sich hatte retten können, dann der Sturz in die Finsternis. Kein Schmerz, einfach nur Licht aus. Vielleicht würde so auch der Tod kommen, in ein paar Monaten? Dann wäre es ja gar nicht so schlimm zu sterben.

Sie schaute nach oben. Auch dort nur Schwärze, Düsternis. Vielleicht, wenn sie sich anstrengte, der Hauch eines Lichtschimmers, aber sicher war sie sich nicht.

Immerhin schien sie diesem Irren von GlobalENJ entkommen zu sein. Wie es wohl David ging? Sie hatte Angst um ihn – mehr als um sich selbst oder um Jonas, der würde schon durchkommen. Sie hatte David ohne Not in die Sache hineingezogen. Für jeden Schaden, den er erlitt, war sie allein verantwortlich!

Vorsichtig hob sie den linken Arm und betastete erst ihren Oberkörper, dann ihren Kopf. Eine fette Beule, wo sie offenbar auf den Boden geschlagen war, und geronnenes Blut in den Haaren, aber sonst schien alles in Ordnung. Sie versuchte, sich aufzusetzen. Als sie ihr rechtes Bein nachzog, durchzuckte sie ein stechender Schmerz. Kein gutes Zeichen. Sie streckte sich und fuhr mit der rechten Hand das Bein entlang. Der Oberschenkel war nicht das Problem, aber der Unterschenkel erwies sich als äußerst berührungsempfindlich und schien geschwollen zu sein. Die Wade ging gerade so, aber das Schienbein konnte sie kaum anfassen. Sie reckte sich noch weiter vor und betastete ihren Knöchel, der schmerzfrei war.

Mist. Vermutlich hatte sie sich bei dem Sturz das Bein gebrochen. Und jetzt?

Sie streckte sich seitlich in alle Richtungen. Nichts. Keine Wände, an denen sie sich hätte abstützen können. Sie begann, auf dem Hintern rückwärtszurutschen wie eine kranke Krabbe. Nach ein oder zwei Metern erreichte sie eine Mauer und stemmte sich daran hoch. Das linke Bein ließ sich belasten, nur das rechte nicht. Sie stützte sich mit der rechten Hand an der Wand ab und hopste in kleinen Sprüngen voran, bis sie eine Ecke erreichte. Um die Kurve, dann weiter durch die Dunkelheit.

Nach der vierten Ecke fürchtete sie schon, so nicht weiterzukommen, gab aber noch nicht auf, da ihr keinerlei Möglichkeit gegeben war zu prüfen, ob der Keller nicht vielleicht sechs- oder achteckig war. Vier Ecken später ließ sie sich an der Wand zu Boden sinken. Es gab keinen Ausweg. Sie würde bis zum Morgen ausharren müssen in der Hoffnung, dass dann jemand kam und sie fand.

Jennifer spitzte die Ohren, aber es war nichts zu hören, keine Schritte von Spaziergängern, kein Hundebellen, noch nicht mal ein Auto fuhr in der Nähe vorbei.

Obwohl ihr von der Anstrengung der Schweiß über die Stirn lief und ihre Handfläche vom Schaben über die Betonwand brannte, fröstelte sie zugleich in der Nachtluft. Die Kälte schien ihr bis ins Mark zu dringen. Wütend und frustriert schniefte sie einmal, rieb sich dann mit den Fäusten die Augen und stieß den Atem aus. Sie rollte sich auf dem Boden zusammen, so gut es ging, schlang die Arme um den Oberkörper und schloss die Augen.

Aber schlafen konnte sie nicht. Ohne Pause zogen Bilder der letzten Tage an ihrem geistigen Auge vorbei: David und sie im Bett; Jonas' Blick, als sie ihn blutend zurückließ; die eiskalten Augen des Asiaten, der seine Pistole auf sie gerichtet hielt; Kochs treuherziger Blick; sie mit Thorge, von dem sie vermutete, dass er der Verräter war, und endlose Folgen von Dokumenten, Formeln, Berechnungen, Kritzeleien, Tabellen und Unterlagen. Der Mann auf dem Bahnsteig, der zusammengebrochen war und aus dem Mund geblutet hatte. Die Spritze mit der Aufschrift MedVida. Die ähnlichen Logos der zahlreichen Tochterfirmen GlobalENJs. Der letzte Blick ihres Vaters. Sein Händedruck. Seine Stimme, ein Flüstern aus dem Jenseits. Der Einbruch in ihrer Wohnung, die Schmiererei auf der Tür, das blutige Herz in der Schachtel im Flur.

Aus dem Erinnerungsfilm wurde ein unruhiger Traum, aus dem Jennifer erst wieder hochschrak, als zwei Sanitäter sie auf eine Trage hoben.

* * *

Antônio Faria Duarte ließ die drei Blätter mit seiner Rede auf den Nachttisch sinken. Sein Redenschreiber hatte wie immer gute Arbeit geleistet. Nicht etwa würden sie kommende Woche ein Stromkraftwerk einweihen, das die weltweit ersehnte Energiewende in einzigartiger Form eröffnete. Nein. Mit GAIA3000 taten sie den ersten Schritt in eine Zukunft, in der Mensch und Natur sich wieder näherkamen und einander vertrauensvoll begegnen konnten.

Duarte war geradezu gerührt von den Worten, die in einer Woche die seinen sein würden. Im Geiste hörte er bereits das Klatschen und Jubeln der begeisterten Menge.

Überaus zufrieden löschte er das Licht und schlief wenig später tief und fest.

* * *

»Nein! Nein! Weg! Ich will nicht!«, rief die junge Frau panisch und versuchte, die helfenden Hände beiseitezustoßen. Dann begann sie auch noch, mit beiden Beinen nach den Männern zu treten, die sie packen wollten, und als sie mit dem rechten einen von ihnen traf, stieß sie vor Schmerz einen gellenden Schrei aus und verlor das Bewusstsein.

Die Sanitäter, die Polizisten und die Bauarbeiter, die um sie herumstanden, sahen einander besorgt an.

* * *

Als Jennifer das nächste Mal die Augen aufschlug, war alles weiß. Die Decke über ihr, die Wände, die Bettwäsche, der Kittel, den sie trug, der Gips an ihrem rechten Bein, die Vorhänge.

Ein Krankenhaus.

Sie bekam Angst. Vorsichtig und darum bemüht, kein Geräusch zu machen, drehte sie sich auf die Seite und zog die Nachttischschublade heraus. Zu ihrer Überraschung fand sie eine Bibel mit dem Aufdruck KLINIKUM KASSEL. Sie legte das Buch zurück, schloss die Schublade und zog ein gefaltetes Blatt Papier unter dem Telefon hervor. Eine Anleitung zur Freischaltung des Apparates, darunter eine Preisliste für Anrufe, am Fußende ebenfalls der Schriftzug KLINIKUM KASSEL, gefolgt von Anschrift, Telefonnummer und Webseitenadresse.

Jennifer ließ sich in ihr Kissen zurücksinken, erleichtert, aber noch nicht endgültig überzeugt. Sie starrte an die Decke und überlegte, was sie als Nächstes tun sollte. Die Polizei fiel immer noch aus; man würde ihr nicht glauben, und selbst wenn – was sollten sie schon unternehmen? Sie hatten es hier mit einem internationalen Mega-Unternehmen zu tun, das sich offensichtlich nicht sonderlich für Moral oder Gesetze interessierte.

Ihre Mutter? Die würde ihr anbieten, in der Firmenwohnung in Gstaad unterzutauchen. Gut für Jennifer, aber schlecht für den Rest der Menschheit.

Sie musste Kontakt zu Koch aufnehmen und, falls David recht hatte, auch mit Hirschberger. Mit Koch würde sie versuchen, die Welt zu retten, mit Hirschberger ihr Leben.

Noch bevor sie einen Entschluss gefasst hatte, klopfte es an der Tür. Sie schrak zusammen. Insgeheim fürchtete sie immer noch, wieder in der Gewalt des Asiaten zu sein, der offenbar irgendwie mit MedVida zu tun hatte, einer Pharmafirma, die vielleicht auch über eigene Krankenbetten verfügte. Jennifer öffnete gerade den Mund, um »Nicht jetzt!« zu rufen, als schon die Tür aufschwang und eine freundlich lächelnde Krankenschwester hereinkam. Sie hatte erdbeerblondes Haar und trug einen leuchtend roten Lippenstift, der überhaupt nicht zu ihrer Haarfarbe passte. Auf der Tasche ihres Kittels stand ebenfalls KLINIKUM KASSEL. »Oh, Sie sind wach!«, bemerkte sie erfreut. »Das ist gut, ich werde gleich den Doktor informieren. Möchten Sie etwas essen? Mittag ist schon vorbei, aber ich kann Ihnen etwas bestellen.«

Jennifer überlegte einen Augenblick.

»Übrigens, mein Name ist Schwester Verena.« Sie deutete auf ihr Namensschild, dann auf die Klingel neben dem Bett. »Wenn Sie irgendetwas brauchen, drücken Sie einfach auf den Knopf, ja?«

Jennifer nickte. Dann fragte sie: »Wo bin ich? Und warum?«

Schwester Verena lächelte. »Sie sind im Krankenhaus. Sie haben sich das Bein gebrochen, außerdem hatten Sie wohl Kreislaufprobleme. Aber jetzt ist alles wieder in Ordnung.«

Jennifer seufzte. »Alles in Ordnung« bedeutete wohl, dass ihre Werte wieder okay waren. Deshalb also fühlte sie sich so überraschend gut, nachdem es ihr gestern so mies gegangen war. Was für eine beknackte Krankheit, die gerade zum ungünstigsten Zeitpunkt aufwallte. Am besten, sie ließ sich nichts anmerken, dann wurde sie bestimmt bald entlassen. Jennifer fragte: »Kann ich telefonieren?«

Schwester Verena nickte. »Selbstverständlich. Wir müssen den Apparat nur … oh, Moment mal.« Sie warf einen Blick auf ihr Klemmbrett. »Wir haben von Ihnen noch gar keine persönlichen Daten. Und keine Krankenkassenkarte. Das muss alles erst geregelt sein, bevor wir das Telefon freischalten.«

Jennifer wollte unbedingt vermeiden, in das Computersystem des Krankenhauses eingespeist zu werden. Daher versuchte sie, schlagartig so erschöpft wie möglich auszusehen. »Geht das auch morgen?«

»Natürlich, kein Problem. Sagen Sie mir einfach nur Ihren Namen, damit wir die Akte schon mal anlegen können.« Sie hatte einen Stift aus der Tasche gezogen.

»Jennifer. Jennifer … äh, Müller«, sagte sie.

»Wunderbar. Sollen wir Ihre Angehörigen verständigen, dass Sie bei uns sind?«

»Äh … nein, danke. Meine Eltern sind sowieso gerade im Urlaub«, improvisierte Jennifer. Dann setzte sie mit festerer Stimme hinzu: »Nein, ich werde sie morgen selbst anrufen, wenn es mir wieder besser geht.«

»Gut. Sollten Sie es sich anders überlegen, sagen Sie uns gern jederzeit Bescheid. Ich werde Ihnen gleich etwas zu essen bestellen und den Doktor wissen lassen, dass er zu Ihnen kommen soll. Und wenn es noch etwas gibt, klingeln Sie einfach.« Sie wandte sich ab, um zu gehen, drehte sich dann aber noch einmal um und zeigte auf das Telefon. »Wenn es nur Ortsgespräche sind, geht es auch so. Für Kassel ist der Apparat automatisch freigeschaltet.«

»Alles klar, danke.«

Kaum dass die Schwester aus dem Zimmer war, rief Jennifer die Zentrale an und bat darum, die Nummer der Kanzlei Boose Brügelmann nachzuschlagen. Dort ließ sie sich mit David verbinden.

»Oh Mann, bin ich froh von dir zu hören!«, stöhnte er erleichtert. »Geht es dir gut? Wo steckst du? Ich habe mir wahnsinnige Sorgen gemacht!«

»Ich bin im Krankenhaus. Offenbar bin ich gestern in einem Rohbau in den Keller gestürzt und habe mir das Bein gebrochen. Heute Morgen haben sie mich gefunden und ins Krankenhaus verfrachtet. Jetzt habe ich einen schönen Gips, aber ansonsten ist alles okay. Viel wichtiger aber: Weißt du, wo Jonas ist? Er wurde angeschossen und ich musste ihn zurücklassen!«

»Was? Scheiße!«, stieß David besorgt hervor. »Nein, keine Ahnung. Ich dachte, ihr wärt zusammen abgehauen.«

In Jennifer machte sich Unruhe breit. »Sind wir auch, aber dann hat dieser Typ auf uns geschossen und Jonas ist hingefallen und hat geblutet, aber er wollte, dass ich weiterlaufe.« Sie rieb sich die Stirn. »Wo steckt er denn jetzt? Ich hoffe nur, es geht ihm gut!«

»Wenn er wirklich angeschossen wurde, dann ist er vielleicht auch im Krankenhaus?«, sagte David.

»Hm. Könnte sein. Ich werde nach unserem Telefonat gleich nachfragen.« Jennifer versuchte, die Sorge um ihren Bruder erst mal beiseitezuschieben. »Aber wie geht es dir? Und wie hast du es überhaupt geschafft, diesen Irren loszuwerden?«

»Na ja, wir haben uns eine Weile im Flur gekloppt. Mehr als ein blaues Auge habe ich dabei nicht abbekommen. Hier in der Kanzlei gucken sie ein bisschen komisch, aber aus Höflichkeit sagt keiner was. Auf alle Fälle hat der Typ dann einfach von mir abgelassen, ist ins Bad gestürmt und hinter euch her. Und ich habe, ehrlich gesagt, schnell die Biege gemacht und bin zu Patrick rauf. Da habe ich auch die Nacht verbracht. Ich habe überlegt, ob ich die Polizei rufen soll, aber was hätte ich denen sagen sollen? Da müssen wir, glaube ich, mehr Infos haben, um die zum Handeln zu bewegen.«

Jennifer nickte. »Ja. Pass auf. Erst mal müssen wir Jonas finden. Dann Koch kontaktieren. Und anschließend würde ich tatsächlich gern versuchen, Hirschberger zu erreichen. Vielleicht hast du ja recht und er gehört zu den Guten und ist nur zufällig in die Sache reingeraten. So wie ich.« Ihre Stimme wurde leiser. »Denn, ehrlich gesagt, hätte ich nichts dagegen, noch eine Weile länger am Leben zu bleiben.«

»Da bist du nicht die Einzige«, sagte David und sie konnte sein liebevolles, aber auch ein bisschen trauriges Lächeln direkt vor sich sehen.

»Ich kann von hier aus nur Ortsgespräche führen«, sagte Jennifer dann. »Könntest du bei Koch anrufen und uns irgendwie mit ihm verabreden?« Sie nannte ihm die Zugangsdaten für das Mailkonto, an das der Prof seine Privatnummer geschickt hatte.

»Klar, kein Thema, mach ich sofort.«

»Super. Und ich werde mal sehen, ob mein Bruder auch hier ist. Drück mir die Daumen.«

»Mach ich. Und auf alle Fälle komme ich dich heute Abend noch besuchen.«

Jennifer lächelte. Von einem Augenblick zum anderen breitete sich eine beruhigende Wärme in ihrem Körper aus.

»Das wäre schön. Darauf freue ich mich«, sagte sie. »Und, David, noch was. Danke, dass du uns da gestern rausgeboxt hast.«

Als es klopfte, verabschiedete Jennifer sich rasch und ein junger Mann brachte ihr ein Tablett mit Joghurt, Brot, Orangensaft, einem Glas Wasser, Hühnchenragout und Reis. Es sah nicht sonderlich lecker aus, aber sie verschlang alles bis auf den letzten Bissen.

Nach dem Essen rief sie in der zentralen Patientenaufnahme an, doch dort wusste man nichts von einem Jonas Meyer. »Wir haben nur einen Patienten namens Meier, aber mit i, und der hat einen ganz anderen Vornamen«, sagte die Frau.

»Gibt es noch andere Krankenhäuser in der Stadt?«, fragte Jennifer.

»Ja, und einige Privatkliniken«, war die Antwort.

»Und, sagen Sie, wohin würde man jemanden mit einer Schussverletzung bringen?«

»Mit einer *Schussverletzung*? Das ist aber ungewöhnlich. Vermutlich in das nächstgelegene Krankenhaus, je nach Art der Verletzung aber vielleicht auch in eine ambulante Facharzt-Praxis.«

»Aha. Gut, vielen Dank für Ihre Bemühungen.«

Etwas mutlos legte Jennifer auf. Hoffentlich war mit Jonas alles in Ordnung. Sie mochte nicht daran denken, dass er dem Asiaten in die Hände gefallen sein könnte.

* * *

»Hallo?«

»Hallo, spreche ich mit Herrn Professor Koch?«

»Das tun Sie. Wer ist da?«

»Mein Name ist David Winner. Ich bin ein Freund von Jennifer Meyer. Sie hat mich gebeten, bei Ihnen anzurufen. Haben Sie einen Moment Zeit?«

»Das schon, aber ehrlich gesagt, woher weiß ich, dass Sie wirklich ein Freund von Jennifer sind?«

»Guter Einwand. Da Jennifer damit schon gerechnet hat und damit Sie wissen, dass Sie mir vertrauen können, hat sie mir das Passwort Ihres Bürosystems genannt – das von letzter Woche versteht sich.« David buchstabierte den Log-in-Code.

Koch lachte auf. »Kluges Mädchen.«

»Jennifer hat eine Formel entwickelt, die das Aussterben der Menschheit in naher Zukunft voraussagt. Eine Art Todesformel also. Sie hat sie Ihnen auch geschickt. Ihre Berechnungen dafür basieren auf Recherchen, die sie im Rahmen der Arbeit in Ihrem Institut RISK angestellt hat. Und auf weiteren Nachforschungen, weil sie todkrank ist.«

»Was?«, unterbrach Koch ihn. »Wie bitte?«

»Haben Sie die Formel nicht bekommen?«

»Doch! Nein, ich meinte – wie, sie ist krank?«

»Oh. Wussten Sie das nicht? Ah ...« David hätte sich am liebsten auf die Zunge gebissen, doch nun war es zu spät. »Na ja, also, nun macht es ja auch keinen Sinn mehr, es zu verschweigen. Tut mir leid, dass Sie es auf diese Weise erfahren. Jennifer hat eine seltene Schilddrüsenerkrankung, Seibel-Thyreoditis, die sehr aggressiv fortschreitet und bald auch ihre Hirnfunktionen befallen wird. Bislang gibt es keine Heilungsmöglichkeit, allerdings stehen wir in Kontakt mit einem Forscher, der ihr vielleicht doch helfen kann. Aber wenn nicht, bleiben ihr nur noch wenige Monate.«

»Ach. Das wusste ich wirklich nicht. Wie entsetzlich.«

»Jedenfalls ...«, David musste tief Luft holen. Diese Wahrheit laut auszusprechen und ihr damit ins Auge zu sehen, schnürte ihm die Kehle zu. »Jedenfalls sagt Jennifer, Sie hätten ihre Berechnungen überprüft, aber es gäbe vielleicht eine Möglichkeit, die Entwicklung doch noch in letzter Minute aufzuhalten.«

»Ja, das stimmt«, sagte Koch. »Es gibt einige wenige entscheidende Faktoren, die dann sozusagen einen Dominoeffekt auslösen. Würde man diese kurzfristig manipulieren, ist zumindest mit einer deutlichen Verlangsamung zu rechnen, wenn nicht sogar dem Stopp der Entwicklung.«

David stellte erleichtert fest, dass Koch mittlerweile offensichtlich Vertrauen zu ihm gefasst hatte. »Können Sie mir sagen, welche Faktoren das sind und wie man sie beeinflussen könnte?«

»Nun, das Wichtigste wäre, eine Firma namens GlobalENJ dazu zu bringen, in wenigen Wochen ein neuartiges Bio-Nanotech-Kraftwerk nicht in Betrieb zu nehmen. Es wäre sozusagen der Tropfen, der das Fass zum Überlaufen bringt. Ich habe einen Algorithmus zur Risikoermittlung erstellt. Das Vorgehen ist noch lange nicht ausgereift, aber in manchen Situationen sind die Ergebnisse erstaunlich – und dies ist so eine. Kurz gesagt, durch das Kühlwasser des Kraftwerks würde ein Dominoeffekt in Gang gesetzt werden, der sich nicht mehr aufhalten lässt. Entscheidend ist daher, den Start des Reaktors zu verhindern, denn ein späteres Herunterfahren dauert zu lange.«

»Oh«, machte David.

Koch fuhr fort: »Das ist allerdings praktisch aussichtslos, denn es geht um so viel Geld, das kann man sich gar nicht vorstellen. Hinzu kommen die Rodungen derselben Firma in Brasilien. Dort werden in einem noch nie da gewesenen Maß unbemerkt von der Öffentlichkeit enorme Waldgebiete abgeholzt. Die Umweltschutzorganisationen wissen davon, da das Land aber sofort wieder bepflanzt wird, scheint oberflächlich betrachtet der Handlungsbedarf nicht groß zu sein. Doch in diesem Fall kommen zahlreiche Faktoren zusammen und Sie müssen berücksichtigen, dass dies nur ein Element von Jennifers Formel ist, die ich im Übrigen wirklich als eine sehr beeindruckende Leistung ansehe. Das Holz wird aus Gründen der Kosteneffektivität und weil es nach den Tropenholzkampagnen auf dem Weltmarkt praktisch unverkäuflich ist, vor Ort verbrannt, sodass in Hunderten von Jahren gespeichertes Kohlendioxid freigesetzt wird. Das allein hat bereits eine Beschleunigung des Treibhauseffektes zur Folge. Auf dem Land wird dann schnell wachsendes, schädlingsresistentes und aller Wahrscheinlichkeit nach genmanipuliertes Getreide angebaut, um den stetig zunehmenden und von der Politik hoch subventionierten Bedarf an Biosprit zu befriedigen. Was ist das Problem daran?«

Koch schien nun ganz in seinem Element. David war so erstaunt über seinen Redefluss und derart gebannt vom Inhalt seiner Aussagen, dass er dem Professor konzentriert zuhörte.

»Erstens: Das weltweite Ansteigen der Nahrungsmittelpreise wird weiter beschleunigt«, erklärte Koch. »Zweitens: Künstliche Gene werden in die Natur freigesetzt, dies birgt grundsätzlich ein statistisches Risiko und in Kombination mit beschleunigtem Zellwachstum potenziert sich dieses um ein Vielfaches.

Drittens: Biosprit wird von der Autoindustrie als probates Mittel gegen das schlechte Gewissen der Fahrer genutzt, statt verbrauchseffizientere Wagen zu entwickeln. Aber auch die Verbrennung von Biosprit erzeugt Schadstoffe, Feinstaub, Kohlendioxid. Mit ihnen zusammen werden die auf atomarer Ebene zerlegten manipulierten Gene in den Staaten der ersten Welt durch die Auspuffrohre ausgestoßen. Die Wahrscheinlichkeit, dass diese Moleküle dort irgendwie heimisch werden und sich nachfolgend auf natürliche, evolutionäre Weise verändern, beträgt 99,5 Prozent und bei jeder Permutation besteht eine Fifty-fifty-Chance auf ein unerfreuliches Ergebnis.

Viertens: Für den Getreideanbau werden unfassbare Mengen Dünger, Wasser und Energie benötigt, das Unternehmen betreibt sogar ein eigenes Atomkraftwerk – dessen Regulierung einer in höchstem Maße korrupten Regierung untersteht. Hinzu kommt, dass mindestens 75 Prozent aller Fertig- und Halbfertigprodukte bereits genetisch modifizierte Zutaten enthalten und derzeit weiß niemand, welche Auswirkungen diese auf die Konsumenten haben. Es ist aber anzunehmen, dass entweder die modifizierten Pflanzen oder ihre Konsumenten in der Konsequenz anfälliger für weitere genetische Veränderungen werden. Und ›die Geister, die wir riefen‹ werden vielleicht auch in bislang völlig unbekannten Nischen Fuß fassen. Ein Kollege hat erst vor Kurzem etwas veröffentlicht über einen schwarzen Schimmelpilz, Baudoinia compniacensis, der nur in der Nähe von Destillerien gedeiht. Er ernährt sich von dem Ethanol, das beim Altern von Whiskey oder Kognac in den Fässern verdunstet. Bevor Menschen Schnaps brannten, kann er nur in geringsten Mengen überlebt haben, aber jetzt auf einmal überzieht er Hauswände, Dächer und sogar Edelstahlflächen. Jedes Mal, wenn wir in den Lauf der Natur eingreifen, besteht die Gefahr, dass wir unbeabsichtigt eine Katastrophe auslösen.«

Koch holte tief Luft, offenbar, um weiterzureden, aber David unterbrach ihn: »Sie sind aber der Meinung, man könnte die Entwicklung aufhalten?«

»Ja … doch, ich denke schon. Theoretisch.« Pause. »*Praktisch* ist das natürlich nicht so einfach. GlobalENJ ist eine börsennotierte Firma, die ist nur ihren Aktionären Rechenschaft schuldig. Auf ein solches Mammut Einfluss zu nehmen, halte ich für praktisch ausgeschlossen.« Wieder eine Pause. »Es gibt noch drei weitere Faktoren, die zwar einzeln kein so großes Gewicht haben, in der Summe dann aber doch wieder die GlobalENJ-Sache übertreffen. Es müsste zu einer sofortigen und kostenfreien Ausgabe von Kondomen und Malariamedikamenten weltweit kommen, des Weiteren wäre ein absolutes Verbot der Verunreinigung von Wasser vonnöten, um den Beginn der Nahrungsketten zu stabilisieren, außerdem die vollständige weltweite Trennung von Staat und Kirche beziehungsweise Religion sowie eine effektive Form der sozialen Gerechtigkeit oder Umverteilung, um Terrorismus und blutige Aufstände zu verhindern. Würden all diese Maßnahmen tatsächlich umgesetzt werden, wäre zumindest aus biomathematischer Sicht davon auszugehen, dass die von Jennifer berechnete Entwicklung nicht eintrifft. Nur halte ich das in Wirklichkeit leider für ausgeschlossen. Wahrheit und Weitsicht waren noch nie die Stärken der Weltbevölkerung«, bemerkte Koch bitter. »Genau das ist der Grund, warum Leute wie ich in den Elfenbeinturm der

Wissenschaft flüchten, statt sich in Wirtschaft oder Politik aufreiben zu lassen.«

»Hm«, machte David und musste dabei nicht nur an das beklemmende Zukunftsszenario denken, das Koch eben entworfen hatte, sondern auch an Jennifer. »Aber einfach aufgeben – das kann doch auch nicht die Lösung sein.«

* * *

»Komm, wir schnappen uns deine Krücken und gehen runter in die Cafeteria«, schlug David vor. »Der Arzt hat doch extra gesagt, du sollst dich so bald wie möglich bewegen.«

»Ich fühl mich aber schlapp.«

»Ich helfe dir.«

»Du willst mich bloß begrabschen.«

»Na und?«, sagte David und grinste frech.

»Na, wenn das so ist – hier! Kannst du auch so haben«, erwiderte Jennifer und zog den Kragen ihres Krankenhauskittels herunter und beugte sich vor, um ihn einen Blick in ihr Dekolleté erhaschen zu lassen.

»Nun komm schon!«

»Ist ja gut, ist ja gut! Du bist ja schlimmer als dieser Krankengymnastiktyp, der vorhin hier war. Ihr habt es echt alle auf mich abgesehen«, maulte Jennifer, schlug aber doch die Decke beiseite und schwang die Beine über den Bettrand. David hatte bereits die Krücken geholt und streckte sie ihr hin, dann legte er seinen Arm ganz fest um sie und zog sie an sich. Entschlossen stellte Jennifer die eine Krücke wieder weg und legte ihm stattdessen den Arm über die Schulter.

Es war halb zehn Uhr abends und die Cafeteria war menschenleer. Draußen in der Raucherzone standen zwei einsame Gestalten. David und Jennifer suchten sich einen Tisch, dann ging David Getränke holen, ein Wasser für sie und ein alkoholfreies Bier für sich. Auf dem Rückweg blieb er plötzlich wie angewurzelt stehen. Dann breitete sich ein Grinsen auf seinem Gesicht aus. Verwirrt folgte Jennifer Davids Blick – und entdeckte ihren Bruder, der gerade die Cafeteria betrat.

»Jonas«, rief David erleichtert. »Da bist du ja!«

Der starrte ihn entgeistert an. »Wo kommst du denn her?«

»Von da drüben«, sagte David und deutete in Richtung seines Tisches. »Ich besuche gerade Jennifer.«

Kaum dass Jonas seine Schwester entdeckt hatte, lief er auf sie zu. Jennifer sprang auf und umarmte ihn stürmisch. Sie war wahnsinnig erleichtert, Jonas wohlbehalten vor sich zu sehen. »Wieso … wo … warum haben die dich nicht in der Datenbank gefunden?«, fragte sie schließlich.

Jonas grinste. »Weil ich nicht Jonas Meyer, sondern Markus Suckow heiße und leider meine Krankenkassenkarte zu Hause liegen gelassen habe.«

Jennifer nickte und warf einen Blick auf Jonas' Arm, den ein dicker Verband zierte. »Alles klar. Und wie hast du die Kugel in deinem Arm erklärt?«

»Kassel wird eben auch immer gefährlicher. Vermutlich ein Drogensüchtiger auf einem Trip«, sagte Jonas ernst und Jennifer musste lachen.

»Wer ist Markus Suckow?«, fragte David verwirrt.

»Mein Freund. Oh, ich hoffe übrigens, Patrick hat eine Festnetz-Flatrate. Sonst schulde ich ihm ein paar Ferngespräche.«

Schließlich setzten sie sich alle an den Tisch und erzählten, was in der Zwischenzeit passiert war. Als eine halbe Stunde später die Cafeteria geschlossen wurde, diskutierten sie in Jennifers Zimmer weiter.

»Koch klang ziemlich sicher, dass er eine *mathematische* Lösung für das Problem gefunden hat«, sagte David. »Er konnte gar nicht wieder aufhören, mir irgendwelche Details zu erzählen. Es hörte sich so an, als wüsste er, wovon er redet.«

»Sicher tut er das. Oder willst du etwa behaupten, er hätte keine Ahnung vom Thema?«, fauchte Jennifer David an. Die Gespräche hatten sie ermüdet und offensichtlich spielten ihre Hormone schon wieder verrückt. Doch wen wunderte das, nach allem, was sie in den letzten Tagen durchgemacht hatte?

Als Jonas ihr beruhigend eine Hand auf den Unterarm legte, warf sie David einen entschuldigenden Blick zu.

»Nehmen wir also mal an«, sagte Jonas, »Koch hat tatsächlich eine Möglichkeit errechnet, das Ende der Menschheit zu verhindern, dann bleibt aber trotzdem die Hürde, dass man nicht einfach bei einer derart großen Firma anrufen kann und sagt: ›Hey, Leute, es wäre für den Rest der Bevölkerung echt klasse, wenn ihr mal kurz den Geschäftsbetrieb einstellt.‹ Da würde ihm auch garantiert unsere Mutter zustimmen. *Shareholder-Value, der Zweck heiligt die Mittel* – ich kann's nicht mehr hören. Ich persönlich bin ja der Meinung, außer den Gesetzen sollten auch moralische Vorschriften für Firmen gelten, aber so schnell wird das nichts, fürchte ich.«

»Außerdem hat er gesagt, es wären noch andere Maßnahmen notwendig, die gar nichts mit GlobalENJ zu tun haben, aber die klangen auch nicht gerade einfach«, ergänzte David.

Jennifer strich sich mit einer Haarsträhne über die Nase. Nachdenklich sagte sie: »Wir müssen uns mit Koch zusammentun. Er hat Kontakte – und sein Wort zählt. Aber dieser Typ von GlobalENJ hat gesagt, Koch und Thorge hätten versucht, ihn reinzulegen. Insofern gehe ich davon aus, dass die jetzt garantiert auch überwacht werden. Wie können wir uns nur mit ihnen treffen und eine Lösung erarbeiten, ohne aufzufliegen?«

Noch bevor sie eine Antwort gefunden hatten, steckte um halb elf die Nachtschwester den Kopf zur Tür herein und bat um Ruhe.

»Offiziell müsste ich euch alle rauswerfen«, sagte sie. »Aber ich kann ein Auge zudrücken, wenn ihr ab sofort mucksmäuschenstill seid.«

Jonas, Jennifer und David nickten brav.

Als sie die Tür hinter sich zugezogen hatte, flüsterte David: »Die sieht genauso aus wie meine Mutter. Und das hat mich jetzt auf eine Idee gebracht!«

23

»Mein Vater hasst den Wagen, aber meine Mutter liebt ihn«, grinste David, als er Jennifer am nächsten Morgen mit einem Opel Zafira abholte. »Im Kofferraum gibt es noch zwei Sitze zum Ausklappen, wir können also bequem alle unsere Pappenheimer einsammeln und uns irgendwo verschanzen, um mal eben die Welt zu retten.«

»Idiot«, sagte Jennifer und stieß ihm mit dem Ellenbogen in die Rippen, lächelte dabei aber.

»Schon klar, du hast es dir nicht ausgesucht, so eine Intelligenzbestie zu sein. Lieber wärst du dumm und hässlich und hättest die Sache jemand anderem überlassen«, scherzte David.

»Hässlich ist sie doch schon«, quatschte Jonas dazwischen und kassierte gleich von jedem der beiden einen Boxhieb. »Autsch! Wollt ihr mich gleich wieder in die Notaufnahme fahren?«, quengelte er.

»Dann halt doch einfach mal die Klappe und sei nett«, schlug David vor.

»Schon gut, schon gut.«

David setzte sich ans Steuer, Jonas auf den Beifahrersitz, Jennifer streckte hinten quer über die Rückbank ihr Gipsbein aus. Sie waren einfach nach dem Frühstück aus dem Krankenhaus abgehauen, bevor erneut jemand nach ihren Krankenkassenkarten fragen konnte. Jonas hatte noch ein paar Schmerztabletten mitgehen lassen. »Klar, Männer können einfach weniger ab als Frauen«, hatte Jennifer kommentiert, doch Jonas hatte gleich zu kontern gewusst: »Unsinn, Schwule sind feinfühliger, daran liegt es.«

Nun war sie ganz froh, dass ihr Bruder die Tabletten mitgenommen hatte. »Hey, kannst du mir eine von deinen Pillen abgeben?«, fragte sie von der Rückbank aus.

»Ach, erst lästern und dann schnorren, das haben wir gern!«, stichelte er, reichte ihr dann aber die Packung nach hinten.

David hatte aus seiner Wohnung ihre Schilddrüsenmedikamente mitgebracht und so drückte sie nun insgesamt vier Tabletten in ihre Hand, steckte sie sich in den Mund und weil sie sich nicht trocken herunterschlucken ließen, zerkaute sie die Pillen genervt. Sie schmeckten bitter, schienen aber zu helfen.

Bereits eine Viertelstunde später fühlte sie sich deutlich besser. Dann schlief sie ein.

* * *

»Wo sollen wir es versuchen? Büro oder zu Hause?«, fragte David.

Jonas dachte nach. »Der Asiate hat uns alle gesehen. Insofern bringt es uns nicht weiter, nach Wuppertal zu fahren –«

»Ach, und das fällt dir *jetzt* ein?«

»Besser als zu spät.«

David zuckte mit den Schultern. »Das ist natürlich auch wieder richtig. Und nun?«

»Hm. Anrufen fällt aus, E-Mail fällt aus, klingeln fällt aus. Thorge könnte man vielleicht in der Mensa abfangen. Laut Jennifers Schilderungen wiegt der Typ über hundert Kilo und muss insofern bestimmt drei- oder viermal am Tag essen gehen, um sein Gewicht zu halten. Aber ich traue ihm nicht, egal was Koch sagt.« Jonas trommelte auf das Armaturenbrett. »Verdammt, es muss doch eine Lösung geben. Soll ich vielleicht Jennifer wecken? Die ist schließlich mit Abstand die Klügste von uns dreien.«

»Mag sein, aber lass sie mal lieber ausruhen. Wir brauchen sie später noch. Uns wird schon was einfallen.«

Schweigend fuhren sie weiter. Im Autoradio wurde zwischen den Hits von gestern, heute und morgen über aktuelle Politik und irgendwelche TV-Stars diskutiert – das Thema Weltuntergang und Sinn des Lebens war schon wieder Schnee von gestern.

»Wie wäre es … nee, geht auch nicht«, sagte Jonas nach einer Weile. »Oder … nee. Mist!« Nachdenklich schaute er aus dem Fenster. Irgendwie war die Lage aussichtslos. Was sollten sie nur machen? Hoffentlich ließ wenigstens Jennifers nächster Krankheitsschub ein bisschen auf sich warten.

Auf Höhe Soest verlangsamten vor ihnen drei Laster verschiedener Bauunternehmen und bogen ab Richtung Möhnetalsperre.

»Weißt du noch – Super Mario Bros.?«, fragte David plötzlich.

Jonas nickte. »Klar. Und mein Dad immer: ›Jungs, geht doch mal raus in den Garten!‹«

Sie lachten beide bei der Erinnerung.

»Wie wär's«, fragte David und Jonas konnte das Grinsen sehen, das sich auf seinem Gesicht ausbreitete, »wenn wir nachher mal wieder auf Mario und Luigi machen? Muss ja nicht gleich mit Schnauzer sein. Aber Blaumann, Klemmbrett, Stiefel, kurze Haare und keiner von uns ist einen zweiten Blick wert. Jedenfalls wenn du dein halbes Dutzend Ohrringe rausschraubst.«

Jonas nickte und fuhr sich nachdenklich über die Haare. »Die Strähnchen haben richtig Geld gekostet«, sagte er.

»Tja, dann bist eben mal du eine Zeit lang der Mann in der Beziehung«, erwiderte David. »Aber an den Haaren erkennt man dich sofort und eine Kappe ist nicht eindeutig genug *anders*. Glaub mir, eine Kollegin hat mal aus dem Kindergarten ihres Sohns Läuse eingeschleppt, und die Damen der Kanzlei waren richtig gut beschäftigt, während die Männer sich einfach die Haare kurz rasiert haben. Sieht total anders aus und wächst überraschend schnell wieder nach.«

»Okay, okay, überzeugt. Und ich weiß sogar, wo wir Arbeitsklamotten herkriegen. Markus hat welche in der Kirche, wir haben mal zusammen den Gemeinschaftsraum gestrichen.«

»Perfekt! Dann tipp schon mal die Adresse ins Navi.«

Bei dem Billigfriseur neben einem Billigsupermarkt in den Vororten Wuppertals ließen sie sich einen Military-Kurzhaarschnitt verpassen. Bevor sie weiterfuhren, fühlte Jonas Jennifers Puls, um sicherzugehen, dass sie nur schlief, und legte ihr die Hand auf die Stirn. »Kein Fieber«, sagte er beruhigt.

»Die Arme«, sagte David und streichelte Jennifers Hand.

Kurz bevor sie die Kirchengemeinde erreichten, sah Jonas im Rückspiegel, dass Jennifer aufwachte, sich hinsetzte und schließlich verwirrt nach vorn schaute. »Was ist denn hier passiert?«, fragte sie entgeistert. »Ihr sollt doch nicht mit Scheren spielen!«

Jonas drehte sich grinsend zu Jennifer um.

»Fehlen wirklich nur noch die Schnauzer«, sagte sie lachend. »Also, ich hätte euch jedenfalls nicht erkannt.«

Zufrieden warf Jonas einen letzten Blick in den Spiegel, bevor sie ausstiegen, um sich auf ihren nächsten Schachzug vorzubereiten.

* * *

»Wohin fahren wir?«, fragte Koch.

»Ein Kumpel von mir hat einen Onkel, der ein Fast-Food-Restaurant betreibt«, sagte David und hoffte inständig, dass er es schaffte, Koch von seinem Plan zu überzeugen. »An der Autobahn.

Da haben wir ein paarmal Rast gemacht, als wir aus Amsterdam zurückkamen.« Thorge zog eine Augenbraue hoch. David tat, als hätte er es nicht bemerkt. »Das Restaurant hat WLAN, da der Besitzer ursprünglich mal die Idee hatte, für Geschäftsleute ein Business-Center an seinem Autobahndreieck einzurichten. Hat leider nicht funktioniert. Aber es ist noch da. Und das Wichtigste: Es steht noch immer leer.«

Koch nickte. »Okay. Und was machen wir dort?«

David hob ergeben die Hände. »Das ist die große Frage. Aber wenn wir nichts machen, ist es auf alle Fälle Mist. Wir können also eigentlich nicht verlieren.«

Koch sah David herausfordernd an. »Warum sollte ich mit Ihnen kommen? Was nütze ich Ihnen – und was nützen Sie mir? Ich bin Ihrer Meinung, dass wir zumindest versuchen müssen, GlobalENJ aufzuhalten, aber wie? Ehrlich gesagt, mir ist bislang nichts eingefallen.«

»Eben«, sagte David. »Uns auch nicht. Aber hier können wir nicht bleiben, während wir darüber nachdenken. Die Rechner werden vermutlich überwacht und ich bin mir sicher, dass sie uns eher früher als später hier erwischen. Deshalb: Erst untertauchen, dann eine geniale Idee haben.«

Koch dachte einen Moment nach, dann nickte er und deutete auf Thorge. »Das mit der genialen Idee übernehmen Sie und Jennifer«, sagte er und man konnte nicht genau erkennen, ob er es ernst meinte oder scherzte.

David atmete erleichtert auf. Jennifer hatte eine fantastische Formel entdeckt, aber Kochs Fachkompetenz war aktuell ihr Schlüssel zum Erfolg. Zudem würde er ihrer Botschaft, wem immer sie die auch schicken würden, Autorität und Gewicht verleihen.

Zuversichtlich öffnete er die Tür nach draußen.

* * *

Jennifer sah, wie erst die beiden »Handwerker« das Büro von RISK verließen, dann zehn Minuten später Thorge, der in Richtung Mensa ging, und schließlich entdeckte sie weitere fünf Minuten darauf Professor Koch, der das Gebäude durch den Hintereingang verließ. Sie alle trafen sich auf dem Parkplatz hinter dem Aldi neben dem Studentenwohnheim.

David fuhr. Die anderen schwiegen, nachdem Koch Jennifer überschwänglich begrüßt hatte. Thorge hatte ihr nur knapp zugenickt, doch sie versuchte, nicht weiter über seinen Verrat nachzudenken, sondern sich auf die momentane Lage zu konzentrieren.

»Also, wir brauchen einen Plan«, sagte Jennifer schließlich, woraufhin alle gleichzeitig zu reden begannen, aber leider hatte keiner eine brauchbare Idee.

Als sie an einem Media-Markt vorbeifuhren, sagte Thorge nachdenklich: »Auf alle Fälle werden wir Computer brauchen – oder sind da welche vor Ort?«

David trat auf die Bremse und bog in einer engen Kurve auf den Parkplatz. »Weiß ich nicht«, sagte er. »Aber besser, wir bringen unsere eigenen mit!« Jennifer sah, das er Jonas einen Blick zuwarf. »Hm, Handwerker mit Gipsarm geht ja noch, aber als Ladendieb kann ich dich nicht wirklich brauchen. Kannst du fahren?«

»Klar. Ist doch Automatik, oder?«

David nickte. »Noch ein Grund, weswegen mein Vater den Wagen hasst und meine Mutter ihn liebt.« Dann deutete er nach hinten zu Thorge. »Okay, dann kommst du mit!«

»Wieso kannst du nicht allein zwei Laptops kaufen gehen?«, fragte er. »Ich bin doch kein EDV-Berater.«

»Kaufen – wer redet denn hier von kaufen?«, sagte David mit einem Grinsen. »Ich habe kein Bargeld dabei und will auf keinen Fall mit Karte zahlen und eine elektronische Spur hinterlassen. Ehrlich gesagt, langsam habe ich auch einfach die Nase voll davon, immer den braven Jungen zu geben. Und *du* hast reichlich Mitschuld an dem Schlamassel, in dem wir sitzen. Also gehst du jetzt mit mir da rein, wir klemmen uns zwei Kartons unter den Arm und dann geben wir Fersengeld. Alles klar?«

Jennifer konnte sich ein Grinsen nicht verkneifen und sah Thorge herausfordernd an. Er saß neben ihr auf der Rückbank, weil er nicht auf die kleinen Klappsitze dahinter passte. Widerwillig öffnete Thorge die Tür und stieg aus, während Jonas auf die Fahrerseite rutschte.

»Ich warte mit laufendem Motor da drüben auf euch«, sagte Jonas und deutete auf den Ladebereich neben dem Haupteingang.

Jennifer sah zum Fenster hinaus und reckte David und Thorge ihren rechten Daumen entgegen. Endlich hatte sie das Gefühl, dass sich etwas bewegte.

* * *

Thorge kam sich vor wie im falschen Film. David marschierte einfach geradeaus in den Laden rein, steuerte direkt auf die Laptops zu und begann dann, die verschiedenen Modelle zu begutachten.

»Welchen würdest du uns empfehlen?«, fragte er dann.

»Kommt … kommt darauf an, wofür«, krächzte er. Hektisch huschte sein Blick durch die Gänge. Der Mann dort, der ihn so misstrauisch anstarrte, das war bestimmt ein Ladendetektiv. Er konnte spüren, wie ihm der Schweiß unter den Armen am Körper herunterrann. In was für eine Scheiße hatte er sich da nur manövriert?

»Um die Welt zu retten, hast du nicht aufgepasst?«, fragte David ihn scharf.

Thorge wollte gerade zu einer Erwiderung ansetzen, als ihm klar wurde, dass er wahrscheinlich besser die Klappe hielt. David hatte nicht unrecht. *Er* hatte Jennifers Aufenthaltsort verraten und *seinetwegen* war sie aus dem Hotel entführt worden.

»Kann ich Ihnen behilflich sein?«, fragte auf einmal ein Verkäufer. »Suchen Sie etwas Bestimmtes?«

»Ja, aber das haben Sie sowieso nicht – ein bisschen Frieden!«, erwiderte David sarkastisch.

»Den alten Schlager? Doch klar, da drüben bei den –«

»Schon gut, schon gut.« David verdrehte die Augen. »War nur so ein Spruch. Wir brauchen zwei Laptops. Mit richtig Power. Aber nicht zu groß.«

Der Verkäufer führte sie zu einem Kistenstapel. »Sonderangebot. Besser wird's nicht«, sagte er.

»Super. Bestens. Nehmen wir«, entschied David und drückte Thorge einen Karton in die Hand, dann nahm er selbst einen zweiten vom Stapel. »Danke.«

Er wandte sich ab, um zu gehen, aber der Verkäufer sagte: »Moment, so geht das nicht.«

Thorge erstarrte.

* * *

Der Verkäufer füllte sorgfältig am Computer zwei Formulare mit erfundenen Namen und Rechnungsadressen aus, drückte sie ihnen dann in die Hand und schickte sie in Richtung Kasse.

Die beiden stellten sich brav an und als sie dran waren, gab David Thorge ein Signal. Im nächsten Moment rannten sie einfach los, direkt vorbei an dem verdutzten Wachmann im Eingangsbereich, hinaus auf den Parkplatz. Jonas hatte so geparkt, dass die rechte Wagenseite zu ihnen zeigte, und Jennifer riss bereits die Türen auf. Sie hechteten hinein und brausten unter lautem Jubelgeschrei davon.

Als David sich umschaute, konnte er sehen, wie der Wachmann ihre Autonummer notierte.

»Oh, Mist, daran habe ich nicht gedacht«, knurrte er und fing

Jennifers besorgten Blick auf. »Obwohl …« Er überlegte einen Moment, dann lächelte er ihr zu. »Vielleicht ist das gar nicht so schlecht …«

»Genau«, mischte Jonas sich vom Fahrersitz aus ein. »Denn das würde unsere Gegner ein wenig beschäftigen, während wir versuchen, die verdammte Menschheit vor dem Untergang zu retten!«

24

Jonas war skeptisch gewesen, als David den Vorschlag gemacht hatte hierherzufahren. Doch als er den Blinker setzte, um auf die Abbiegespur zum Rasthof zu wechseln, zerstreuten sich seine Bedenken.

Am Autobahnkreuz Wiedenhagen trafen sich im Grunde mehrere Schlagadern Europas. Die A 11/E 3 führte von Madrid über Paris nach Norden – Berlin, Kopenhagen, Helsinki – und natürlich umgekehrt. Aus Richtung Griechenland/Österreich kamen die A 91/E 11 sowie die A 4/E 17. Sie spalteten sich jedoch wenige Kilometer nördlich Wiedenhagens wieder auf und führten nach Westen und Osten. Jeder, der irgendwohin wollte, egal, ob nach Amsterdam oder Litauen, musste hier vorbei.

Rechts und links der Autobahn befanden sich jeweils ein Fast-Food-Restaurant, eine Tankstelle, Picknickareale und Minimärkte. Beide Rasthöfe waren mit einer Brücke über der Autobahn verbunden.

Es war später Nachmittag und der Parkplatz aus Richtung Wuppertal kommend war brechend voll.

»Also, ich weiß ja nicht, wie die Marge auf Hamburger mit Pommes ist, aber ich kann mir nicht vorstellen, dass dieser Typ sich noch viele Sorgen machen muss«, murmelte David ehrfürchtig.

»Wie wär's, wir essen erst mal was?«, schlug Thorge vor.

Jennifer stimmte sofort zu. »Ja, gute Idee! Mir knurrt ganz schön der Magen.«

»Okay«, sagte Jonas, »aber dann lasst es uns richtig machen und wir legen schon mit der Bestellung die erste falsche Spur!«

Alle starrten ihn an. Er erklärte: »Wir müssen Zeit gewinnen. Diese Typen fackeln nicht lange und sind echt unangenehm schnell vor Ort.« Er deutete auf die andere Seite der Autobahn. »Lasst uns da drüben essen. Wenn sie dann der Kartenzahlung hinterherschnüffeln, landen sie erst mal im falschen Restaurant.« Er zeigte auf ein graues unscheinbares Gebäude, das halb hinter dem grellbunten Fast-Food-Restaurant, vor dem sie geparkt hatten, verborgen lag.

»Warum zahlen wir nicht bar?«, fragte Koch.

»Ganz einfach: Weil keiner von uns Bargeld bei sich hat«, erwiderte Jonas.

»Doch, ich«, sagte Koch. Er griff in die Außentasche seiner Cargopants und zog eine Geldklammer heraus – ein völlig unpassendes Accessoire für seinen sonst gewollt lässigen Aufzug, dachte Jonas.

»Fünfzig, hundert, hundertfünfzig«, zählte er. »Das sollte doch gegen den größten Hunger reichen, oder?«

»Öh«, machte Jonas. »Ich denke schon …«

Koch grinste. »Manchmal ist die einfachste Lösung die beste. Leider kommt man bloß so selten darauf.«

Im Gänsemarsch betraten sie das Restaurant. Jennifer hatte Lust auf etwas Frisches und bestellte sich einen Salat mit Putenbruststreifen und Baguette. David, Koch und er selbst entschieden sich für je einen Bacon Cheeseburger mit zwei Fleisch-Pattys und Pommes, Thorge orderte den Burger mit Triple-Pattys.

»Supersize me«, murmelte Jonas verächtlich, achtete aber darauf, dass Thorge es nicht mitbekam. Vielleicht hatte Koch recht und sie brauchten ihn noch.

Sie setzten sich in eine Ecke mit Blick auf den Parkplatz und diskutierten mit gedämpften Stimmen, während sie aßen.

»Und wie«, fragte Koch nachdenklich, »machen wir jetzt weiter?«

Jonas und David warfen einander einen Blick zu. Dann sagte David: »Tja, ehrlich gesagt, hatten wir gehofft, *Sie* würden uns dabei helfen können, das zu überlegen. Soweit wir die Sache verstanden haben, arbeiten Sie in einer Firma, die weltweit erstklassig vernetzt ist und sich mit Gefahren, Risikofaktoren und deren Einschätzung und Vermeidung befasst –«

»Nein, das ist so nicht richtig«, unterbrach Koch ihn. »Risikomanagement – ja. Gefahren*vermeidung* – nein.«

»Hm?«, machte Jonas. »Was ist denn da der Unterschied?«

»Management ist eine rein statistische Angelegenheit, zum Beispiel für Versicherungen. Ich kann euch das vielleicht einfacher anhand von Bankkrediten erklären. Angenommen, man hat ein Haus, ein Auto und einen gut dotierten Job und außerdem wohnt man in einer Gegend, in der noch viele andere Leute leben, die ebenfalls finanziell solide dastehen, dann bekommt man leichter einen Kredit und das zu einem niedrigeren Zinssatz. Warum?« Er sah fragend in die Runde, während er sich seinen Mund mit einer Serviette abtupfte. »Weil die statistische Chance eines Kreditausfalls für die Bank geringer ist als, sagen wir mal, bei einem alkoholsüchtigen Sozialhilfeempfänger.«

Jonas nickte. Er konnte diese Argumentation zwar rein sachlich nachvollziehen, hielt sie aber trotzdem für falsch. »Das ist echt pervers. Menschenunwürdig, finde ich.«

Koch hob beschwichtigend die Hände. »Man mag da moralisch oder politisch unterschiedlicher Auffassung sein, aber mathematisch ist es ganz einfach: höheres Risiko gleich höhere Kosten, in diesem Fall für die Bank. Die kann diese Kosten nun entweder auf alle Kunden umlegen oder nur denjenigen aus einer höheren Gefahrenklasse berechnen – oder sie versichert sich eben selbst gegen einen möglichen Ausfall.« Koch sah Jonas an. »Sie haben natürlich völlig recht damit, dass das im *Einzelfall* sehr ungerecht sein kann. Menschen geraten unverschuldet in Notsituationen oder jemand legt größte finanzielle Disziplin an den Tag, will aber in der Nähe seiner alleinerziehenden Schwester wohnen bleiben und ist daher in einem statistisch unvorteilhaften Postleitzahlenbereich. Ja. Ja, so ist das. Andererseits sinken durch derartige Maßnahmen die Kosten insgesamt, sodass am Ende doch wieder alle davon profitieren. Das derzeitige System ist sicher nicht der Weisheit letzter Schluss, zumindest darin gebe ich Ihnen uneingeschränkt recht.«

Jonas starrte den Professor erstaunt an. Wenn er Diskussionen dieser Art mit seiner Mutter führte, endeten sie immer in lautstarken Disputen und der strikten Aussage, solange er seine Füße unter ihren Tisch stecke, solle er gefälligst seine kommunistischen Parolen für sich behalten. Er warf Jennifer einen Blick zu, die bislang seltsam unbeteiligt wirkte. Hoffentlich ging es ihr nicht schon wieder schlechter. Doch als er sah, dass sie mit großem Appetit ihren Salat verspeiste, wandte er seine Aufmerksamkeit wieder dem Professor zu.

»RISK versucht, das Prinzip der Gefahrenklassifizierung auf alle Lebensbereiche auszuweiten«, fuhr Koch schließlich fort. »Dafür werten wir Daten aus der ganzen Welt aus und suchen nach Gemeinsamkeiten oder relevanten und daher zu berücksichtigenden Abweichungen. UNO und WHO haben beide beachtliche Summen in das Projekt investiert, weil sie auf neutrale, also unpolitische Daten über den aktuellen Stand von bestimmten Problembereichen hoffen: Impfungen, sexuell übertragbare Krankheiten, aber auch beispielsweise das Reise- und Migrationsverhalten.«

David schob sein Tablett beiseite und schaltete sich in das Gespräch ein. »Davon hat Jennifer erzählt. UNO, WHO, Zusammenarbeit mit Universitäten auf allen sechs Kontinenten – das klingt doch ganz vielversprechend, finde ich. Wäre es nicht möglich, dass Sie jemanden aus diesen Kreisen über Jennifers Berechnungen informieren, und die tun dann, was zu tun ist?«

Koch lächelte nur müde. »Sie überschätzen mich, junger Mann. Das schmeichelt mir zwar, aber es nützt uns nichts. Ich bin im Rahmen von RISK nur einer von sechs Projektleitern, die alle gemeinsam je einen Ansprechpartner bei den Vereinten Nationen und der Weltgesundheitsorganisation haben, aber diese Leute wiederum sind dort auch nicht sonderlich hochrangig. Zwar verspricht man sich von RISK durchaus brauchbare Erkenntnisse, aber nichts Aktuelles oder Dramatisches. Ich muss Sie daher leider enttäuschen. Mein Wort hat vielleicht in einer kleinen wissenschaftlichen Gemeinschaft Gewicht, aber kaum darüber hinaus.«

»Was ist mit eurer Mutter?«, wandte sich David an Jonas und Jennifer. »Könnte man die fragen?«

Jennifer lachte auf. »Die würde wahrscheinlich eher versuchen, schnell die Software zur Katastrophenverwaltung zu entwickeln oder irgend so was. Ich liebe sie von ganzem Herzen, aber das Schicksal der Menschheit im Jahr 2064 wird für sie ganz sicher übertrumpft vom Geschäftsbericht des zweiten Quartals diesen Jahres.«

»Hm«, machte David und Jonas fiel auf, dass er auf seinen Fingernägeln herumkaute. Jennifer warf ihm einen liebevollen Blick zu und zog ihm sanft die Hand vom Mund weg. David errötete.

»An der Uni hämmern sie uns immer ein, dass man noch so recht haben kann, mindestens die Hälfte eines gewonnenen Prozesses ist jedoch die Außenwirkung, die Darstellung – die *Show*. Ich studiere Jura«, setzte er für Koch und Thorge hinzu. »Also, gehen wir mal davon aus, wir haben recht.« Er sah Koch an. »Sie haben Jennifers Berechnungen doch überprüft oder habe ich das falsch verstanden?«

Koch nickte. »Das ist richtig. Die von ihr entdeckte Formel ist vollkommen korrekt.« Er sah Jennifer an und sagte lächelnd: »Wenn wir aus dieser Sache mit heiler Haut rauskommen und Sie je einen Doktorvater brauchen, sagen Sie mir Bescheid! Ich jedenfalls würde mich freuen.«

Jennifers Mund formte sich zu einem kleinen O. »Wow, danke«, murmelte sie.

»Gut. Und dann haben Sie rausgefunden, dass man das Aussterben der Menschheit aufhalten könnte, indem bestimmte Maßnahmen ergriffen werden – teils von Privatfirmen, teils von staatlichen Stellen, richtig?«, fragte David weiter.

»Im Grunde ja«, bestätigte Koch. »Allerdings lassen sich diese Maßnahmen nicht so einfach durchführen. Eine flächendeckende, kostenfreie Abgabe von Malariamedikamenten beispielsweise wird schon seit vielen Jahren diskutiert, aber nicht einmal Bill Gates' Stiftung hat genug Geld, um das zu finanzieren. Und die Arzneimittelfirmen weigern sich natürlich, auf ihren Gewinn zu verzichten. Das ist ja auch ihr gutes Recht – selbst wenn es zu ihrem und unser aller Untergang führen wird.«

Jonas schob sich die letzte Pommes in den Mund, wischte sich die Finger an der Serviette ab und fragte: »Wissen Sie, was mich an der Sache fertigmacht? Ich bin vielleicht nicht der Hellste, aber ich bin auch nicht ganz blöd. Aber ich *verstehe* das alles einfach nicht. Ich *glaube* Ihnen und meiner Schwester, das ist nicht der Punkt. Nachvollziehen kann ich es trotzdem nicht. Nicht im Geringsten.«

»Umpf«, machte Thorge mit vollem Mund und deutete mit der bandagierten Hand auf seinen massigen Oberkörper.

»Was? Kriegst du keine Luft mehr?«, bemerkte Jonas sarkastisch. Dieser Typ war einfach unglaublich.

Thorge schüttelte den Kopf und kaute schneller. Er zeigte mit dem Zeigefinger auf seinen Mund, dann streckte er ihn in die Höhe, als wollte er sagen: eine Minute!

Alle warteten. Als er runtergeschluckt hatte, legte er den Rest seines zweiten Megaburgers beiseite und sagte: »Ich! Ich kann das. Das ist mein Job bei RISK, Infos so aufzubereiten, dass sie nachvollziehbar werden. Jeder hat seine Stärke. Meine besteht darin, das ganze Wissen aus dem biomathematischen Bereich runterzubrechen für Profs, Studenten, Investoren oder Grundschüler.«

Jennifer nickte. »Das stimmt«, sagte sie.

Thorge griff nach dem Rest seines Burgers und aß weiter.

Koch sah David an und sagte herausfordernd: »Jura hin, Prozesstricks her. In den Naturwissenschaften geht es immer nur um richtig oder falsch. Um die *Wahrheit*!«

David nickte nachdenklich. »Es muss doch möglich sein, die Wahrheit so zu verpacken, dass sie auch ankommt und für die notwendigen Veränderungen sorgt. Ich gebe Ihnen recht, dass der aussichtsreichste Weg kein oberflächliches Manöver ist, sondern eine auf umfassender Erkenntnis basierende Vorgehensweise.«

»Aber die Massenmedien sind korrupt. Sie gehören milliardenschweren Konzernen und klammern sich mit aller Macht an die Vergangenheit«, wandte Jonas ein.

»Das mag schon sein«, sagte Jennifer. »Aber weißt du noch, was du alles im Internet übers Schwulsein gefunden hast? Und dann hat dieser Liedermacher, den ihr mal im Kirchencafé hattet, erzählt, noch in seiner Jugend wären all diese Infos einander nur hinter vorgehaltener Hand zugeflüstert worden. Es gibt also ein Medium, um unsere Botschaft in die Welt hinauszuposaunen. Das hast du ja schon mit deinem Forumseintrag bewiesen. Was uns fehlt, ist nur ein Knalleffekt, der so groß ist, dass auch wirklich was passiert. – Oh, Scheiße!« Sie presste die linke Hand vor ihr linkes Auge.

»Was ist?!«, fragte David panisch.

»Mein Auge … ich … ich kann nichts mehr sehen!«, flüsterte sie. Dann erschlaffte auf einmal ihr linker Arm und sackte kraftlos auf den Tisch, der voller Essensreste und Einwickelpapiere lag.

Jonas starrte seine Schwester ebenso entsetzt an, wie alle anderen es taten.

25

Jennifer hatte angefangen zu weinen und David hielt sie im Arm. »Mein Auge … und mein Arm …«, flüsterte sie immer wieder und drückte ihr Gesicht an seine Brust.

Er streichelte ihr über das Haar und murmelte: »Das kriegen wir schon wieder hin. Alles wird gut, keine Sorge. Wir kümmern uns darum, verlass dich drauf.«

Jennifer sah, wie Jonas sie besorgt musterte. »Pass auf, sobald wir hier fertig sind, bringen wir dich zu diesem Arzt mit dem Wundermittel, okay? Hältst du es noch so lange aus?«

Jennifer nickte, aber in diesem Moment fiel es ihr schwer, die Disziplin aufzubringen, hierzubleiben und weiterzumachen, statt ihre eigene Haut zu retten. Wenn sie ganz ehrlich mit sich war, hatte sie sich ja schon beinahe mit dem eigenen Tod abgefunden gehabt. Aber jetzt, mit David an ihrer Seite, war das eine andere Sache. Sie hoffte nur, dass es am Ende nicht zu spät wäre.

»Wie schnell kannst du so ein Dossier erstellen?«, fragte Jonas Thorge.

»Das hängt ganz von der Ausgangslage und dem Material ab. Nach allem, was ich hier bisher gesehen habe, würde ich sagen – zwei Tage?«

Jonas lachte auf. »Ein paar Stunden kannst du haben, mehr ist nicht drin. Wir müssen mit Jennifer zu diesem Arzt, aber wir sind nicht sicher, auf wessen Seite der steht. Zumindest befürchten wir, dass Hirschberger überwacht wird. Jedenfalls hat er gesagt, je früher sie das Medikament bekommt, desto größer sind ihre Chancen.«

»Aber ich –«

»Mann, dann musst du eben mal eine Mahlzeit ausfallen lassen und durcharbeiten!«, herrschte Jonas ihn an.

Jennifer hatte Schwierigkeiten, dem Wortwechsel zu folgen. Was war nur mit den beiden los? Am liebsten hätte sie sich die Ohren zugehalten.

Thorge stippte schmollend seine letzten Pommes in den kläglichen Ketchuprest. Dann zeigte er mit den blutroten Frittenenden auf Jonas. »Wieso hackst du eigentlich die ganze Zeit auf mir rum? Es kann ja nicht jeder Bulimie haben! Und erklär mir mal eines: Selbst wenn ich das Dossier fertig in der Tasche hätte und es jeden, der es liest, sofort überzeugen würde – wie willst du es denn bitte schön an den Mann bringen? Wenn wir es per E-Mail an deine Freunde bei den homosexuellen Marxisten schicken, könnten wir es auch gleich wieder löschen. Die haben doch *nirgends* was zu sagen.« Thorge wedelte mit den Pommes und ein Ketchupspritzer klatschte auf Jonas' gelbes Polohemd.

Der legte die Handflächen auf den Tisch und sah aus, als würde er gleich darüber hinweghechten und Thorge an die Gurgel gehen. Koch legte ihm beruhigend eine Hand auf die Schulter. »Thorge, das geht zu weit«, sagte er streng.

Der schob sich die Pommes rein und kaute. Dann sagte er mürrisch: »Ja, okay, stimmt. Entschuldigung. Die homosexuellen Marxisten haben natürlich in allen politischen und wirtschaftlichen Schlüsselpositionen *jede Menge* mitzureden.«

Jennifer wollte ihren Bruder schon verteidigen, doch noch bevor

Jonas selbst den Mund öffnen konnte, um etwas zu erwidern, fuhr David dazwischen: »Schluss jetzt, ihr zwei Schwachköpfe. Einer von euch ist übergewichtig, der andere schwul. Wir wissen's inzwischen. Aber wenn ihr mal für einen Augenblick eure Egos beiseitelassen könntet, dann wäre es sinnvoll zu überlegen, was wir für Jennifer tun können.«

Das brachte tatsächlich beide zum Schweigen. Jennifers Ohr lag immer noch an Davids Brust und sie konnte sein Herz schlagen hören – beruhigend und beängstigend zugleich.

Bevor einer der anderen etwas sagte, hob sie den Kopf und murmelte leise: »Ichweißwas –«

»Hm?«, machte David und beugte sich zu ihr herunter.

»Ichweißwas«, wiederholte sie. Ihre Worte suppten ineinander – offenbar war auch ihre linke Gesichtshälfte von den Lähmungserscheinungen betroffen.

»Sollen wir dir einen Krankenwagen rufen?«, fragte David besorgt.

Jennifer schüttelte den Kopf. »Neingehtschon«, nuschelte sie. »Infoswiebeimirverteiln … erstwarten … dannbumm!« Sie stieß erschöpft den Atem aus. Verdammt, war das anstrengend. Sie wusste genau, was sie sagen wollte, aber die Worte verschwanden nach dem Bruchteil einer Sekunde wieder im Nebel.

»Was?«, fragte Jonas drängend. »Was soll das heißen?«

Jennifer stützte sich mit der rechten Hand auf der Bank ab und richtete sich auf, so gut es ging. Das Lid ihres linken Auges zuckte nervös, was ihr wahnsinnig Angst machte.

Langsam und möglichst deutlich sagte sie: »Ich – bin – immer – krank – aber – merkt – man – nicht – immer.«

Jonas nickte.

»Krankheit – breitet – sich – langsam – aus – immer – weiter – unsichtbar.«

Er nickte wieder. Mittlerweile hingen alle an ihren Lippen.

»Infos« – sie deutete auf Thorge – »unsichtbar – verteilen – dann – alle – auf – einmal – öffnen – überall.«

Koch schaute David und Thorge fragend an. Doch denen war offenbar ebenso wenig klar, was Jennifer meinte. Sie hatte das schizophrene Gefühl, als stünde sie kurz davor, zu platzen und sich gleichzeitig in Luft aufzulösen.

Jonas hingegen schien endlich kapiert zu haben, worauf sie hinauswollte. »Du meinst, wie ein Virus?«, fragte er.

Jennifer nickte erschöpft und deutete ein schwaches Lächeln an. »Du – verstehst«, sagte sie. Dann schloss sie die Augen und schmiegte sich zurück in Davids Arm. Endlich.

* * *

»Wisst ihr, wie ein Computervirus funktioniert?«, fragte Jonas.

»Nicht wirklich«, gab David zu. Thorge und Koch nickten. Jennifer hatte beide Augen geschlossen und atmete ruhig.

»Also, Viren sind einfach nur kleine Programme, die sich unbemerkt auf dem Rechner einnisten und Schaden anrichten. Entweder sofort oder später«, erklärte Jonas. »Später ist besser, denn wenn ein Computervirus aktiv wird, dann dauert es nicht lange, ein paar Stunden höchstens, bis seine Kennung in die Aktualisierungen der Virenprogramme aufgenommen wird. Deswegen sind viele Viren so programmiert, dass sie erst nach ein paar Tagen oder Monaten oder an einem bestimmten Datum aktiv werden. Bis dahin bleiben sie unbemerkt und können sich weiter ausbreiten. Bis hierhin alles klar?«

Die anderen nickten.

»Gut. Nun würde ja aber kein normaler Mensch absichtlich ein Virus herunterladen, das die Festplatte löscht oder die Kreditkartendaten an die russische Mafia schickt. Oder?«

Sie schüttelten die Köpfe.

»Man braucht also so eine Art trojanisches Pferd. Eine Datei, die die Leute haben wollen. Ein nützliches und möglichst kostenloses Programm oder eine Worddatei mit Infos, die alle interessieren. Sehr beliebt sind Ratgeber, wie man Frauen zum Orgasmus bringt. Inzwischen sind auch viele Musikdateien oder Filme infiziert. Oder die Biester breiten sich per E-Mail aus. Du bekommst eine Mail von Freunden, liest sie und währenddessen schickt das Virus sich selbst unbemerkt an alle Adressen in deiner Kontaktliste.«

»Aber was soll das?«, fragte David.

»Gute Frage. Manche Programmierer behaupten, sie wollten nur auf Schwachstellen kommerzieller Software aufmerksam machen. Ich halte das für Unsinn. Ein Virus in die Welt zu setzen, ist genauso, als würde man politische Parolen auf U-Bahn-Sitze schmieren. Man kann sich einreden, dass man die Welt besser machen will, aber in Wahrheit ist es Sachbeschädigung. Und es bringt nicht viel oder schadet sogar, weil die Leute sauer auf einen sind.«

»Und wie bringt uns das jetzt weiter?«, fragte David.

»Jennifers Idee ist, glaube ich, technisch nicht besonders kompliziert. Thorge stellt die Infos in einer für jedermann begreifbaren und nachvollziehbaren Form zusammen. Ich programmiere in der Zwischenzeit ein Virus, das sich an die populärsten Downloads dranhängt. Am besten vor allem in Tauschbörsen, denn diese Leute sind total paranoid und stehen auf Verschwörungstheorien. Die *lesen* das dann auch wirklich, wenn es aufpoppt. Denn das ist der Gag an der Sache.« Er warf seiner Schwester einen kurzen Blick zu, doch er war sich nicht sicher, ob sie schlief oder einfach nur die Augen geschlossen hatte. »So wie Jennifer jeden Tag ein bisschen kränker wird, man es aber nicht merkt, und plötzlich kann sie auf dem einen Auge nichts mehr sehen und den Arm nicht mehr bewegen, so verteilt sich unser Infovirus auf allen Rechnern der Welt und in einer Woche – *Bumm!* – geht überall das Dossier auf. Das ist zu groß, um es zu ignorieren!«

Er strahlte begeistert. Die anderen sahen ihn eher zweifelnd an.

Jonas schürzte die Lippen. »Wenn einer von euch eine bessere Idee hat, nur her damit. Ansonsten schlage ich vor, wir machen uns an die Arbeit.« Er zögerte. »Wobei – wir haben da ein klitzekleines Problem, glaube ich.«

* * *

Über Rio de Janeiro strahlte die Morgensonne. Der Himmel war blau, die Luft kristallklar. Cristo Redentor, Christus der Erlöser, sah mit weit ausgebreiteten Armen vom Corcovado aus 710 Metern Höhe hinunter auf die Stadt.

Im vierten Stock der GlobalENJ-Zentrale schauten die ersten Angestellten mit einem Kaffeebecher in der Hand in dem »Mission Control« genannten Raum vorbei, wo Computerspezialist E. Brown Palen den Online-Fußabdruck der Firma in Echtzeit visualisierte. Im Gegensatz zu vielen anderen Companys bestand GlobalENJs Ziel jedoch in größtmöglicher Unauffälligkeit. Blieben Palens Displays leer, freuten sich seine Chefs.

Niemand konnte es zu diesem Zeitpunkt ahnen, aber drei Tage später würde Palen – eigentlich ein netter Kerl mit einem fröhlichen Lockenkopf – arbeitslos sein.

* * *

»Was ist denn dein Problem?«, fragte Thorge mit nur einem ganz leichten Hauch von Spott in der Stimme.

Jonas ging bewusst darüber hinweg. »Ich brauche Informationen und Unterstützung von ein paar … äh … sagen wir mal von Leuten, die wissen, wie man Viren programmiert oder einen Kopierschutz knackt.«

»Sag doch gleich: Russen!«, grinste David.

Jonas schnitt eine Grimasse. »*Schwule* Russen sind die besten Hacker!«, konterte er. »Aber können wir mal für einen Augenblick die Vorurteile beiseitelassen? Ich habe die richtigen Kontakte für dieses Projekt, aber ich muss mich dafür unter einigen Usernamen einloggen, die ich auch zu Hause benutzt habe. Und da habe ich einen Internetanschluss mit Jennifer geteilt. Ich kann also zumindest nicht sicher ausschließen, dass die GlobalENJ-Jungs auch diese Log-ins kennen und uns orten.«

»Oh«, machte Thorge.

Und Koch bemerkte: »Das ist nicht optimal.«

»Schön gesagt«, bestätigte David.

»Kann ich mir ein bisschen Geld leihen? Ich hab noch Hunger«, fragte Thorge seinen Chef.

Koch zog einen Zehner aus der Tasche und Thorge ging zum Tresen. Jonas verdrehte die Augen. Dann begann er zu grinsen.

»Was?«, fragte David. »Willst du ihm ein Bein stellen, wenn er wiederkommt?« Er streichelte weiterhin ganz langsam über Jennifers Haar.

»Nein, aber der Fresssack hat mich gerade darauf gebracht, wie ich an die Infos komme, ohne uns alle auffliegen zu lassen. Pass auf! Vorhin habe ich doch vorgeschlagen, wir sollten uns auf der anderen Seite der Autobahn was zu essen holen, damit sie uns nicht finden, falls die Bankkarten überwacht werden. Daran musste ich jetzt wieder denken, als Thorge noch Cash brauchte. Denn dasselbe gilt natürlich auch für die Onlineaktivitäten. Drüben auf der anderen Seite können wir machen, was wir wollen, solange wir schnell genug wieder weg sind.«

David hob die Hand. »Könnten wir sie nicht sogar absichtlich dorthin locken, um sie von unserer Spur abzubringen?«

»Sehr gute Idee«, sagte Jonas. »Oder?« Er schaute Koch fragend an.

Der stimmte ihnen zu. »Sie haben instinktiv eines der wichtigsten Gesetze der Gefahreneinschätzung und des Risikomanagements angewandt – landläufig formuliert: Knapp daneben ist auch vorbei. Will heißen: Ob unsere Verfolger auf der anderen Seite der Erde oder auf der anderen Seite der Autobahn nach uns suchen, ist egal, solange sie nicht hierherkommen. Die scheinbar beunruhigende Nähe hat statistisch keinerlei Relevanz.«

Mathematisch war das korrekt. Und doch irrte Koch.

26

Warum nur ging ihm diese junge Frau nicht aus dem Kopf, fragte Hirschberger sich nicht zum ersten Mal. In den letzten Tagen hatte er begonnen, lange Spaziergänge zu unternehmen. Das Wetter war wundervoll, der Wald duftete nach Harz und Blättern und Moos, das lebendige Spiel von Licht und Schatten zwischen den knorrigen Stämmen gefiel ihm. Er sah Dutzende von Eichhörnchen, aber auch einige Füchse, Rehe, Hasen und sogar eine Eule hatte ihre weiten Schwingen über ihm ausgebreitet. Immer wieder war das Hämmern von Spechten zu hören, doch sie hielten sich verborgen.

Hirschberger hatte mittlerweile Kontakt zu vier weiteren Seibel-Kranken: einer Hausfrau aus Thüringen, einem Lehrer in Stuttgart, einem selbstständigen Softwareberater aus dem Umland Hamburgs und einer Berliner Rentnerin. Er hatte mit allen ausführlich am Telefon gesprochen, sie hatten die ihnen übersandten Einverständniserklärungen unterschrieben und bei ihren behandelnden Ärzten Blutproben entnehmen lassen. Die DNA-Analysen lagen inzwischen vor und tatsächlich wiesen alle vier die von Hirschberger vermuteten Anomalien auf.

Warum also kehrten seine Gedanken immer wieder zu Jennifer

Meyer zurück, die als Einzige der fünf überhaupt kein Interesse an einer möglichen Behandlung zu haben schien? Lag es daran, dass sie einer jungen Frau entfernt ähnlich sah, mit der er vor vielen Jahren eine flüchtige Affäre gehabt hatte? Oder dass sie in etwa im selben Alter war wie sein Kind es jetzt wäre, hätte Anna damals nicht abtreiben lassen? Es war die richtige Entscheidung gewesen, keiner von beiden hatte damals ein Baby gewollt und sie wären zudem ein schlechtes Elternpaar gewesen. Seit Jahren hatte er nicht mehr an sie und diese Sache damals gedacht.

War es das? Sprach sie ihn auf einer solch unbewussten Ebene an? Oder gab es noch einen anderen Grund?

Er wurde das Gefühl nicht los, dass die langen Spaziergänge nicht nur dem Wunsch entsprangen, die Natur zu genießen, deren Erforschung er den Großteil seines Lebens gewidmet hatte. Sondern auch, seinen Gedanken freien Lauf zu lassen in der Hoffnung, dass irgendwann das fehlende Puzzleteil von allein am richtigen Platz auftauchte.

Stoisch stapfte er weiter den Pfad entlang. Wenn er beim Gehen schon auf keine tollen Ideen kam, konnte er seinen Spaziergang wenigstens genießen. Schließlich war er genau deswegen hierhergezogen: Die Umgebung des nahezu unberührten Naturschutzgebietes war einfach bezaubernd.

Der einzige Nachteil seines bevorzugten Wanderweges bestand darin, dass er bergab zu einem großartigen Aussichtspunkt führte – und dann logischerweise bergauf zurück zum Haus. Andersherum erschien es ihm wesentlich attraktiver.

Attraktiv. Seine Gedanken blieben an dem Wort hängen. War es so einfach, so billig? Fand er sie attraktiv? Drängte es ihn deswegen so sehr, sie zu retten?

Nein, da war etwas anderes. Im Geiste sah er ihr Gesicht vor sich. Ihr Haar. Ihre Augen. Ihre Haut.

Das Haar. Die Augen.

Blond und himmelblau. Keine seltene Kombination, aber auch keine häufige – und vor allem: keine dominanten Gene, sondern rezessive. Was hieß, es bestand eine Chance, dass ... Hirschberger machte auf dem Absatz kehrt. Er konnte es kaum erwarten, nach Hause zu kommen, und legte die Strecke in einem langsamen Dauerlauf zurück.

Als er seine Haustür erreichte, war er vor lauter Anstrengung völlig außer Atem, aber er pausierte nicht, sondern streifte nur seine Schuhe ab und ging direkt ins Büro. Er zog Jennifers Genanalysebogen hervor und fuhr mit dem Finger die Buchstabenkolonnen entlang.

Da war es!

Aus einem Aktenschrank holte er seine alten Unterlagen aus der MedVida-Entwicklungszeit. Im zweiten Ordner fand er, wonach er suchte: die Dock-Sequenz des Medikamentes, das sie damals entwickelt hatten. Es war mindestens vier Jahre her, dass er diese Informationen zuletzt gesehen hatte. Kein Wunder, dass er nicht gleich darauf gekommen war.

Es wäre verwegen zu behaupten, man könnte eindeutig »das Gen« für rote, braune oder blonde Haare ausmachen oder die DNA-Folge der Augenfarbe. Aber bestimmte Abfolgen von Basen in den Desoxyribonukleinsäuren schienen typisch zu sein für einige Erbinformationen.

Nach dem Schloss-Schlüssel-Prinzip war es für Viren und Krankheitserreger, aber auch für entsprechende Medikamente, einfacher, an die Zellinformationen anzudocken, wenn gegensätzliche Basenfolgen von mindestens zwanzig Stellen auftraten.

Die DNA bestand aus zwei RNA-Strängen und die Paarung der Basen entsprach einem Negativabdruck der jeweils anderen Seite: C passte nur zu G, A nur zu T.

Ein winziger Ausschnitt des Blond-Hellblau-Erbgutes las sich: CCGGGGGATTGATCGTCCATAAAATCG.

Ein Teil des Medikamentes lautete: GGCCCCCCTAACTAG-CAGGTATTTTAGC.

Sie waren wie Puzzleteile, die perfekt ineinandergriffen.

Um sich hinterher keine Vorwürfe machen zu müssen, überprüfte Hirschberger die Unterlagen der anderen vier Patienten, aber bei keinem von ihnen hatte das Medikament eine so hohe Wahrscheinlichkeit, in die körpereigenen Zellen aufgenommen und mit ihnen gemeinsam reproduziert zu werden.

Entschlossen rief er alle ihm bekannten Nummern an, unter denen Jennifer Meyer theoretisch erreichbar war, aber nirgendwo nahm jemand ab.

Nachdenklich betrachtete er die vier Pillenstreifen, die sich in seinem Besitz befanden. Dann setzte er sich an den Computer, schrieb eine ausführliche Anleitung, wann und wie die Tabletten zu nehmen waren, schob das Blatt zusammen mit drei Streifen in einen Luftpolsterumschlag und schrieb Jennifer Meyers Adresse darauf.

* * *

»Was machen wir mit Jennifer?«, hörte Jennifer Davids Stimme. Sie hatte ihren Kopf noch immer an seine Schulter geschmiegt und hielt die Augen geschlossen.

»Ich komme mit!«, sagte sie leise und richtete sich auf. »Es geht mir schon wieder besser.« Versuchsweise hob sie den linken Arm. Die Bewegung fiel etwas ruckartiger aus als beabsichtigt, aber es ging. Dann rieb sie sich das linke Auge und öffnete es weit. »Hey, und ich kann auch wieder gucken.« Sie schnitt eine Grimasse. »Nicht besonders gut, aber immerhin.«

»Bist du sicher, dass wir keinen Krankenwagen rufen sollen?«, fragte Jonas skeptisch.

»Jetzt sei doch mal ein Mann!«, erwiderte sie streng. »Wir ziehen das jetzt durch, danach fahren wir zu Hirschberger und dann ist alles wieder gut!« Sie klang energiegeladener, als sie sich fühlte.

Gemeinsam verließen sie das Lokal und gingen auf den Parkplatz.

»Umparken?«, fragte Jonas, als sie den Wagen erreichten.

»Nee, viel zu umständlich«, entgegnete David. Er öffnete den Kofferraum des Wagens und nahm die beiden Kisten mit den Laptops heraus. Einen reichte er Thorge, den anderen wollte er Jonas in die Hand drücken, doch der sagte: »Nein, einen nehmen wir mit und lassen ihn dann drüben zurück, als Köder. Der andere muss unbedingt sauber bleiben, sonst funktioniert mein Plan nicht. Ich habe einen USB-Stick am Schlüsselbund, damit können wir die Daten rüberziehen.«

David stellte den Laptop zurück und knallte die Kofferraumklappe zu. »Na dann los! *Bis zur Unendlichkeit – und noch viel weiter!*«

Sie marschierten über die Autobahnbrücke auf die andere Seite. Jennifer hielt Davids Hand und ließ sich ein wenig hinter die anderen zurückfallen, was allerdings nicht nur an ihrem geschienten Bein und den Krücken lag.

Sie lächelte David an und sagte leise: »Schön, dass du zu mir hältst. Tut gut. Weißt du, ich habe nie verstanden, was das heißen soll: Leb jeden Tag, als wäre es dein letzter. Und dann, wenn wirklich jeder Tag dein letzter sein könnte, wird es plötzlich total klar: Sei bei dem, den du liebst, und zeig ihm deine Gefühle.«

David blieb stehen und nahm Jennifer in die Arme. »Ich weiß auch, was das für mich heißt«, hörte sie seine Stimme an ihrem Ohr. »Dass ich keinen Tag meines Lebens mehr ohne dich verbringen will.«

Jennifer lächelte. »Damit legst *du* dich ja nicht sonderlich langfristig fest – ich mich hingegen schon.«

Jennifer löste sich aus seiner Umarmung und sah, wie David die

Lippen aufeinanderpresste und schluckte. Dann bat er: »Sag so was nicht. Das macht mit fertig. Ich glaube immer noch ganz fest daran, dass dieser Hirschberger meint, was er sagt. Lass es uns wenigstens versuchen, in Ordnung?«

»Klar. Das habe ich schwer vor.«

Sie gingen weiter, um zu den anderen aufzuschließen, und obwohl sie sich auf einer Betonbrücke über einer achtspurigen Autobahn befanden und ein leichter Hauch von Frittenduft in der Luft hing, war Jennifer glücklich. Die Welt konnte so wundervoll sein.

Im Lokal auf der anderen Seite der Autobahn entpackten sie an einem Ecktisch den Laptop und loggten sich in das kostenlose WLAN ein. Jonas begann, die kompletten Dateien aus Jennifers Cloud-Speicher herunterzuladen, die Thorge später zu einem nachvollziehbaren Dossier zusammenbauen sollte, und meldete sich simultan in diversen Hacker- und P2P-Foren sowie bei den Globalisierungsgegnern an, um dort seine Weltuntergangs-, Verschwörungstheorie- und Sozialismuskumpels um Rat zu fragen und sich einen Schnellbausatz für Computerviren zusammenstellen zu lassen.

Jennifer warf ihrem Bruder einen bewundernden Blick zu. Wenn Jonas erst einmal für etwas brannte, war er nicht mehr zu stoppen.

»Wo wir sie schon auf die falsche Spur locken wollen«, meldete sich Thorge zu Wort, »soll ich mir mit deiner ec-Karte 'nen Milchshake holen oder mit Cash?«

Jonas schaute entgeistert auf. »Wie wär's, du holst dir mal gar keinen?«, fragte er in ätzendem Tonfall.

»War doch nur 'ne harmlose Frage, Mann«, wehrte sich Thorge. »Ich wollte nur helfen. Und ich muss eben auf meinen Blutzuckerspiegel achten.«

David stand auf, fischte seinen Geldbeutel aus der Hosentasche und reichte Thorge seine Kreditkarte. »Komm«, sagte er. »Ich lad dich ein. Aber du solltest mal zum Arzt gehen. Blutzucker klingt nach Diabetes und der geht nicht durchs Essen wieder weg.«

»Hm, ja«, machte Thorge kleinlaut. »Du hast ja recht. Ich hab auch schon darüber nachgedacht. Wegen Vaterwerden und so.«

»David, wenn du so weitermachst, kriegst du noch Vermittlungsprovision von der Ärztekammer«, sagte Jennifer grinsend.

»Ich mein's doch nur gut.«

Er brachte Jennifer einen Cappuccino und ein Stück Kuchen mit, aber sie hatte keinen Appetit. Stattdessen lehnte sie sich einfach zurück und überließ erst einmal den anderen die Arbeit. Sie fühlte sich zwar nicht mehr so übel wie vorhin, aber insgesamt hatte sich ihr Zustand in den letzten Tagen unerwartet schnell verschlechtert. Ihr Geburtstag war noch gar nicht lange her, aber es kam ihr wie eine Ewigkeit vor.

Koch und Thorge begannen leise darüber zu sprechen, wie man die Formel am besten erklärte, und vor allem, welchen entscheidenden Einfluss die Inbetriebnahme des Bio-Nanotech-Kraftwerks darstellte, auch wenn es oberflächlich betrachtet gar nicht so gefährlich aussah. Mit einem Kugelschreiber kritzelte Thorge eine Serviette nach der anderen mit Notizen voll.

Jonas hatte aufgrund seines Gipsarms Probleme mit dem Tippen und warf zwischendurch mehrere Schmerztabletten ein. Es dauerte fünfundzwanzig Minuten, bis er alles beisammen hatte. Dann kopierte er die Dateien auf den USB-Stick und löschte sie auf dem Laptop. Schließlich meldete er sich noch gezielt bei Jennifers altem E-Mail-Konto an.

»So, damit sollten diese Schnüffler diesen Rechner ganz sicher auf ihren Schirm kriegen«, sagte er zufrieden. Er nahm den Laptop vom Tisch und stellte ihn auf die Sitzbank, während er seinen Blick kurz durch das Lokal schweifen ließ. »Dann wird er vielleicht nicht ganz so schnell geklaut.«

Jennifer warf ihrem Bruder einen dankbaren Blick zu. So schwach sie auch war, mischten sich doch Triumph und Genugtuung unter ihre Gefühle. Nun musste nur noch ihr Gegner auf ihre List hereinfallen …

* * *

Bi-bi-bi-biep! Bi-bi-bi-biep!

Young-Sun schrak hoch. »Weitermachen!«, herrschte er die junge Frau an, die sich zwischen seinen Beinen abmühte, während er zwischen den Fingern die blonden Strähnen der Perücke rieb, die neben seinem Bett lag. Er stand ganz kurz vor der erlösenden Entspannung, die er nach den Misserfolgen der letzten Tage so dringend nötig hatte.

Er angelte sein Handy vom Nachttisch und las die eingegangene Nachricht, die mit dem Marker »höchste Priorität« gekennzeichnet war.

Wir haben sie! Live-Log-in auf Autobahnraststätte Wiedenhagen West!

»Ah!«, stöhnte Young-Sun erleichtert, ließ sich zurück in die Kissen fallen und kam augenblicklich.

»Ich muss los«, sagte er dann und schob die Prostituierte grob zur Seite. »Zieh dich an.«

* * *

Sie standen vor der fest verschlossenen Tür des Business-Centers und die anderen schauten David vorwurfsvoll an. Dummerweise hatte er vergessen daran zu denken, dass sie ja auch irgendwie in das Gebäude reinmussten.

Natürlich könnte er sich an der Kasse der Tankstelle melden und fragen, ob der Besitzer in der Nähe war, in der Hoffnung, dass der

Mann sich noch an ihn erinnerte … Er grübelte, dann fiel ihm etwas ein.

Sie hatten damals ihre Schlafsäcke in einem der unbenutzten Konferenzräume ausgerollt, aber Toiletten und Waschräume teilte sich das Business-Center aus Kostengründen mit Tankstelle und Restaurant.

»Moment, ich muss mal was nachsehen«, sagte David. Er lief um das Gebäude herum zu den Toiletten. Genau! Da war sie, eine unscheinbare weiße Tür in einer weißen Wand. Er griff nach dem Knauf – abgeschlossen.

David sah sich um, es war gerade niemand da, also trat er entschlossen gegen die Holztür und tatsächlich brach der Riegel aus dem Rahmen und sie flog auf. Er schlüpfte hindurch, drückte sie hinter sich wieder in Position, so gut es ging, und tastete sich durch einen unerfreulich düsteren und muffigen Gang, bis er zu der Eingangstür kam, vor der die anderen warteten. Er schaltete das Licht ein und entriegelte die Tür von innen.

»Hereinspaziert!«, grinste er sie an.

27

Vollgas. Young-Sun hing am Handy, während er über die Autobahn jagte.

»Sie ist noch online, macht aber gerade nichts – jedenfalls ruft sie keine Mails ab und gibt auch keine Suchanfragen ein«, sagte sein IT-Spezialist. »Sie ist seit vierzehn Minuten angemeldet.«

Das Navigationssystem gab weitere elf Minuten Fahrtzeit nach Wiedenhagen West an, weil er an der nächsten Ausfahrt erst wenden musste.

Young-Sun bemerkte erst im letzten Moment die Fußgängerbrücke über die Autobahn, schoss an der Einfahrt zur Raststätte Wiedenhagen Ost vorbei, trat entschlossen auf die Bremse, verlor beinahe die Kontrolle über seinen Wagen und bog dann in einer engen Kurve in die Ausfahrt des Parkplatzes ein. Ein Lastzug, der ihm auf der Einbahnstraße entgegenkam, hupte ausdauernd. Young-Sun ignorierte ihn, brauste weiter geradeaus, stoppte den Wagen am Fuß der Treppe zum Fußgängerüberweg, sprang aus dem Van und lief los.

Auf der anderen Seite sah er sich erst einmal um. Er konnte sich kaum vorstellen, dass diese drei so blöd waren, sich einfach in ein Fast-Food-Restaurant zu setzen und draufloszusurfen.

Langsam ging er an den Autoreihen in der Nähe des Lokals entlang und schaute durch die Scheiben ins Wageninnere. Hunde, Babys, Computer, Handys und Handtaschen – die Leute ließen wirklich alles Mögliche in ihren Autos, aber seine Zielperson war nicht darunter.

Misstrauisch umrundete Young-Sun das Restaurant. Vielleicht hatten sie eine versteckte Stelle dahinter gefunden oder seitlich des Gebäudes, wo sie trotzdem ein gutes Signal empfingen.

Nichts.

»Ist sie noch online?«, fragte er seinen Techniker.

»Ja.«

Äußerst merkwürdig. Aber wenn sie es wirklich war, dann musste er sie überraschen. Sie durfte ihm auf keinen Fall wieder entkommen. Diesmal würde er sie kriegen! Vorsichtig näherte er sich einem Seitenfenster und schaute in das Lokal hinein. Aufgrund eines riesengroßen Werbeaufklebers auf dem Fenster und etlicher halbhoher Trennwände konnte er nur einen Teil des Raums überblicken, aber weder Jennifer noch einer der beiden jungen Männer waren zu sehen. Wo konnten sie sein?

Er duckte sich und huschte unterhalb der Fensterreihe um die Ecke, dann schob er vorsichtig seinen Kopf wieder hoch zur Scheibe. Anderer Winkel, aber wieder Fehlanzeige.

Ducken, laufen, nächstes Fenster.

Wo steckten sie? War das Ganze eine Falle? Er wirbelte herum und sein Blick zuckte über den gesamten Parkplatz, aber er konnte beim besten Willen keine Gefahrenquelle ausmachen. Nicht einmal eine Autobahnpolizei-Station gab es auf dieser armseligen Raststätte. Auf dem Spielplatz beaufsichtigten zwei Elternpaare ihre Kinder. Sie musterten ihn misstrauisch.

Young-Sun richtete sich auf und schritt, als hätte er es schon die ganze Zeit vorgehabt, zum Eingang des Restaurants. Nachdem er das Lokal betreten hatte, umfing ihn die kalte Klimaanlagenluft und verschlug ihm für einen kurzen Augenblick den Atem. In dem Bemühen, so zu wirken, als suchte er nach jemandem, schlenderte er zwischen den Tischen hindurch und musterte die Gäste. Vielleicht hatten sie sich verkleidet? Ihre Haare geschnitten und gefärbt? Sich aufgeteilt?

Niemand hier nutzte einen Rechner. Vielleicht hatte sie sich auf einem Smartphone eingeloggt, um ihre E-Mails abzurufen?

Viele der Tische waren unbesetzt, an etlichen weiteren befanden sich ganze Familien, die schon aufgrund des erkennbar falschen Alters ausfielen. Nur drei Gäste kamen überhaupt infrage.

Der erste sah aus der Nähe aus wie ein Bodybuilder, der schon zum Frühstück einen Napf Steroide schlabberte. Er starrte Young-Sun offen feindselig an. Solchen Leuten war er auch hin und wieder in der Gaststätte seiner Eltern begegnet, aber letztlich fehlte ihnen allen dann doch meist der Mut, handgreiflich zu werden.

Der Nächste war ein hageres Bürschlein, das in einer halb leeren Salatschale herumpickte wie ein Spatz. Seine Fingernägel waren schmutzig und die Augen lagen tief in den Höhlen. Young-Sun war sicher, den Kerl noch nie gesehen zu haben.

Blieb eine Blondine mit langem Haar, die in einer Ecke saß und mit elegant übereinandergeschlagenen Beinen am Strohhalm eines Milchshakes saugte. Sein Blick klebte an ihr – sie gefiel ihm –, aber es war nicht Jennifer. Man konnte den dunklen Haaransatz sehen und das Gesicht war aus der Nähe betrachtet langweilig.

Young-Sun biss vor lauter Wut die Zähne aufeinander. Die Blondine schaute ihn an und unter anderen Umständen hätte er sich vorstellen können, mit ihr ein Gespräch zu beginnen. Heute aber wandte er sich ab und ging in Richtung der Toiletten. Er betrat zuerst das Herrenklo und überprüfte jede Kabine einzeln, dann marschierte er, als wäre es das Selbstverständlichste der Welt, zu den Damen hinein, murmelte »Dauert nur einen Augenblick«, sah sich um, schaute unter den Türen der Kabinen hindurch und ging wieder hinaus. Eines der Klos war besetzt gewesen, aber die Frau hatte Beine wie ein Elefant. Die ältere Dame mit den grauen Haaren, die sich gerade die Hände gewaschen hatte, blickte ihm eher verängstigt als verärgert hinterher – von ihr hatte er sicher keinerlei Schwierigkeiten zu erwarten.

Er schaute in jede Ecke, rüttelte an jedem Türgriff, sah hinter die Topfpflanzen im Flur, obwohl er nun wirklich nicht hätte sagen können, wie sich drei junge Leute dort hätten verstecken sollen. Im Shop und im Minimarkt der Tankstelle nebenan waren sie auch nicht.

»Immer noch online?«, erkundigte er sich per Handy.

»Ja. Haben Sie sie noch nicht?«, fragte sein Techniker zurück.

»Arschloch! Würde ich sonst dauernd anrufen?« Er legte auf.

Saßen sie etwa auf dem Dach? Das wäre gar keine dumme Idee!

Er ging ins Freie, entfernte sich ein wenig von dem Gebäude und reckte sich auf die Zehenspitzen. Ein Flachdach, aber mehr konnte er nicht erkennen.

Unruhig schritt er das Gelände ab und hielt Ausschau nach einer Leiter – ergebnislos, natürlich. Sein Gehirn arbeitete auf Hochtouren. Irgendwo hier mussten sie sich verstecken, verdammt! Da sein Wagen auf der anderen Seite der Autobahn stand, konnte er ihn nicht einfach neben das Haus rangieren und aufs Dach klettern. Schließlich fand Young-Sun einen nicht sehr stämmigen, aber weitverzweigten Baum auf der Rückseite des Restaurants, direkt neben dem Abluftschacht. Er hoffte, die Äste würden ihn tragen.

Gerade als er die Dachkante zu fassen bekam, blies ihm ein Schwall heiße, fettige Luft ins Gesicht. Angewidert kniff er die Augen zusammen und hielt den Atem an. Es war ungeheuer ekelhaft und er hatte Mühe, nicht zu würgen.

Kraftvoll zog er sich hoch und schwang sich bäuchlings auf das Dach, schon um der Abluft zu entkommen. Außer ihm war niemand hier oben. Es gab auch keine Aufbauten oder Schornsteine, hinter denen sie sich hätten verbergen können.

Elender Dreck!

Young-Sun versuchte, einen zum Dach hinragenden Ast des Baumes zu fassen zu bekommen, doch er war außerhalb seiner Reichweite. Schließlich riss ihm der Geduldsfaden. Kurzerhand legte er sich auf den Bauch und schob sich mit den Füßen voran über die Dachkante, bis er nur noch mit dem Brustkorb auflag. Die warme Abluft blies nun gegen seine Hosenbeine. Schwungvoll stieß er sich mit den Armen ab und sprang zu Boden. Er knickte um und landete auf dem Hinterteil, doch sein Knöchel blieb unverletzt und er konnte problemlos wieder aufstehen.

Erneut umrundete er das Gebäude, ging zurück in das Restaurant und überprüfte den Raum Quadratmeter für Quadratmeter, Tisch für Tisch. Als er sich in einem der Spiegel, die an den Raumteilern angebracht waren, erblickte, wurde ihm klar, warum die Gäste ihn so abschätzig musterten. Sein Haar war fettig, seine Kleidung schmutzig und zerknittert, er hatte immer noch zwei blaue Augen und ein mittlerweile vollkommen verdrecktes Schmetterlingspflaster auf der Nase. Ihm blieben sicher nur noch wenige Minuten, bevor der Schichtleiter ihn vor die Tür setzen würde.

In einer der letzten Ecken wurde er fündig. Von Weitem kaum erkennbar und vom Tisch gut abgeschirmt, stand ein aufgeklappter Laptop herrenlos auf der hölzernen Sitzbank – als hätte er nur darauf gewartet, von ihm gefunden zu werden.

»Scheiße. Die haben mich schon wieder reingelegt«, fluchte er.

Young-Sun packte den Laptop, stellte ihn auf den Tisch und fuhr mit dem Finger über das Trackpad. Der Bildschirm erwachte und wie zum Hohn war eine Webseite mit einem kritischen Bericht über die unterschiedlichen Aktivitäten GlobalENJs offen gelassen worden.

Er klappte das Gerät zu, riss den Stecker aus der Steckdose, klemmte sich beides unter den Arm und verließ das Restaurant. Sicher würden sie auf diesem Gerät noch weniger brauchbares Material finden als auf dem USB-Stick, den er Jennifer im Hotel abgenommen hatte. Aber vielleicht hatten sie ja einen Fehler gemacht und doch eine Spur hinterlassen.

Wütend wie ein ganzer Schwarm verärgerter Wespen stürmte Young-Sun über die Brücke zurück zu seinem Wagen.

* * *

David langweilte sich. Er schaute zum Fenster hinaus auf den Parkplatz. Aber da tobte auch nicht gerade das Leben. Also zog er den Vorhang wieder zu und sah sich in dem Konferenzraum um, den sie gekapert hatten.

Die Wände waren in einem Beigeton gestrichen, der im Licht der Neonröhren eher aschgrau wirkte. Die violett-orange-grünen Schlangenlinien des Teppichs verursachten ihm allein beim Draufgucken ein Schwindelgefühl. Drei Reihen aus je vier Zweiertischen bildeten ein großes U. An der offenen Seite standen ein einzelner Tisch, ein Rednerpult und ein Whiteboard. In zwei Ecken des Raumes verstaubten Topfpflanzen aus Plastik.

Davids Blick fiel auf Jennifer. Sie hatten ihr drei Stühle nebeneinandergeschoben und mit ihren Jacken gepolstert. Nun lag sie da und schlief. Ihr Gesicht war bleich, die Wangen waren jedoch stark gerötet und die Haare klebten in wirren Strähnen auf ihrer schweißnassen Stirn. Trotzdem war sie wunderschön. David spürte einen dumpfen Schmerz in sich aufsteigen und wandte schnell den Kopf ab.

Koch und Thorge saßen nebeneinander und unterhielten sich leise, während Thorge versuchte, aus dem Datenberg von RISK und Jennifers Recherchen sowie ihren Berechnungen und Kochs

Anmerkungen dazu ein möglichst verständliches Abstract zu erstellen, natürlich in Englisch. Jonas hatte die Füße auf den Tisch gelegt und starrte an die Decke. Er summte leise vor sich hin und schien zu träumen oder nachzudenken.

Sie waren schon seit über einer Stunde hier zugange und David kam es vor, als würde die Luft von Minute zu Minute stickiger und als würden die Wände immer näher rücken.

»Ich muss mal raus und mir die Beine vertreten«, sagte er leise zu Jonas.

Der nickte nur. »Klar, kein Problem. Sieht ja auch nicht so aus, als würde hier akut was passieren.«

David verließ den Raum und trat vor die Tür. Gierig sog er die Luft ein, nur um sofort die Nase zu rümpfen. Ah, der Duft von Feinstaub und Abgasen. Er ging bis zum Rand der asphaltierten Fläche und ließ den Blick in die Ferne schweifen. Hinter dem Parkplatz befand sich ein Graben, dann begann eine Kuhweide. Es roch nach Dung.

Sie waren so nah dran. Aber unter Juristen war es eine altbekannte Regel, dass man den Prozess erst gewonnen hatte, wenn das Urteil feststand. Vorher konnte man noch so hoffnungsvoll sein und sogar schon den Champagner auf Eis legen – im allerletzten Moment konnte es sich immer noch mal drehen. Vielleicht tauchte ein neues Indiz auf oder die Lebensgefährtin des Richters hatte am Wochenende ihre Meinung geändert, schon hatte man verloren.

Thorge musste das Dokument fertigstellen. Dann würde Jonas es in ein Virus einbinden, das seinen Inhalt explosionsartig in exakt einer Woche auf Computerbildschirmen in aller Welt preisgeben würde. Dieses Virus, dessen Hülle ihm ein Hacker aus der Ukraine gegen das Versprechen überlassen hatte, dass sein Nick – also sein Szenename – ungenannt blieb, würde vollautomatisch an die je hundert aktuell beliebtesten Raubkopien der Peer-to-peer-Szene andocken. Und von dort aus eingebettet in Songs, Videos oder Filme seine Verbreitung auch auf Endgeräte wie Fernseher, die Displays von MP3-Playern oder Handys finden.

Bei entsprechender Verbreitung, und die hatte Koch überschlagen und abgenickt, konnten sie davon ausgehen, dass es den Medien und Politikern unmöglich sein würde, das Thema unter den Tisch zu kehren.

»Eine digitale Revolution muss mit einem digitalen Blutbad beginnen!«, hatte Jonas kühn erklärt.

Wie auch immer.

Nun mussten Thorge und Koch nur endlich fertig werden!

* * *

Young-Sun riss die Wagentür auf, legte den Laptop auf den Beifahrersitz und stieg ein. Als er den Rückwärtsgang einlegte und über die Schulter sah, um niemanden umzufahren – obwohl ihm das zu diesem Zeitpunkt ein Vergnügen gewesen wäre –, bemerkte er aus dem Augenwinkel David Winner. Er stand neben einem grauen Gebäude in über fünfzig Metern Entfernung und reckte die Arme über den Kopf.

Young-Sun trat auf die Bremse und verrenkte sich den Hals, aber auf einmal war Winner verschwunden. Er musterte die Fassade des grauen unscheinbaren Gebäudes, das sich hinter dem Fast-Food-Restaurant befand. Die geschmacklos gemusterten Vorhänge in den Fenstern waren allesamt zugezogen.

Hatte er sich geirrt?

Begann er, an Wahnvorstellungen zu leiden?

Young-Sun war in Versuchung, einfach zu fahren. Aber dann parkte er doch wieder und stieg aus.

Was, wenn er sich *nicht* getäuscht hatte?

28

Davids Gedanken kreisten um Jennifer und mit jeder Stunde, die verstrich, sorgte er sich stärker um ihren Gesundheitszustand. Hirschberger hatte gesagt, dass jeder Tag zählte. Hoffentlich kam die Hilfe für sie nicht zu spät! Er seufzte, steckte die Hände in die Taschen – und bekam einen Schlag in den Nacken.

* * *

Young-Sun steckte seine SD40 wieder in den Hosenbund und beförderte den ohnmächtigen David Winner mit einem kräftigen Tritt über den Rand des Parkplatzes hinweg in den Graben.

* * *

»So. Fertig. Das muss reichen«, sagte Thorge zufrieden und schob den Laptop ein Stück von sich.

Jonas kehrte augenblicklich aus seinen Tagträumen zurück in die Wirklichkeit und setzte sich neben Thorge und Koch. Er deutete auf ein Symbol auf dem Bildschirm. »Ist das das Dokument?«

»Ja.« Thorge nickte.

»Okay.« Jonas öffnete ein Kommandozeilenfenster und begann, den Code des Virus mit dem von Thorge erstellten Dossier gemeinsam zu kompilieren.

»Willst du es dir nicht ansehen?«, fragte Thorge erstaunt.

»Jennifer und der Prof sagen, du bist gut. Meinst du wirklich, ich wüsste es besser als die beiden?« Jonas tippte einen Befehl und betrachtete mit gerunzelter Stirn die angezeigten Informationen. »Aber gut, wenn du willst – *muss* ich es mir noch mal ansehen?«

Thorge schüttelte den Kopf.

»Versteht es ein normaler Mensch?«

»Sicher.«

»Ein Zehnjähriger?«

»Vielleicht.«

»Ein Dreijähriger?«

»Äh …«

»War nur Spaß!« Jonas boxte Thorge gegen den Oberarm. »Komm jetzt, schießen wir unser Baby in die Welt hinaus!« Sein Finger schwebte über der Enter-Taste.

* * *

Jennifer schreckte hoch. Ihr Herz raste, ohne dass sie hätte sagen können, warum. Sie riss die Augen auf und sah sich um. Nichts Besonderes. Jonas, Thorge und Professor Koch saßen noch immer auf der anderen Seite des Raumes und hatten ihre Blicke auf den Laptop gerichtet.

Aber wo war David?

Die Tür des Konferenzraumes öffnete sich langsam, als würde ein Windhauch sie bewegen.

Jennifer schwang die Beine von den Stühlen, auf denen sie sich ausgeruht hatte, und stand auf, um besser sehen zu können. Von diesem Moment an ging alles viel zu schnell.

Der Asiate, von dem sie nun wirklich mittlerweile die Nase gestrichen voll hatte, stand auf einmal mit einer Pistole in der Hand in der Tür.

Jonas warf sich auf den Boden und zog Thorge hinter sich her.

Koch sagte mit ruhiger, autoritärer Stimme: »Geben Sie auf!« Er deutete auf den Computer. »Wir haben alle Informationen gerade –«

Ohne zu zögern, schoss der Eindringling auf den Laptop. Der Knall war so laut, dass Jennifer für einen Augenblick taub wurde. Die Kugel drang von hinten schräg durch den Bildschirm und durchschlug dann den unteren Teil des Gerätes ebenso wie die Tischplatte.

Sie verfehlte Jonas nur knapp. Der stieß einen wütenden Schrei aus und kippte den Tisch mit der Platte nach vorn, sodass er sich mit Thorge zusammen dahinter verschanzen konnte. Die Überreste des schwer lädierten Laptops fielen auf den Teppichboden.

Jennifer rief: »Professor Koch, ducken Sie sich!«, und rollte dann selbst unter einen der Tische.

Wie hatte dieser Typ sie nur gefunden? Und wo war David? Ihr Herz krampfte sich zusammen.

Koch packte die Lehne eines Stuhls und schleuderte ihn in Richtung des Angreifers, aber der wich unbekümmert einen Schritt zur Seite und knurrte: »Jetzt ist endgültig Schluss mit lustig!«

»Was wollen Sie denn? Lassen Sie uns doch vernünftig miteinander reden!«, versuchte Koch es noch einmal, aber der Ausdruck auf dem Gesicht des Asiaten machte klar, dass es vergebens war.

Er schwenkte den Lauf seiner Pistole langsam in einem Halbkreis, bis er direkt auf Jennifer zielte. »Du!«, bellte er. »Herkommen!«

»Bleib, wo du bist!«, rief Jonas.

Der Asiate schaute in seine Richtung, ohne das Ziel der Pistole zu verändern. »Schnauze!«

Jennifer starrte in die kleine schwarze Öffnung des Pistolenlaufs und es kam ihr vor, als würde sie davon magisch angezogen werden. Der Bruchteil einer Sekunde nur, dann wäre alles vorbei. Koch und Thorge, Jonas und David wären frei – und die Menschheit, die konnte ihr langsam den Buckel runterrutschen. Sie warf einen Blick auf den Elektroschrott in der Mitte des Raumes. Vielleicht war es einfach Schicksal, dass es so kommen sollte – Gottes Wille oder Karma oder sonst was. Warum nicht? Die Dinosaurier waren auch ausgestorben.

Langsam richtete sie sich auf. Wegen des Gipsbeins musste sie sich an der Wand abstützen, um nicht den Halt zu verlieren. Sie zitterte und ihr Blickfeld schien ein wenig zu verschwimmen, offenbar war ihr linkes Auge schon wieder dabei, sich zu verabschieden. Doch es schien, als wäre wahrhaftig der richtige Moment gekommen.

Aber wie immer machte ihr Bruder ihr einen Strich durch die Rechnung. Jonas schoss hoch, sprang über den umgekippten Tisch hinweg, vollführte zwei große Schritte quer durch den Raum und warf sich dann mit seinem quasi vernachlässigbaren Kampfgewicht gegen den Eindringling.

Dessen Arm zuckte nach oben und ein weiterer Schuss löste sich, die Kugel blieb jedoch über Jennifer in der Decke stecken und Rigips rieselte auf sie herunter. Sie bekam einige Krümel in das rechte Auge und musste es mehrfach reiben und zukneifen, bevor sie wieder scharf sehen konnte.

Kaum dass sie aufgeschaut hatte, zuckte sie entsetzt zusammen. Der Asiate hielt Jonas im Schwitzkasten und drückte ihm den Lauf der Pistole in den offen stehenden Mund. Einer von Jonas' Schneidezähnen war herausgebrochen und Blut lief ihm über die Lippen. Seine Brille war verbogen, ein Bügel stand beinahe rechtwinklig ab und ein Glas war zerbrochen. Er sah erbarmungswürdig aus, zappelte aber wie ein Fisch und versuchte, sich zu befreien.

Jennifer und Koch liefen gleichzeitig los und stürzten sich von rechts und links auf den Angreifer. Gerade als der die Pistole aus Jonas' Mund riss, um sie auf einen von ihnen zu richten, warf sich Thorge mit vollem Schwung auf ihn. Jennifers Gipsbein versagte seinen Dienst, sie verlor das Gleichgewicht, fiel auf den Boden und rollte zur Seite. Ein stechender Schmerz durchzuckte ihre Hüfte.

Der Asiate gab ein ärgerliches Röcheln von sich. Jennifer verrenkte sich den Hals, um zu sehen, was geschah, und bemerkte plötzlich auf dem Teppichboden vor sich die Waffe. Ohne weiter darüber nachzudenken, griff sie nach der Pistole. Thorge stieß einen gequälten Schrei aus, als der Asiate ihm das Knie zwischen die Beine rammte und ihn dann zur Seite wuchtete. Panisch sah der Mann sich nach seiner Waffe um und als er sie in Jennifers Hand entdeckte, stürzte er sich augenblicklich auf sie.

Seine Hände umklammerten ihre Hand wie Schraubstöcke. Er richtete den Lauf von ihnen beiden weg auf die Tür, in der gerade in diesem Moment David erschien. Sein Gesicht war zerschrammt und blutverkrustet, seine Kleidung mit Dreck verschmiert. Jennifer drehte sich der Magen um vor Sorge – und Wut.

Der Mann, der David derart zugerichtet hatte, versuchte, seinen Finger über ihren hinweg in den Abzugbügel der Pistole zu schieben. Im letzten Moment gelang es Jennifer, sich nach hinten fallen zu lassen und ihn mitzureißen. Er lag jetzt auf ihr und starrte in ihr Gesicht, zugleich zeigte der Lauf der Pistole nicht mehr in Davids Richtung, sondern in seine.

War es Jennifer bisher vorgekommen, als wäre der ganze Angriff im Zeitraffer abgelaufen, hatte sie nun das Gefühl, alles in Zeitlupe zu erleben.

Der Mann löste eine Hand von ihrer. Er hob sie scheinbar endlos langsam in die Luft, um zu einem Schlag auszuholen. Seine Finger krümmten sich, wurden zu einer geballten Faust, die sich ihrem Gesicht näherte, Zentimeter für Zentimeter.

In dieser Sekunde drückte Jennifer ab.

Das nächste, woran sie sich erinnern konnte, war eine warme Flüssigkeit, die aus ihrem Ohr tropfte, weil der Schuss ihr Trommelfell hatte platzen lassen.

* * *

Jonas' Worte klangen, als würden sie durch dichte Watte zu ihr dringen.

»Wow. Du … du hast ihm genau ins Gesicht geschossen, wie in einem Splatterfilm!«, sagte Jonas ehrfürchtig, als er ihr aufhalf. Dazu musste er sie halb unter der Leiche hervorziehen.

Jennifer schnitt eine Grimasse und betastete ihr Ohr, dann ihre Wange.

David kam auf sie zu und sagte: »Ich glaube, es ist besser, wenn du dir dein Gesicht nicht ansiehst. Ich gehe mal ein paar nasse Papierhandtücher holen.«

Sie sah hinunter auf den Mann, der sie in den letzten Tagen oft in Todesangst versetzt hatte, dann kniff sie panisch die Augen zusammen. Sein Hinterkopf fehlte, sie konnte direkt sein Hirn sehen – sein krankes Hirn …

Jonas legte seinen Arm um sie und drehte Jennifer in die andere Richtung, dann führte er sie zu einem der stehen gebliebenen Stühle. »Danke«, sagte er leise und ein wenig undeutlich. Der Zahn!, dachte Jennifer. Sein Schneidezahn! Jonas' Kinn war blutverschmiert. »Du hast uns gerettet.«

Jennifer zog die Augenbrauen hoch. Was redete er da?

Auf einmal kniete David vor ihr und wischte mit grauen rauen Papiertüchern in ihrem Gesicht herum. Wenn er sie beiseitelegte, waren sie leuchtend rot.

Jonas kauerte in der Raummitte und bohrte mit dem Schraubenzieher seines Taschenmessers in den Überresten des Laptops herum. »Wenn wir Glück haben …«, murmelte er. Dann: »Professor Koch, tun Sie mir einen Gefallen. Können Sie bitte nachsehen, ob unser Rechner auf der anderen Seite der Autobahn noch da ist? Vielleicht kann ich diese Festplatte dort einbauen!«

»Klar. Ich bin gleich wieder da.« Koch joggte los und kehrte erstaunlich schnell zurück – mit einem Laptop unter dem Arm. Verwundert schaute Jennifer ihn an. Hatte sie nun jegliches Zeitgefühl verloren?

»Er war in seinem Auto und das hat er direkt neben dem Business-Center geparkt«, sagte er und nickte in Richtung … der Leiche? Wieso war der Mann eigentlich tot?

Wer hatte ihm den Schädel …?

Oh, Gott.

Im nächsten Moment musste Jennifer sich übergeben.

29

Jonas schraubte fieberhaft das Chassis des Laptops auf, tauschte die eine Festplatte gegen die aus dem zerstörten Gerät, drehte den Laptop wieder richtig herum und startete ihn. Erleichtert sah er zu, wie das System lud.

In der Ferne waren bereits Polizeisirenen zu hören, als er den Upload des informationsinfizierten Computervirus startete. Auf dem Bildschirm bewegte sich ein Balken langsam von links nach rechts. Schließlich erreichte er 100 Prozent.

Jonas nahm den Rechner vom WLAN und hatte die Festplatte formatiert, ehe der erste Polizist den Raum betrat.

Zwei Stunden später rief er im Wuppertaler Büro ihrer Mutter an und ließ sich mit der Rechtsabteilung verbinden. Weitere zwei Stunden später waren alle gegen eine Kaution aus Dr. Stephanie Meyers Privatvermögen auf freiem Fuß. Der Anwalt hatte eines ihrer Anlagekonten verpfänden lassen, was den Ablauf der Sache enorm beschleunigt hatte. Manchmal, das musste Jonas sich eingestehen, war die Macht des Geldes verdammt praktisch.

* * *

Jennifer winkte dem Taxi nach, in das Koch und Thorge eben eingestiegen waren. Jonas, David und sie wurden mit einem Firmenwagen abgeholt. Der Fahrer brachte Jonas ins Krankenhaus und direkt im Anschluss fuhr er zu Hirschberger.

Der war offenbar überrascht und froh, Jennifer zu sehen. »Ich habe Ihnen die Tabletten und eine Anleitung gerade heute morgen per Post geschickt«, sagte er. »Das ist jetzt natürlich sehr unglücklich, wir werden warten müssen, bis … obwohl nein!« Er schlug sich leicht gegen die Stirn. »Ich habe einen Tablettenstreifen zurückbehalten, sozusagen als Andenken. Man gibt als Forscher einfach nie das gesamte Material aus der Hand, alte Angewohnheit. Warten Sie, ich hole ihn eben.«

Jennifer konnte kaum glauben, dass sie gerade wirklich in der Wohnung von Hirschberger stand – und tatsächlich gleich ein Medikament bekommen würde, das den Verlauf ihrer Krankheit positiv beeinflussen könnte.

Hirschberger kehrte mit einem Blister zurück, der jeweils zwei Reihen rote und zwei Reihen blaue Tabletten enthielt. »Man muss je eine von jeder Farbe einnehmen, zusammen mit warmer Milch, um die Enzyme zu aktivieren«, erklärte er. »Für die Marktreife müsste man daran sicher noch etwas ändern, aber wirken sollten sie trotzdem. Moment! Ich stelle schnell eine Tasse Milch in die Mikrowelle.«

Als er in der Küche verschwand, ließ Jennifer sich auf einen Sessel sinken, während David nervös auf und ab lief. Was war nur los mit ihm? Doch noch bevor sie ihn fragen konnte, war Hirschberger zurück.

»Woher wissen wir, dass wir Ihnen trauen können?« David musterte Hirschberger argwöhnisch, als er Jennifer die Tasse reichte.

Dieser wiederum sah ihn nachdenklich an. Dann begann er zu lächeln. Er drückte zwei Pillen aus der Verpackung und streckte sie Jennifer auf seiner Handfläche hin. »Das ist eine gute Frage, auf die ich keine Antwort weiß. Außer vielleicht, dass man sein Leben so leben sollte, als wäre man schon tot, als stünde nichts mehr auf dem Spiel. Trefft jede Entscheidung, so gut ihr könnt. Mehr geht nicht.«

Jennifer sah Hirschberger einen langen Augenblick an und er hielt ihrem Blick stand. Dann nahm sie wortlos die Tabletten und spülte sie mit einem Schluck Milch hinunter, während ihr das Herz bis zum Hals klopfte.

Hirschberger begann zu lächeln. »So, und jetzt erzählt mal, was passiert ist. Wenn mich nicht alles täuscht, kann ich euch dann den Rest der Geschichte berichten.«

Jennifer umschloss mit beiden Händen den Becher mit der warmen Milch, bettete ihr Bein auf einem Hocker und begann zu erzählen. Als sie bei ihrem Sturz in die Baugrube angelangt war, lehnte sie sich erschöpft zurück, sodass David den Rest des Berichts übernahm. Er berichtete von ihrer Flucht aus dem Krankenhaus, dem Laptopdiebstahl, wie sie auf die Idee mit dem Infovirus gekommen waren und dass am Ende beinahe doch noch alles schiefgegangen wäre.

»Dachte ich es mir doch«, sagte Hirschberger schließlich, nachdem David fertig war. »Diese Mistkerle! Ich habe mich immer gefragt, hinter was sie her waren.« Er schüttelte den Kopf. »Wir haben bei MedVida eine komplett neue Art von Arzneimittel entwickelt – fast schon eine Art Kreuzung aus Lebewesen und Wirkstoff. Im Grunde so ähnlich wie diese kleinen Urtierchen, die man nur mit Wasser aufgießen muss, und schon erwachen sie zum Leben. Die Arznei unterschied sich von allen anderen Medikamenten durch ihren Aufbau, der an die menschliche DNA angelehnt ist. So wird der Wirkstoff in das Erbgut des Patienten eingespleißt und, zumindest einen Wachstumszyklus lang, von den körpereigenen Zellen vervielfältigt. In einigen Fällen, so wie bei Ihnen, kommt man so deutlich näher an die Krankheitsursache heran, in anderen können Nebenwirkungen vermieden oder Abwehrreaktionen verhindert werden. Kaum hatten wir uns dieses Verfahren patentieren lassen, tauchte auch schon GlobalENJ auf der Bildfläche auf und bot Unsummen für unsere im Verhältnis doch recht kleine Firma.

Aber: Warum? Das habe ich mich seitdem gefragt. Zumal von Anfang an erkennbar nicht die Absicht bestand, die Medikamente zur Marktreife zu führen. Wir hatten eine Entdeckung gemacht, bei der ich mittlerweile sicher bin, dass sie die Medizin revolutionieren wird. Aber die Company kaufte uns auf, verhökerte die bereits erhältlichen Rechte weiter, behielt nur die Forschungsabteilung, aber ohne entsprechenden Vertriebskanal … das ergab wenig Sinn.«

»Und?«, fragte Jennifer gespannt.

»Sie haben meine Entdeckung benutzt, um ihr verfluchtes Getreide schneller wachsen zu lassen. So einfach ist das. Das Prinzip funktioniert mit jedem Lebewesen, egal ob Pflanze oder Tier, und mit nahezu jeder Wirksubstanz. Statt ein Feld mit gefährlichen Schädlingsvernichtungsmitteln zu besprühen, haben sie dem Mais einfach eine Art Superdünger ins Trinkwasser gemischt. Da es sich nicht um eine genetische Manipulation des Erbgutes handelt, ist dieses Prozedere noch nicht einmal genehmigungspflichtig. Und jetzt haben sie offenbar auch noch Nanoteilchen nach dem gleichen Prinzip entwickelt, die in diesem Kraftwerk ihr Unwesen treiben sollen.

Aber Medikamente gibt es immer noch nicht – da ist die Gewinnspanne zu gering. Die haben meine Idee pervertiert, um Kohle zu machen, sonst nichts!«

Hirschberger hatte sich in Rage geredet. Dann setzte er leise hinzu: »Wisst ihr was? Wenn ich nicht ab und zu mal jungen Leuten wie Ihnen beiden begegnen würde, mit Mut und Rückgrat und Idealen, dann wäre ich schon längst an dem Punkt zu glauben, dass selbstverursachte Aussterben des Menschen wäre das Beste, was diesem Planeten passieren kann.«

Egal, welche Vorurteile Jennifer anfangs Hirschberger gegenüber gehegt haben mochte – nach diesem Besuch war alles anders.

* * *

Vier Tage lang hatten Koch, Thorge und Jennifer darüber debattiert, ob sie ihre Kollegen der internationalen Außenstellen von RISK sowie ihre Ansprechpartner bei WHO und UNO vorab informieren sollten. Letztlich hatten sie sich dagegen entschieden, um ihrer »Informationsbombe«, wie Thorge sein Dossier liebevoll nannte, nicht die Sprengkraft zu nehmen.

»Und danach hilft nur noch beten – zum Gott der Wissenschaftlichkeit und Wahrheit«, meinte Koch hoffnungsvoll.

* * *

Roger Bond, der Generalsekretär der Vereinten Nationen, wurde von den meisten Menschen als gesichtsloser Bürokrat angesehen. Theoretisch einer der mächtigsten Männer der Welt, praktisch eine Marionette.

Anfangs war das weltweit zeitgleich auf Millionen von Computern erschienene Dokument mit der sogenannten »Todesformel« als Unsinn angesehen worden, als Dummejungenstreich. Doch schon Stunden später tauchten die ersten Analysen auf Boards und in Foren im Internet auf. Besondere Beachtung jedoch fand die Tatsache, dass hinter den Informationen ein hochrangiger Mitarbeiter des internationalen Instituts RISK stand, der deutsche Professor Timotheus Koch, der im Auftrag von UNO und WHO zu diesem Thema forschte.

Bond ließ sich binnen achtzehn Stunden drei voneinander unabhängige, neutrale Gutachten erstellen, die alle die Richtigkeit sämtlicher Berechnungen bestätigten, einschließlich der überlebenswichtigen Konsequenzen der vorgeschlagenen Rettungsmaßnahmen, darunter auch einer Verhinderung der Inbetriebnahme des Kraftwerks GAIA3000. Er zitierte seinen Redenschreiber zu sich und zusammen einigten sie sich auf das Motto: *Für eine gemeinsame Zukunft!*

Minutengenau achtundvierzig Stunden nach dem Auftauchen der viral verbreiteten Todesformel trat Roger Bond in Kapstadt vor die Kameras der Weltpresse. Es war neun Uhr morgens Ortszeit, drei Stunden später sollte GAIA3000 ans Netz gehen. Er hatte seinen Auftritt präzise geplant und wusste, dass er als erster UNO-Generalsekretär aller Zeiten tatsächlich Geschichte schreiben würde. Er setzte um, wofür die UNO gegründet worden war: die Welt im Notfall vor dem Untergang zu retten.

»Uns ist heute etwas noch nie Dagewesenes gelungen«, versicherte er den Bürgern der Welt. »Mit sofortiger Wirkung werden weltweit Malariamedikamente und Kondome ausgegeben. Die Kosten dafür übernehmen alle Staaten anteilig gemäß ihrer Bevölkerungszahl, wobei die Zahlungen von Staaten mit negativem Bruttosozialprodukt zinsfrei gestundet werden. Ebenfalls ab sofort steht die Verunreinigung von Trinkwasser gemäß den Richtlinien der WHO unter Strafe. Mögliche privatwirtschaftliche finanzielle Ausfälle durch diese Maßnahme werden *nicht* ausgeglichen, da die Schädlichkeit der Verunreinigungen seit Langem bekannt ist.« Er legte eine Pause ein, um zu einem weiteren, gezielten Schlag anzusetzen. »Zu guter Letzt komme ich zum ungewöhnlichsten, vielleicht aber wichtigsten Punkt. Die Regierung Brasiliens hat vor einer Stunde die Verstaatlichung der Firma GlobalENJ sowie die vollständige Einstellung des Geschäftsbetriebes der Firma bekannt gegeben. Der Aktienhandel wurde ausgesetzt, Anteilseigner und Aktionäre werden nicht entschädigt.«

Roger Bond wartete einen Moment, dann schloss er seine Rede mit Worten, die seinen weltweiten Zuschauern und Zuhörern aus der Seele sprachen und die ihm wenigstens einmal den Traum erfüllten, tatsächlich der mächtigste Mann der Welt zu sein: »Für eine gemeinsame Zukunft!«

* * *

Nachdem Jennifer und Jonas die bewegende Rede des Generalsekretärs gesehen hatten, waren sie sich schweigend in die Arme gefallen.

Als Jennifer zwei Stunden später in ihrem Zimmer das Licht löschen wollte, klopfte es leise an ihrer Tür. Jonas streckte seinen Kopf herein und als er sah, dass sie noch wach war, kam er mit hinter dem Rücken versteckten Händen an ihr Bett.

»Hier«, sagte er dann und hielt Jennifer einen Becher mit Stiften hin. *Bester Papa der Welt* stand darauf.

»Du hast ihn geklebt!«, rief sie ungläubig. »Du … du … danke!«

Jonas lächelte und setzte sich auf ihre Bettkante. »Gern geschehen.«

30

EINEN MONAT SPÄTER

»Mann, Jonas, was soll denn das?«, beschwerte sich Jennifer.

Jonas stand breitbeinig auf einem der großen Felsbrocken, sodass sie nicht weiterkam. Ihr Bruder grinste und trat einen halben Schritt zur Seite. Jennifer drückte sich an ihm vorbei und kletterte weiter aufwärts.

»Meine kleine Gemse«, hatte Clemens sie bei ihren Ausflügen in die Berge immer liebevoll genannt.

David kam langsam und stetig mit dem großen Proviantrucksack hinterhergestapft.

Geschickt überlegte Jennifer ihre Route. Sie konnte nicht anders – ihre Gedanken eilten voraus, planten, verwarfen, suchten einen neuen Weg. Schon als Kind hatte sie Labyrinthe und Irrgärten geliebt. Eine Herausforderung, bei der man stets sicher sein konnte, dass es eine Lösung gab.

Sie war stehen geblieben und mit einem Mal sprang Jonas neben sie, stieß sie in die Seite und rief fröhlich wie ein Schuljunge: »Der Letzte ist ein faules Ei!« Ohne sich nach ihr umzusehen, lief er weiter den Berg hinauf. Der Gipfel war schon in Sichtweite.

Man hätte auch den Spazierweg um das Geröllfeld herum nehmen können, aber hier durchzukraxeln machte den größten Spaß. Hier lagen riesige, zum Teil meterhohe Gesteinsbrocken und die Kraft und Gewalt der Natur wurde so spürbar.

Jennifer konnte sich kaum vorstellen, wie ein Gletscher unvorstellbar langsam über das Land gekrochen war und über Jahrhunderte hinweg diese Berge in die Höhe geschoben hatte. Die Erdkruste war aufgebrochen und die schartigen, kantigen Bruchstücke waren im Verlauf von Tausenden von Jahren vom Regen ein wenig runder geschliffen worden. Sonne und Frost hatten vielleicht einige der Blöcke entzweigesprengt. Aber letztlich wirkte diese Felslandschaft so menschenfeindlich und abweisend wie bei ihrer Entstehung – nur um nach hundert, zweihundert Metern abrupt abgelöst zu werden von einer bezaubernden Wiese, die sich über die Bergkuppe erstreckte. Eine kleine Gruppe Tannen stand darauf, davor blühten einige Büsche.

Es war ein warmer Spätsommertag, vor einer halben Stunde hatten sie unten am Hang wilde Blaubeeren gepflückt und sich gleich in den Mund gesteckt. Jennifers Fingerkuppen waren noch tiefviolett vom Saft der überreifen Früchte. Der Himmel spannte sich strahlend blau in die Ferne.

Jennifers körperliche Leistungsfähigkeit war fast vollständig zurückgekehrt. Nur die Sehkraft ihres linken Auges war verloren gegangen und Hirschberger hatte auf seine unnachahmliche Art bemerkt: »Ich an Ihrer Stelle wäre froh, dass unsere Pillen überhaupt noch funktioniert haben, nachdem sie so viele Jahre ungetestet hier bei mir in der Schublade gelegen haben.«

Jennifer hatte ihm aus vollem Herzen recht gegeben.

Die Sonne stand direkt vor ihr und tauchte mit ihrem grellen Licht die Landschaft in ein faszinierendes Licht. Jonas war dreißig Meter vor ihr, uneinholbar in diesem Gelände. Sie versuchte es gar nicht erst.

Oben auf dem Gipfel angekommen, ließ sie sich neben ihrem Bruder auf die Bank sinken.

»Bist du lahm heute!«, neckte Jonas sie, aber Jennifer zuckte bloß mit den Schultern. Sie hatte den Kopf gesenkt, die Sonne wärmte ihren Scheitel. Schritt für Schritt, ruhig und bedächtig, kam David näher. Schließlich setzte er sich neben sie. Er war so ein ganz anderer Typ als Jonas, zuverlässig, gründlich, immer für sie da.

Alle drei schwiegen. Es war schön, gemeinsam hier zu sein. David nahm eine Wasserflasche aus seinem Rucksack und trank. Dann reichte er die Flasche an sie weiter.

Jonas stand auf und ging ein paar Schritte nach links, sodass er an der Kante eines steilen Abbruchs hinunter in das Tal schauen konnte. Dort verlief die Autobahntrasse, man konnte den Verkehr leise rauschen hören.

Jennifer gab ihrem Freund wortlos die Flasche zurück. Der stellte sie neben der Bank auf den Boden und begann, den Rucksack auszupacken. Erst breitete er eine Picknickdecke auf dem Gras aus, dann holte er alles hervor, was sie heute Morgen gemeinsam vorbereitet hatten: Sandwiches, gekochte Eier, Gemüsestückchen, Kräuterquark, eine Flasche Limonade, eine Thermoskanne Kaffee.

Vom Gipfel aus hatte man einen wundervollen Ausblick über die Eifel, fast bis nach Luxemburg. Jennifers und Jonas' Vater hatte gern hier gesessen und mit ihm zu schweigen hatte Jennifer nie etwas ausgemacht. Einmal hatten sie damals sogar David mit auf eine Wanderung zu diesem Gipfel hier genommen.

Ein kleiner Schmetterling flatterte über die Wiese, setzte sich auf die Picknickdecke, flog dann wieder auf. David sah ihm nach. Als der Falter sich auf Jennifers Knie erneut niederließ, lächelte er.

Jonas tippte ihr auf die Schulter, nachdem er sich gerade ein ganzes hart gekochtes Ei in den Mund gestopft hatte. Jennifer und David lachten aus vollem Hals.

Danach lagen sie zu dritt auf der Picknickdecke, jeder mit dem

Kopf auf dem Bauch oder Oberschenkel des anderen. »Meint ihr, Papa kann uns sehen?«, fragte Jennifer leise.

»Wenn, dann hoffentlich nicht immer«, versuchte Jonas einen Scherz.

David sagte nachdenklich: »Er selbst wäre da wohl eher skeptisch gewesen.«

Dann schwiegen sie wieder.

Plötzlich kitzelte etwas Jennifer an der Nase. Sie musste tatsächlich geschlafen haben, denn die Sonne stand erkennbar tiefer als zuvor und eine leichte Brise war aufgekommen. Sie schlug die Augen auf – und sah einen Schmetterling. Er saß auf ihrer Nase, flatterte aber bei ihrer ersten Bewegung hastig davon.

Jennifer rieb sich die Augen, seufzte tief und warf einen Blick auf die Uhr – schon fast drei.

Sie weckte Jonas und David, dann rollten sie die Picknickdecke ein und machten sich auf den Heimweg.

Kurz vor dem Beginn des Geröllfeldes pflückte Jennifer eine gelbe Blume und steckte sie sich hinters Ohr.

Der Tod kommt mit leisen Flügeln

ISBN 978-3-8390-0117-2

Eine Fähre irrt über die Nordsee und darf nirgendwo anlegen.

Eine Insel wappnet sich gegen jeglichen Eindringling.

Eine Kleinstadt in Ostfriesland wird von der Bundeswehr abgeriegelt.

Etwas Unberechenbares setzt die Gesellschaftsordnung außer Kraft.

script5